U0135459

"十一五"国家重点图书出版规划项目　　　　陕西省科学技术厅资助出版
国家社会科学基金资助项目(05XJY013/10XGL006)

*21*世纪
科技与社会发展丛书
（第四辑）

丛书主编　徐冠华

国有企业经营者激励与监督机制

杨水利　／著

科学出版社
北京

内 容 简 介

本书系统地分析了国有企业经营者的需求和行为特征，研究了国有企业经营者薪酬与企业经营绩效之间的关系，构建了国有企业经营者行为选择的博弈模型；通过对国内外经营者薪酬的比较以及国有企业经营者薪酬激励影响因素及效应的分析，构建了我国国有企业经营者薪酬组合的激励机制；从事业、控制权和声誉三方面构建经营者的精神激励机制；研究了国有企业经营者的内部和外部的组合监督机制；提出了国有企业经营者激励与监督机制的配套措施和政策建议。

本书主要适于高等院校工商管理和人力资源管理等专业师生、经营管理者薪酬的研究人员、从事人力资源管理或薪酬管理的工作人员，以及政府有关职能管理部门的工作人员参考使用。

图书在版编目（CIP）数据

国有企业经营者激励与监督机制／杨水利 著 . —北京：科学出版社，
2011.4

（21 世纪科技与社会发展丛书）

ISBN 978 -7-03-030615-9

Ⅰ.①国… Ⅱ.①杨… Ⅲ.①国有企业－管理人员－激励－研究－中国
②国有企业－管理人员－监管制度－研究－中国 Ⅳ.①F279.241

中国版本图书馆 CIP 数据核字（2011）第 047313 号

丛书策划：胡升华 侯俊琳

责任编辑：汪旭婷 黄承佳／责任校对：朱光兰

责任印制：赵德静／封面设计：黄华斌

编辑部电话：010-64035853

E-mail：houjunlin@ mail. sciencep. com

科 学 出 版 社 出版

北京东黄城根北街 16 号

邮政编码：100717

http://www. sciencep. com

中国科学院印刷厂 印刷

科学出版社发行 各地新华书店经销

＊

2011 年 4 月第 一 版 开本：B5（720×1000）

2011 年 4 月第一次印刷 印张：16 3/4

印数：1—2 000 字数：320 000

定价：55.00 元

（如有印装质量问题，我社负责调换）

"21世纪科技与社会发展丛书" 第四辑

编委会

主　编　徐冠华
副主编　张景安　　张　炜
委　员　安西印　　胥和平　　胡　珏
　　　　杨起全

编辑工作组组长　　安西印
副组长　赵　刚　　郭　杰　　胡升华
成　员　侯俊琳　　余小方　　梁晓军
　　　　马　云　　李湄青

总　序

进入 21 世纪，经济全球化的浪潮风起云涌，世界科技进步突飞猛进，国际政治、军事形势变幻莫测，文化间的冲突与交融日渐凸显，生态、环境危机更加严峻，所有这些构成了新世纪最鲜明的时代特征。在这种形势下，一个国家和地区的经济社会发展问题也随之超越了地域、时间、领域的局限，国际的、国内的、当前的、未来的、经济的、科技的、环境的等各类相关因素之间的冲突与吸纳、融合与排斥、重叠与挤压，构成了一幅错综复杂的图景。软科学为从根本上解决经济社会发展问题提供了良方。

软科学一词最早源于英国出版的《科学的科学》一书。日本则是最早使用"软科学"名称的国家。尽管目前国内外专家学者对软科学有着不同的称谓，但其基本指向都是通过综合性的知识体系、思维工具和分析方法，研究人类面临的复杂经济社会系统，为各种类型及各个层次的决策提供科学依据。它注重从政治、经济、科技、文化、环境等各个社会环节的内在联系中发现客观规律，寻求解决问题的途径和方案。世界各国，特别是西方发达国家，都高度重视软科学研究和决策咨询。软科学的广泛应用，在相当程度上改善和提升了发达国家的战略决策水平、公共管理水平，促进了其经济社会的发展。

在我国，自十一届三中全会以来，面对改革开放的新形势和新科技革命的机遇与挑战，党中央大力号召全党和全国人民解放思想、实事求是，提倡尊重知识、尊重人才，积极推进决策民主化、科学化。1986 年，国家科委在北京召开全国软科学研究工作座谈会，时任国务院副总理的万里代表党中央、国务院到会讲话，第一次把软科学研究提到为我国政治体制改革服务的高度。1988 年、1990 年，党中央、国务院进一步发出"大力发展软科学"、"加强软科学研究"的号召。此后，我国软科学研究工作体系逐步完善，理论和方法不断创新，软科学事业有了蓬勃发展。2003～2005 年的国家中长期科学和技术发展规划战略研究，是新世纪我国规模最大的一次软科学研究，也是最为成功的软科学研究之一，集中体现了党中央、国务院坚持决策科学化、民主化的执政理念。规划领导小组组长温家宝总理反复强调，必须坚持科学化、民主化的原则，最广泛地听取和吸收科学家的意见和建议。在国务院领导下，科技部会同有关部门实现跨部门、跨行业、跨学科联合研究，广泛吸纳各方意见和建议，提出我国中长期科技发展总体思路、目标、任务和重点领域，为规划未来 15 年科技发展蓝图做出了突出贡献。

在党的正确方针政策指引下，我国地方软科学管理和研究机构如雨后春笋般大量涌现。大多数省、自治区、直辖市政府，已将机关职能部门的政策研究室等机构扩展成独立的软科学研究机构，使地方政府所属的软科学研究机构达到一定程度的专业化和规模化，并从组织上确立了软科学研究在地方政府管理、决策程序和体制中的地位。与此同时，大批咨询机构相继成立，由自然科学和社会科学工作者及管理工作者等组成的省市科技顾问团，成为地方政府的最高咨询机构。以科技专业学会为基础组成的咨询机构也非常活跃，它们不仅承担国家、部门和地区重大决策问题研究，还面向企业提供工程咨询、技术咨询、管理咨询、市场预测及各种培训等。这些研究机构的迅速壮大，为我国地方软科学事业的发展铺设了道路。

软科学研究成果是具有潜在经济社会效益的宝贵财富。希望"21 世纪科技与社会发展丛书"的出版发行，能够带动软科学的深入研究，为新世纪我国经济社会的发展做出积极贡献。

程建华

2009 年 2 月 21 日

第四辑序

近年来，软科学作为一门立足实践、面向决策的新兴学科，在科学技术飞速发展和经济全球化的今天，越来越受到社会各界的广泛关注，已经成为中国公共管理学科乃至整个社会科学研究领域一个极为重要且富有活力的部分。当前，面对国际政治经济形势的急剧变化和复杂局面，我国各级政府将面临诸多改革与发展的种种问题，需要分析研究、需要正确决策，这就需要软科学研究的有力支撑。

陕西科教实力位居全国前列，拥有丰富的知识和科技资源。利用好这一知识资源优势发展陕西经济，构建和谐社会，并将一个经济欠发达的省份建设成西部强省，一直是历届陕西省委、省政府关注的重要工作。在全省上下深入学习科学发展观之际，面对当前国际金融危机，如何更好地集成科技资源，提升创新能力，通过建立产、学、研、用合作互动机制，促进结构调整和产业升级，推动经济社会发展，是全省科技工作者需要为之努力奋斗的目标。软科学研究者更是要发挥科学决策的参谋助手作用，为实现科技强省献计献策。

陕西省的软科学研究工作始于 1990 年，在国内第一批建立了软科学研究计划管理体系，成立了陕西省软科学研究机构。多年来，通过理论与实践的结合，政府决策和专家学者咨询的融合，陕西省软科学研究以加快陕西改革与发展为导向，从全省经济社会发展的重大问题出发，组织、引导专家学者综合运用自然科学、社会科学和工程技术等多门类、多学科知识，开展战略研究、规划研究、政策研究、科学决策研究、重大项目可行性论证等，取得了一批高水平的研究成果，为各级政府和管理部门提供了决策支撑和参考。

为了更好地展示这些研究成果，近年来，陕西省科技厅先后编辑出版了《陕西软科学研究2006》、《陕西软科学研究2008》，受到了省内广大软科学研究工作者的广泛关注和一致好评。为了进一步扩大我省软科学研究成果的交流，促进应用，自 2009 年起连续三年，陕西省科技厅将资助出版 "21 世纪科技与社会发展丛书"。该丛书第四辑汇集了我省近一年来优秀软科学成果专著 5 部，对于该丛书的出版，我感到非常高兴，相信丛书的出版发行，对于扩大软科学研究成果的影响，凝聚软科学研究人才，多出有价值、高质量的软科学研究成果，有效发挥软科学研究在区域科技、经济、社会发展中的咨询和参谋作用，不断提升我省软科学研究水平具有重要意义。

感谢各位专家学者对丛书的贡献，感谢科学出版社的大力支持。衷心希望陕西涌现出更多的在全国有影响的软科学研究专家和研究成果。祝愿丛书得到更为广泛的关注，越办越好。

2010 年 12 月

前　言

如何对高层经营者进行有效激励，从而提高企业经营管理绩效是我国国有企业面临的重大问题。中共中央《关于国有企业改革与发展若干问题的重大决议》提出要建立有效的国有企业经营者的激励和监督机制，提出建立"政企分开、产权明晰、权责明确、管理科学"的国有企业改革目标。随着我国市场经济的发展，我国国有企业的经营者自主权不断扩大，经营者对企业经营效果的作用越来越大。由于国有经营者缺乏有效的激励和监督机制，造成一些国有企业经营者在其经营活动中的短期行为，引发了对国有企业经营者激励和监督机制的思考。特别是当前大型国有企业经营者畸高的薪酬和广为诟病的过高的人工成本的存在，都急需对国有企业经营者进行有效的激励和监督约束。

探索国有企业经营者激励的新路子，优化国有企业经营者监督与约束机制，进而提高我国国有企业的经营绩效是本书的根本出发点。著者在整合国内外相关研究的基础上，通过借鉴国外经营者激励监督的经验做法，融合学术界关于委托代理关系的理论，结合我国国有企业及其管理特点，以博弈论和经济计量学为主要工具，从以下三个方面展开研究，为建立有效的国有企业激励与监督机制提供政策建议。

首先，本书分析了我国国有企业经营者需求特点，在此基础上对国有企业经营者的行为特征以及国有企业经营者薪酬与企业经营绩效之间的正向关系进行了研究。

其次，综合薪酬激励与精神激励，本书对我国国有企业经营者的激励机制进行了综合研究。其中，依据经营者行为选择与薪酬激励的博弈模型，探讨了国有企业经营者薪酬激励及其效应测度问题，利用主成分分析法和聚类分析法对经营者薪酬激励影响因素和薪酬激励效应测度进行分析研究，并以国有上市公司为样本对经营者薪酬激励效应进行了实证研究；特别是研究了处于企业生命周期不同阶段的国有企业经营者薪酬组合激励方案，并提出了经营者薪酬激励制度的政策性建议。与此同时，通过对国有企业经营者事业激励、控制权激励及声誉激励分析，设计声誉评价测量模型及评价体系。运用博弈理论建立动态声誉激励模型，设计经营者的声誉激励方案；通过上市公司股权结构属性、股权集中程度与公司治理绩效的实证研究，设计经营者的控制权激励和事业激励方案。

最后，对国有企业经营者的内部监督机制和外部监督机制进行了相关研究。本书通过对国内外经营者内部监督机制的比较分析，研究董事会、监事会、利益相关者及股东对经营者监督的影响，采用多元回归分析方法研究监事会对经营者的监督；运用层次分析法评价了经营者的任职资格，对经营者进行了民主量化测评，确定了经营者素质的综合评价指标。以完善公司治理结构为核心，构建共同监督机制、相机监督机制的组合监督机制，提出相应的监督政策建议。同时，以市场为导向构建市场监督、法律监督、声誉与道德等监督相结合的经营者外部监督机制，从构建国有企业经营者市场竞争监督机制、构建国有企业有效竞争的资本市场和产品市场监督机制、完善法律惩罚监督机制三方面提出了经营者监督机制的配套措施和政策性建议。

国有企业经营者激励与监督问题是现代企业理论研究的重要课题，本书结构是课题组经过多次研究讨论后确定的，基本涵盖了国有企业经营者激励和监督约束机制建立的诸多方面。为高质量地完成研究，收集和研究了大量资料，广泛参考、借鉴了国内外相关研究成果。由于本书专业性较强，涉及内容广泛，驾驭难度很大，因此，在结构安排上可能不尽合理，内容也可能存有疏漏之处，我们真诚地希望国内外专家、学者一起继续深化对这一课题的研究。

本书是在集成作者主持完成的国家社会科学基金项目"国有企业经营者激励与监督约束机制研究（05XJY013）"的研究成果和"国有企业经营者薪酬制度研究（10XGL006）"前期部分研究成果的基础上整理修改而成的，感谢国家社会科学基金和陕西省科学技术厅出版基金的资助；在课题研究调研和专著撰写工作中，西安理工大学经济与管理学院教师董鹏刚、蒋军锋，硕士研究生吕瑞、高洁、王辉、姚瑶、秦婷、谢薇、徐娜娜、杨万顺等参加了部分研究工作，帮助搜集整理资料和数据分析，在此表示衷心感谢！感谢科学出版社丛书策划编辑胡升华和侯俊琳、责任编辑汪旭婷和黄承佳等，他们为本书顺利出版付出了辛勤劳动；最后，对在著者研究过程中给予调研和数据支持的相关单位和人员以及参考文献中的各位作者表示诚挚的感谢。

尽管我们一直在努力研究国有企业经营者激励与监督机制，但限于水平和能力，书中难免存在许多不足甚至错误之处，欢迎广大读者和专家学者不吝赐教。相关意见请寄发 E-mail：slyangxaut@126.com，以期再版时改进。

杨水利
2010 年 7 月于西安曲江

目　　录

第一章　绪　论

一、国有企业经营者激励与监督机制问题的提出

建立国有企业经营者激励约束机制既是我国市场经济体制的外在需要，也是国有企业建立规范的现代企业制度、完善法人治理结构的内在要求。改革开放以来，国有企业改革在经营者激励约束机制上采取了一系列措施，但从整体来看，目前国有企业经营者激励约束机制与市场经济体制要求还存在较大差距，经营者激励问题远没有解决。在研究如何激励与监督企业经营者，如何有效地激励经营者去实现企业的财富最大化目标的问题上，先后有学者提出了委托代理理论、市场价值理论、锦标赛理论、风险理论、绩效薪酬理论和全面薪酬理论等研究结果。但多数研究都是以西方发达的市场经济制度为研究背景而进行的，虽然这些研究对于我国企业，特别是国有企业经营者的激励与监督问题具有重要的借鉴意义，但是由于我国制度环境远远不如西方发达国家完善，因而在运用西方的许多理论时需要根据我国的实际情况加以修正，才能有效地发挥其作用。在我国，自改革开放以来，对企业经营者的激励与监督机制的研究也逐渐发展起来。特别是20世纪90年代以来，国有企业改革的基本思路是通过在国家与企业之间引入多级委托代理关系，用现代企业制度改造国有企业，以实现政企分开、权责明确、产权明晰、管理科学的改革目标（Jensen and Murphy，1990）。现代企业制度作为一种科学合理的制度体系，它的目标是提高传统国有企业的绩效，促进国有资产的保值增值，增加企业效益。要实现众多目标，其关键是建立一套有效的激励与监督机制，包括企业、经营者和员工的激励与监督。其中，经营者激励与监督机制是最主要的。因为在现代企业制度下，经营权与所有权分离，经营者和所有者的目标不一致：所有者追求的是长远利益和未来发展，使利润最大化；而经营者追求的是眼前的、短期的绩效，是报酬和费用（斯蒂芬·P.罗宾斯，1997）。如果不给予经营者必要的、与企业绩效挂钩的激励，经营者就可能为了自己的短期利益而损害所有者的利益。我国近几年在部分国有企业中进行的年薪制、期股制试点，从改革的效果看，在解决国有企业经营者激励方面取得了一定成效，但目前主要是根据西方国家的一些模式进行尝试，并没有取得实质性突破，没有建立起与我国国有企业相适应的经营者激励与监督机制。现实中，国有企业经营者行为短期

化、内部人控制等问题都说明国有企业经营者激励与监督问题还有待进一步研究和探讨。本书正是在这一背景下，以国有企业的特殊性为基础，根据国有企业自身的特点，研究并建立与国有企业相适应的经营者激励与监督机制。

企业经营者激励与监督问题是现代企业理论研究的一个前沿问题。它对于解决所有权与经营权分离后企业的长远发展，特别是所有者与经营者的信息不对称问题具有重要的理论价值和实践意义。本书从基于委托代理理论的国有企业经营者激励和监督机制展开研究，对国有企业的委托问题、代理问题的内在机理和规律从理论上进行研究，构筑以企业绩效为导向的激励机制和以市场为导向的监督机制。研究意义主要表现在以下两个方面：

（1）理论价值。随着企业经营权与所有权的分离，企业管理活动的主要决策权较大程度地转移到了经营者手中，经营者在企业技术创新和制度创新方面发挥着越来越重要的作用。因此，从近十几年发展起来的博弈论和信息经济学的角度，在理论上探讨、论证经营者激励与监督机制具有重要的意义。本书对上市公司绩效评价问题的研究，有助于丰富和发展绩效评价理论，进一步完善目标激励理论；对经营者激励机制的研究有助于建立完整的上市公司经营者激励理论体系；理论上揭示国有企业委托代理关系的内在机理和规律，分析经营者行为与企业绩效关系，有利于对经营者激励和监督理论的创新，促进企业制度创新，推动我国职业经理人市场的形成，完善"风险、责任、收益、监管"动态均衡的国有企业运营机制。

（2）实践意义。面对经济全球化、竞争国际化的挑战，对国有企业经营者的激励和监督与国有企业绩效休戚相关。经营者为寻求个人效用最大化，可能规避风险，缺乏冒险精神。在这种情况下，设计有效的激励与监督机制，使经营者共享决策成功的收益和分担决策失误的责任，从而有效激励和监督经营者与所有者利益长期一致变得十分重要。本书系统研究经营者行为和需求、薪酬组合优化、激励效用测度、激励体系和监督体系创新，并提出实施措施和政策建议，为我国国有企业经营者激励和监督实践提供指导，同时为政府部门宏观经济政策导向和微观经济措施的制定提供参考，促使国有企业经营者努力工作，提高经济效益和运营效率，实现国有资产保值增值。

二、本书的内容框架

关于国有企业经营者激励机制的研究，主要从国有企业经营者需求和行为特征分析、经营者薪酬与企业绩效相关性、经营者薪酬激励和精神激励四个方面展开具体研究。

（1）国有企业经营者需求和行为特征分析。从经营者职业成就需求、自身价值补偿需求、自我实现需求、政治发展需求、公平竞争需求、职业权威性需求、职业安全需求等方面入手，结合经营者的理性行为和非理性行为，建立了经营者行为选择与薪酬激励的博弈模型，分析了经营者不同的行为所应采取的相应薪酬激励机制。

（2）国有企业经营者薪酬与企业绩效相关性研究。一方面，通过对国有企业绩效评价指标、方法的分析，建立了基于 BP（Back Propagation）神经网络模型的企业综合绩效评价模型，通过神经网络的自学习、自适应能力和容错性强等特点，建立更为客观的企业绩效综合评价体系。另一方面，选择制造业国有上市公司作为样本公司，对国有企业经营者薪酬与企业绩效的相关性进行实证分析。

（3）国有企业经营者薪酬激励研究。依据经营者行为选择与薪酬激励的博弈模型，探讨了国有企业经营者薪酬激励及其效应测度问题，利用主成分分析法和聚类分析法对经营者薪酬激励影响因素和薪酬激励效应进行分类和归级分析，根据国有上市公司样本对经营者薪酬激励效应进行了实证检验。在此基础上，研究了处于企业生命周期不同阶段的国有企业经营者薪酬组合激励方案，并提出了经营者薪酬激励制度的政策性建议。

（4）国有企业经营者精神激励研究。通过对国有企业经营者事业激励、控制权激励及声誉激励分析，针对目前声誉评价定量讨论不多的情况，以经营者声誉评价理论为基础，提出了声誉评价的理论模型；通过问卷调查获得国有企业经营者声誉评价的相关数据，并根据结构方程的相关原理设计声誉评价的测量模型及声誉评价体系，对各级指标设定权重评价标准。

关于国有企业经营者监督机制研究问题，从国有企业经营者内部监督和外部监督两方面展开具体研究。

（1）对国有企业经营者内部监督的研究。通过分析国内外经营者内部监督机制，以及董事会、监事会、利益相关者和股东对经营者监督的影响，建立有效的经营者组合监督机制，并提出相应的监督政策性建议。

（2）对国有企业经营者外部监督的研究。以市场为导向构建市场监督、法律监督和声誉监督相结合的经营者外部监督机制，并从构建国有企业经营者市场竞争监督机制、建立国有企业有效竞争的资本市场和产品市场监督机制、完善法律惩罚监督机制三方面提出了经营者监督机制的配套措施。

本书内容的总体框架如图 1-1 所示。

三、本书采用的主要研究方法

在国有企业经营者激励机制研究方面：①通过对国有企业经营者需求和行为特征的分析，采用博弈分析的方法得出经营者行为选择与薪酬激励的关系；②使

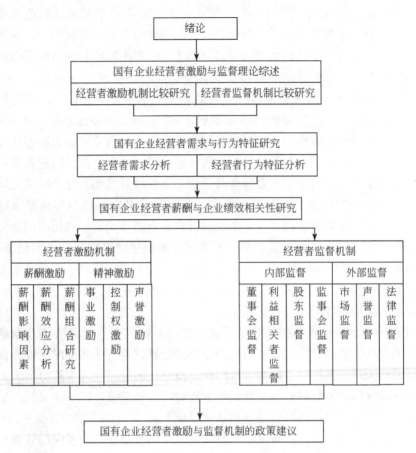

图 1-1　本书内容总体框架图

用 SPSS 统计软件采用主成分分析法和回归分析法得出经营者薪酬与企业绩效的相关性；③利用主成分分析法和聚类分析法对经营者薪酬激励影响因素和薪酬激励效应进行分类和归级分析，研究处于企业生命周期不同阶段的国有企业经营者薪酬组合激励方案；④针对目前声誉激励定量讨论不多的情况，深入分析国有企业经营者个人能力、个人素质、伦理道德和社会影响四个方面对经营者声誉的影响作用，提出声誉评价的理论模型，并通过问卷调查获得国有企业经营者声誉评价的相关数据，设计声誉评价测量模型及评价体系，运用 AMOS7.0 统计分析软件对评价体系进行验证性因子分析，以期保证国有企业经营者声誉评价指标的有效性。

在国有企业经营者监督机制研究方面：第一，采用多元回归的方法研究监事会对经营者的监督；第二，运用层次分析法评价经营者的任职资格，对经营者进行了民主量化测评，进一步确定了经营者的综合评价指标。

第二章　国有企业经营者激励与监督机制问题的比较研究

第一节　委托代理理论及现实问题

一、委托代理理论的研究现状

委托代理理论是过去近40年里契约理论最重要的研究成果之一，其中心任务是研究在利益冲突和信息不对称的环境下，委托人如何设计最优契约以激励代理人（Sappington，1991）。委托代理理论是20世纪60年代末70年代初，一些经济学家不满 Aroow-Debreu 体系中的企业"黑箱"理论，而深入研究企业内部信息不对称和激励问题发展起来的，其创始人包括 Wilson（1969）、Spence 和 Zeckhauser（1971）、Ross（1973）、Mirrlees（1974，1976）、Holmstrom（1979，1982）、Grossman 和 Hart（1988）等。[①]

委托代理理论有两个分支：实证代理理论和委托人—代理人理论。委托代理关系的目的是追求分工效益和规模效益。由于委托人和代理人之间存在利益不一致和信息不对称问题，会导致代理成本的产生（中国企业家调查系统，2000）。为了减少委托代理关系带来的效率损失，降低代理成本，20世纪70年代以后，经济学家们提出和发展了委托代理理论，以解决委托代理关系中出现的诸多问题。该理论有着两种明显不同的研究方法：一种方法是被称为实证方法的研究，又称为"实证代理理论"，其特点是凭借直觉，侧重于分析签订契约和控制社会因素，其开创者为 Alchian、Demsetz、Jensen 和 Meckling 等[②]；另一种方法是规范方法的研究，又叫"委托人—代理人理论"，其特点是使用正式的数学模型，通过阐明各种模型所需的准确的信息假定，来探讨委托人和代理人之间的激励机制和风险分配机制，其开创者是 Wilson、Spence、Ross 和 Hart 等。这两种方法相互补充促进，本质上都致力于发展一种合约理论，旨在使受自我利益驱动的代理人能以委托人的效用目标为准则，使代理成本最小化（戴中亮，2004）。

---

① 转引自：张正堂. 2003. 企业家报酬决定：理论与实证研究. 北京：经济管理出版社

② 转引自：Stephen M. 1996. Endogenous firm efficiency in a cournot principal agent model. Journal of Economic Theory，（59）：123~130

委托代理理论认为，现代企业是由一系列委托代理关系组成的。该理论主要研究非对称信息条件下市场参与者之间的经济关系——委托代理关系以及激励监督机制问题。Jensen 和 Meckling 认为，委托代理关系是"一个人或一些人（委托人 principal）委托另一个人或一些人（代理人）根据委托人利益从事某些活动，并相应地授予代理人某些决策权的契约关系"（Jensen and Meckling, 1976）。委托代理关系的实质是企业所有者放弃对企业的直接经营权，由代理人进行经营，并设计一种机制或合同，给代理人提供某种刺激和动力，使其按有利于委托人的利益、目标去努力工作，并在这一过程中向代理人支付相应的报酬。现代市场经济中，委托代理关系主要表现为股份公司中资本所有者和企业决策者之间的关系。经过 30 余年的发展，委托代理理论由传统的双边委托代理理论（单一委托人、单一代理人、单一事务的委托代理）发展出多代理人理论（单一委托人、多个代理人、单一事务的委托代理）、共同代理理论（多委托人、单一代理人、单一事务的委托代理）和多任务代理理论（单一委托人、单一代理人、多项事务的委托代理）。这些理论遵循的研究范式、假设前提、分析逻辑与双边委托代理理论相同，下面主要介绍它们所拓展的内容。

（1）多代理人理论是双边委托代理理论的最早发展成果，其主要研究学者有：Holmstrom(1982)、Sappington 和 Demski(1983)、Wooknerjee(1984)、Demski 和 Sappington (1984、1994)、Crocker (1985)、Malcomson (1986)、Bohn (1987)、Demski(1987) 和 Strausz(2000) 等。[①] 多代理人理论遵循了双边委托代理理论的基本分析框架，与双边委托代理理论的主要区别是：存在多个代理人；代理人之间存在相互影响；产出可以比较。这一差异使得代理模型变得复杂。多代理人理论认为，当前的委托代理理论中假定委托人无法观察他们所监督的代理人的特征或行为，这并不正确。现实中代理人的特征或行为是可以观察到的，可能只是委托人观察它们的成本太高，而观察代理人相互间行为的信息成本可能就不会那么高。

（2）Bernheim 和 Whinston(1985, 1986a, 1986b)针对经济活动中存在多个生产厂商共同委托一个代理商从事产品销售活动的现象提出了共同代理理论。共同代理理论与双边委托代理理论的最显著区别是委托人是多个而不是一个。因此，共同代理是"多个委托人、单一代理人、单一代理事务"的委托代理（朱真，2005）。

（3）由于双边委托代理理论研究的问题很抽象，很难用于分析广泛的经济组织问题，如资产所有权、工种设计及组织内权威分配等（Holmstrom and Milgrom, 1991），所以 Holmstrom 和 Milgrom (1991) 在双边委托代理理论的基础上

---

① 转引自：刘有贵，蒋年云. 2006. 委托代理理论述评. 学术界，(1)：69~78

提出了多任务代理理论。多任务代理与双边委托代理理论的最主要区别是：前者假定了代理人同时完成委托人委托的多项任务。为了分析方便，多任务代理理论假设每一项任务结果最多只有一个信号指标，代理人收到的报酬由每项任务的线性激励提供，总报酬等于各项任务完成后所得的报酬总和。

在委托代理理论的发展过程中，由于所有权与经营权分离，委托人和代理人的利益趋向不一致，导致二者存在着责、权、利等多方面的矛盾，具体表现以下三点。

（1）委托人与代理人的效用目标不一致。资本所有者作为委托人拥有剩余索取权，所追求的目标就是资本保值增值和收益最大化，最终表现为对利润最大化目标的追求；而作为代理人，其目标利益是多元化的，除了追求更高的货币收益外，还追求实现尽可能多的非货币收益。作为追求自身利益最大化的经济人，代理人的货币收益目标是与委托人的目标利益相一致的；而作为社会人，代理人追求非货币利益与委托人的目标利益具有冲突性，从而有可能利用委托人的授权谋求更多的非货币利益，影响甚至阻碍对公司利润目标的追求，使委托人的利润最大化目标大打折扣甚至难以实现。

（2）委托人与代理人之间信息不对称。信息不对称是指在现代企业中，委托人对代理人的行为（如努力程度、机会主义等）和私人信息（如能力大小、声誉、风险态度等）难以观察和证实，进而难以实施有效监督；而代理人是有限理性的，有寻租的动机，其工作成果具有不确定性，要通过向委托人隐瞒企业经营状况和环境等信息谋求委托人对自己经营成果的较低期望值，以此来减少经营压力，通过鼓吹自己的经营能力以骗取委托人的继续任命，为谋取私利创造条件。代理人追求自身利益最大化加剧了信息不对称的程度。

（3）委托人与代理人之间的契约不完全。不完全合同理论认为，委托代理关系是一种契约关系，在存在大量不确定性和信息不完全的社会中，委托人与代理人之间不可能在事前签订一个完全合同来监督代理人的行为，这就有可能使代理人做出有损于委托人利益的决策而不被委托人发现。

由于委托代理关系存在上述内在矛盾，代理人可能不会完全贯彻委托人的意图，而做出为追求个人目标利益牺牲委托人目标利益的行为，即出现所谓的"代理问题"，即代理人可能产生"道德风险"和"逆向选择"，通过采取机会主义行为来实现自我效用的最大化满足，却不承担其行为的全部后果，从而损害委托人的利益。

二、我国国有企业委托代理关系的特点及存在的问题

在高度集中的计划经济管理体制下，我国国有企业的各项权利集于政府一

身，企业只不过是政府的生产车间。在这种政企合一的模式中，委托代理关系被弱化了。但是，我国国有企业在经历了放权让利、利改税、承包经营责任制和股份制试点等改革，以及由计划经济体制向市场经济体制的转型后，国有企业的委托代理关系就逐渐显现出来。

（一）国有企业委托代理关系的特点

（1）委托代理层次多，代理链条长。由于我国实行的是生产资料公有制的基本经济制度，所以国有企业产权的原始所有权主体是"全体人民"，而能代表"全体人民"的最合适人选当然是政府。但是，由于国有企业资产范围广泛、数额庞大，在保证"全体人民"统一所有的前提下，客观上只能委托给一部分人来组织和运营。为了保证国有企业资产所有权得以有效实现而又不丧失其所有权权益的统一性，国有企业产权需要在多层次上分解，这样就形成了多层次的委托代理关系链。我国国有企业的初始所有者是全国人民，但是全国人民不可能都去组织和运营国有企业，因此只能形成 6 个层次的委托代理关系：一是全国人民与全国人民代表大会之间的委托代理关系；二是全国人民代表大会与国务院的委托代理关系；三是国务院与各级政府之间的委托代理关系；四是各级政府与国有资产管理委员会之间的委托代理关系；五是国有资产管理委员会与国有资产运营机构之间的委托代理关系；六是国有资产运营机构与国有企业经营者之间的委托代理关系。

（2）初始委托人以虚拟形式存在，国家依据政权强制性获得对公共产权的代理。国有企业的资产属于"全体人民"所有，"全体人民"是企业的初始委托人。这种委托人虽然在理论上是存在的，但实际上却是以虚拟形式存在的，它不具备自然人股东的基本特点。而且，国家代理也并非以一个自愿性契约为基础，而是以国家政权为依托，即国家无须直接获得初始委托人的授权，它可以通过颁布法令等方式获得代理权，它是一种以行政权为基础的、强制性的代理关系。

（3）各中间层次的局中人扮演着双重角色。在这个长长的委托代理链中，除了初始代理人和最终代理人外，各中间层次中的局中人均扮演着双重角色，他们既是国有资产的代理人，又是国有资产的委托人。

（二）国有企业委托代理关系存在的问题

目前，国有企业改革的基本思路是通过在国家与企业之间引入多级委托代理关系，用现代企业制度改造国有企业，以实现政企分开、权责明确、产权明晰、管理科学的改革目标（张维迎，1999b）。这一思路使西方的代理理论成为我国经济学界的讨论热点。然而，由于体制背景与假设条件的差异，如果不对西方的代理理论作必要的修正和拓展，则很难有效地解释公有制下的多级委托代理关系。

广义的代理关系泛指承担风险的委托人授予代理人某些决策权并与之订立或明或暗的合约。狭义的代理关系则专指公司的治理结构，即作为委托人的出资人授予代理人在合约中明确规定的权利，凡在合约中未经指定的权利归属委托人（张英婕和陈德棉，2005）。剩余索取权与控制权分离后，尽管可产生代理收益，但由于委托人与代理人效用函数的不一致性及信息的非对称性，可能产生"逆向选择"和"道德风险"，即国有企业经营者利用自己的信息优势，采取旨在谋求自身效用最大化却可能损害委托人利益的机会主义行为。委托人为使预期效用最大化，需通过订立合约来监控国有企业经营者的行为，从而产生代理成本。委托人设置一个最优化的激励和监督机制以及在经营者市场、产品市场、资本市场上建立的有效竞争机制是降低代理成本的主要途径。公有制经济中的委托代理关系具有特殊性，其实质是一种全体国民—政府—企业经营者三者之间特殊的双层委托代理，即从初始委托人（全民）到国家权力中心的自下而上的授权链，以及从权力中心到最终代理人（企业内部成员）自上而下的授权链。这种双层委托代理缺乏效率的根源是终极委托人所有者地位的虚置，从而使这种委托代理缺乏严格的委托人指向代理人的监督机制（杨红炳，2006）。政府作为联系双重体系的"关键人"，既是初始委托人的代理人，又是最终代理人的委托人。当借鉴西方的代理理论来剖析这种多级代理关系时，就必须拓展代理理论的分析框架，加强对既是代理人又是委托人的政府行为的剖析，否则将很难得出具有解释力的结论。

第二节 经营者激励的理论基础

有的文献称经营者为企业家、经理人、首席执行官（Chief Executive Officer, CEO）、经营管理者等，本书中均称为经营者。经营者激励问题既是管理学研究的问题，又是经济学研究的问题。事实上，国外经营者激励问题的理论研究也是以这两个不同思路展开的。因此，要研究经营者激励问题，首先必须对一般性规律进行分析，同时有必要对相关观点进行回顾和综述。

一、经济学中与经营者有关的激励理论综述

（1）科斯（Coase R. H.）创建了企业契约理论，其代表人物包括威廉姆森（Williamson）、德姆塞茨（Demsetz）、张五常、哈特（Harte）和阿尔钦（Alchian）等。该理论认为，企业是一系列不完全契约的组合[①]。哈特认为，由于短期合约所涉及事件的简单性与对将来要发生事件的可预测性，在短期合约中，第一种交易

---

① 转引自：程国平．2002. 经营者激励理论、方案与机制．北京：经济管理出版社

成本和第三种交易成本都可能大大减小，但是这些成本在合约的运作中并不会消失。在长期合约中，尽管它所涉及的事件是复杂的，存在较多的不确定性，合约成本会大大增加，但长期合约的交易成本也不是无限大的。威廉姆森（1985）把科斯不完全合约理论作了进一步的细化。在威廉姆森看来，现实生活中的人就是"合约人"，他们无不是以不同的合约形式来完成其交易的。张春霖认为，假定理性人的经济行为是以自我效用最大化原则为前提的，则个人效用函数是有差异的，由此导致所谓激励问题。霍姆斯特姆和泰若勒的研究认为，如果监督者的剩余权益来源与团队生活中的每个成员的贡献不可分，在度量每个人的贡献时所遇到的困难将影响到让谁作为监督者的决策过程，所有权在解决企业激励问题时是重要的，尤其是所有权应当与那些边际贡献最难估价的投入要素相联系。

（2）Alchian 和 Demsetz（1972）提出代理理论。他们认为，企业实质是一种"团队生产理论"。每个单个私有财产所有者为了更好地利用他们的比较优势，必须通过团队进行合作生产。詹森和麦克林（Jensen and Meckling, 1976）从另一个角度发展了阿尔钦和德姆塞茨的理论。他们考察了在所有权与经营权分离情况下企业内部对管理者的激励问题。他们认为，在两权分离条件下，由于管理者不是企业的完全所有者，所以管理者努力的结果是：一方面，他可能承担全部成本而只获得部分利润；另一方面，当他消费额外收益时，他获得全部好处而只承担少部分成本。结果会导致管理者热衷于额外消费，而不去努力工作。这样，企业的价值就会小于他是企业完全所有者时的价值，两者的差额称为"代理成本"。解决代理成本的办法是让管理者拥有完全的剩余权益。由威尔森（Wilson, 1969）、斯宾塞和泽克梅森（Spence and Zeckhauser, 1971）、罗斯（Ross, 1973）、莫里斯（Mirrlees, 1974）、霍姆斯特姆（Holmstrom, 1979）以及格罗斯曼和哈特（Grossman and Hart, 1988）等开拓的委托代理理论，不仅考察代理问题，也考察委托问题。[①] 这一理论大大改进了人们对所有者、管理者及员工之间的内在关系以及更一般的市场交易关系的理解。由于委托代理理论研究内容是非对称信息条件下行为人的利益关系，所以又被称为"信息经济学"或"激励理论"。这是迄今为止人们从经济学领域研究激励问题最有效、最通用的工具，也是本书创建经营者激励与绩效规划模型，设计激励机制的主要理论基础。

（3）舒尔茨（Schultz）、贝克尔（G. S. Becker）在 20 世纪 60 年代提出人力资本理论（Barkema and Gomez-Mejia, 1998）。"资本"在政治经济学中的定义是"能带来价值增值的东西"，把资本的范畴扩转到人，人力资本无非是体现在人身上的能带来价值增值的能力（Hambrick et al. , 1996）。舒尔茨对人力资本的贡献是开创性的，被誉为"人力资本之父"。正因为是开创性的，其理论还不系

---

① 转引自：张正堂. 2003. 企业家报酬决定：理论与实证研究. 北京：经济管理出版社

统，它主要侧重于对人力资本的宏观研究，特别是对教育投资影响人力资本形成进行了具体研究，而对人力资本本身的构成缺乏深入研究。贝克尔弥补了舒尔茨只重宏观的缺陷，他着重从微观角度对人力资本进行具体研究，提出了三个方面的理论：一是人力资本的生产理论，即人力资本的供给状态；二是人力资本的分配理论，探讨人力资本收益分配规律；三是人力资本与职业选择问题，由此构筑起人力资本理论的基本框架（加思·S.贝克尔，1987）。明塞尔（1958）发展了人力资本–收益模型，他认为一个人在生命周期每一刻都在做出人力资本投资的选择，那些选择较多人力资本投资的人，年轻时领取较低收益报偿他们的选择，年老时则以较大收益形式获得他们预先投资的收益。他通过模型证明，这实际上是水平的经历–收益曲线和倾斜的经历–收益曲线之间的一种选择。[①]

（4）熊彼特（Schumpeter，1934）作为研究企业家理论的突出代表，界定了企业家是管理者，其管理活动的核心是创新，企业家的创新产生了动态的经济运动与经济发展。熊彼特赋予企业家以创新者的角色，认为企业家是资本主义经济发展的动力。按照熊彼特的逻辑，企业家首先制定创新决策，其次执行创新决策，其结合会产生新的组合，在自由市场体系下，新的组合又将给企业家带来利润，从而打破原来的经济均衡状态，进而推进经济发展。[②] 与熊彼特相反，马歇尔（2005）认为，企业家的重要作用就是承担风险。马歇尔的企业家理论无疑是相当深刻的，他不仅赋予了企业家"风险承担者"的角色，而且在企业内部对风险承担又作了具体划分，完整揭示了企业家获取"企业家利润"的根本原因。这一理论为解决和回答对经营者为什么必须予以激励的问题提供了理论依据。奈特与马歇尔的观点是一致的，但他对"风险"作了"可保"与"不可保"的具体区分，他更关注具有不可保险特征的市场"不确定性"。他认为，企业家的作用就是面对市场不确定性大胆决策，自己承担风险，而把可靠性（有保证的契约收入）提供给工人。企业家的本质在于处理不确定性的能力（Knight，1921）。张维迎的资本企业家理论直接吸收了卡森（Casson，1991）的观点，他们都强调企业家必须拥有个人财富，只有才干而不接近资本的人是"不合格的"企业家。在经营者激励问题上，张维迎明确提出选择比激励更重要。

二、管理学中与经营者有关的激励理论综述

对管理学中的激励问题的研究经历了三个阶段。

---

① 转引自：李忠民. 1999. 人力资本：一个理论框架及其对中国一些问题的解释. 北京：经济科学出版社

② 转引自：Miller J S, Gomez-Mejia L R. 1996. Decoupling of executive pay and firm performance：a behavioral perspective. The Academy of Management，（2）：135～158

第一个阶段是从单一的"经济人"刺激到满足多种需要。最初源于亚当·斯密的思想，人被看做是自利的"天生懒惰"，激励只能靠金钱刺激和经济惩罚，这种被麦格雷戈（D. McGregor）称为传统的"X理论"的激励思想，在泰勒推行的"胡萝卜加大棒"式管理中得到了充分体现。由于刺激是奏效的，有的西方学者就沿此方向继续研究，其代表性成果是以斯金纳（B. F. Skinner）的操作性条件反射论为基础的强化理论。但在此后的研究中发现，把人仅看成"经济人"而无视人的社会性，会给激励效果带来局限。由此，激发了对人本身的研究。1927～1932年，梅奥（G. E. Mayo）通过著名的"霍桑实验"提出了"人群关系理论"。在这种理论影响下，管理界开始了从"考虑工作"的时代转向了"考虑人"的时代。1943年，出现了马斯洛（A. G. Maslow）的"需要层次论"。

第二个阶段是从激励条件泛化到激励因素逐步明晰。以马斯洛的需要层次论为基础，西方管理界确立了这样一种激励模式：需要—目标—动机—行为—绩效—奖酬—满足—积极性。人被看成是具有多种需要并不断追求自我实现的行为主体，组织应该创造条件以发挥人的潜能，使人体验成功的满足感。麦格雷戈概括提出的"Y理论"，在20世纪四五十年代很快就成为管理界的共识，并被认为是"激励方式前进了一大步"。到50年代末期，管理学激励理论对激励因素的认识开始深化，出现了赫茨伯格（F. Herzberg）的"双因素论"，人们认识到不是满足一切需要都能调动积极性，只有满足工作范围内的需要才能达到激励效果。后来，麦克利兰（D. C. McCelland）的"成就动机理论"，把人愿意努力工作的动因又归结为"强烈的成功需要"，由此对激励条件的认识逐渐明晰。

第三个阶段是从侧重激励内容的研究到对激励过程的探索。无论是马斯洛还是赫茨伯格，都始终停留在对人的需要的研究上，并没有进一步探索需要应该如何实现的问题。而在实践中，如何实现人的"需要"却是研究激励问题的重要课题。因此，从20世纪60年代中期开始，管理学激励理论的研究向激励过程延伸，出现了弗鲁姆（V. H. Vroom）的"期望理论"。此后，洛克（E. A. Looke）和休斯（C. L. Huse）等人又围绕这个环节，对激励作用因素进一步研究，提出了"目标设置理论"。而亚当斯（J. S. Adams）则从奖酬这个环节入手，探讨了激励过程的相关影响因素。在概括这些研究成果的基础上，波特（L. W. Porter）和劳勒（E. E. Lawler）则提出了"综合激励模式"，从而使激励过程更加具体，激励理论变得"丰富多彩"。

第三节　经营者激励机制的比较研究

一、美国企业经营者激励机制

美国企业经营者激励机制以薪酬机制和市场机制为主导，并且薪酬激励占很大比重。20世纪90年代以前，对经营者薪酬激励大都采用高薪的方式。20世纪90年代以后，股票期权制度逐步盛行。在实施机制上，对经营者的奖励，董事会决定不需要股东大会批准，也就是说，美国的企业经营者被赋予了更大的决策权力。

（1）从薪酬水平与差异来看。美国经营者薪酬水平相对较高，且与职工薪酬差距较大。美国企业注重使用较高的薪酬调动经营者的工作积极性，特别是大型企业、垄断企业。美国学者的大多研究表明，美国企业经营者的报酬－业绩敏感性较强。2008年数据统计显示，美国上市公司60%左右经营者的平均薪酬（年薪）都在100万~1000万美元，且美国经营者薪酬与员工的薪酬相差100多倍。

（2）从薪酬结构来看。美国经营者薪酬由基本工资和年度奖金、长期激励机制、福利计划构成。基本工资和年度奖金主要用于回报高管现期或上期对公司所作的贡献。长期激励机制主要包括股票期权计划、股票持有计划、虚拟股票计划、股票奖励等。福利计划包括退休金计划和"金色降落伞"离职金等。美国经营者的激励机制中，基本薪酬所占比重较少，激励方式多样化，且具有长期激励性的股票期权激励比重较大，存在较为明显的"杠杆效应"。

二、德国企业经营者激励机制

德国企业比较重视通过内部机制对经营者进行激励与控制。德国企业经营者的激励机制主要表现在以下两点。

（1）从薪酬水平与差异来看。从总体水平看，德国企业经营者的报酬明显低于美国企业，这一点在企业并购过程中表现得尤为突出。如1997年，戴姆勒－克莱斯勒公司的德国高管于尔根·施伦普（Jurgen Schremp）的年度报酬总额为300万马克，而职位相同的戴姆勒－克莱斯勒的美国高管鲍勃·伊顿（Bob Eaton）的年度报酬却高达2000万马克（Elston and Goldberg, 2003）。

（2）从薪酬结构来看。德国企业经营者薪酬主要由基本年薪、浮动薪酬和津贴组成。德国薪酬模式与美国模式存在较大不同，主要表现在：德国经营者激励机制中激励力度与美国相比较弱，德国薪酬中基本薪酬所占较大，而具有激励性的短期激励、长期激励较少，股票期权激励的方式刚刚起步，还没有采用限制性股票等激励方式。

三、法国企业经营者激励机制

法国经营者的报酬采用现金和股票形式（Alcouffe A. and Alcouffe C., 2000）。

（1）从薪酬水平与差异来看。与美国、德国相比，法国企业经营者的薪酬水平比较低。例如，1995年薪酬最高的是世界著名的化妆品生产企业欧莱雅，其董事平均年薪只有 552 000 法郎。

（2）从薪酬结构来看。据 Hewett Associates 咨询公司调查，1995 年法国 20 亿法郎营业额以上的公司经理人员的报酬构成是：固定工资占57%，和经营业绩挂钩的红利收入占12%，股票期权占11%，社会福利占17%，物质实惠占3%。法国经营者激励力度与美国相比较弱，报酬与企业绩效挂钩不强，激励作用不大。

四、日本企业经营者激励机制

日本企业经营者激励机制则以声誉和内部劳动力市场竞争为主导。

（1）从薪酬水平与差异来看。日本企业经营者的薪酬相对欧美国家比较低，表现在：一方面，经营者薪酬水平与欧美国家相比较低；另一方面，经营者薪酬水平与员工薪酬水平的相差倍数也远远低于美国等欧美国家。这种收入的差异，在一定程度上反映了美国和日本两个国家的背景，美国是一个以个人利益为核心的国家，而日本则是以集体主义为核心的国家。

（2）从薪酬结构来看。日本经营者薪酬由基本年薪、奖金和津贴等构成。年功序列制度将经营者的薪酬与他们的贡献挂钩，作为经营者的主要激励手段。日本经营者的非现金薪酬明显高于美国，但股票期权等长期激励在薪酬结构中所占比例小于美国。日本企业之所以能够以较低的成本成功地实现对企业经营者有效的激励，关键在于日本企业注重对经营者进行事业型激励，而不仅仅依靠物质刺激。长期雇佣、内部晋升和薪酬后置是企业内部劳动市场的基本特征。企业内部劳动市场的激励功能是通过长期雇佣、内部晋升、薪酬后置和企业文化四个方面相互作用实现的。对于经营者，丰厚的退休金计划（薪酬后置的一种形式）和对企业的忠诚、敬业精神是主要激励因素（吴云，1996）。事业型激励这种综合性、社会性的激励机制，对经营者更容易产生长期的激励效应。

五、我国企业经营者激励机制

首先，从经营者身份角度来看，我国国有企业经营管理人员被看成是"国家干部"而不是被聘用的"高级雇员"，国有资产的主管部门不愿实行经营者薪酬与绩效挂钩的激励制度，一些经营者也不好接受高于主管领导（公务员）的薪酬奖励。其次，从经营者产生机制来看，企业经理市场只在小范围内存在，还未正式形成统一、开放的经理市场。因而大部分国有大中型企业的经营者基本上由政府主管部门任命，导致经营者从经营企业变成"经营领导"，目标和行为严重错位。最后，从内部监督机制看，国有企业内部未能建立有效的经营者激励机制。这表现在由于信息不对称而导致的所有者对经营者激励不足，监督不力。

（1）从薪酬水平与差异来看。长期以来，与国外经营者薪酬水平相比，我国经营者尤其是国有企业经营者的收入与其劳动严重不符，薪酬水平偏低。据2008年数据统计显示，美国上市公司60%左右高管的平均年薪都在100万～1000万美元，而我国64%的企业高管平均年薪为人民币10万～50万元。

（2）从薪酬结构来看。我国企业薪酬结构过于单一，激励性不强。薪酬以基本薪酬、绩效薪酬和中长期激励（股票期权激励）为主。与美国、德国、法国、日本相比，我国基本薪酬比重明显偏高，而具有长期激励效应的股权激励比重较低。以2003～2008年的上市公司数据为研究样本，我国实施股权激励的企业数量虽然在逐年上升，但实施股权激励企业所占比例却还远远低于欧美发达国家。

第四节　经营者监督的理论基础

一、分权制衡理论

"拥有权力的人都容易滥用权力，这是一条万古不易的经验。有权力的人们使用权力，直到遇到有限制权力的地方才休止"；"要防止权力滥用，必须用权力制约权力"。孟德斯鸠基于此种认识，提出了将国家权力分为立法权、行政权和司法权，三种权力相互分立而且相互制衡，以图达到防止和制约任何一种权力尤其是行政权膨胀及其滥用的治国目标，这就是著名的现代政治国家"分权制衡"的宪政理念。现代国家几乎都是按照其"分权制衡"理念来构建国家宪政体制的。

现代公司犹如小型政府，但对社会影响却很大。现代公司随着所有权与经营权的彻底分离，所有者日益远离公司的经营和管理，而经营者作为内部人却掌握了公司的控制权，在缺乏有效激励与监督的情况下，"内部人控制失控"就不可避免。为防止和监督"内部人控制失控"，降低代理成本和道德风险，也必须在现代公司内部建立起有效的分权制衡机制，将公司决策权、执行权与监督权分立并使其相互制衡，建立起科学有效的公司内部治理结构与监督机制，以实现公司治理的目标。因此，分权制衡的宪政理念成为了现代公司建立监督机制的理论基础。

现代公司治理结构正是按照分权制衡理念进行建构的，公司权力被分为决策权、执行权和监督权，分别由公司股东会、董事会和专门的监督机构（监事会）或人员来享有。其中，由全体股东组成的股东会是公司的最高权力机关，行使公司重大事项的决策权；由股东通过股东大会选任的董事所组成的董事会是公司的业务执行机关，行使执行权；由股东或职工通过股东大会或职工大会选任的监事所组成的监事会，或由股东通过股东大会选任的独立董事及全部或主要由其组成的专业委员会，作为公司内部专门的监督机构或人员，代表股东对董事会（或执行董事）和经理层行使监督权。在分权的基础上，公司各组织机构的权力配置就形成了相互制衡的格局，在公司的各组织机构之间形成一个相互依赖、相互作用并相互制衡的组织系统。西方宪政思想的精髓"以权力制约权力"和"分权制衡"在公司治理结构中得到了完美的体现。公司治理结构中的权力分立与制衡平衡了公司内部不同主体之间的意志和利益，使独立于股东会、董事会、监事会的公司意志得以形成，最大限度地保证了公司行为的理性，实现了公司利益与股东利益的最大化。

当今世界最具代表性的公司治理结构与监督模式有两种：一是英美法系国家中以美国公司为代表的单层制董事会及独立董事制度模式；二是大陆法系国家中以德国公司为代表的双层制董事会及监事会制度模式。前者在股东大会下只设董事会，不设监事会，董事会既是公司业务执行机构又是业务监督机构，董事会对执行董事和经理层的监督权由董事会内设的独立董事及全部或主要由其组成的各专业委员会来行使；独立董事必须独立于执行董事和经理层，且须由具有法律、财务或管理才能和经验的专业人士出任。因此，主要由独立董事组成的董事会做到了与执行董事和经理层的有效分离和相互独立，且能够有效地履行监督权。而后者，在股东大会之下设有由股东或职工通过股东大会或职工大会选任的监事组成的监事会，监事会对股东大会负责，再由监事会选任董事组成董事会，董事会对监事会负责，三者之间是上下级关系；监事会是公司专门监督机构，行使对董事会经营活动的监督权，而董事会是公司的业务执行机构，负责公司的经营管理，监事与董事人员不能相互交叉，这样就很好地保持了监事会与董事会的相互独立和有效分离，也能够很好地履行监督职责。可见，美国公司治理监督模式与德国公司治理监督模式，都比较好地贯彻了"分权制衡"的宪政理念，实现了公司内部治理结构的决策权、业务执行权与业务监督权的有效分立与相互制衡，从而较好地实现了公司治理与监督的目标。

二、所有权与经营权分离下的委托代理理论

随着生产力的发展，生产的社会化程度也不断提高，作为社会生产最基本单位的企业组织，其形式由个人业主制企业、合伙制企业发展到了公司制企业。在个人业主制企业和合伙制企业中，出资者介入到企业的生产经营活动中去，并通过自己的参与管理保持了对企业的控制。而现代企业组织形态（即公司制）的出现，特别是股份有限公司的出现，形成了企业出资者和企业内部运作相分离的态势。

首先，现代公司社会化。现代公司特别是股份有限公司是社会化大生产的产物，它是由众多的股东分别拿各自的财产投资组建而成的，其所有权不再是完整地归于单一主体企业主，而是体现在股票所有权上的多元化。这样由于财产权主

体结构的分散而使公司内部出现了众多的具有不同利益的主体，并对公司有着不同的影响力和参与程度，同时也会在利益的实现方式上存在较大差异。

其次，公司出资者的财产权出现二重化分解，分解为公司股权和公司法人财产权。这种双层产权结构最终导致公司股权持有者从法律上与公司实际运营相对分离。公司法通过公司代表机关——董事会的构造及相应权利配置条款，使企业所有者从法律上与企业生产经营过程相脱离，即所有权与经营权的分离。

最后，在公司活动中形成多层委托代理链。所有权与经营权分离之后，所有者在公司中只拥有剩余索取权，已不再直接经营企业，企业的经营管理交给了专职的经营者。公司股东与经营者之间实际上是一种委托代理关系，即股东成为委托人，经营者成为代理人，代理人对委托人负责。但由于股东数量过多，通常只由股东大会来决定公司的重要事项，并选出董事会代替股东行使自己的权利，因此，股东和经理人员之间又多了一层委托代理关系，即股东与董事会的委托代理关系，这样就构成了双重委托代理链条，即股东—董事会—经理。前者是经营权的委托代理链条，后者是管理权的委托代理链条，股东为一级委托人，董事会为一级代理人和二级委托人，经理人员为二级代理人，于是就形成了三者间的两种关系，即股东与董事会间的信托关系和董事会与公司经理人员间的委托代理关系。

（1）股东与董事会之间的信托关系。股东出于信任推选董事，董事是股东的受托人，承担受托责任，由董事组成的董事会成为公司的法定代表机构，是股东的利益代表。股东参与公司的事务是有限的，但股东可以通过股东大会改组董事会，也可以起诉某个玩忽职守的董事。为了保护自己的财产权，股东可能将所有权的管理全部委托给董事会，也可能把主要经营决策权委托给董事会，另设置一个监事会专门行使监督职能，构成权力的相互制衡。正是由于存在这部分变化的可能性，造成了世界各国公司治理结构的差异。事实证明，委托代理理论所揭示的这种关系是有效率的，做到了财力与能力之间的一种良好的合作。这种合作为那些有能力无财力的人提供了从事经营活动的机会，同时为那些有财力无能力的人创造了赚取利润的机会，而股份公司的顽强生命力就在于此。但在实际中，尤其在现代公司中，董事会是公司的决策机构，不应是清一色股东代表，而应是公司所有利益相关者的代表，他们有参与公司经营决策的权利。因此，股东与董事会的关系就发生了变化，甚至使公司治理结构发生变异。

（2）董事会与公司经理人员之间的委托代理关系。董事会作为公司的决策机构，全权负责公司的经营，并以经营管理知识、工作经验和创新能力为标准，选择和任命适合于本公司的经理人员。经理人员接受董事会的委托行使对公司日常事务的管理权，并向董事会负责。但实际上，由于企业经理人员大多数是董事会中的成员，或者经理人员通过持股变为公司所有者，董事会与经理人员之间的委托代理关系变得更加模糊不清，尤其是董事长与总经理兼任的情况下，作为股东利益代表的董事会更难以保障股东的利益，甚至存在着董事会与经理层合谋的机会，使公司治理变得更加困难。所以，公司治理客体不仅是经理人员，更重要的是董事会的行为。董事会总是由独立的自然人组成，他们虽然也有个人利益的存在，但既然法律把公司权利的行使赋予了董事会，他们就要按照法律的要求，通过责任的实施，保证公司决策的科学化并不断提升企业的竞争力，最终为公司的所有利益相关者的利益而工作。这样构成的公司法上的董事制度，不但是监督经营者日常行为的制度，而且是实现前帕累托最优的最合适的手段。董事会是委托代理链条上的关键环节，它既要向股东大会负责，为所有股东忠实地履行义务，又要监督公司管理层，确保决策的科学化和管理层行为的正当化。所以，对内部治理而言，一个积极、主动参与的董事会是相当重要的。

三、信息不对称下的说明责任理论

公司治理产生的条件之一是信息不对称。所谓信息不对称，是指委托人和代理人所能获得的关于公司经营的信息是不一样的。代理人拥有委托人难以获得的独家信息，来谋求个人的利益。在阿罗·德布鲁的标准范式里，假设委托人对其代理人所要完成的行动是完全已知的，能够无成本监督的话，那么将不存在委托代理问题，委托人能够无成本地促使代理人将委托人的目标内在化。但在现实中，信息不对称是因委托代理关系的产生而客观存在的"自然缺陷"，因此，公司治理就要在信息不对称条件下来研究委托代理问题。该研究主要体现在以下两个方面：一方面是对事前信息不对称的逆向选择的研究。它主要涉及如何降低信息成本问题，这需要委托人和代理人事前签订一种契约来规范代理人的行为。在公司治理的研究中，因公司治理结构中的权力相互制衡所建立的基本法律框架在一定程度上虽然弥补了信息不对称的不足，但不会消除，也永远不会消除信息不对称；另一方面是对事后信息不对称的道德风险的研究，它主要涉及如何降低激励成本的问题。在委托人选择了代理人并签订了契约之后，由于委托人无法知道代理人的行动结果是代理人本身行动所致，还是自然状态造成的，为此委托人必须设计一个激励契约以促使代理人从自己的利益出发，选择对委托人最有利的行动。从公司治理机制的有效性来考虑，在签订契约时设计一种激励机制，如期权激励和声誉激励，能够促使代理人尽其所能地按照委托人的利益行动。当然，这种激励机制要依据自然状态的不同而有所不同。不同的经济环境、不同的信息结构、不同的社会目标，要求设计不同的激励手段以追求效率的最大化。委托代理问题虽然造成信息不对称的客观存在，但其程度则根据公司治理的状况有所不同。过度的信息不对称就会带来严重的内部人员管理问题，进而也会严重损害委托人的利益。因此，在公司经济活动中，公司利益主体要求通过代理人树立说明责任的信念，加大信息披露的透明度以减轻信息不对称程度是行之有效的做法。

说明责任（accountability）是说明和报告行为结果的义务，是责任的解除和权限的行使。虽然说明责任是作为权限委托的结果而产生的，但说明责任自身不能委托，责任和权限只能是向组织下层委托，说明责任只能是向组织上层进行，即被委托权限的责任者应该报告其权限的行使过程和结果。因此说明责任要涉及双方，即拥有要求说明责任权利的一方和担负说明职责的一方。前者是说明责任的客体，后者是说明责任的主体。一般来说，说明责任可以分为垂直的说明责任和水平的说明责任。垂直的说明责任是组织阶层权限的委托，而同业之间是以契约关系产生的，如生产者与消费者之间的关系是水平的说明责任。但无论是何者，都要求其权限行使行为的正当化。在股份公司中，说明责任是以契约为基础的。股东向董事委托了权限和责任，因而董事应向股东负有说明责任。上层经理人员向中层管理者以及中层向下层委托了权限和责任，被委托者都相应地负有说明责任。同样，公司向提供资本的债权人、向缔结雇佣契约的职工等都负有说明责任的义务。公司治理问题就是由这些利益相关者要求企业负有说明责任而提出的。可以说，公司治理问题是包含股东在内的利益相关者与企业之间的说明责任关系的问题。

四、利益相关者理论

企业究竟应该对谁负有说明责任的义务，一直是颇有争议的问题。委托代理理论只认定企业代表股东的利益，经营者只是股东权力代理链上的终极管理者，经营者的经营目标是实现股东的利益最大化。但是，随着公司边界的扩大和公司责任的外延，公司成为一个权力束，与这些权力相对应的索取权和责任也被分解到所有的企业参与者身上，公司的经营目标由利润最大化变为公司价值最大化，而要实现公司价值最大化和增强企业竞争力就必须关注股东以外的其他利益相关者。一个能对其权益提供良好保护的公司治理机制能鼓励这些利益相关者为企业提供"专用性资源"，否则，企业就会面临这些"专用性资源"不足的问题，从而导致企业价值的衰减。但各利益相关者之间在利益上也是有矛盾的，如何协调他们的利益从而实现公司价值最大化就成为现代公司关注的问题。因此，利益相关者理论作为委托代理理论的补充和完善应运而生。

利益相关者理论的早期思想可以追溯到 1932 年。当时哈佛大学法学院的学者杜德（E. Merrick Dodd）针对伯利（Adolf Berle）发表的一篇论文指出，公司董事必须成为真正的委托人，他们不仅代表股东的利益，而且也要代表其他利益主体的利益，并相信"社会责任感"将会成为"切合时宜的态度"。当时，杜德对"公司的目的是股东利益最大化"这一理念提出了质疑，利益相关者理论仅是雏形，尚未得到发展。发展利益相关者理论的是布莱尔（Blair），他提出"企业应当满足谁的利益？"并证实了杜德的预言，公司对大范围的利益相关者给予支持应体现在实践之中。公司应该为所有利益相关者的利益服务，而不应仅仅为股东的利益服务，股东只是拥有有限的责任，一部分剩余风险已经转移给了债权人和其他人。而且股东所承担的这种风险可以普遍通过投资的多样化来化解，因为他们可以将持有的股票作为其总投资中的一个组成部分。股东通常拥有不受限制的权利去转让他们的股票，那么，这就意味着当股东对公司的经营业绩不满意时，他们拥有比公司其他的利益相关者更多的"退出"选择。

所谓利益相关者，是指向公司投入了资源或由于企业的存在和经营活动而受到影响的人或集团。其中，向企业投入了专用性资源的人或集团成为直接或内部利益相关者，包括投入资本资源的股东和债权人，投入人力资源的劳动者以及在关联交易中投入专用资产的供应商等。内部利益相关者以权力性、能动性和合法性等特点成为公司发展的重要资源。因企业的经营活动而受到间接影响的人和集团成为间接或外部利益相关者，他们与企业关系应具有双边关系的特征，即这些人或团体有助于企业，而企业也有求于这些人或团体。在实际中利益相关者各自发挥不同的作用，他们在一定程度上享有公司的控制权，对经营者可以起到一定的监督作用。

第五节　经营者监督机制的比较研究

监督企业经营者是公司治理的重要部分，主要通过股东、董事会、监事会、利益相关者、市场和法律六个方面进行监督。股东对经营者的监督一方面通过企业董事会来行使，另一方面通过产权交易市场来行使；董事会和监事会对经营者的监督主要表现在企业经营权方面；利益相关者通过金融机构和债券持有者等来对经营者进行监督；市场对经营者的监督，主要体现在产权交易、产品市场、经理市场。另外，法律对经营者责任的规定，也是一项非常重要的监督。

一、股东对经营者的监督比较

表2-1列出了美国、德国、法国、日本和中国的股东对经营者的监督的主要表现。一般来讲，股权集中度与股东对经营者的监督存在显著性正相关；产权明晰与经营者的各项限制或要求存在正相关关系；股东大会法定召开次数、法定董事会开会次数与行使监督的机会和权力呈显著性正相关关系；企业经营信息要求披露次数与对经营者的公众监督的机会存在正相关关系。

表 2-1　股东对经营者的监督比较

项目	美国模式	德国模式	法国模式	日本模式	中国模式
经营者是否持股	必须	未要求	共存	未要求	未要求
经营者报酬	可分红	可分红	固定	无偿	不同
经营者任期	1 年	5 年	3 年	2 年	3 年
经营者的责任	不承担	承担	区分情况	无酬无责	相应责任
每年股东会召开次数	2	1	2	1	1
每年董事会召开次数	12	3～4	4	4	2
每年信息披露次数	4	2	2	2	2
决议股数要求	大于 1/3	大于 25%	大于 25%	大于 50%	大于 50%
提案权要求	无	无	1000 股	3% 以上	3% 以上
通信决议	可	不可	个别可	可	可
决议通过	多数原则	多数原则	多数原则	多数原则	多数原则
一股一表决权原则	严格遵循	严格遵循	70% 不是	遵循	严格遵循
董事决定	经营者	股东大会	混合	经营者	所有者
董事会构成	外部 3/4、内部 1/4	内部职工	内部职工、外部董事	几乎全部为内部	内部职工、外部董事

资料来源：陈佳贵等. 2001. 国有企业经营管理者的激励与约束——理论、实证与政策. 北京：经济管理出版社

从表 2-1 中的综合比较可以看出，在进行比较的五个模式中，美国模式中股东会召开次数、董事会开会次数、信息披露次数明显高于其他四种模式，而且董事的法律赔偿责任最为明确，因此美国模式最有利于股东通过董事会发挥对经营者的监督作用。

在实际操作中，由于股权分散，许多美国企业董事和董事长由经营者内定；日本企业因为法人相互持股，董事一般也由经营者兼任；职工董事在德国、法国由于独立工会的存在而发挥一定的作用，但在中国发挥的作用很小。产权明晰方面，日本企业由于法人相互交叉持股而影响了权利、责任的界定，中国企业由于国有产权的性质也影响了产权行使权利和责任的划分。

二、董事会、监事会对经营者经营权的监督比较

大多数国家的法律规定，董事会在法律上代表公司，由股东大会选举产生，享有重大事项的决策权。但是，由于各国董事会在权力分工方面存在差异，对经营者的监督方面也就存在差异。从表 2-1 可以看出，美国、德国能够比较及时地根据形势任免经营者，美国董事会下设的监督委员会行使日常的监督权力，具有

类似我国监事会的职权。法国受人际关系的影响有时难以做到及时地根据形势任免经营者，日本受法人相互持股的制约也难以做到，中国因国有产权的所有者代表常常缺乏监督企业经营情况的积极性或能力而不能及时、恰当地更换经营者。由于董事长和总经理由一人担任，决策权和执行权统一在一起，这种统一严重削弱了董事会对经理人员的监督，必然削弱对经营权行使的监督。在进行比较的五国之中，目前只有德国禁止一人兼任。美国事中监控经营者主要以监督委员会为主，德国主要依靠监事会和银行，法国则是依靠内部审计，中国和日本都是主要依靠监事会；美国事后监控经营者主要以市场为主，德国主要依靠监事会，日本主要依靠董事会，中国主要依靠所有者但目前效果并不理想。在风险抵押方面，只有美国的模式是通过经营者持股的方式监督，而德国、法国、日本和中国都没有对风险抵押采取监督措施。由此可以看出，对经营者经营权的监督德国最强，美国次之，日本、法国排后，中国的监督效果仍然是较差的。

三、利益相关者对经营者的监督比较

利益相关者对经营者的监督约束所起的作用主要表现在以下四个方面：①金融机构对经营者经营情况进行监督。日本、德国企业融资主要是通过银行，银行知道企业的经营情况，并能够及时地对融资使用情况进行监督。②企业债券持有者对经营者实施监督。在企业发行债券时，美国、日本债券所有者对经营者的监督作用相对比较明显，而德国、法国和中国债券所有者对经营者的监督作用相对比较弱。③供应商等合作伙伴对经营者的监督。供应商监督在美国、德国、法国、日本四个国家是强有力的，但在中国比较弱。④职工对经营者的监督。职工的监督作用主要通过工厂委员会（职代会）、职工持股等形式在一定程度上监督经营者的行为。美国主要是通过职工持股形式对经营者进行监督；德国和中国是通过工厂委员会（职代会）、工会的监督形式对经营者进行监督；法国则是通过工会、职工持股的形式对经营者进行监督；日本是通过职工委员会对经营者进行监督。

四、市场对经营者的监督的比较

在市场监督方面，主要有证券市场、产品市场、资本市场和职业经理人市场四种监督，整体来看美国在这四方面的市场监督都是比较强的；德国的产品市场和职业经理人市场的监督较强；法国的产品市场的监督比较强；日本的产品市场监督相对较弱，其他三类市场监督都较强；中国在产品市场方面的监督正在加强，在资金价格和职业经理人市场方面的监督较弱，应该借鉴美国、德国在职业经理人市场方面的经验，逐步完善我国职业经理人市场的监督机制。

五、法律对经营者的监督的比较

法律约束主要考虑法律界定的详细程度、法律可执行程度和经营管理者承担法律责任等情况。法律监督主要指产权界定、执行规定、承担责任三方面。在产权界定方面，美国、德国、法国、日本和中国这五个国家都产权界定明晰；在执行规定方面，只有法国相对较一般，其他四国都能够进行有效的监督；在承担责任方面，只有中国的经营者不能做到承担责任，而法国和日本是很模糊的，难以判断。由此可见，中国法律监督激励较其他四种模式较弱，尤其在对执行力、责任自负方面的法律监督大大低于其他四种模式，中国法律体系仍需不断健全和完善。由此可见，在法律约束方面，美国、德国均较强，法国、日本次之，中国较弱。

通过以上对中西方企业经营者监督机制的分析，可以得出以下结论。

（1）对比美国、德国、法国、日本、中国企业经营者监督机制，可以看出，美国监督机制最有效，德国第二，法国、日本其次，中国最弱。美国企业经营者监督机制模式中，以外部监督为主，同时以所有权、经营权为核心的内部监督也很有效。但这种监督机制模式容易导致企业经营者的行为短期化。为了弥补这种缺陷，要提高经营者报酬结构中的长期激励项目的比重，并通过股票市场的作用提升经营者的长期收入水平，从而形成对经营者行为的监督，也可保证对经营者行为激励的有效性。

（2）美国、德国、法国、日本四国中，德国、法国、日本三国企业经营者比美国企业经营者报酬低得多，可是德国、法国、日本三国企业经营者的工作效率却与美国企业经营者相比毫不逊色，究其原因，除了四个国家企业经营者报酬相对各自国情来说其绝对值并不低，对经营者已产生了足够的激励作用外，还有一个重要的原因就是德国、日本企业经营者监督机制模式中，起主导监督作用的是经营权和债权人监督，由于经营者自我监督非常有力，从而保证了企业经营者行为激励的有效性。

本 章 小 结

本章通过对国内外有关经营者薪酬激励及监督的理论及实证研究综述，发现我国国有企业经营者薪酬激励及监督依然存在很多有待研究的问题，如薪酬体系设计的影响因素问题、薪酬激励及其效应问题、精神激励等问题，这为进一步的理论及实证研究奠定了基础。

第三章　国有企业经营者需求与行为特征分析

第一节　国有企业经营者需求分析

本章将从国内外企业经营者理论研究展开分析，探究作为"经济人"的企业经营者在不确定性环境和动态过程中的需求，并分析我国国有企业经营者的需求特征。

一、国内外的研究现状

（一）企业经营者的人性假设研究

人性是人通过自己的活动所获得的全部属性的综合，是现实生活中的人所具有的全部规定性（周文霞，1999）。早期的管理学对人性的假设也是基于"经济人"的假设，但随着社会的发展和研究的深入，这种观点在逐步改变。管理学对人性假设的思想历程包括经济人、社会人、复杂人（陈永忠，1996）。①经济人（economic person）。管理学开山鼻祖泰勒把亚当·斯密的"经济人"假设引入管理学，指出人的经济活动源于改善自己经济状况的愿望。麦格雷戈用"X理论"归纳了历史上的"经济人"假设，并总结出与之相应的管理思想。②社会人（social person）。20世纪二三十年代，梅奥从霍桑试验中提出了人是"社会人"的观点，认为人的行为动机不只是为了追求经济利益，而是人的全部社会需要。影响人的生产积极性的因素，除了物质条件外，还有社会、心理因素，强调了人的社会性需求，突出了人际关系对个人行为的影响。麦格雷戈1957年进一步提出"自动人"（automatic person）假设，认为人除了有社会需要外，还有一种想充分表现自己、发挥自己潜力的欲望。③复杂人（complex person）。约翰·莫尔（John More）和乔伊·洛尔斯（Joy Lorsch）认为受各种生理和心理因素影响的人是非常复杂的，在不同情况下，人会有不同的需要和动机，即使在相同的情况下，对于同一事物，也会表现出不同的需要和情感，人是一种"复杂人"，不但复杂，而且变动很大，人在不同的组织环境、时间、地点会有不同的需求。

企业经营者作为企业的管理主体存在复杂多样的偏好，其人性兼具经济人、社会人、复杂人的特征，部分学者将其分类为理论人、唯美人、宗教人等进行研究（芮明杰和杜锦根，1997）。理论人是指管理主体对企业经营的经验和发展企业的理性思考感兴趣，并以危机感和探索精神系统而有预见性地经营着企业。唯美人是指管理主体以尽善尽美的追求去营运企业，力求在工作方式和人际关系调和等方面，有一个完美的状态和结果；宗教人是指管理主体倾心追求最高价值、无人超越价值的创造，信奉天、地、人的合一，并努力使企业营运达到无敌、无我境界。

（二）企业经营者需求的理论研究

最早把"企业家"这一概念用在经济学中的人是法国古典政治经济学家理查德·坎梯龙（Cantillon，1755），他明确提出了企业家与资本家、管理者在职能上具有明显差别的观点，并称那些充分利用未被他人认识的获利机会的人为企业家。企业家是直接对企业经营效益负责的高级管理人员，是钱德勒（A. D. Chandler Jr.）所指的现代企业中的一组"领取年薪的中、高层管理人员"，即委托代理关系中的高级代理人（小艾尔弗雷德·D. 钱德勒，1987）。

企业经营者与一般管理人员的区别在于：①企业经营者直接对企业经营的效益负责，在现代企业中，他们直接对董事会负责；而一般管理人员只对职能部门的运转效率负责。②企业经营者工作繁杂性高，他们从事的是马克思所说的"复杂劳动"；而一般管理人员的工作相对简单。③企业经营者的经营工作存在着风险，如果企业经营者经营失败，企业经营者的职业前途将受巨大影响；而一般管理人员的工作风险较小。④企业经营者的经营工作对整个企业的效益、生存和发展的影响是直接和全面的；而一般管理人员的管理工作对企业的影响是间接和局部的。因此，企业经营者的素质、经营水平和个人追求直接影响企业的经营绩效。企业经营者作为一般意义上的人，当然也有一般人所有的基本需求，但企业家不同于一般人，他是企业的"代理人"，有比一般员工更高层次的需求。

阿特金森（J. W. Atkinson）的成就动机期望价值模式认为，动机（intention）是大脑中的意愿或想法，包括有意识的和潜意识的。企业经营者行为的效用函数可以表示为 $U = U$（货币性收入，非货币性收入，企业经营者声誉，社会地位和权威，情感变量……）。要实现自身效用最大化（即 $\max U$），企业经营者通过经营业绩，即企业利润总和及其剩余索取权来取得货币性收入，并提高非货币性收入，如那些通常不以货币进行买卖，但与以货币进行买卖的物品一样可以带来效用的消费项目，主要是合理的在职消费。自我实现的需要是人的最高需要，声誉激励是最高激励，追求良好的声誉，是企业经营者成就发展的需要，是马斯洛需要层次理论中的尊重和自我实现的需要。企业经营者的货币收入在一定程度上反映了其社会贡献和社会价值，但由这种肯定所带来的心理满足和成就感，不能完全代替良好声誉所带来的企业经营者对自我实现的需要和心理满足。

在企业经营者行为的效用函数中，社会地位是重要的变量，保持和提高社会地位是企业经营者追求的重要目标。卡森（Casson，1995）认为，除了受自利动机的影响外，经济当事人行为还受到已经内在化的道德和伦理规范（如责任心、承诺感等）的直接或间接影响。经济当事人效用函数中不只是物质变量，还包括情感变量，而后者取决于当事人将道德、伦理规范等文化因素内在化的程度。由于后者的影响，使经济当事人在行为决策时考虑到他人对自己决策的反应，卡森又将这种关系称之为偏好互相依赖性，企业经营者和经济当事人之间的偏好，尤其如此。

企业经营者努力目标一般包括：①经济目标，即创业的资金回报，有稳定的、可预见的收入；②社会目标，即成为更广大集体中的一部分以及在集体中受到尊重；③自我发展目标，即自身的潜力得到充分发挥，完成与自身能力相称的事情。麦克利兰的成就需要理论指出，对企业经营者最具激励作用的需要是成就需要。企业家乐于选择有挑战性的工作目标，以迎接挑战为乐趣；他们在有挑战性的工作中寻求成功，以满足自己已经内在化的成就标准；他们从工作成功中得到的乐趣和激励超过物质奖励。

我国学者王国成认为，企业经营者需求主要表现在以下七个方面（王国成，2002）。①自主权的需求。企业经营者按市场规则对企业拥有切实完整的自主支配权。②公平竞争的需求。公平竞争是市场经济的基本准则，也是企业经营者施展才华的基本条件之一。③职业成就需求。有成就需求的企业经营者，一般表现为追求企业的长期、稳定、高效地发展，而不把重点放在追求短期效果上。④实现自身价值补偿的需求。企业经营者的经营才能，是企业重要的生产要素，对企业的经营业绩起着决定作用。因此，实现自身价值的补偿，是企业家的自然要求。⑤提高经济、社会地位的需求。我国相当多的国有企业和国有控股的股份制企业的企业经营者对自身经济、社会地位感到不满意，期望进一步提高。⑥职业安全的需求。在规范的市场经济中，企业经营者的聘用及撤换，都要经过法定的程序，企业经营者只要经营得好，是不能随意撤换的。而目前在我国，成绩突出的优秀企业经营者被无理撤职的事却屡有发生，因此，许多企业家缺乏职业的安全感。⑦归属的需求。我国企业经营者的归属需求，一般表现为获得同事、职工、上级的支持，股份制企业家获得股东的认可和支持等。

（三）国有企业经营者需求特征

私人资产委托代理比较简单，属于单一的资本性委托代理，而国有资产委托代理同时包含两个层次、两种类型的委托代理：行政性委托代理和资本性委托代理。我国法律规定国有资产属于"全体人民"，国家政府经过法律形式确定了国有资产的代理权，向全国人民负责；从另一方面讲，国家政府也成为实际意义上的国有资产所有者。国有资产委托代理包含所有权委托代理与经营权委托代理两个层次。所有者层次上的所有权委托代理表现为行政性委托代理，而所有者与经营者之间的经营权委托代理则表现为资本性委托代理。由于上一层次即最初代理人与中间代理人之间行政性委托代理的影响，下一层次即政府与国有企业之间的资本性委托代理就必然含有行政性委托代理。这样，整个国有资产委托代理链条就被打上行政性委托代理的烙印。全体人民与国家政府代理人之间以及国家政府代理人与其下属的各级代理人之间的国有资产委托代理，事实上并不是一种纯粹的经济合约关系，而在更大程度上是一种政治性的权责制约关系。或者说，即使可以把作为一个整体的全体人民与最终代理人之间的关系视为一种经济性的资本委托代理，但这种关系所借以构成的中间链条却是一种政治性的权责制约关系。因此，整个国有资产委托代理链条并不是简单的委托代理，而是同时包含行政和资产双重性质的委托代理。

国有企业经营者作为一般意义上的人，当然也有一般人所有的基本需求。但国有企业经营者不同于一般人，他是国有企业的"代理人"，有比一般员工更高层次的需求。从总体上来看，在国有资产委托代理过程的资产性委托和行政性委托的关系中，国有企业经营者的需求有以下三个特点：第一，国有企业经营者的需求相对来说都是高层次的，即马斯洛需求层次中的尊重需求和自我实现需求、麦克利兰成就需求理论中的成就需求和权力需求、阿尔德弗 ERG 理论中的成长需求。钱德勒认为，现代企业中的高级经理视经营管理活动为"终身事业"，这种追求事业终身化的行为就是追求自我实现的行为。第二，经济需求仍然是国有企业经营者工作的重要动机。国有企业经营者首先是"经济人"，经济报酬对国有企业经营者来说之所以重要，是因为他们在生活上追求"奢侈水平"（宫板纯一，1996）。当然，并不是所有的国有企业经营者都追求奢侈生活水平，有人就将所得经济收入的一部分用于增进公众利益。但是，这并不能说明经济报酬不重要，至少还没有哪一位国有企业经营者嫌自己的经济收入过多。第三，职业发展需求、声誉需求亦显重要。作为国有行政委托环节上的重要组成部分，在国有企业干部人事管理体制下，国有企业经营者也表现出强烈的职业发展需求等。总之，国有企业经营者不仅追求经济性奖酬，还追求政治发展、声望、权力等非经济性报酬。因此，可以把国有企业经营者需求简要归纳为以下六个方面。

（1）经济收入需求。经济收入的需求是指国有企业经营者对年薪、奖金、福利、津贴、股票期权等收入的需求。这种需求，一方面源于国有企业经营者在一般生存需求等得到满足后对更高生活水平的追求；另一方面，个人收入水平的高低，也是一个人价值和能力高低的"显示器"。正如张维迎所说的"一个意愿企业家的期望经营能力是他们个人财富的一个增（或非减）函数"（张维迎，2004）。

（2）安全需求。国有企业经营者的安全需求主要是指国有企业经营者的职位、权力和未来收入等保障。市场风险的一些不确定因素可能导致企业经营的风险，企业兼并和收购浪潮的风起云涌及企业经营决策和管理不善等都可能导致国有企业经营者的职位和权力的丧失。另外，国有企业经营者离职和退休后的收入保障也是国有企业经营者安全需求的一个重要方面。

（3）尊重需求。尊重需求包括企业职工的信任、委托人（股东）的认可和接受、社会的地位和声誉、他人的赞扬和各种荣誉、社会威望等各种受人尊重的需求。

（4）权力需求。对权力的需求是由国有企业经营者工作性质所决定的，国有企业经营者是属于具有较高权力欲望的人，其对他人施加影响和控制具有很浓厚的兴趣，也能为其带来心理的满足。从一定意义上说，企业领导人的权力欲望是有效管理的必要条件，因此权力需求对国有企业经营者的成功起着重要的作用。此外，权力不仅意味着可以指挥别人，也意味着地位和声誉。

（5）职业发展需求。作为国有资产的经营者，在资产性委托和行政性委托的双向作用下，企业效益直接联系着国有企业管理者的政治发展和任职前途。国有企业经营者"入仕"是我国国有企业的一种独特现象，是指一些经营者在取得一定"业绩"之后陆续转移到党政领导岗位上"晋爵为官"，来实现其自身的发展。

（6）成就需求。对于国有企业经营者而言，追求企业的发展，促进企业在激烈的市场竞争中的业绩不断辉煌，证实自己的经营才能和价值，进而获得职业生涯中的良好声誉及由此产生的社会荣誉和地位，是其成就需求的一般表现。因此，强烈的事业成就感及由事业成功而得到更多的经济收入和良好的职业声誉、社会地位等，是国有企业经营者努力工作的重要需求。

二、国有企业经营者具体需求特征研究

为进一步分析国有企业经营者需求特征，下面运用实证研究方法展开研究。采用关键事件归纳的方法来确认国有企业经营者需求所包含的内容，在对这些需求进行分类的基础上，开发出一套量表来测量国有企业经营者的需求。

（一）量表构建

首先采用归纳法确认对国有企业经营者非常重要的需求。这种方法需要收集回答者对具体事件的描述，然后按照内容分析的方法对收集到的条目进行分类（Kerlinger，1986）。

（二）条目产生和类别整理

量表开发采用了两个样本。第一个样本用来生成条目，包括来自不同国有企业的 51 位经营者，这些经营者所属的企业包括西安西电集团、陕西重型汽车有限责任公司、陕西鼓风机（集团）有限公司等多个国有企业。其中 8 位是中层经理，41 位是高层经理（另外两名没有标明年龄）。回答者的平均年龄为 38 岁，在组织中的平均任期为 10 年。每个回答者完成含有一个开放式问题的问卷，问题是：您认为企业经营者有何种需求特征？留出 5 个空白行以期回答者提供 5 个对于这个问题的答案。51 名回答者一共产生了 235 条陈述（大约每个回答者 4.6 条）。参照 Eisenhardt（1989），Farh 等（1997）以及 Xin 等（2002）等人的研究，使用同样的分类程序来分析这 235 个条目。

（1）第一轮编码。在现有文献的基础上，提供对需求特征（包括自我价值补偿需求、职业成就需求、职业安全需求、职业发展需求、自我实现需求等）的一系列定义，每个定义之后，列出 3 个典型条目。在上述基础上，再由三名企业管理专业的博士生按照类别定义，独立地对 235 条陈述进行分类，当现有类别不适合某个条目时，他们也可以提出新的类别，第一轮编码结束时，得到 10 个类别，它们是"自身价值补偿需求"、"成就需求"、"职业安全需求"、"职业生涯发展需求"、"自我实现需求"、"归属需求"、"公平竞争需求"、"权力需求"、"尊重需求"和"个人知名度需求"。

（2）第二轮编码。和三名分类者共同讨论第一轮编码中提出的分类框架，剔除具有很少条目（数目小于 3）的类别（即"归属需求"）。三名分类者根据新的分类系统对所有的条目重新分类。这轮编码结束时，与国有企业经营者需求相关的 9 个类别被确定下来。它们是"自身价值补偿需求"、"成就需求"、"职业安全需求"、"职业生涯发展需求"、"自我实现需求"、"尊重需求"、"公平竞争需求"、"权力需求"和"个人知名度需求"。检验三名分类者在两轮编码中的一致性程度。在第一轮编码中，三名分类者的一致程度（即三个人的分类完全一致）是 58.2%，两两间的一致程度是 81.5%；在第二轮编码中的一致程度是 88.3%，两两间的一致程度是 91.8%。结果表明分类过程是稳定和可靠的。

（3）样本与程序。为建构一套具有信度和效度的国有企业经营者需求的测量工具，邀请 258 名在职 MBA 学生参加了第二个调查。调查对象平均年龄是 33 岁，在企业中平均任期 5.6 年，其中 181 名是男性（占 70.3%）。从上述 9 类条目中的每个类别里各选出 4~5 个最经常被提到的条目来代表那个类别，一共 38 个条目被用来测量经营者需求，每个条目用一个 5 点的 Likert 式量表测量，要求被调查者判断每一条目用来描述其所在企业经营者需求的符合程度，从 1（非常不重要）~5（非常重要）。

三、结果分析

使用 SPSS（15.0 版本）对来自 258 名回答者的数据进行探索性因子分析，运用主成分分析法和 Kaiser 正规化最大变异法来确定国有企业经营者需求的多维结构。采用特征值大于 1、因子负荷不低于 0.50 等标准抽取出了 6 个因子。去除那些交叉点落在不同维度上的条目后，得到了一个具有 20 个条目，6 个维度的因子结构。这 6 个维度解释了 65.89% 的总变异，它们分别被记为 "成就需求"、"自身价值补偿需求"、"尊重需求"、"职业生涯发展需求"、"权力需求"、"职业安全需求"。表 3-1 列出了每个条目在 6 个维度上的因子负荷值。6 个维度的内部一致性系数均在 0.70 以上，同时采用重测信度来评估该量表的信度。在两个月的时间间隔内，又调查了 36 位上述管理人员，计算出重测信度是 0.76，表明该测量工具的信度较好。

表 3-1　国有企业经营者需求的探索性因子分析

变量	因子 1	因子 2	因子 3	因子 4	因子 5	因子 6
成就需求						
任期内企业盈利增长	−0.82	0.14	0.04	0.01	0.17	0.12
企业规模扩大	0.73	0.39	−0.27	0.11	−0.18	0.21
企业品牌价值的增值	0.73	0.30	0.31	−0.02	−0.18	0.18
员工综合价值的提升	0.69	0.09	0.15	0.17	0.21	−0.02
基于环境与资源的可持续发展	0.58	0.39	−0.20	0.23	−0.16	0.22
自身价值补偿需求						
与业绩挂钩的高收入	0.02	0.77	−0.09	−0.05	−0.27	−0.02
多样的薪酬激励组合	0.16	0.74	−0.11	0.05	0.16	−0.08
必要的非物质激励	0.10	0.73	0.12	0.29	0.21	0.03
尊重需求						
国资管理部门的认可	−0.09	0.01	0.88	0.04	0.24	0.03
企业职工的信任	−0.24	−0.02	0.74	−0.05	0.09	−0.04
良好的社会地位和声誉	0.26	0.01	0.57	0.20	−0.14	0.11
职业生涯发展需求						
企业在当地经济发展中的地位及影响力	0.16	0.12	−0.04	0.86	0.08	−0.1
在行业内更具优势企业的任职机会	0.06	0.18	0.06	0.75	0.13	−0.04
由经营者向政府官员的转换潜力	−0.06	0.09	0.29	0.50	−0.25	0.05

续表

变量	因子 1	因子 2	因子 3	因子 4	因子 5	因子 6
权力需求						
拥有经营决策自主权	0.03	− 0.13	0.14	0.06	0.87	0.04
拥有人、财、物的自主权	0.22	0.27	0.07	0.27	0.67	0.15
高效的管理层执行力	0.15	0.12	0.33	− 0.20	0.51	− 0.29
职业安全需求						
职业稳定性	0.19	0.03	− 0.06	− 0.01	0.01	0.84
离职后的物质满足感和心理平衡性	0.03	0.12	0.31	0.26	0.11	0.61
良好的工作氛围	0.28	0.17	− 0.01	0.24	− 0.11	0.59
特征值	2.94	2.29	2.24	2.02	1.97	1.71
可解释变异的百分比/%	14.70	11.50	11.19	10.11	9.84	8.55
可解释变异的累积百分比/%	14.70	26.20	37.39	47.50	57.34	65.89
内部一致性系数（α 系数）	0.91	0.88	0.87	0.79	0.77	0.71

　　注：提取方法为主成分分析法；旋转方法为 Kaiser 标准正交旋转。

　　（1）假设检验的样本及程序。用于检验假设的样本来自 76 家企业的经营者，这些企业包括输变电设备、汽车制造、航空航天、军工装备、石油化工、电信、金融服务业等不同行业。每位经营者填写一份问卷，内容包括企业背景、经营者需求情况等。提供带有回信地址及邮票的信封以便每位经营者直接回寄问卷。共有 66 名经营者完成并寄回了有效问卷，回复率是 86.84%。在这些回答者中，43 位（65.15%）是男性，平均年龄 35.2 岁，平均具有 4 年高等教育经历，在企业中平均任期为 5 年。

　　（2）结论分析。在此项研究中，基于现有理论采用归纳的方法，建构测量国有企业经营者需求的比较全面的测量工具。

　　其中，"成就需求"维度表明经营者注重在任期内尽量提高企业及员工所期望获得的成绩，如企业盈利的增长、企业规模的扩大、企业品牌价值的增值、员工综合价值（包括收益、由企业品牌所衍生的个人价值）的提升、基于环境与资源的可持续发展等，以此来提高企业竞争力，反映了优秀企业经营者对职业成就的需要。他们执著追求经营管理的成功，愿意在企业发展中实现自己的人生价值。"自身价值补偿需求"维度表明了企业经营者的自然要求，如与业绩挂钩的高收入、多样的薪酬激励组合（绩效薪酬、中长期激励等）、必要的非物质激励（如精神激励）等。这说明有效的物质激励和精神激励对实现国有企业经营者的价值仍有很大作用，经济需要仍是他们工作的重要动力，他们期待创造的价值与他们的收入相平衡。"尊重需求"维度说明企业经营者希望得到别人的尊重和认可。其中，得到国有资产管理部门（中间委托人）的认可和企业职工（初始委托人）的信任对管理者来说很重要，良好的社会地位和声誉也说明了经营者追求良好的声誉，以期更好地获得长期利益。"职业生涯发展需求"维度说明国有企业经营者特殊的职业发展追求，企业效益直接关系到国有企业经营者的政治发展和任职前途。他们从实际出发，根据自己的能力、现有水平及环境条件来为自己设计一个能够达到的目标，实现自身的职业生涯规划。"权力需求"维度反映了职位赋予经营者的权力，从工作性质角度来解释他们是具有较强权力欲望的人，从一定意义上说明了企业经营者的权力欲望是有效管理的必要条件。"职业安全需求"维度表明了企业经营者对基本工作条件及保障的要求，经营者对其职业有无后顾之忧，关系到他们能否在该职业中具有长远观念和尽心尽责的工作态度，在最基本的需求得到满足后，可以在一定程度上避免企业经营者短期行为的发生。

在对企业经营者的需求了解清楚后可以更有针对性地对其进行激励，使其更好地为企业服务。

第二节　国有企业经营者行为特征分析

一、国外企业经营者行为研究综述

（一）新古典经济学家对企业经营者行为的研究

以马歇尔为代表的包括柯兹纳、奈特、彭罗斯、卡森等经济学家将企业经营者纳入传统经济均衡理论中去研究，认为企业经营者的作用是利用市场非均衡机会，并不断地使经济（市场）达到均衡；而熊彼特独创地将企业经营者置于传统经济均衡理论之外，认为企业经营者的作用是打破经济（市场）均衡，促进社会发展。新古典经济学派的奠基人马歇尔（Marshall A.）最早将企业经营者作为独立的生产要素提出并进行研究，他认为应在动态经济过程中定义企业经营者和研究企业经营者行为，企业经营者实际上发挥的是中间人或商人的作用，即发现和消除市场不均衡。作为奥地利学派代表人物之一的柯兹纳（Kirzner L. M.）继承了米泽斯（R. von Mises）和哈耶克（F. A. von Hayek）关于人类行为和市场过程的观点，指出在经济学研究的有目的的人类行为及其相互作用过程中，存在一种企业经营者要素（entrepreneurial element）及其功能。这种企业经营者要素在目的和手段不明确的情况下，使经济当事人去认识和判断什么是应寻求的目的，什么是可以利用的手段，从而表现出一种积极主动的行为。柯兹纳将企业经营者行为界定为一种发现，他认为，企业经营者作为推动市场过程的主体，其作用在于发现对交易双方都有利的交易机会，并作为中间人参与其中，发挥推动市场进程的作用。

奈特（Knight）认为，企业经营者"不仅对过去（或目前的）事物做出反应，也经常对推测的事物做出反应"，在未来不确定的情况下，企业经营者能够采取有意识的行动，改变现状。奈特在《风险、不确定性与利润》（1921）中首先细化了Thunen 对风险（risk）和不确定性（uncertainty）的区分，不确定性是指经济当事人的有限理性无法计算出未来事件发生的概率，这是经济过程中无法回避的现象，而风险是可以预测、可以避免的，也可以进行保险，并指出不确定性是说明企业家作用的根据。他认为，现实的经济过程是由预见未来的行动构成的，而未来总是存在不确定性因素的，企业家行为就是识别不确定性中蕴藏的机会与获利的可能，并通过资源整合来把握和利用这种机会，以便从中获利的过程。

熊彼特和卡森所定义的企业经营者行为在很大程度上是一种战略性长期投资行为。熊彼特认为，企业经营者行为就是创新行为。这种创新行为可分为五种情况：创造一种新产品、采用一种新的生产方法、开辟一个新市场、取得一个新的供给来源、实现新的组织方式。前两种创新行为属于技术创新范畴，后三种创新行为属于组织或制度创新范畴，企业经营者在技术创新和组织创新过程中角色不同。熊彼特将企业经营者视作创新的主体，企业经营者的作用在于创造性地破坏市场均衡。按照熊彼特的定义，严格地说只有发现机会的"第一人"才称得上是企业经营者，其创新行为必须是根本性的——"建立起一种新的生产函数"。而且该定义下的企业经营者行为是一种相对静态的过程，当企业家打破旧有均衡实现新组合之后，市场将逐渐恢复到均衡状态，并等待下一次企业经营者行为来打破均衡。

（二）现代经济学家对企业经营者行为的研究

Guth 和 Ginsberg（1990）指出，企业经营者行为应该包含两种现象：一种是在业已存在的组织中创造新的业务，即企业投机（corporate venturing）；另一种是通过更新关键理念来转变组织，即企业更新（corporate renewal）。Covin 和 Slevin（1991）提出，企业经营者型厂商（entrepreneurial firms）表现出更多的创新、风险承担和主动行为，因为这些企业能够在战略远景上比其他企业更系统地达成共识。这些企业经营者行为和精神的具体表现，对于企业经营者的能力都有非常高的要求。波兰尼（Karl Polanyi）提出，经济行为是嵌入于社会结构之中的，经济行为可以被理解为是一种选择，而选择所依据的是社会生活方式及其结构。边燕杰（1999）社会资本和网络分析方法的引入，对于企业经营者行为研究来说是一大突破。社会资本与社会网络理论没有像一般情境论那样认为企业经营者行为是特定情境下涌现出来的适应该环境的行为，而是将企业经营者行为理解成为一个与环境互动的动态过程，这为更好地理解企业经营者的行为过程提供了帮助。奥立佛·威廉姆森（Oliver Williamson）将有限理性概念引入新制度经济学文献，成为经济组织分析的基本假定之一。机会主义行为假定是威廉姆森提出的，正是因为人的机会主义本性直接影响了市场的效率，所以市场上交易的双方不但要保护自己的利益，还要随时提防对方的机会主义行为。威廉姆森指出经济协约人在接收、存储、检索、处理信息以及语言运用等方面的认知能力不足会影响人的抉择（Williamson，1975），协约人在签订和执行契约时会产生机会主义，在资产专用性制约下，协约过程会呈现出计划、承诺、竞争、治理等四种制度安排模型。交易成本经济学把企业家置于企业各种合约关系的中心，强调企业经营者根据他的"权威"和自身利益对信息以各种方式进行处理。

（三）经济心理学的企业经营者行为理论

雷诺于 1961 年研制的动力指标法，提出如下考察企业经营者"动力"大小的三个因素：①潜在的精神力量，是指判断力和一般的智力，即可教育性。对企业经营者，这些问题涉及"企业的历史、解决困难的方法、和同一行业的其他企业相比本企业的生产增长率、打算采取的解决当前问题的办法"。②可调动的精神力量，也就是已有的认识。③实际上已调动的精神力量，反映的是"企业的领导对自己工作的关心程度"。

（四）经济演化论的企业经营者行为理论

演进经济学把企业经营者置于各种战略关系的中心，强调企业经营者创新能力是企业中基本的战略性要素，是企业特质性的重要方面。梅基（Maki，1992）、杰克·J. 弗罗门指出，企业经营者创造尽可能多的利润的欲望这个假设被认为是企业的本质或"基本结构"，他们认为这一新古典趋势定律是在竞争市场上"自然选择"运作的结果。弗里德曼不主张企业经营者在本质上追求最大化的预期利润，认为预期收益最大化假说与商人的动机无关。

纳尔逊和温特提出的演化模型中，追逐"利润"被假定为企业经营者的目标（Nelson and Winter，1982），把企业经营者恢复为企业的人格化代表。其演化理论认为选择与搜寻是演化过程中同时发生的、相互作用的方面。搜寻与学习努力是由（较高层次）惯例引导的思想，选择是直接作用于更高阶段的学习或搜寻规则。适应性学习可能改变企业经营者的目标（他们的抱负水平），其主观抱负水平决定了什么样的行为规则将"生存"下去。如果面对不满意的结果，适应性学习的企业经营者必须能够以一种或其他的方式识别出对这种失败因果性负责的规则。企业经营者为市场份额而相互竞争，他们的利益相互冲突，个体企业成员牵涉进了 HD 类型的混合动机博弈（或合作博弈）之中，存在着卸责、"搭便车"与"道德风险"的机会，个体的利益在一定程度上也是相互冲突的，这可能会产生次优的企业（群体）结果。

（五）社会心理学的企业经营者行为理论

社会学认为企业经营者是一种角色。格式塔心理学派的主要代表人物考夫卡（K. Koffka）和勒温（K. Lewin）等人最早对心理环境作过描述。考夫卡认为决定人类行为的是人所感知到的"行为环境"意识中的环境，他用人格来说明自我，而把环境分为地理环境和行为环境。人的行为发生于行为环境之中并受行为环境的影响。不同的个体尽管生活在相同的客观环境里，却有着不同的行为环境背景。

勒温把人的心理和行为视为一种场的现象，认为人的心理活动是在一种心理场或"生活空间"中发生的，人们的行为是由当前这个场决定的。勒温行为模式：$B = F$ $(P - P_1, P_2, \cdots, P_n; E - E_1, E_2, \cdots, E_n)$。这个公式表明行为是环境与人相互作用的函数或结果，人的行为是由人的自我状态和环境两种力量构成的心理动力场作用的结果。B（behavior）表示个人的行为；P（personal）表示个人的内在条件和内在特征；$P_1, P_2, \cdots, P_n$ 表示构成内在条件的各种生理和心理因素，如生理需要、生理特征、能力、气质、性格、态度等；E（environment）表示个人所处的外部环境，$E_1, E_2, \cdots, E_n$ 表示构成环境的各种因素，如自然环境、社会环境等。费斯汀（L. Festinger）的不协调理论认为，由于认知上的不协调才引起人类的行为。他将人类行为的动因从需求水平转移到认知水平上，突出了人类理性的力量，提出了认知不协调的解决途径：①改变行为，使对行为的认知符合态度的认知；②改变态度，使其符合行为；③引进新的认知元素，改变不协调的状况。

（六）经济伦理学的企业经营者行为理论

经济伦理学将企业经营者行为视作"社会行为"，包括政治行为。企业经营者才干的施展有赖于合适的经济和社会政策框架条件。为个人行为设定制度框架，有助于为企业经营者创造必要的自由活动空间。促成企业家行为的，除了诸如确保生存、赢得声誉或从创造性活动中寻求乐趣这样的动机之外，主要还在于对回报和业绩的追求——实现长期利润最大化目标。市场经济是一种能为企业经营者活动提供相应激励的制度，有利于企业经营者通过竞争机制，最大限度地为消费者提供产品和服务，满足其实际需要，并寻求回报。而企业经营者对自身利益的追求也通过竞争间接地获得了满足。就此而言，市场经济与企业经营者是两个互补性的概念：没有市场经济，企业经营者就失去了用武之地；反之，没有企业经营者，市场经济便无从证明它的经济效率和它的道德性质（乔治·恩德勒等，2001）。

企业经营者伦理是指那些涉及企业经营者地位的基本信念。韦伯（M. Weber）的以企业经济概算作为企业经营者行为导向的现代"经济理性主义"表面上同企业管理中的伦理道德观没有太多的矛盾冲突，但是，"现代经济伦理"首先要求企业经营者必须将注意力集中在作为决定性判断依据的经济业绩（利润）上，因为这种经济业绩不仅有益于公共福利，而且还能充分证明其伦理观的合法性。因此，这种现代的企业经营者伦理要求将商业道德的"方向"定位于经济理性基础之上。

企业经营者面临的核心问题是如何协调伦理要求与经济业绩压力之间的关系。机会主义或犬儒主义认为：绝大部分的企业经营者都赞同"完美的伦理学从长期来看是件好事"。鲍姆哈特（R. C. Baumhart）及布雷纳（S. N. Brenner）和莫兰德（E. A. Molander）相信，犬儒主义正在企业经营者中逐渐流行。凯贝尔（W. Kerber）和楚雷纳尔（P. M. Zulehner）在德国所进行的研究得出了悲观的结论：尤其在年轻的企业经营者中，表现出了价值相对主义和机会主义的倾向。这一结论也得到了美国研究项目中犬儒主义结论的验证。伦理学被当做确保企业经营者长期取得成功的手段，只要这一点成为主导动机，那么出现的就不是伦理行为，而是策略性行为。只有这种手段深深植根于和谐的经济信念，才能谈得上是企业经营者伦理。

二、国内企业经营者行为研究综述

近些年，随着市场经济体制建设步伐加快，企业在国民经济中的地位作用不断增强，企业经营者行为开始受到国内学术界的广泛关注。经济学家对企业经营者职能的研究，使得企业经营者推动经济发展与提高组织绩效的作用日益受到重视。而在现实中，企业经营者职能都是通过具体的企业经营者行为来实现的。因此，越来越多的研究者转而研究企业经营者行为得以发生的基础。

北京大学厉以宁教授认为，实际上企业经营者是个经济学的概念，它说明一种素质，而不是一种职务。企业经营者应符合三个条件：一是有眼光，能发现别人不容易发现的赚钱机会；二是有胆量，敢于拍板，敢于冒险；三是有组织能力，即把各种生产要素组织在一起产生高效率的综合能力。厉以宁还强调，对我们社会主义国家的企业经营者还应加一条，就是有社会责任感。经济学家高希均则认为，企业经营者既要有"经济人"的效率观念，通过资源的有效利用，通过适者生存的法则，才能集聚社会财富，同时也要提倡"社会人"的公平，通过财富的分享与社会福利的普及，使社会获得和谐的发展，但当社会文明程度达到一定水准之后，就必须提倡"文化人"（culture person）所注重的精神层面，通过文化水准的提升，使人的心灵获得充实，社会的发展才能真正得以平衡（高希均，1989）。

目前，对企业经营者实现其职能的具体行为问题的研究，是从管理学角度分析我国国有企业经营者个性、经历和成功素质，以及企业经营者行为模式（何森，2003）。中国科学院学者联系我国实际，制定了一套企业领导行为调查表，得出结论：我国属于 PM 型的企业不及一半。吕福新认为，对企业经营者行为方式的研究要探究其各种具体和特殊的行为方式，他把企业经营者看成是一种角色集合，探讨了企业经营者行为格式，认为是角色 - 人格行为方式，从根本上区别于普通的管理者行为（吕福新，1995）。也有学者从经济学角度研究企业经营者人力资本（程承坪和魏明侠，2002）。国内学者的研究视角多从新制度经济学的角度出发，研究企业经营者创新行为（袁勇志，2003），对企业经营者行为进行制度分析（郑江淮，2004），这些可以称之为企业经营者行为的制度基础研究。

袁勇志运用组织行为学的基本理论和方法，研究了企业经营者创新行为，揭示了制约企业经营者创新行为的各种主客观因素，以及这些因素是如何制约企业经营者创新行为顺利开展的（袁勇志，2003）。杨德林（2005）研究了我国科技型企业经营者的行为与成长，总结出科技型企业经营者行为特征以及科技人员向经营管理转变的过程特征。郑江淮认为，企业经营者行为是企业经营者在不确定环境中通过对稀缺资源进行协调做出的判断性决策，认为在现实经济活动中，企业经营者行为体现在技术创新和组织创新上，分析了作为创新主体的企业经营者在不同的制度安排中是怎样受到激励和监督，以产生和持续产生技术创新的（郑江淮，2004）。

现有企业经营者行为研究在很大程度上强调了制度安排在激发企业家行为过程中的决定意义，这些观点限制了理论研究的视角，在政策建议方面具有一定的片面性。在这些理论中，企业经营者行为是制度设计的自然结果，仿佛一旦具有良好的制度环境就一定会涌现出众多的企业经营者行为。制度环境设计得好，的确有利于企业经营者职能的实现。但是，现实中有许多成功的企业经营者成长的制度土壤并不一定良好，公司制度改革后许多企业领导者也没有像预期的那样变成企业经营者。而且，现有的研究和一些案例反映出，企业经营者的能动性和企业经营者精神是企业经营者行为更为本质的要素。企业经营者行为应该是一个能动的过程，在这个过程中，制度环境、企业经营者能力及其互动共同作用是决定企业经营者能否实现创新行为的外部条件，而企业经营者的能动性和企业经营者精神则是激发企业家行为的内部动力。目前，我国学者对企业经营者的各种行为进行了一定的研究分析，包括经营管理行为、投融资行为、创新行为、重组扩张行为等，多半研究还处在描述性的实证分析阶段。整体来说，对企业经营者行为的内在、外在因素的剖析，以及对企业经营者行为的特征研究还需进一步系统展开。

三、国有企业委托代理关系的特点

国有企业委托代理关系存在如下特点。

（一）委托代理链条复杂

委托代理链条复杂是由我国国有经济产权制度决定的。我国的全民所有制在现阶段是以国家所有制为实现形式，由国家代表全体人民行使财产所有权。这种由分散所有到集中所有，是通过宪法形式完成的委托代理过程，而这一过程并不是按经济规则进行的，亦非真正意义上的经济代理制。国家是由各个政府职能部门和各级地方政府组成的，中央政府因其拥有的信息和控制幅度的局限，不可能直接监督所有企业，更不可能直接经营这些企业，它必须将国有资产经营权授予若干个分散主体去经营。在传统体制中，国有资产授权是依据行政体制进行的，中央政府将国有资产授权于各个政府职能部门和地方各级政府，而各政府职能部门又是由中央和地方各级部门组成，地方各级政府又管辖着本级职能部门，这样条中有块，块中有条，条块交叉并存，层层授权，层层代理，导致委托代理的环节特别多。"十六大"之后，按照"国家所有，分级管理"的要求，国有资产管理委员会只在中央、省、市（地）三级设置，并建立"国有资产所有权行使机构—国有资产运营机构—国有资产控股、参股企业"的三层次运行体系。但在实际运营过程中，既有的管理模式仍惯性地渗透在新的管理体系之中。

（二）行政管理体制的路径依赖

我国国有经济委托代理制的层层代理关系是建立在各级国务院国有资产监督管理委员会（以下简称国资委）的层层委托代理之上的，国资委是委托代理的主体，但它既不是初始委托人，也不是最终代理人，而是这两者的庞大中介。国有经济的委托代理过程正是通过这一庞大中介来完成的。国有企业经营者由国资委组织任命，并由国资委按指定指标考核，国有企业生产经营决策和计划由国资委主管部门审批等，都说明我国国有经济代理制是依赖行政体制展开运作的。

（三）委托代理链条缺乏内在连接机制

在委托代理制每节链条的两头都是不同的利益主体，一方是委托人，另一方是代理人。连接两种不同的利益主体并使之形成相互激励、相互制约的关系，必须有一种机制。具体到代理制中，就是委托方将资本经营权授予代理人，是以拥有剩余索取权和最终控制权为条件，经营者（代理人）取得资本的经营权是以享有与其贡献匹配的劳动报酬与较高的经营业绩评价为条件，而这些权、责、利关系是通过预先达成的协议并依据现代企业制度来实现的。所有者与经营者共同以协议条款为依据分担责任并分享利益，实现所有者产权目标与经营者行为目标的均衡。而我国国有经济代理制具有浓重的行政委托性，加之资本委托的不完全性，代理链条缺乏这种连接机制。

（四）国有资本缺少真正以投资收益最大化为目标的股东

国有企业一直在进行股份制改造，但没有形成真正独立的产权主体，国有股持股主体行政化倾向严重，国有股"产权主体虚置"。国有股持股主体——国资委并非最终的财产所有者，只是国有资产的代理人。国资委虽然在一定程度上拥有国有企业的实际控制权，但并不拥有索取及使用收益的合法权利，当然也不承担由控制权的使用而产生的责任。国资委手中的国有企业控制权往往变成一种"廉价投票权"，并随时有被企业内部人寻租的可能，从而形成"风险制造者而不是风险承担者"的状况。因而国资委不可能像私有股东一样真正关心国有资产的营运效率，也无法承担其应有的责任。国有股持股主体的行政化，致使国有企业委托代理关系不是一种财产所有者与法人所有者之间的关系，而成为一种政治功利和经济目标的混合体。

（五）国有企业经营者激励与监督"双向软化"

由于国有企业所有权与经营权的分离，形成委托代理关系，必须要有一套有效的激励和监督机制，通过内部和外部监督手段，以合理的市场和制度安排，激励和监督代理人。在成熟的市场经济条件下，委托人对代理人的激励和监督，是通过有效率的企业价值评价和市场手段，如企业控制权转移、融资安排等监督经理人员，迫使企业经营者不至于过远地背离公司价值最大化行径。在我国，国有企业代理人（即经营者）一般都是改制前的国有企业领导人，并且通常是由政府主管部门任命的。由于改革中的路径依赖性，代理人的激励与监督机制基本上沿袭了改制前的模式：软激励与软监督并存。由于国有产权主体虚置，股权监督机制极度弱化，加之外部资本市场与职业经理人市场不完善，经理人员往往处于失控的"真空"。虽然国资委与国有企业经营者之间也形成某种形式的协议，然而由于缺乏必要的法律基础和市场基础，这种协议是不完全的，往往流于形式。在这种情况下，国资委对国有企业的控制，表现为行政上的"超强控制"和产权上的"超弱控制"并存。经营者与国资委博弈的结果，使一部分经营者利用行政上的"超强控制"转嫁经营风险，逃避经营失败的责任，同时又利用国资委产权上的"超弱控制"形成内部人控制，追逐代理人利益，损害委托人权益。

（六）缺乏内部激励机制

国有企业所有权与经营权分离后，如果没有相应的激励机制，国有企业经营者就没有足够的动力为利润最大化的目标而努力，因为利润与其收入是无关的或关系不大。国有企业经营者所扮演的角色只是国家行政命令的执行者、生产的组织者，而非真正的风险决策者，不需要承担风险。国有企业经营者正当的收入分配机制尚未建立，代理人合理利益便无法满足，监督管理机制不够健全，则导致管理人才流失的"39岁现象"、禁而不止的"穷庙富方丈"、"59岁现象"的机会主义行为。所以从某种程度上讲，红塔集团的褚时健现象实际上是一个分配体制滞后于市场要求的尖锐问题。

（七）缺乏外部制约机制

目前，我国对国有企业经营者的外部制约机制还不健全，在一定程度上国有企业经营者的监督完全是靠其自身的修养、内在的素质发挥作用，而真正的外部监督体制并未真正形成。具有强烈行政色彩的国有企业经营者的任免与市场化的职业经理人市场的弱小，致使难以形成良好的外部监督机制。众多行政化监督流于形式，无法对责任人进行相应的处罚，结果导致严重亏损后再去调查解决处理。这种做法，既耗时又耗财且收效甚微，即使把国有企业经营者撤免，企业和社会仍然背着沉重的包袱。监督是需要成本的，但是不监督所造成的损失远远大于监督成本。

四、国有企业经营者行为特征分析

（一）理性行为分析

国有企业形成较为特殊的委托代理关系，在复杂委托代理层次上，每个层次相对上一层次来说都是代理人，而相对于下一层次来说又是委托人。不直接管理企业的中央政府（代表初始委托人）是最高层的委托人，其目标是整个国家的效用最大化，其余层次都需要通过一定的激励监督机制使之与国家利益相一致。中央政府下辖的不同行政主管部门及国有企业经营者作为不同的人格化主体，均应以追求国有资本的保值增值为主要目标。

新经济人假设认为，人的基本行为动机都是追求效用最大化。因此，作为委托人的资本所有者，其目标可以被认为是追求利润最大化；作为代理人的经营者，其目标是追求个人的货币收入和非货币收入（即效用）的最大化，两者的目标并非完全一致，或者说有分歧。但在国有资产管理部门制定必要的补偿和激励机制下，国有企业经营者应以国有资产的保值增值为目标，全身心投入到国有企业的经营运作中，制定国有企业的短期发展目标、长期发展目标，保持国有企业的可持续发展。根据企业不同阶段的发展需求，国有企业经营者可采取必要的短期增值经营管理行为、长期增值经营管理行为，包括决策行为、投融资行为、创新行为、重组扩张行为等，并将企业经营的短期努力行为与长期努力行为有机结合，保证经营行为的有效性、长期性和可持续性。

（二）非理性行为分析

国有企业所有者和经营者都是为了追求自身效用的最大化，所以企业所有者会针对经营者制定各种有利于其效用最大化的薪酬激励机制，而对于企业经营者来说，则会利用委托代理中存在的信息不对称，在千方百计减少自己努力程度的同时实现自身利益的最大化。由于信息不对称，委托人（国有企业所有者）支付给代理人（国有企业经营者）的报酬无法完全精确反映代理人付出的劳动数量和质量，且委托人又无法使用非经济手段使代理人努力为自己工作，因此，代理人就有了侵蚀委托人利益的机会。

国有企业经营者非理性行为是指国有企业经营者背离所有者（初始委托人等）的目标、政策和法律，为牟取私利而不作为或采取不正当手段，造成国有企业利益损失。在我国经济体制转轨时期，国有企业经营者非理性行为不仅不能给国有资产带来增值，而且会造成国有资产的大量流失，严重影响国有企业的发展。因此，对经营者非理性行为的治理已经成为国有企业改革中面临的一大难题。对于国有企业经营者非理性行为的原因，有的学者认为是源于法律制度的缺陷，有的认为是由于市场体系的不完善。本书主要运用经济学和管理学相关理论，对国有企业经营者非理性行为的原因及其内在机理予以归类分析。

1. 国有企业经营者投机行为

现代企业的重要特征是所有权与经营权的分离。企业所有者作为委托人，希望作为代理人的企业经营者按照所有者的利益目标选择行为，但所有者对经营者选择的行为并不清楚，只能根据企业业绩情况来对经营者进行奖惩，以激励经营者选择对自己有利的行为。所有者追求的是与资本所有权对称的企业收益，经营者追求的是与其经营才能对称的报酬收益。因此，在委托代理机制下，由于所有者与经营者之间的目标不一致、激励不相容、信息不对称和责任不对等，就必然产生委托代理问题——经营者可能利用手中的权力为实现个人利益最大化而损害所有者的权益。这种委托人与代理人之间的利益目标差异与冲突已被国内外许多学者所论述。

（1）机会利己主义行为。按照主流经济学的观点，现代企业以股东财富或市场价值最大化为最终目标，但从国有企业的委托人——国家来看，其追求的目标是多元的，包括社会目标、政策目标和企业目标，这种特殊性使国有企业更具有公共组织的特征。当国有企业出现运营危机时，政府就会采取补贴、提供贷款、注入资金等各种补救措施，以免其破产，保护其社会目标和政策目标。在这种情况下，企业经营者会意识到：利用政府信用采取投机行为，在监督代理人和测度代理人产出的成本很高的情况下，经营者不可能被百分之百地监督。因而，经营者可能采取欺骗、偷懒或以其他方式从事对其自身具有价值但对委托人无益的行为，从而进一步恶化委托代理关系矛盾，出现国有企业内较为普遍的在职消费等腐败现象。例如，代理人通过权力获得增加薪金、在职消费、其他福利待遇等丰厚的控制权收益来寻求自我补偿；在工作当中逐步产生偷懒、"搭便车"等机会主义行为。

（2）机会风险主义行为。国有企业经营者对风险的选择可分为风险偏好型、风险中性型和风险规避型三类。在个人对风险后果负责的情况下，个人偏好对风险类型的选择起着决定性的作用。在委托代理关系中，由于代理人成为企业事实的权力主宰而又不承担决策的全部后果，在委托人不拥有代理人的充分信息的情况下，代理人的选择就会导致其非理性行为。Campbell（1996）的研究表明，由于追求风险偏好型的经营方式会对经理职位产生威胁，而冒风险所获得的收益中只有很少部分归经营者本人，因此，经理们一般不选择风险偏好型的经营方式。Jensen 和 Meckling（1976）也指出："随着管理者所有权要求的减少，他勇于开拓、敢冒风险和甘于奉献而进行创造性活动的动力也相应地减少了。这可能是产生（委托人与代理人）冲突的最重要的根源。"但在转型时期，由于不完全产权，国有企业经营者只要有足够的控制权，即使是风险厌恶者也可能趋于选择更加冒险的经营方式，采取更富进攻性的经营战略。在拥有自主决策权而又不承担决策风险后果责任的情况下，很难形成风险与收益对称的经营方式，因而会产生企业经营风险与收益关系的背离行为。

2. 国有企业经营者寻租行为

国有企业经营者是资源的配置者，同时又是特殊的资源。作为资源的配置者，企业经营者完全可能按照个人报酬最大化原则组合企业的其他资源。作为特殊的资源，理应得到应有的报酬。国有企业经营者所拥有的权力是其进行企业资源配置的重要手段。但由于国有企业存在事实上的"所有者缺位"，缺乏真正的权力主体，导致企业经营者的权力绝对化，从而使经营者权力缺乏有效的权力监督主体；而对国有企业经营者的任免权又掌握在政府手中，企业无权更换经营者，这使得企业无法采取"换人"的报复性策略来惩罚经营者，从而弱化了企业对经营者的监督力；政府虽然可以通过"换人"来达到监督经营者的目的，但是政府监督经营者的成本高昂，而且经营者与政府之间本来就存在着千丝万缕的联系，从而也弱化了"换人"对经营者的监督力。正统的经济理论在解释企业经营者决策方面是不成功的，企业经营者行为和企业经营者能力需要从寻租角度进行考察。

（1）经济性寻租行为。国有企业经营者通过减少企业对外来者的吸引力（降低资金流动性、减少销售或利润、调整资源配置等），用锁定的行动来保护自己舒服的地位以防止被接管。虽然这种保护手段的交易成本也许不大，但是这种保护手段的社会成本可能很高，经营者的保护行动得到很好的"补偿"，他们可以继续进行非生产寻租。企业资源重新配置是收购和兼并的最初目的，然而，收购和兼并过程中的企业经营者非生产性寻租活动，阻碍了生产型企业的生产活动。在收购和兼并活动中，经营者获得的租金对社会而言无疑是巨大的，即使没有波斯纳（Posner）所假设的那么高。对目标企业的管理层而言，通常要为抵制被接管而护租，他们不愿意再找新的公司，各种形式的接管都或多或少地具有巨大租金保护的性质，导致的社会成本是相似的。在企业内部，非生产寻租带有负的外部性，不同活动的相对报酬是影响国有企业经营者资源配置的关键之一。企业资源既可以配置到生产性寻租活动中，也可以配置到非生产性寻租活动中。在动态的环境中，过去的配置和对未来配置的预期都会影响现在的报酬和收益。

（2）政治性寻租行为。国有企业经营者"入仕"是我国国有企业的一种独特现象，是指一些经营者在取得一定"业绩"之后陆续转移到党政领导岗位上"晋爵为官"，其表征是企业机构依照"官府"设置以及经营者非经济型心理。这种现象的存在使国有企业经营者在经营管理活动中暴露出来种种非效益的行为。从管理理论来看，企业经营者的利益应来源于企业的经营绩效。因此，为使自身利益最大化，经营者必须不断改善经营管理，并以一定的风险投入来求得更大的回报，但这一过程需要通过较长时间才能实现。

大多数国有企业经营者是由相关的政府部门任命或委派的，这容易导致任人唯亲、任人唯关系，这种选聘方式不利于企业效率的提高。此外，国有企业经营者的评估主要是由主管官员进行，这样一方面，由于信息不对称，主管官员了解的信息远远少于经营者，从而导致评价结果失实；另一方面，为了得到较好评估，国有企业经营者的行为会从"利全社会"变为"利主管官员"，这样就可以获取主管官员评估者的庇护，从而得到好的评价结果，同样导致评价结果失实。在"入仕"动机的驱使下，企业经营者需要尽快创造出令人瞩目的业绩，因而许多经营者着眼于短期行为，大搞"短平快"项目。根据中国企业家调查系统1996年"中国企业家成长与发展专题调查报告"显示，我国企业经营者的时间和精力投向依次为：营销活动、企业内部管理、与政府有关部门协调关系等，而不是用于思考企业的长远发展和全局利益。这样，在自己任期内虽然也有可能创造出骄人的业绩，但掠夺式的经营以及对企业资源的过度使用给企业发展留下了隐患，如巨额的债务和大量的产品积压，从而对企业的可持续发展造成不利的影响。

第三节　国有企业经营者行为选择的博弈分析

关于利用博弈分析方法来解决经营者行为选取方面的研究各有侧重，其中，黄群慧和李春琦（2001）分析了经营者报酬体系中的长期激励因素，建立了有效的报酬和声誉机制，激励经营者行为长期化；李燕萍和杨艳（2004）借用4种不同类型的博弈模型制定了不同信息条件下，经营者不道德行为的策略选取；李斌和闫丽荣（2005）从委托人对代理人监督的角度出发，采用博弈论方法对代理人的短期行为展开分析；徐玉华等（2005）对政府官员与经营者合谋行为进行博弈分析，并提出了解决方法；郭彬等（2004）针对经理人的道德风险和逆向选择问题，设立了一套最优激励报酬机制来激励和约束企业经营者的行为。这些模型大多是对企业经营者行为选择与总体薪酬的获取进行分析从而得出其间的关联性，有一定的借鉴意义。孔峰等（2004）研究项目经理激励报酬机制时，提出了正常行为和投机行为与企业监督的博弈模型，但是并没有将经理自身对各种行为的期望以及长期努力行为对于目前的企业绩效和薪酬效用反映出来。本书是在张维迎、孔峰、刘鸿雁等人博弈模型研究的基础上，根据经营者的短期努力行为、长期努力行为和机会主义行为的选择，以及企业所有者自身对风险的喜好程度的差异，对经营者采取的长、短期不同的薪酬激励机制所构成的博弈关系进行讨论。

根据实际情况，可将国有企业经营者的行为分为：短期努力行为、长期努力行为和机会主义行为（包括投机行为、寻租行为等）。短期努力行为是指经营者采取使企业短期（经营管理者在职期间）业绩提高的行为；长期努力行为是指经营者经过在职期间的不断努力，制定有利于企业长期发展的各种行为，是经营者离职后企业业绩仍然能够提高的行为；机会主义行为是指在损害企业业绩的基础上，经营管理者采取使自己收益、权力和地位增加或上升的行为。

假定国有企业经营者的短期努力行为、长期努力行为和机会主义行为的产出弹性与企业业绩呈线性关系，即经营者工作越努力，那么企业的业绩也就越好。则

$$\pi = ma_N^{\alpha} + n\varepsilon a_W^{\alpha} - (1 - m - n)a_S^{\alpha} + \theta \tag{3-1}$$

式中，π 为企业经营业绩；a_N 为经营者的短期努力行为；a_W 为经营者的长期努力行为；a_S 为经营者的机会主义行为（a_N、a_W 和 a_S 均标准化，小于1）；α 为经营者行为的产出弹性（$0 < \alpha < 1$）；m 为经营者对于短期努力行为的期望（$0 < m < 1$）；n 为经营者对于长期努力行为的期望（$0 < n < 1$）；$(1 - m - n)$ 为经营者对机会主义行为的期望（$0 < 1 - m - n < 1$）；ε 为折现系数；θ 为外界影响企业业绩的不确定性因素，是均值为零、方差等于 σ^2 的正态分布随机变量。

假设经营者的薪酬 S 由正常收入 S_1 和机会主义行为收入 S_2 组成，其中正常收入包含经营者的固定薪酬、短期努力和长期努力的激励薪酬。即

$$S = S_1 + S_2 = b + \beta\pi + \gamma a_S^{\alpha} \tag{3-2}$$

式中，b 为经营者的固定薪酬；β 为给予经营者奖励的激励系数；γ 为经营者的机会主义行为收入系数（$0 \leq \gamma \leq 1$）。

设经营者短期努力行为的成本为 C_N，长期努力行为的成本为 C_W，机会主义行为成本为 C_S，假设经营者的努力成本可以等价于货币成本，则可表示为

$$\begin{cases} C_N = b_N(a_N^\alpha)^2/2 \\ C_W = b_W(a_W^\alpha)^2/2 \\ C_S = b_S(a_S^\alpha)^2/2 \\ 0 \leqslant b_S \leqslant b_N \leqslant b_W \end{cases} \qquad (3\text{-}3)$$

式中，b_N 为经营者短期努力行为的成本系数；b_W 为经营者长期努力行为的成本系数；b_S 为经营者机会主义行为的成本系数。这里 $b > 0$，b 越大，同样的努力 α 带来的负效用越大。

当经营者进行机会主义行为时，企业可以通过一定的监督机制进行控制。设企业的监督力度为 L，也就是说，经营者进行机会主义行为被发现的概率为 L。企业对经营者进行监督，需要付出监督成本为

$$D(L) = dL^2/2$$

$$(3\text{-}4)$$

式中，$D(L)$ 为企业的监督成本；d 为企业的监督成本系数，一般取值非常大。设企业的监督成本函数满足 $D'(L) > 0$，$D''(L) > 0$。

一旦经营者的机会主义行为被发现，企业会对其实施一定的惩罚，即

$$F = Qa_S^\alpha \qquad (3\text{-}5)$$

式中，F 为经营者被处罚的罚金；Q 为惩罚系数。

此时，经营者的最大化期望效用函数等价于最大化期望实际收入函数。再根据上述所有条件，经营者会结合最大化期望收入与企业的监督力度来选择满足自己效用最大化的确定性等价收入 $E(U)$，具体为

$$\max E(U) = S - C_N - C_W - C_S - LF$$

整理得

$$\max E(U) = b + \beta[ma_N^\alpha + n\varepsilon a_W^\alpha - (1 - m - n)a_S^\alpha + \theta] + \gamma a_S^\alpha$$
$$- (b_N a_N^{2\alpha} + b_W a_W^{2\alpha} + b_S a_S^{2\alpha})/2 - LQa_S^\alpha \qquad (3\text{-}6)$$

对企业所有者来说，其追求自身的期望效用最大化。假设经营者存在机会主义行为，再根据经营者（代理人）的行为选择进行博弈分析后，企业所有者达到最大化的期望收益 $E(V)$ 为

$$E(V) = E(\pi) - E(S) - D(L) + LF$$

将相关参数代入，整理得

$$E(V) = m(1 - \beta)a_N^\alpha + n\varepsilon(1 - \beta)a_W^\alpha - [(1 - m - n)(1 - \beta) - LQ + \gamma]a_S^\alpha - dL^2/2 + \theta$$

$$(3\text{-}7)$$

在以上假设下，国有企业经营者的行为选择就在企业所有者选择激励合约和监督力度的互动中确定，这构成一个委托代理模型：

$$\max E(V) = m(1 - \beta)a_N^\alpha + n\varepsilon(1 - \beta)a_W^\alpha - [(1 - m - n)(1 - \beta) - LQ + \gamma]a_S^\alpha$$
$$- dL^2/2 + \theta$$

$$\max E(U) = b + \beta\left[ma_N^{\alpha} + n\varepsilon a_W^{\alpha} - (1 - m - n)a_S^{\alpha} + \theta\right] + \gamma a_S^{\alpha}$$
$$- (b_N a_N^{2\alpha} + b_W a_W^{2\alpha} + b_S a_S^{2\alpha})/2 - LQa_S^{\alpha}$$

令 ϖ 为经营者的保留收入水平,那么,经营者接受合约的约束条件为:

$$b + \beta\left[ma_N^{\alpha} + n\varepsilon a_W^{\alpha} - (1 - m - n)a_S^{\alpha} + \theta\right] + \gamma a_S^{\alpha} - (b_N a_N^{2\alpha} + b_W a_W^{2\alpha} + b_S a_S^{2\alpha})/2$$
$$- LQa_S^{\alpha} \geqslant \varpi \tag{3-8}$$

上述模型可以逆向求解。首先确定经营者的最优选择。考虑到经营者最大化的确定性等价收入,对式(3-6)求一阶偏导,并令一阶偏导数为零,得

$$\partial E(U)/\partial a_N = \beta m\alpha a_N^{\alpha-1} - 2\alpha b_N a_N^{2\alpha-1} = 0 \Rightarrow a_N = \left[\frac{\beta m}{(2b_N)}\right]^{\frac{1}{\alpha}} \tag{3-9}$$

式(3-9)说明,在短期努力成本系数 b_N 和短期努力行为期望系数 m 不变的情况下,经营者的短期努力水平 a_N 与激励系数 $\beta^{\frac{1}{\alpha}}$ 成正比;在激励系数 β 和短期努力行为期望系数 m 不变的情况下,经营者的短期努力水平 a_N 与短期努力行为的成本系数 $b_N^{\frac{1}{\alpha}}$ 成反比;在激励系数 β 和短期努力成本系数 b_N 不变的情况下,经营者的短期努力水平 a_N 与其期望系数 $m^{\frac{1}{\alpha}}$ 成正比。

$$\partial E(U)/\partial a_W = \beta n\varepsilon\alpha a_N^{\alpha-1} - 2\alpha b_W a_W^{2\alpha-1} = 0 \Rightarrow a_W = \left[\frac{\beta n\varepsilon}{(2b_W)}\right]^{\frac{1}{\alpha}} \tag{3-10}$$

式(3-10)说明,当折现系数 ε、长期努力行为期望系数 n 和长期努力行为的成本系数 b_W 不变的情况下,经营者的长期努力水平 a_W 与激励系数 $\beta^{\frac{1}{\alpha}}$ 成正比;当激励系数 β、长期努力行为期望系数 n 与长期努力成本系数 b_W 不变的情况下,经营者的长期努力水平 a_W 与折现系数 $\varepsilon^{\frac{1}{\alpha}}$ 成正比;当折现系数 ε、长期努力行为期望系数 n 和激励系数 β 不变的情况下,经营者的长期努力水平 a_W 与长期努力行为的成本系数 $b_W^{\frac{1}{\alpha}}$ 成反比;当折现系数 ε、激励系数 β 和长期努力成本系数 b_W 都不变的情况下,经营者的长期努力行为 a_W 与其期望系数 $n^{\frac{1}{\alpha}}$ 成正比。

$$\partial E(U)/\partial a_S = \gamma\alpha a_S^{\alpha-1} - \beta\alpha(1 - m - n)a_S^{\alpha-1} - \alpha b_S a_S^{2\alpha-1} - LQ\alpha a_S^{\alpha-1} = 0$$
$$\Rightarrow a_S = \left\{\left[\gamma - \beta(1 - m - n) - LQ\right]/b_S\right\}^{\frac{1}{\alpha}} \tag{3-11}$$

式(3-11)说明,经营者的机会主义行为与机会主义行为收入系数 γ、激励系数 β、监督力度 L、惩罚系数 Q 和机会主义行为成本系数 b_S 都有关系。当 $\gamma > \beta + Q$ 时,经营者会选择机会主义行为;反之,不会采取机会主义行为。

由以上分析可以得出国有企业经营者最优行为策略 A^* 为

$$A^* = \{a_N, a_W, a_S\} = \left\{\left[\beta m/2b_N\right]^{\frac{1}{\alpha}}, \left[\beta n\varepsilon/2b_W\right]^{\frac{1}{\alpha}}, \left[\frac{\gamma - \beta(1 - m - n) - LQ}{b_S}\right]^{\frac{1}{\alpha}}\right\}$$

$$\tag{3-12}$$

在此基础上,我们来解决企业所有者的最优行为选择:合约分成系数和监督

力度选择问题。结合式（3-8）和式（3-12）求解得

$$\max E(V) = \frac{m^2\beta(1-\beta)}{2b_N} + \frac{n^2\varepsilon^2\beta(1-\beta)}{2b_W} - [(1-m-n)(1-\beta) - LQ + \gamma]$$

$$\times \frac{[\gamma - \beta(1-m-n) - LQ]}{b_S} - \frac{dL^2}{2} \tag{3-13}$$

欲求合约分成系数，对式（3-13）求关于 β 一阶偏导数并令其等于0，得

$$\frac{\partial E(V)}{\partial \beta} = 0 \Rightarrow (m^2 - 2m^2\beta)/2b_N + (n^2\varepsilon^2 - 2n^2\varepsilon^2\beta)/2b_W$$

$$+ [(2\gamma - 2LQ)(1-m-n) - 2(1-m-n)^2\beta + (1-m-n)^2]/b_S = 0$$

$$\Rightarrow \beta^* = \frac{\gamma - LQ}{1-m-n} + \frac{1}{2} \tag{3-14}$$

欲求监督力度系数，对式（3-13）求关于 L 一阶偏导数有

$$\frac{\partial E(V)}{\partial L} = 0 \Rightarrow -Q[\gamma - \beta(1-m-n) - LQ] - Q[(1-m-n)(1-\beta) - LQ + \gamma] + db_S L = 0$$

$$Q[\gamma - \beta(1-m-n) - LQ - \beta(1-m-n) + (1-m-n) - LQ + \gamma] - db_S L = 0$$

$$Q[2\gamma - 2\beta(1-m-n) - 2LQ + (1-m-n)] - db_S L = 0$$

$$Q[2\gamma - (2\beta-1)(1-m-n)] = [db_S + 2Q^2]L$$

$$\Rightarrow L^* = Q[2\gamma - (2\beta-1)(1-m-n)]/(db_S + 2Q^2) \tag{3-15}$$

由式（3-14）可知：$\partial \beta^*/\partial L < 0$，说明经营者的激励系数 β 是企业监督力度 L 的递减函数。对于经营者机会主义行为来讲，企业所有者可以通过加大对经营者的薪酬激励程度来相对减少企业所有者对经营者的监督力度；企业所有者如果想加大对经营者的监督力度，那么同时就可以相对减少对经营者的薪酬激励程度。

$\partial \beta^*/\partial Q < 0$，说明经营者的激励系数 β 是企业惩罚系数 Q 的递减函数。也就是说，如果企业所有者加大对经营者机会主义行为的惩罚力度，就可以相对减少对经营者的薪酬激励程度；同理，如果企业所有者对于经营者机会主义行为的惩罚力度较小，就必须相对加大对经营者的薪酬激励程度。

$\partial \beta^*/\partial \gamma > 0$，说明经营者的激励系数 β 是其机会主义行为收入系数 γ 的递增函数。可知，如果经营者的投机收入系数较大，为了防止经营者采取机会主义行为，企业所有者相应地就要加大对经营者的薪酬激励程度；同理，如果经营者的机会主义行为收入系数 γ 较小，则企业所有者对经营者的薪酬激励程度也就可以相对的较小。

另外，经营者对风险的喜好程度也存在着差异。对于一个风险极端喜好的经营者，他对企业的价值创造主要取决于经营者长期努力行为的期望系数，这时企业所有者就应该加强长期激励机制，而适当减弱短期激励机制；对于一个风险中性的经营者，应该优化短期激励与长期激励的分配比例；而对于一个风险极端厌

恶的经营者，其价值创造主要取决于短期努力行为的期望系数，这时企业所有者应该加强对经营者的短期激励机制，而适当减弱长期激励机制。目前，我国国有企业对经营者实施的是年薪制的激励形式，但是与国外的经营者相比，仍然存在很大差距。在企业中推广期股、股票（股份）期权、EVA激励制度等将更有利于企业的长期发展。年薪制对于经营者的短期激励效果较好，而期股和股票期权则对经营者的长期激励效果更为明显。尤其股票期权是一种非现金激励方式，是建立在企业收益实现基础之上的未来收入预期，且经营者在取得股票期权后，会比较容易接受相对较低的基薪和奖金，同时，股票期权制度使经营者行为长期化。在股票期权制度下，经营者在离职或退休后，若没有行使期权及抛售股票，仍有可能继续拥有企业的期权或股权，继续享受企业股价上升带来的收益，这样出于自身未来利益考虑，经营者在任期内就会与其他股东保持视野上的一致性，致力于企业的长期发展。根据企业经营者对待风险的态度差异可以实施不同的薪酬组合形式，减少经营者的机会主义行为，使其自身的效用达到最大，同时使企业的期望收益也能达到最高。

本 章 小 结

本章内容共分为三部分。首先，对国有企业经营者需求进行了分析研究，确定经营者需求的多维结构，明确"成就需求"、"自身价值补偿需求"、"尊重需求"、"职业生涯发展需求"、"权利需求"和"职业安全需求"这六个维度的具体作用，深入了解其特征以便有针对性地对经营者进行有效激励，使其更好地为企业服务；其次，研究国有企业经营者行为的内在外在因素，使其作为推动市场发展的主体，充分发挥促进经济进步的作用，并且从七个方面分析了国有企业委托代理关系的特点，从两个方面分析了国有企业经营者行为特征；最后，对国有企业经营者行为选择的博弈进行了分析，以期经营者自身效益最大化的同时使企业收益也能够达到最大化。

第四章　国有企业绩效评价及经营者薪酬与企业绩效关系研究

第一节　国有企业绩效评价

对企业绩效评价的研究可分为两个阶段，第一个阶段从 19 世纪 80 年代后期到 20 世纪 80 年代初期，这一阶段绩效评价研究的重点在于财务评价，着重于考虑利润、投资回报率和生产率等财务指标以及基于财务指标的评价方法开发等；第二个阶段始于 20 世纪 80 年代中后期，将诸如顾客满意度、战略以及学习与创新能力等非财务指标引入企业绩效评价体系中（Bacidore and Boquist，1997），不仅要求绩效评价体系能系统地反映企业前一阶段经营活动的效果，还要求绩效评价能更全面地反映企业综合状况以及未来发展趋势。改革开放以来，为了解决国有企业效率低下问题，国家对国有企业开始实施一系列放权让利的改革措施，对企业的经营考核逐渐过渡到以"实现利润"和"上缴利税"为主要内容、以考核企业的"财务绩效"和"管理绩效"为核心的轨道。近年来，为了切实履行企业国有资产出资人职责，维护所有者权益，落实国有资产保值增值责任，建立有效的企业负责人激励约束机制，根据国务院《企业国有资产监督管理暂行条例》等有关法律法规，国资委于 2003 年 11 月出台了《中央企业负责人经营业绩考核暂行办法》和《中央企业负责人薪酬管理暂行办法》。为了做好中央企业综合绩效评价工作，2006 年，国资委根据《中央企业综合绩效评价管理暂行办法》（国资委令第 14 号），制定了《中央企业综合绩效评价实施细则》，建立了国有企业负责人经营业绩考核体系，并全面开展了业绩考核工作。

一、国内外的研究现状

（一）对评价指标的研究

在 20 世纪 80 年代前，基于投资者和债权人的利益，财务指标评价几乎是企业绩效评价设计的全部内容。绩效评价的具体内容基本上包括了企业偿债能力、营运能力和盈利能力，并以此评价结果与经理人或雇员的报酬相挂钩。20 世纪 80 年代后半期开始，对企业的评价不仅投资者和债权人关注，企业内部管理者、政府、社会公众、雇员等都关心。主要研究体现出以下特点。

（1）将企业的竞争能力及与顾客的关系等非财务评价纳入企业绩效的评价体系。根据对企业非财务评价的拓展，一种新的绩效测评方法——平衡记分卡被提出并广泛应用。1990 年，美国著名管理会计学家卡普兰和诺顿（2009）提出了用于企业战略经营业绩衡量与评价的指标体系——战略平衡计分卡，确立了以顾客、企业经营、创新和学习能力、企业财务效益为内容，涉及利益相关者的绩效评价体系。Fitzgerald（1993）将企业绩效的评价指标体系确定为财务、竞争、服务质量、革新、灵活性、资源利用六个方面。

（2）在企业的财务绩效评价方面，除采用传统的剩余利润（residual income, RI）、盈余（earnigs）、营业现金流量（operating cash flow, OCF）、投资报酬率（return on investment, ROI）等指标外，还引入了经济增加值（economic value added, EVA）。Stewart（1991）提出了经济增加值（economic value added, EVA）指标，该指标考虑了投资者投入资本的成本因素，EVA 是公司经过调整后的营业净利润（net operating profit after tax, NOPAT）减去该公司现有资产的经济价值的机会成本后的余额；Pfeffer（1997）又提出了修正的经济增加值（EVA）指标，EVA 指标有提高效率、降低成本、减少浪费、节省赋税、使利润增加、能提高资本运营管理者的能力、有益健康、真实的利润增长、可以优化资本结构及降低资本成本等优点（Stewart, 1991）。但 Biddle 和 Bowen（1993）对美国 1000 多家上市公司在 1983~1994 年的数据分析结果表明，EVA 并没有显示出比剩余收益、盈余和营业现金流量三个指标更具有价值的相关性。

（3）将战略评价列为评价的内容。西蒙教授认为，财务评价忽视了战略制定过程的关键问题，他提出了战略评价模型。按照数量、质量和无形资产指标与企业使命的优先关系排列成评价战略。Markide 和 Williamson 对战略资产、核心能力与企业绩效的关系进行了研究，提出了企业绩效评价时应该注重对战略资产的评价，并设计了战略指数来进行具体评价。

（4）不仅注重结果评价，而且开始注意过程评价。例如，成本会计核算方法（ABC cost accounting method, ABC）用于评价分析作业成本及其对利润的影响。

我国对于企业绩效评价的研究也基本沿袭了西方的发展脉络，在相当长一段时间里都是在引进和吸收国外的先进方法。就理论界而言，当前国内研究已经基本与国际同步，逐渐演化为两个分支：一部分学者将国外成熟理论本土化，推广 EVA、平衡计分卡（balanced scorecard, BSC）等理论，同时结合中国国情力图构建一个中国企业绩效评价体系，以杜胜利（1999）、孟建民（2002）、张涛和文新三（2002）等为代表；另一部分学者注重要素对企业经营绩效的影响，对单个要素与企业绩效的关系进行了大量的理论和实证研究。李维安（2001a，2001b）、南开大学公司治理研究中心课题组和李维安（2003）、杨瑞龙和周业安（1998）注重公司治理与企业绩效的关系。苏南海（1999）注重企业家要素对企业绩效的影响。我国现行的企业绩效评价指标体系是 1999 年 6 月财政部等四部委颁布的《国有资本金绩效评价规则》以及《国有资本金绩效评价操作细则》，此规则的评价方法注重企业整体绩效，采用财务和非财务指标相结合的方法（财政部统计评价司，1999）。2002 年，我国财政部修订了《国有资本金绩效评价规则》，该体系在吸收了平衡计分卡的思想、引入非财务指标基础上形成了一种综合指标体系。

对企业绩效评价的研究，在评价内容上已从传统意义上的财务评价，向更加注重战略机会选择、核心竞争能力和可持续发展与企业治理结构、环境适应性和资源合理配置的有机结合与互动影响评价发展。总的来讲，国内外对于企业绩效评价内容的相关研究，取得了较大的成绩和进步。

（二）对评价方法的研究

在企业绩效评价方法上已开始从财务评价的盈利率与资金管理效率（如 return of investment，ROI）等，向基于企业活动的成本会计核算方法、基于经营活动的目标评价业绩法（management by objective，MBO）扩展。美国学者萨蒂（1973）最早提出对非定量事件进行评价的层次分析法（the analytic hierarchy process，AHP），完成了从定性分析到定量分析的过渡，将模糊数学的思想引入到 AHP 法中，形成了模糊层次分析法，是一种定量和定性相结合的方法，它较好地解决了具有复杂层次结构的多指标决策评估问题。[①] Charnes，Cooper 和 Rhodes（1978）提出数据包络分析法（date envelopment analysis，DEA）评价方法，该方法从实际观测投入及产出数据的角度来研究同类型生产经营部门的效率评价问题，出现了企业绩效评价非财务指标与财务指标相结合、不同评价方法之间的有效集成与结合等趋势。卡普兰和诺顿（2009）提出了平衡计分法，这种方法既强调对财务指标的考核，又注重对非财务指标的评价，但它缺乏一个单一的关注重点。美国自动控制专家 Zadeh（1965）提出了模糊数学理论，并由此开创了模糊评价法，该方法不仅客观地按综合分值进行评价和排序，还能根据模糊评价集上的值对评定对象划分等级，是当今评价理论的前沿之一。

我国学者对企业绩效评价理论与方法进行了多方面研究，取得了一批有学术价值的成果。朱顺泉（2002）给出突变级数法，此法不用对指标主观赋权，但它考虑了各评价指标的相对重要性，从而减少了主观性，提高了科学性、合理性。张青等（2002）建立了基于 ANN 煤矿企业经营绩效综合评价与排序及其影响因素之间相互关系的分析模型，避免了专家评分法等主观赋权法定权客观性的不足。刘军琦等（2001）用多目标决策分析法对企业财务绩效进行综合评价，这种

---

① 转引自：汪应洛.2008. 系统工程. 第四版. 北京：机械工业出版社，（6）：356～361

方法考虑企业财务绩效评价指标间的相互关系，对企业财务绩效进行分析。2002年，我国财政部修订了《国有资本金绩效评价规则》（以下简称《规则》），《规则》中评价指标体系选择了改进后的功效系数法作为定量指标的评价计分方法，选择综合分析判断法作为定性指标的评价计分方法，但是运用这种方法的条件是各个评价指标间相互独立、互不相关，而现行指标体系中选取的指标不能保证互不相关，这从方法选取上就已经隐含了结果的不准确性。

由于现行的评价方法存在一些不足，因此迫切需要构建一套既在实践上行得通又能在理论上得到论证的，既适用于定量指标评价又适用于定性指标评价的科学评价方法。

二、我国国有企业绩效评价指标体系的建立

（一）对我国现行的企业绩效评价指标体系的评价

我国现行的企业绩效评价指标体系是财政部于 2006 年修订的《中央企业综合绩效评价实施细则》，该评价体系被修订为 30 项，吸收了平衡计分卡的思想并结合我国国情引入了非财务指标，重点评价盈利能力状况、资产质量状况、债务风险状况、经营增长状况四个项目内容，通过 8 项基本指标、14 项修正指标和 8 项专家评议指标，分三个层次对企业绩效进行层层深入分析（国务院国有资产监督管理委员会业绩考核局等，2005）。至此，我国已经初步建立了财务指标与非财务指标相结合的新型企业绩效评价指标体系。其指标体系如表 4-1 所示。

表 4-1　企业绩效评价指标体系与指标权数表

评价指标	基本指标	修正指标	评议指标
评价内容及权数（100）	指标及权数（100）	指标及权数（100）	指标及权数（100）
盈利能力状况（34）	净资产收益率（20） 总资产报酬率（14）	资本收益率（7） 主营业务利润率（10） 盈余现金保障倍数（9） 成本费用利润率（8）	战略管理（18） 发展创新（15） 经营决策（16） 风险控制（13） 基础管理（14） 人力资源（8） 行业影响（8） 社会贡献（8）
资产质量状况（22）	总资产周转率（10） 应收账款周转率（12）	流动资产周转率（9） 不良资产比率（7） 资产现金回收率（6）	
债务风险状况（22）	资产负债率（12） 已获利息倍数（10）	现金流动负债比率（6） 速动比率（6） 带息负债比率（5） 或有负债比率（5）	
经营增长状况（22）	销售（营业）增长率（12） 资本保值增值率（10）	销售（营业）利润增长率（10） 总资产增长率（7） 技术投入比率（5）	
权重	70%		30%

资料来源：2006 年《中央企业综合绩效评价实施细则》。

　　修正后的企业绩效评价指标体系体现了多个计量指标和非计量指标的互补，较好地解决了传统经济分析和评价体系指标单一、分析简单的问题，做到评价结果客观、真实、全面反映企业生产经营状况和企业经营绩效。但还存在以下不足。

　　（1）只注重财务指标，不注重非财务指标。现行的指标体系已经初步体现了平衡计分卡（BSC）的先进思想，属于具有部分战略内容的评价体系。虽然增加了非财务指标的内容，但这些非财务指标占的比重很小，内容也不是很全面且没有被量化。对顾客、内部经营过程、学习与成长三方面反映不是很充分，不利于加强企业战略管理以及核心竞争能力的形成。

　　（2）缺少对人力资本与知识资本的评价指标。如何管好、用好企业的无形资产和人力资本，提高员工的凝聚力和工作效率已成为重要的现实问题，而现行的企业绩效评价指标体系却忽视了这一重要问题，显然滞后于现代企业理论对人力资本和知识资本的关注，很难适应当前新经济发展的要求。

　　（3）评议指标难以量化。评议指标属于定性指标，难以准确量化，在评分过程中有很强的主观性。

　　因此，应该考虑该企业绩效评价体系中存在的弊端，构建一套科学、合理、全面的企业绩效综合评价体系。

（二）我国国有企业绩效评价指标体系的建立

　　企业绩效评价指标体系的设计，要遵循以下三个原则：①既要改变原有指标体系的不合理之处，又要保持企业统计指标的连续性；②既要提高对企业经营状况的反映、监控和分析能力，又要提高统计指标的使用效率；③既要帮助企业提升核心竞争力，又要为企业能在激烈的市场竞争中可持续发展提供依据。根据这些原则，设计了表4-2至表4-7的指标体系。

　　（1）由于现行的财务指标评价体系存在着种种问题，把财务层面的指标分为共性指标和个性指标，如表4-2、表4-3所示。

表4-2　财务层面的共性指标

财务层	财务效益状况	资产质量状况	偿债能力状况	发展能力状况
基本指标	净资产收益率 总资产报酬率	总资产周转率 应收账款周转率	资产负债率 已获利息倍数	销售（营业）增长率 资本保值增值率
修正指标	资本收益率 主营业务利润率 盈余现金保障倍数 成本费用利润率	流动资产周转率 不良资产比率 资产现金回收率	现金流动负债比率 速动比率 带息负债比率 或有负债比率	销售（营业）利润增长率 总资产增长率 技术投入比率

表4-3　财务层面的个性指标

财务层	指标		公式
盈利能力状况	基本指标	每股经营现金流量	经营活动现金净流量/普通股股数
		营业活动收益质量	经营活动产生的净现金流量/总净现金流量
	修正指标	每股收益	净利润/期末总股本
		市盈率	普通股每股市价/普通股每股收益×100%
资产质量状况	基本指标	现金营运资产活动率	经营活动所得现金/平均营运资产×100%
		股东平均现金回报率	近三年平均现金股利/近三年平均股价×100%
		财务杠杆系数	息税前利润/（息税前利润－债务利息）
		Q 值系数	$Q=$ 股票市值/资产账面值
	修正指标	全部资产现金回收率	（经营活动现金流入＋投资活动现金流入）/资产总额×100%
		资本结构比	外借资金/自有资金×100%
债务风险能力	基本指标	流动比率	流动资产/流动负债×100%
		现金比率	（货币资金＋有价证券）/流动负债×100%
		现金利息保障倍数	（现金＋现金等价物）/财务费用
	修正指标	偿债保障比率	负债总额/经营活动现金净流量
		长期资产适合率	（所有者权益＋长期负债）/（固定资产＋长期投资）×100%
经营增长状况	基本指标	总资产增长率	（年末资产总额－年初资产总额）/年初资产总额×100%
		经济增加值	税后营业利润－资本投入额×资本成本
		固定资产成新率	平均固定资产净值/平均固定资产原值×100%
		可持续增长率	（销售净利率×总资产周转率×留存收益率×权益乘数）/（1－销售净利率×总资产周转率×留存收益率×权益乘数）
		知识资本比重	知识资本/企业总资产×100%
	修正指标	经营现金流量增长率	（本年度经营活动产生的现金流量－上年度经营活动产生的现金流量）/上年度经营活动产生的现金流量
		销售（营业）利润增长率	（本年度主营业务利润－上年度主营业务利润）/上年度主营业务利润×100%

（2）个性指标体系中增加 EVA 作为财务绩效评价的指标。

经济增加值（EVA）是指经过调整后的税后净经营利润减去现有资产经济价

值的机会成本后的余额，其计算公式为（Stewart，1995）

$$EVA = 税后净营业利润 - 资本投入额 \times 资本成本$$

如果 EVA 的值为正，则表示公司获得的收益高于为获得此项收益而投入的资本成本，即公司为股东创造了新价值；相反，如果 EVA 的值为负，则表示股东的财富在减少。经济增加值与基于利润的企业业绩评价指标的最大区别在于它将权益资本成本（机会成本）也计入资本成本，从而可以避免高估企业利润，真实反映股东财富的增加量（Dodd and Chen，1996）。

（3）对成本费用利润率进行调整。

现行的成本费用利润率计算公式为

$$成本费用利润率 = 利润总额 \div 成本费用总额 \times 100\%$$

其中，利润总额是指企业实际的全部利润，包括企业当年营业利润、投资收益、补贴收入、营业外收支净额和所得税等内容；成本费用总额是指企业销售（营业）成本、销售费用、财务费用和管理费用之和。明显可以看到，利润总额与成本费用总额所涵盖的内容不是十分匹配，据此，应该把利润总额修正为营业利润，这样可以促使企业加强主营业务的发展。调整后的公式为

$$成本费用利润率 = 营业利润 \div 成本费用总额 \times 100\%$$

（4）将评议指标进行量化，如表 4-4、表 4-5 和表 4-6 所示。

（5）增加知识与智力资产收益状况和人力资本的非财务指标，如表 4-7 所示。

表 4-4　价值链层的指标体系

价值链层		指标	计算公式
市场竞争能力	基本指标	市场占有率	本期企业某种产品的销售额/本期该种产品市场销售总额 ×100%
		销售利润率	（销售收入 − 产品成本）/产品成本 ×100%
	修正指标	销售额增长率	（本期销售额 − 上期销售额）/上期销售额 ×100%
		相对市场占有率	本期本企业市场占有率/本期主要竞争对手的市场占有率 ×100%
客户满意度	基本指标	老客户保持率	（企业当期客户或业务量 − 企业当期新增客户或业务量）/企业上期客户或业务量 ×100%
		新客户获得率	当期新增客户或业务量/上期客户或业务量 ×100%
		客户利润率	$\sum\limits_{i=1}^{n}$ 某一客户利润率 × $\dfrac{该客户利润额}{企业总利润额}$ ×100%
	修正指标	新客户销售利润率	新客户销售额/销售总额 ×100%
		老客户销售额增减额	本期销售额 − 上期销售额

续表

价值链层		指标	计算公式
内部生产经营过程	基本指标	产品合格率	本期合格产品产量/本期全部产品产量×100%
		产品退货率	本期退货产品产量/本期全部售出产品产量×100%
		产品返修率	返修品数量/全部送检产品数量×100%
		产品的生产周期效率	产品加工时间/生产时间×100%（生产时间＝产品的加工时间＋检查时间＋搬运时间）
		产品交货及时率	本期产品及时交货的次数/本期产品交货的总次数×100%
		机器设备利用率	本期已利用的机器设备数量/本期完好机器设备数量×100%
		生产能力利用率	某种产品本期实际产量/机器设备所能提供的生产量×100%
	修正指标	不满意产品比例	不满意产品的数量/所有售出产品的数量×100%
		延误交货比率	本期延误交货次数/本期交货总次数×100%
		产品耐用度	产品实际使用寿命/产品预期使用寿命×100%
		机器设备完好率	机器设备完好数量/总机器数量×100%
售后服务状况	基本指标	售后服务及时率	及时解决问题的次数/客户提出售后服务要求的次数×100%
	修正指标	售后服务成本费用率	售后服务成本/销售收入

表 4-5　企业综合社会贡献

综合社会贡献		指标	公式
社会贡献层	基本指标	社会贡献率	企业贡献/（年均权益资本＋年均债务资本）×100%（企业贡献＝税后净利润＋利息＋税金＋工资）
		社会积累率	企业上缴利税/企业社会贡献总额×100%（社会贡献总额＝企业增加值－折旧）
		公益建设投资比率	参加公益建设投入的资金/企业总投入×100%
	修正指标	参加公益建设投入的金额	由各公司数据获得
		参加公益建设次数	由各公司数据获得
生态环境保护	基本指标	环保投入资金率	环保投入资金率＝企业改善环境投入资金/企业总投入×100%
		污染成本率	企业每年因污染所支付的费用/产品总成本×100%
		污染物排放达标率	主要污染源达标排放的污染物数目/主要污染源排放的污染物数目×100%
		原材料利用率	已利用的原材料/原材料总量×100%
		环境损益比	环境收益总额/环境损害总额×100%
	修正指标	污染治理达标率	主要污染源治理达标的污染物数目/主要污染源排放的污染物数目×100%
		废弃物再生利用率	废弃物再生利用量/废弃物总量×100%
		产品的寿命周期年平均成本	（产品原料与能源消耗成本＋回收处理费用）/产品寿命周期

表 4-6 企业成长与创新层面指标体系

创新成长		指标	计算公式
产品创新	基本指标	新产品投资报酬率	新产品利润/该产品的研发费用×100%
		研究开发费用率	本期研究开发费用/本期销售收入总额×100%
		新产品开发速度	新产品实际所用时间/新产品计划所用时间×100%
		成本降低研究开发费用率	用于降低成本的研究开发费/本期销售收入×100%
		新产品销售率	一定时期内新产品销售量/一定时期内新产品产量×100%
		产品质量研究开发效益率	产品质量提高带来的收入增加额/用于提高产品质量的研究开发费用×100%
	修正指标	研究开发费用增长率	[（本期研究开发费用/上期研究开发费用）－1］×100%
		新产品开发能力	一定时期内实际开发的新产品种类/一定时期内计划开发新产品的种类×100%
		产品质量研究开发费用率	用于提高产品质量的研究开发费用/本期销售收入×100%
		新产品成本费用利润率	一定时期内新产品利润/一定时期内新产品成本费用×100%
		新产品产销率	新产品的销售额/全部产品的销售额×100%
		新产品贡献率	一定时期内新产品收益/当期收益×100%
人力资源管理	基本指标	员工流动率	在一段时间（如一年内）已离开本企业的人数/同期内企业平均职工人数×100%
		员工生产效率	营业收入/年均全员人数×100%
		人力资源培训费用率	员工培训费用/营业收入×100%
		员工学历(学位)比率	具有某一学历（学位）的年均人数/年均全员人数×100%
		领导班子基本素质	具体包括知识结构、道德品质、敬业精神、开拓创新能力、团结协作能力、组织能力和科学决策水平等因素
		人力资产占总资产的比重	人力资产/企业总资产×100%
	修正指标	员工保持率	（1－员工辞职率）×100% ＝（1－年员工辞职人数/年全员人数）×100%
		人力资源培训率	年度参加培训的职工人次/职工总人数×100%
		员工意见采纳百分比	被采纳的员工意见数/同期内全员意见总数×100%
		员工满意度	对企业感到满意的员工人数/企业员工总人数
		员工建议能力	一定时期内被采纳意见的员工数/同期内员工总人数×100%

表 4-7　无形资产和人力资产的收益状况

新增指标	指标		公式
无形资产和人力资产的收益状况	基本指标	知识与智力资本收益率	知识与智力资产贡献价值/知识与智力资产额×100%
		知识与智力资本率	知识与智力资产额/企业资产总额×100%
		企业文化建设投入率	某时期用于企业文化建设的投入资金总额/同期企业产品销售收入资金总额×100%
		人力资本收益率	人力资产贡献价值/人力资产×100%
		企业的价值观念	企业有自己的价值观念，并将自己的价值观通过准则、口号、歌曲等公之于众，并且大力动员和鼓励自己公司的人员恪守和遵循
		企业的管理哲学	企业管理哲学是否科学，以人为本，以产品和服务质量为中心，以信用为重点，以效益为落脚点；公司政策是否具有一贯性，领导和部属关系是否和谐，工作环境是否良好，能否做到科学决策
		聚合力	企业的全要素生产率/行业的全要素生产率
		人力资产贡献率	息税前利润/账面总资产 − 行业平均资产利润率
	修正指标	企业美誉度	认为企业形象良好的社会公众人数/参与企业形象评价的社会公众总人数×100%
		企业精神	有无体现企业精神的口号（企业精神包括企业创新精神、鼓励创新、拼搏精神和奉献社会的精神等）
		人力资产贡献价值	人力资产贡献价值＝人力资产贡献率×账面总资产

三、我国国有企业绩效评价方法

（一）对我国现行的企业绩效评价方法的评价

根据我国现行的《规则》评价指标体系的三个层次立体结构，企业绩效评价相应的计分也分为定量与定性两大类及基本指标、修正指标和评议指标三层次计分方法。《规则》中评价指标体系选择了改进后的功效系数法作为定量指标的评价计分方法，选择了综合分析判断法作为定性指标的评价计分方法。

（1）指标之间的相关性严重影响评价结果的准确性。现行的评价指标体系采用的评价方法是功效系数法，运用该方法的条件是各个评价指标间相互独立、互不相关。这从方法选取上就已经隐含了结果的不准确，如反映财务效益状况方面的总资产报酬率指标与反映偿债能力状况中的资产负债率指标存在明显相关性，有研究表明两者之间的相关系数绝对值接近 0.9，呈高度相关状态。

（2）指标计算结果缺乏科学性。目前，我国绩效评价采用加权综合评价，一般要求权重为正，在整套评价指标体系中有正指标、逆指标、适度指标，如资产负债率、不良资产比率是逆指标，修订后的评价指标体系对于逆指标没有做出说明，直接与其他指标进行加权计算，致使计算结果缺乏科学性。因此，为了使不同性质的指标能够统一计算，需进行适当调整，如对于逆指标取它的绝对值的倒数使其变为正指标，使其计算结果和评价结果变得较为公正和科学。

（3）评议指标打分的主观性较大。我国现行的评价指标体系专门设置了 8 项评议指标，由于评议指标属于定性指标，一般没有一定的量化指标作为评价的标准，几乎所有被评企业的自评报告都按照 8 项评价指标的 A 级标准收集整理材料，并列举大量事实作为佐证，有些专家就以被评企业的自评报告为依据，凡是其自评报告中有关评议指标这部分的材料整理展示得好的，则评议指标的分数就高，造成了在 8 项评议指标的打分上几乎都是 A 级，企业之间在评议指标项目上很难拉开差距。

综上所述，本书选择了 BP 神经网络并将其应用于企业绩效评价中。

（二）选择 BP 神经网络应用于企业绩效评价

引入"企业绩优度"这个概念来衡量企业综合绩效的优劣和综合效果。企业绩优度是该绩效评价指标体系的第一层，即目标层，它是一个无量纲的企业综合绩效的定量化指标，是一个介于 0~1 的数，数值越大则企业综合绩效越优（苏泽雄和张歧山，2002）。基于 BP 模型的企业综合绩效评价的基本思路为：首先，将企业综合绩效评价的基础指标作为人工神经网络的输入单元（向量），将企业综合绩效状态作为输出单元（向量），组成相应的神经网络，称为企业综合绩效评价的反向误差传播模型（简称企业综合绩效评价 BP 模型）；然后，以足够的样本，以 BP 模型学习算法来训练这个神经网络，训练好的网络所持有的那组权系数就是所要确定的企业综合绩效评价指标的权重。这是网络经过自适应学习得到的网络内部信息的一种本质的、集成的表示，也是企业综合绩效评价体系中信息的一种全息式、分布式的存储方式（胡守仁，1993）；最后，将目标企业综合绩效评价指标的具体值作为训练好的 BP 模型的输入量，可得目标企业综合绩效的绩优度状态。

（三）基于改进 BP 神经网络的企业绩效评价模型的设定

企业综合绩效评价 BP 模型的拓扑结构如图 4-1 所示。模型由三层神经元组成：输入层、隐含层和输出层，不同层之间的神经元采用全互连方式，同一层的神经元之间不存在相互连接，输出层只含有一个神经元，输出层神经元的输出结果即是企业绩优度（魏明侠，2003）。

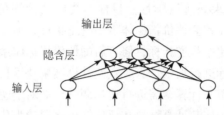

图 4-1　三层 BP 神经网络的拓扑结构

设 BP 神经网络的输入层有 n 个神经元，输出层有 q 个神经元，隐含层有 p 个神经元。训练用输入模式组数（即训练样本个数）为 $k = 1,\ 2,\ \cdots,\ m$；输入模式向量为 $X_{k1} = [x_{k1}, x_{k2}, \cdots, x_{kn}]$；期望输出向量为 $Y_k = [y_{k1}, y_{k2}, \cdots, y_{kq}]$；隐含层各神经元输入激活值向量为 $S_k = [s_{k1}, s_{k2}, \cdots, s_{kp}]$；隐含层各神经元输出向量为 $Z_k = [z_{k1}, z_{k2}, \cdots, z_{kp}]$；输出层各神经元输入激活值向量为 $L_k = [l_{k1}, l_{k2}, \cdots, l_{kq}]$；输出层各神经元实际输出向量为 $C_k = [c_{k1}, c_{k2}, \cdots, c_{kq}]$。

输入层神经元至隐含层神经元的连接权值为 W_{ij}；隐含层神经元至输出层神经元的连接权值为 V_{jt}；隐含层各神经元的阈值为 θ_j；输出层各神经元的阈值为 γ_t，其中 $i = 1,\ 2,\ \cdots,\ n$；$j = 1,\ 2,\ \cdots,\ p$；$t = 1,\ 2,\ \cdots,\ q$。

（四）基于改进 BP 神经网络模型的企业综合绩效评价步骤

根据人工神经网络 BP 模型及其算法，结合企业综合绩效内涵及其评价指标体系，可将基于 BP 模型的企业综合绩效评价步骤概括如下。

步骤一，参数初始化。对 BP 模型神经元的连接权值 W_{ij}、V_{jt} 和其阈值向量 θ_j、γ_t 赋初值。可以采用 $[-1,\ +1]$ 之间的随机数来初始化权值和阈值。

步骤二，样本数据标准化处理。对于定量指标采用线性比例变换法对原始数据进行标准化处理。对于正向指标（效益型）数据有 $X_k = \dfrac{x_k - x_{\min}}{x_{\max} - x_{\min}}$，对于逆向指标（成本型）数据有 $X_k = \dfrac{x_{\max} - x_k}{x_{\max} - x_{\min}}$，对于定性指标应当利用模糊评价法将其转化为 $0 \sim 1$ 的分值，然后再作为输入值。

步骤三，随机选取一个输入输出模式输入 BP 神经网络，其中输入向量为 $X_{k1} = [x_{k1}, x_{k2}, \cdots, x_{kn}]$，期望输出向量为 $Y_k = [y_{k1}, y_{k2}, \cdots, y_{kq}]$。每个训练模式（样本）包括经过标准化处理后的输入指标数据和对应的期望输出。

步骤四，计算隐含层各神经元的输入激活值 s_{kj} 和响应输出值 z_{kj}。

$s_{kj} = \sum_{i=1}^{n} W_{ij} x_{kj} - \theta_j$，$z_{kj} = f(s_{kj})$。其中激活函数 f 为非线性、可微、非递减的 Sigmoid 函数，即 $f(u) = 1/(1 + e^{-u})$，$j = 1,\ 2,\ \cdots,\ p$。

步骤五，计算输出层各神经元的输入激活值 l_{kt} 和响应输出值 c_{kt}。$l_{kt} = \sum_{j=1}^{p} V_{jt} z_{kj} - \gamma$，$c_{kt} = f(l_{kt})$，其中 $t = 1，2，\cdots，q$。

步骤六，计算输出层和隐含层各神经元的校正误差。对于输出层神经元，期望输出向量为 $Y_k = [y_{k1}, y_{k2}, \cdots, y_{kq}]$，BP 神经网络实际输出向量为 $C_k = [c_{k1}, c_{k2}, \cdots, c_{kq}]$，输出层各神经元的校正误差为 $D_{kt} = (y_{kt} - c_{kt}) \times c_{kt} \times (1 - c_{kt})$，其中 $t = 1，2，\cdots，q$。根据已经计算出的输出层各神经元校正误差 D_{kt} 以及 V_{jt} 和 z_{kj}，可以计算隐含层各神经元的校正误差为

$$C_{kj} = (\sum_{t=1}^{q} W_{ij} D_{kt} V_{jt}) \times z_{kj} \times (1 - z_{kj})，j = 1，2，\cdots，p。$$

步骤七，根据校正误差的反向传播，逐层修正各连接权值及阈值。现在应用较多的是改进的 BP 算法，即在其权值系数中加入动量参数以防止它发生反复振荡而不收敛（包约翰，1992）。

隐含层与输出层之间的新连接权值调整公式为

$$\Delta V_{jt}(N + 1) = \eta D_{kt} \cdot z_{kj} + \alpha \Delta V_{jt}(N)$$

式中，$\Delta V_{jt}(N + 1)$ 为第 $N + 1$ 次权重的调整值，$V_{jt}(N + 1) = V_{jt}(N) + \Delta V_{jt}(N+1)$；$\alpha$ 为惯性因子，$\alpha \in (0，1)$；$\Delta V_{jt}(N)$ 是第 N 次学习周期的权值调整值；$\alpha \Delta V_{jt}(N)$ 是一个动量项，反映网络过去学习的过程；η 是表示学习速率的常数；N 为学习次数。输出层的阈值调整公式为

$$\gamma_t(N + 1) = \gamma_t(N) + \eta \cdot D_{kt}$$

输入层与隐含层之间的连接权值调整公式为

$$\Delta W_{ij}(N + 1) = \eta \sigma_{kj} \cdot x_{ki} + \alpha \Delta W_{ij}(N)$$

式中，$\Delta W_{ij}(N + 1)$ 为第 $N + 1$ 次权重调整值，$W_{ij}(N + 1) = W_{ij}(N) + \Delta W_{ij}(N + 1)$；参数 α、η 的含义及作用同上。隐含层的阈值调整公式为

$$\theta_j(N + 1) = \theta_j(N) + \eta \cdot \sigma_{kj}$$

步骤八，重新从 m 组训练模式中随机选取一个模式返回步骤三训练，直到 BP 神经网络全局平方和误差 $E = \sum_{k=1}^{m} E_k = \sum_{k=1}^{m} \sum_{t=1}^{q} \frac{(y_{kt} - c_{kt})^2}{2}$ 小于预先设定的限定值 ε（当网络收敛时）或训练次数 N 大于预先设定的数值 M（当网络无法收敛时）。其中 $E_k = \sum_{t=1}^{q} \frac{(y_{kt} - c_{kt})^2}{2}$ 为第 k（$k = 1，2，\cdots，m$）个训练模式的输出平方和误差。ε 一般可以取 10^{-3} 或更小的值，最大训练次数 M 一般要根据实际情况来选取。

BP 神经网络学习训练完成后，我们就得到一个已经训练好的 BP 神经网络。根据训练好的 BP 神经网络所持有的连接权值和阈值，可以进行评价效果的检验和实际的评价应用。

将目标企业绩效评价指标的实测值进行无量纲化处理后作为训练好的 BP 模型输入,经过运算即可得目标企业的绩优度,将其评价结果与规定的企业绩优度评价标准作比较,即可确定目标企业绩优度的类别和水平。在运用 BP 神经网络模型完成企业综合绩效评价的同时,也求得了影响企业综合绩效的各指标的权重。根据权重的大小就能确定各指标对于企业综合绩效的权重排序和影响程度,也可以确定对企业综合绩效影响较大的主导性因素。

四、实证分析

报告中的样本选自于中国证券监督管理委员会行业分类中的制造业,样本数据是 2005 年制造业的上市公司,剔除无上报基本财务数据或数据不全的,余下99 家公司;根据相应公式计算出各上市公司的净资产收益率、每股收益、成本费用利润率、应收账款周转率、总资产周转率、存货周转率、流动比率、现金流动负债比、总资产增长率、营业利润增长率 10 个指标数值(附录 1 中的表 1)。结合上述构建的模型及 BP 神经网络的基本原理,则可确定本次训练用各参数(表 4-8)和企业绩效测评的神经网络结构(图 4-2)。

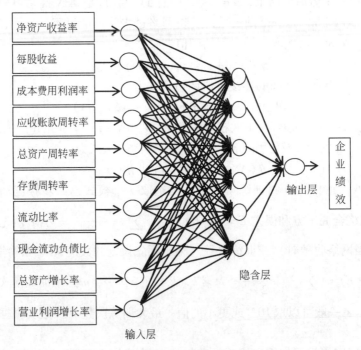

图 4-2　企业绩效的 BP 神经网络测评结构图

表 4-8 BP 神经网络测评模型参数表

模型参数	输入层神经元数	输出层神经元数	隐含层数	隐含层神经元数
BP 神经网络测评模型参数	10	1	1	6

在训练网络之前，对各指标的实际数值进行归一化处理可以提高神经网络的泛化能力和预测精度。本书采用线性比例变换法对原始数据进行标准化处理，对于正向指标（效益型）数据有 $X_k = \dfrac{x_k - x_{\min}}{x_{\max} - x_{\min}}$，对于逆向指标（成本型）数据有 $X_k = \dfrac{x_{\max} - x_k}{x_{\max} - x_{\min}}$，计算出指标 X_k 的相应隶属度 μ_k 可作为网络的输入信号，再由灰色关联度法确定各指标的权重 W_j，最后计算出企业盈利能力的最终测评分值 $Y_k = \sum\limits_{j=1}^{p} \mu_k W_j$ 作为网络的期望输出，这样是为了避免《国有资本金绩效评价规则》中权重的硬性规定，也避免了专家直接给企业盈利能力打分时的诸如情感等各种因素的影响。

其计算过程如下：

步骤一，对 99 组数据归一化后的结果矩阵，如附录 1 中表 2 所示。

步骤二，求出两级最大差 Δ（max）；两级最小差 Δ（min）。

令 $\Delta_{ij} = | x_{ij} - 1 |$

则

Δ（max）$= \max \left[\max (\Delta_{ij}) \right]$（$1 \leqslant i \leqslant 99$，$1 \leqslant j \leqslant 10$）；

Δ（min）$= \min \left[\min (\Delta_{ij}) \right]$（$1 \leqslant i \leqslant n$，$1 \leqslant j \leqslant p$）。

步骤三，再求出关联矩阵 R_{ij}，其计算公式为

$$R_{ij} = \frac{\Delta(\min) + \xi \Delta(\max)}{\Delta_{ij} + \xi \Delta(\max)}$$（其中 ξ 为分辨系数，$\xi \in [0, 1]$，一般取 $\xi = 0.5$）

所得关联矩阵 R_{ij} 结果如附录 1 中表 3 所示。

步骤四，用下列公式计算权重：

$$w_j = \frac{\sum\limits_{i=1}^{99} r_{ij}/99}{\sum\limits_{j=1}^{10} \left(\sum\limits_{i=1}^{99} r_{ij}/99 \right)}$$ 得到 10 个指标的权重，如表 4-9 所示。

表 4-9 各指标权重

净资产收益率	每股收益	成本费用利润率	应收账款周转率	总资产周转率	存货周转率	流动比率	现金流动负债比	总资产增长率	营业利润增长率
0.069	0.127	0.147	0.085	0.116	0.070	0.078	0.074	0.105	0.129

步骤五，从99组样本数据中选取前80组为训练网络用样本，其余19组作为检验用样本，也可以用来模拟待测评的对象，把归一化后的数据输入由 MAT-LAB7.01 编制的神经网络计算程序进行训练和仿真。各参数设置为：训练精度 $1E^{-5}$，显示迭代过程为5，最大训练次数400，经过36次循环学习后网络训练结果如附录1中表4所示。

步骤六，由公式 $y_i = \sum_{j=1}^{10} \mu_{ij} W_j$ 计算出各公司的期望输出，如附录1中表4所示。

经过数据处理计算，由附录1中表4仿真结果可看出，测评相对误差都控制在2%以内，大部分是在1%以下，前80组训练样本训练完毕后，此时基于BP神经网络的企业盈利能力测评模型已经构建，可用于测评其他待测评对象，本书选取后19家上市公司，用该网络进行测评，亦即作为检验样本，仿真结果如表4-10所示。

表4-10　网络检验结果

上市公司	期望输出	仿真输出	期望排序	仿真排序	相对误差/%
三爱富	0.4485	0.4502	2	2	0.3895
华源制药	0.3800	0.3761	19	19	1.0207
西南药业	0.4118	0.4112	15	15	0.1549
航天通信	0.4253	0.4259	10	10	0.1342
凤凰股份	0.4137	0.4155	14	14	0.4463
上海石化	0.4593	0.4581	1	1	0.2548
上海三毛	0.4419	0.4423	3	3	0.0949
ST 轻骑	0.4372	0.4359	6	6	0.2900
常林股份	0.4179	0.4181	12	12	0.0402
一汽四环	0.4111	0.4137	16	16	0.6274
华源发展	0.3875	0.3893	18	18	0.4698
上海机电	0.4281	0.4272	9	9	0.2155
上工申贝	0.3914	0.3926	17	17	0.3063
ST 自仪	0.4164	0.4165	13	13	0.0343
航天长峰	0.4329	0.4321	7	7	0.1945
仪征化纤	0.4396	0.4401	4	4	0.1128
中国嘉陵	0.4252	0.4252	11	11	0.0000
火箭股份	0.4372	0.4371	5	5	0.0159
广钢股份	0.4315	0.4303	8	8	0.2719

由表 4-10 可看出仿真结果与期望输出基本一致，相对误差都在 1.05% 以下，最小误差是 0.000%。并且由附录 1 中表 4 和表 4-10 还可看出，无论是训练样本还是检验样本，仿真结果排序都与期望输出排序顺序一致，说明该系统的企业盈利能力状况测评结果是比较准确的。当然还可以通过反复训练、调整网络权值和阈值、适当提高学习精度、增加训练样本数量等方法来进一步提高精度，减少相对误差，获得更接近期望输出的仿真结果。

基于 BP 神经网络模型的企业绩效评价方法能够通过高度的非线性映射，充分利用样本指标的有关信息，揭示企业绩效与其相关影响因素之间的内在作用机理，从而克服企业绩效评价中建模及求解的困难。整个评价过程和步骤非常容易编程实现并在计算机上进行运算分析，具有自学习性、自适应性和很强的容错性，因而具有较高的合理性和适用性（陈熊华等，2002）。此方法只需将处理过的数据输入到训练好的网络中，通过计算即可产生结果，避免了评价过程中人为确定标准值和选取权重的主观性因素，有效地减少了评价过程中的人为因素，提高了评价的可靠性，使评价结果更有效、更客观。

第二节 国有企业经营者薪酬与企业绩效相关性研究

一、国内外研究现状比较

对经营者报酬和企业绩效相关性问题的研究，国外学者研究较早，已有大量文献。近年来，我国学者在此方面也进行了不少研究。

（一）国外研究现状

最早进行企业经营者报酬和企业绩效关系研究的是 Jensen 和 Murphy（1990）的《绩效报酬与对高层管理的激励》。他们通过对 2213 名《福布斯》杂志上公布的被调查的管理人员与公司财务状况配对，对货币变量进行通货膨胀调整，以 1986 年为例，对报酬 – 绩效敏感性（含薪酬、解雇和股票持有）最后总体估计值，结论是：大型公众持股公司的绩效同企业经营者的薪酬只有微弱的相关性。

Mebran（1995）的研究结果表明，公司的绩效与 CEO 的持股比例正相关，与 CEO 薪酬中以股权为基础的薪酬比例正相关。Canyon（1997）发现董事报酬与当期股东收益正相关，但与前期股东收益不相关。治理变量对高层董事薪酬的形成有一定影响，而 CEO 和董事长的分任则对薪酬不起作用。Core 等（1999）发现在控制报酬中的标准经济决定因素后，董事会和所有权结构能在相当大程度上解释 CEO 报酬截面变异。治理结构薄弱，则代理问题严重，而代理问题严重的公司 CEO 获得较高报酬，又会恶化代理问题。Zhou（1999）发现加拿大公司中与直接工资和股票所有权相关的业绩敏感性要低于美国公司，但这个差异随公司规模扩大而缩小。美国股东财富增加 1000 美元，销售额分别为 4 亿～10 亿美元、10 亿～80 亿美元的公司 CEO 财富分别增长 2.03 美元和 4.11 美元，而加拿大分别为 60 美分和 39 美分。研究认为受制于经济管制强弱的报酬－业绩相关性影响公司业绩。Mishra 等（2000）认为，公司业绩通常与 CEO 报酬－股市业绩敏感性水平正相关，但相关性正逐渐降低。Bertaud 和 Malpezzi（2001）在比较 CEO 和白领员工的薪酬与股东财富关联性时，发现 CEO 的薪酬弹性系数为 0.429，在四年的 CEO 任期里，公司年度收益每增加 1%，则公司价值增加 4%，CEO 工资增长 0.43%。Perry 和 Zenner（2001）研究表明，1993 年后 CEO 奖金和总报酬对股票收益的敏感性增强，尤其那些报酬计划上百万元的公司。Phillip 和 Cyril（2004）的研究结果表明，销售额变化指标与工资在 1% 重要性水平下正相关，与奖金在 10% 重要性水平下正相关，股东收益与奖金在 0.1% 重要性水平下正相关，与股票期权在 0.1% 水平下正相关。Carpenter 和 Sanders（2004）认为，非 CEO 成员的总报酬和长期激励报酬与后期的业绩正相关，而 CEO 与高层经理团队总报酬差距对公司业绩有负作用，CEO 的报酬与业绩不相关。

（二）国内研究现状

对经营者报酬和企业绩效相关性问题的研究，较早开展实证研究的学者魏刚（2000）在《高级经理层激励与上市公司经营绩效》中以我国 816 家 A 股上市公司为样本，认为高级管理人员年度报酬与上市公司的经营业绩不存在显著相关性，高级管理人员的持股数量与上市公司的经营绩效并不存在显著的正相关关系。李增泉（2000）发现我国上市公司董事长和总经理的年度报酬与企业业绩并不相关，而与企业规模及所在区域密切相关，提出建立工资、奖金、股票期权三位一体的上市公司报酬体系。刘斌等（2003）的研究结果表明，CEO 薪酬与企业的规模、股东财富呈同方向变动，决定 CEO 薪酬的主要因素是营业利润率变动，同时 CEO 薪酬具有"工资刚性"特征。胡铭（2003）发现高层经理的年度报酬、持股比例与公司绩效并不存在正相关关系，其原因可能有持股制度僵化、持股比例小、薪酬过低以及观念的影响等。周立和贺颖奇（2003）认为高管人员薪金与盈利能力正相关，与净利润、每股收益、净资产收益率的相关系数分别为 0.1384，0.1027，0.0247。经理人持股没有明显的激励作用，即经理人持股数量与公司经营业绩没有明显的相关性。

另一些学者则有不同的研究结果。肖继辉和彭文平（2002）从我国 2000～2001 年上市公司的数据检验得出，不存在高管人员报酬与会计业绩度量有敏感性的证据，存在高管人员总报酬及总报酬的变化额与股东财富业绩度量有敏感性的证据。林浚清等（2003）的检验结果表明，CEO 与非 CEO 的薪酬差距与公司未来绩效之间存在正相关。国有股比例、内部董事比例越高，差距越小；监事会规模越大，股权集中度（以 Herfindahl 指数表示）越高，差距越小。张俊瑞等（2003）分析认为，高管人员的年度报酬对数（lnAP）与每股收益（EPS）、国有控股比例、高管总体持股比例、公司总股本的对数（lnSIZE）呈线性相关；lnAP 与 EPS、lnSIZE 呈较显著的、稳定的正相关关系。谌新民和刘善敏（2003）研究认为，我国上市公司总体上经营者报酬与经营绩效关系不大，持股比例与绩效有显著性弱相关关系。实行年薪制的公司，经营者年薪、持股比例与绩效均显著弱相关，且资产规模、行业、地域影响报酬 – 绩效关系。刘芍佳等（2003）对中国不同控股类型的上市公司的绩效比较表明，若提出的产权 – 控股 – 绩效假说成立，则股权结构确实与公司绩效有着密切关联。刘银国（2004）指出，1999 ~ 2001 年，高管年薪与公司业绩基本不相关，2002 年存在一定的正相关性。闫丽荣和刘芳（2006）的研究结果表明，国有企业经营者薪酬与公司绩效没有显著的正相关关系，而民营企业经营者薪酬与企业绩效有显著的正相关关系，经营者持股对经营者的薪酬没有显著影响，而公司规模对经营者薪酬有显著影响。

（三）国内外研究文献的评述

由表 4-11 可以看出，对经营者报酬与企业绩效相关性的研究，国内外学者得出的结论有很大差异。国内早期研究的学者大都认为经营者报酬与企业绩效相关性弱或基本不存在相关性，而近期的研究成果中，认为两者具有正相关性的学者较多，其原因可能有以下几方面。

表 4-11　国内外经营者报酬与企业绩效相关性研究对比

作者	采样时间	样本数量	研究对象	业绩变量	薪酬变量	结论
Jensen Murphy	1974 ~ 1986 年	2213	《福布斯》杂志公布的企业	股东财富变化（为调整后收益率×市价）	工资、奖金、股票期权价值的变化量	微弱相关性
梅伦	1979 ~ 1980 年	153	制造公司		年度报酬、持股比例	CEO 绩效与持股比例正相关
Zhou	1991 ~ 1994 年	加拿大365美国675	加拿大公司美国公司	股东财富的变化量	工资、奖金、长期激励报酬、其他福利	加拿大的相关性低于美国
Stephen	2001 年			年度收益	年度报酬	相关性强

续表

作者	采样时间	样本数量	研究对象	业绩变量	薪酬变量	结论
Phillip 和 Cyril	2004 年	228	英国公司	销售额变化和股东收益	工资、年度业绩奖、持有期权价值变化额	在一定的水平下正相关
魏刚	1998 年	791	A 股上市公司	加权 ROE	年度报酬	无显著正相关
刘斌等	1998～2000 年	76	CEO 薪酬增加的样本公司	主营业务收入增长率、总资产增长率	CEO 年度报酬	呈同方向变化
张俊瑞和赵进文	2001 年	127	上市公司	每股收益(EPS)	年薪(对数)	正相关关系
谌新民	2003 年	1036	上市公司	净资产报酬率(ROE)	年度报酬、持股比例	显著弱相关
闫丽荣和刘芳	2001～2004 年	104	上市公司	主营业务收益率	年薪(对数)	不同企业类型相关性不同

资料来源：作者自己根据相关文献整理。

1. 所选取的样本不同

国外的学者大都以外国企业为主，有的数据取自英国，有的则取自美国，我国学者主要以我国的上市公司为主，样本所在国家制度背景不同，结果自然有差异。而且是在不同时期所选取的研究数据，不具有可比性。

2. 所选取的变量不同

各个学者研究所选的绩效变量和薪酬变量都不尽相同。例如，对经营者报酬的衡量，有的用工资、年度奖金，有的用持有股票的价值和期权收益；对绩效的衡量，有的用主营业务收益率，而有的用净资产收益率。

3. 所选取的方法不同

有的采用线性回归分析，有的采用曲线分析方法；有的采用控制变量，而有的没有对相关因素进行控制。几十年来国外积累的研究成果较多，主要集中于英、美等西方国家，但西方国家的研究以较为完善、成熟的市场环境和治理结构为背景，将其研究成果直接移植到我国并不适宜。

现阶段，国内关于经营者报酬与企业绩效相关性问题的实证研究还存在一些不足。

（1）样本选取上不统一。上市公司存在个体差异，有的在沪市交易，有的在深市交易，所发行股票有 A 股和 B 股、始发股和增发股之别，公司所有制也有国有与非国有之别，这些因素对检验结果产生的干扰难以测度。国内现有研究或是不分企业性质地考察了沪市或沪深两市上市公司，或是不分企业性质地选取了某一行业进行研究，对我国国有企业这一特殊的企业群体并没有进行深入细致的探讨。因此，本书将研究对象定位于国有企业。

（2）对样本数据的筛选没有进行适当处理。从 1992 年始，我国的会计制度一直处于变革时期，这无疑提高了上市公司会计信息质量，但也使公司各年财务数据的可比性减弱。不同时期的财务数据不可比，导致实证分析的结果偏离真实值。现有的国内研究文献在企业绩效变量指标的选用上，多是采用反映企业盈利性的指标，如或是采用唯一的净资产收益率指标，或是采用多个盈利性指标——净资产收益率、每股收益、主营业务利润率等，分别来考察每个指标与高管激励之间的关系。企业绩效主要体现在盈利性与成长性，但是国内的研究或是只从盈利性方面进行衡量，或是只从成长性方面进行衡量，这不能很好地反映企业绩效综合情况。因此，在研究中，将选取加权平均的净资产收益率和每股收益作为盈利性指标，将主营业务收入增长率、资本积累率作为成长性指标，对企业绩效进行衡量，并且在衡量时将考虑运用主成分因子分析法得出一个企业绩效的综合得分，这样做的主要原因是企业绩效本来就是这些指标的一个综合反映，若分别以每个指标来做则只能说明某一方面的绩效情况而已。

（3）没有考虑控制变量。大多数研究没有考虑控制变量，如企业所处行业、区域、公司规模、政策性影响等，本书在前人研究的基础上，研究制造业国有企业，并加入企业规模、企业资产负债率和年度虚拟变量等控制变量。

二、研究设计

（一）研究假设与变量描述

1. 研究假设

假设一：国有企业经营者报酬与企业绩效存在正相关关系。

根据委托代理理论，当企业经营者与股东之间存在信息不对称时，理论上委托代理模型的最优解是委托人领取固定薪酬，代理人领取所有的风险薪酬。虽然实际中这种最优解不能实现，但股东可以将经营者薪酬与企业绩效挂钩，使经营者有足够的动力来尽可能地提高企业的盈利水平，从而增加股东的收益。可见，经营者年度报酬与企业绩效存在正相关关系。因此，假设为：

H_1：国有企业经营者报酬与企业绩效存在正相关关系，经营者薪酬越高，企业绩效越好。

假设二：企业规模与经营者的报酬存在正相关关系。

罗森理论表明，高级经理的薪酬和企业规模之间存在相关性，企业的规模越大，高级经理控制的资源越多，涉及的经营管理问题越复杂，因而对经理的能力要求也就越高。与小企业相比，大企业组织结构维数更多，经营更复杂，企业经营者面临的经营风险和压力更大，所以大企业需要在市场上聘请能力水平高且经验丰富的职业经理人，当然企业必须为他们支付更高的薪酬水平。因此，大型企业中高级经理能力所产生的租金要远远高于小型企业，其薪酬也就相应更多。因此，假设为：

H_2：国有企业资产规模越大，经营者所获得的报酬越高，其对企业绩效的影响越大。

假设三：经营者报酬与企业绩效的关联性受企业所在地区的影响。

企业所处地区不同，会影响企业经营者的报酬。由于政策、交通以及经济条件不同，企业所处的地区不同会对企业经营者报酬产生一定影响。为了提高薪酬的公平性和激励性，企业所有者在支付给企业经营者薪酬时应参考企业所处行业的经营者薪酬水平以及企业所在地区的经济发展水平。因此，假设为：

H_3：国有企业所处地区经济越发达，经营者报酬对企业绩效的影响越大。

假设四：企业绩效与经营者报酬的关联性受企业资产负债率的影响。

企业资产负债率的大小，会影响企业经营者的报酬。资产负债率高，说明企业的资金中，来源于债务的资金较多，来源于所有者的资金较少。资产负债率高，财务风险相对较高，因此，企业资产负债率的大小会对经营者的报酬产生一定的影响。企业所有者在支付给企业经营者薪酬时应参考企业的资产负债率的高低情况。因此，假设为：

H_4：国有上市公司资产负债率越小，经营者报酬对企业绩效的影响越大。

2. 变量描述

衡量企业绩效的指标很多，主要指标包括净资产收益率、总资产收益率、主营业务利润率、每股收益、托宾 Q 值等。各种研究文献有不同的用法：有的只适用其中最具代表性的一个指标；有的分别选择多个指标单独计量；有的采用几个指标，然后用主成分分析法计算各指标综合得分。本书认为最后一种方法较为合理，在对国有企业绩效变量的设计上采用这种方法。

企业的绩效主要表现在盈利性和成长性两个方面。盈利性反映了企业的资本收益状况，对于反映公司经营绩效盈利性的指标，选择了中国证券监督管理委员会指定在上市公司财务报表中公布的加权平均净资产收益率（ROE）和每股收益

（EPS）等指标，这些指标体现了企业的盈利能力以及对投资者和债券人的保障程度，同时也是投资者较为关注的重要财务指标。其中，净资产收益率（ROE）是一个综合性极强、最具代表性的财务比率，是企业销售规模、成本控制、资本营运、筹资结构的综合体现，能综合反映企业偿债能力、营运能力和获利能力，体现了企业价值最大化的目标追求。著名的杜邦分析模型揭示了这一指标的综合性：净资产收益率＝销售利润率（获利能力）×总资产周转率（营运能力）×权益乘数（偿债能力）。成长性反映了企业市场占有能力和发展潜力。采用两个指标衡量成长性：一是主营业务收入增长率（IROS），二是资本积累率（IROE）。

通过对上述四个指标进行主成分法因子分析提取适当的公共因子，再以每个因子的方差贡献率作为权数对各个因子的得分进行加权以构造综合得分函数。即

$$K_i = a_{i1}p_{i1} + a_{i2}p_{i2} + \cdots + a_{ij}p_{ij}$$

式中，K_i 为第 i 个公司绩效的综合得分；a_{ij} 为第 i 个公司第 j 个因子的方差贡献率；p_{ij} 为第 i 个公司第 j 个因子的得分。

由于某些企业的年度报表中经营者报酬数据缺乏，为了使样本数据取得前后一致，取上市公司总收入排在前三名的高级管理人员的收入平均值作为经营者报酬的变量值，这项指标值在所有公司年报中均有反映。此外，为了增加回归方程与样本观测值的拟合优度，特增加了企业规模、资产负债率和年度虚拟变量等指标。具体如表 4-12 所示。

表 4-12 各变量公式及描述

变量类型		变量名称	符号	计算公式	描述
企业绩效	盈利性	净资产收益率	ROE	净利润/净资产	评价所有者权益及其积累获取报酬的水平
		每股收益	EPS	净利润/年末普通股总数	反映普通股的获利水平
	成长性	主营业务收入增长率	IROS	本期新增主营业务收入/上期主营业务收入	评价企业成长和发展能力，衡量市场占有能力
		资本积累率	IROE	本期所有者权益增长额/年初所有者权益总额	表示当年资本的积累能力，评价企业发展潜力和趋势
报酬		报酬	Y	年度报酬总额	反映经营者的年度收入

续表

变量类型	变量名称	符号	计算公式	描述
控制变量	公司规模	ASS	总资产	年末总资产额≤0.4 亿元为小型公司，0.4 亿元＜年末总资产额≤4 亿元为中型公司，年末总资产额＞4 亿元为大型公司
	资产负债率	D	负债总额/资产总额	划分四类：①资产负债率≤20%；② 20%＜资产负债率≤50%；③50%＜资产负债率≤70%；④资产负债率＞70%
虚拟变量	年	$YEAR_j$	无	设 $YEAR_1$ 代表 2004 年，$YEAR_2$ 代表 2005 年。以 2003 年的样本为基准，当样本为 2004 年时，$YEAR_1$ =1，否则 $YEAR_1$ = 0；当样本为 2005 年时，$YEAR_2$ = 1，否则 $YEAR_2$ = 0

（二）模型构建

为了更客观、真实地反映企业实际经营状况，采用主成分分析法来构造上市公司综合绩效的衡量标准。主成分分析法是考察多个变量间相关性的一种多元统计方法，它是用数理统计的方法，对数据经过正交化处理，将原来的指标用几个互相无关的综合指标代替，同时根据实际需要，选择 m 个主分量 p_1，p_2，…，p_m，以每个主分量 p_i 的方差贡献率 a_i 作为权数，构造综合评价函数，即

$$p = a_1 p_1 + a_2 p_2 + \cdots + a_m p_m$$

通过 SPSS 对选择的指标 EPS、ROE、IROS 和 IROE 进行主成分法因子分析，盈利性指标 EPS、ROE 为一组用变量 P_1 作为其公共因子，成长性指标 IROS、IROE 为一组用 P_2 作为其公共因子。通过分析得

2006 年：$P_1 = 0.550EPS + 0.557ROE - 0.052IROS - 0.033IROE$

$P_2 = -0.066EPS + 0.002ROE + 0.731IROS + 0.634IROE$

$P = 43.153\% P_1 + 19.74\% P_2$

2007 年：$P_1 = 0.571EPS + 0.531ROE - 0.199IROS - 0.003IROE$

$P_2 = -0.167EPS + 0.015ROE + 0.756IROS + 0.499IROE$

$P = 50.082\% P_1 + 20.132\% P_2$

2008 年：$P_1 = 0.582EPS + 0.501ROE - 0.210IROS - 0.001IROE$

$\qquad P_2 = -0.086EPS + 0.010ROE + 0.775IROS + 0.521IROE$

$\qquad P = 58.154\%P_1 + 23.19\%P_2$

建立如下数学模型：

模型 1：$Y = \alpha_0 + \alpha_1 P + \sum_{j=1}^{2} \mu_k YEAR_j + \varepsilon$

模型 2：$P = \beta_0 + \beta_1 Y + \sum_{j=1}^{2} \mu_k YEAR_j + \varepsilon$

模型 1 考察国有企业绩效对国有企业经营者报酬的影响，即将国有企业经营者报酬作为被解释变量，分析企业绩效对企业经营者报酬影响力的大小。模型 2 考察国有企业经营者报酬对企业绩效的影响，即将企业绩效作为被解释变量。在模型中，P 为企业绩效的计量指标；Y 为经营者的年度报酬；ε 为残差项；α_0、β_0 为常数项；α_1、β_1、μ_k（$k = 1$，2）为相应解释变量的回归参数。将全国划分为六个地区，分别为华东地区、西南地区、华北地区、西北地区、东北地区和中南地区。

研究方法：首先，采用主成分分析的方法构造上市公司绩效的衡量标准；其次，使用常用的普通最小二乘估计法对多元线性回归方程进行参数估计；再次，检验方程的拟合优度、方程的显著性、回归系数的显著性、残差的独立性、残差的方差齐性、自变量间是否存在共线性，以此来判断模型的实用性；最后，使用逐步回归的方法进行回归分析。使用统计工具 SPSS17.0。

三、实证研究

（一）样本选择与数据收集

根据分析的需要，以 2006～2008 年我国沪、深两地制造业的国有上市公司公布的年报数据为主要分析对象，对样本的选取原则列示如下。

（1）考虑到极端值对统计结果的不利影响，剔除业绩过差的 ST 和 PT 公司以及年报被注册会计师出具过带强调事项段的保留意见、拒绝表示意见、否定意见等审计意见的上市公司。

（2）所选择的样本公司为 2006 年以前发行上市的公司，剔除在考察期间发行上市的公司。

（3）由于国内投资者主要关注的还是 A 股上市公司，而且 B 股和 H 股对 A 股的信息披露有所影响，所以剔除了同时发行 B 股或 H 股的 A 股上市公司。

（4）样本公司三年内的财务数据完整。

依据上述筛选原则，共选择了 99 家上市公司作为样本公司，其中沪市 56

家，深市 43 家。数据主要来自 CCER（色诺芬）中国证券市场数据库、中国证券网和各个国有上市公司年报。

（二）样本公司的描述性统计

按照制造业的国有上市公司的注册所在地对其进行分类。依据公司的注册所在地，将样本公司分别归入华东、西南、华北、西北、东北和中南六个地区，各地区的上市公司数量分别为 44 家、13 家、12 家、4 家、6 家和 20 家。图 4-3 表明，制造业的国有上市公司属于华东地区的公司最多，为 44 家，占总样本的 45%，几乎达到一半；属于西北地区的公司最少，为 4 家，仅占样本总数的 4%；属于东北地区的公司也仅占样本总数的 6%。

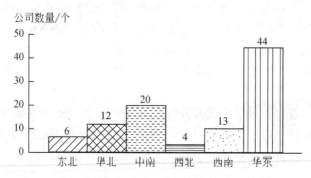

图 4-3　制造业国有上市公司地区分布

（三）报酬变量的描述性统计

由于某些国有上市公司的年度报表中缺乏经营者报酬数据，为了使样本数据前后一致，选取上市公司总收入排在前三名的高级管理人员的收入平均值作为经营者年度报酬的变量值。2006～2008 年制造业国有上市公司经营者年度报酬的平均值分别为 19.15 万元、27.63 万元和 28.49 万元。由表 4-13 的数据可以看出，制造业国有上市公司经营者的人均年度报酬不高，各公司差异显著。这主要与各公司的规模、盈利水平、资产等因素差异大有关。如图 4-4 所示，2006～2008 年制造业国有上市公司经营者年度报酬的区间分布基本一致，绝大多数属于 20～40 万元这个区间。其中，烟台万华聚氨酯股份有限公司（600309）经营者 2006～2008 年年度报酬分别高达 108.67 万元、209.33 万元和 144.87 万元；宝山钢铁股份有限公司（600019）经营者 2006～2008 年年度报酬分别高达 121.73 万元、127.86 万元和 91.33 万元。

表 4-13　制造业国有上市公司经营者年度报酬的描述性统计表

变量名		样本数	均值/元	最小值/元	最大值/元	方差	标准差
年度报酬	2006 年	99	191 481.9	16 266.67	1 086 677	1.79E+10	133 963.5
	2007 年	99	276 323.8	18 466.67	3 204 233	4.35E+10	208 458.9
	2008 年	99	284 943.7	16 666.46	1 448 700	2.85E+10	168 753.8

数据来源：2006～2008 年上市公司年报。

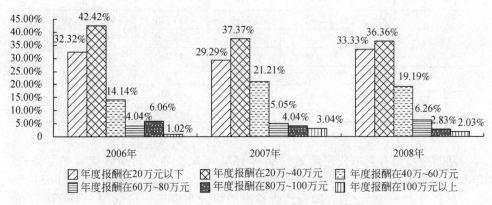

图 4-4　制造业国有上市公司经营者年度报酬的区间分布

从表 4-14 可知，2006～2008 年制造业国有上市公司经营者年度报酬存在着比较明显的地区差异。2006 年，西北地区国有上市公司经营者的年度报酬均值仅为 13.24 万元；而华东地区国有上市公司经营者的年度报酬均值达 21.36 万元。2007 年，华东地区国有上市公司经营者的年度报酬均值有所增长，为 29.3 万元；而华北地区的年度报酬均值达到 29.96 万元，居第一位。2008 年，华北地区国有上市公司经营者的年度报酬均值长至 29.1 万元，居第一位；华东地区国有上市公司经营者年度报酬均值（27.7 万元）超过中南地区（26.55 万元）。

表 4-14　制造业国有上市公司经营者年度报酬按地区的描述性统计表

地区	年份	均值/元	最小值/元	最大值/元	方差	样本数
华东	2006	213 598.8	26 333.33	1 353 333.3	2.39E+10	44
	2007	293 020.9	30 000	2 093 333	7E+10	
	2008	277 011.2	18 667	1 448 700	4.5E+11	
西南	2006	189 407.1	55 582	1 007 667	0.2E+10	13
	2007	230 037.9	41 264	1 547 500	5E+09	
	2008	241 057	52 943.7	1 713 900	6.8E+09	

续表

地区	年份	均值/元	最小值/元	最大值/元	方差	样本数
华北	2006	204 191	316 67	815 533	5E+09	12
	2007	299 591	34 333	1 113 333	7E+09	
	2008	290 950	20 000	1 144 067	6.7E+09	
中南	2006	237 163	37 073	585 933	2E+10	20
	2007	278 175	10 267	1 033 333	5E+10	
	2008	265 523	16 533.3	1 108 267	5.3E+10	
西北	2006	132 427	33 198	366 626	9E+07	4
	2007	259 091	45 000	524 030	7E+08	
	2008	231 156.2	57 566.7	325 460	2.1E+08	
东北	2006	156 287	32 000	433 333	4E+09	6
	2007	209 443	41 067	688 646	5E+09	
	2008	206 423.2	59 366.7	688 646	9.3E+08	

数据来源：2006~2008 年上市公司年报。

从制造业国有上市公司绩效（表 4-15）可知，各公司绩效指标差异悬殊。样本公司三年的财务数据中，每股收益平均为 0.18 元/股，最低为 -2.4634 元/股，最高为 2.3689 元/股；净资产收益率平均为 6.26%，最低为 -35.77%，最高为 41.97%；主营业务收入增长率平均为 27.54%，最低为 -28.48%，最高为 71.30%，相差 4.44 倍。说明各公司之间经营状况差异很大。

2006~2008 年制造业国有上市公司各绩效指标逐年有所下降。2008 年每股收益平均为 0.14 元/股，低于我国上市公司整体水平 0.22 元/股；净资产收益率平均为 5.51%，同样低于我国上市公司整体水平 8.01%。说明制造业国有上市公司整体营运水平较低。

表 4-15　制造业国有上市公司绩效有关变量描述性统计表

变量名	年份	均值	中位数	最小值	最大值	方差	标准差
每股收益/（元/股）	2003	0.205 332	0.150 1	-0.246 5	1.429	0.057 82	0.240 457
	2004	0.189 746	0.127 6	-0.912 5	2.368 9	0.101 956	0.319 306
	2005	0.138 839	0.115 6	-2.463 4	1.323 3	0.135 257	0.367 773
净资产收益率/%	2003	6.882 4	6.1	-19.55	41.97	0.516 2	7.185
	2004	6.382 5	5.2	-35.77	34.87	0.703 4	8.386 6
	2005	5.508 1	4.62	-27.42	28.62	0.586 8	7.660 3
主营业务收入增长率/%	2003	30.12	22.11	-28.48	56.485	0.715 2	8.545
	2004	27.38	21.79	-19.64	69.60	0.876 4	9.656
	2005	25.12	19.43	-18.45	71.30	0.764 8	10.060 3
资本积累率/%	2003	12.63	5.64	-19.41	39.43	0.567 2	5.135
	2004	10.23	4.32	-17.76	43.59	0.875 4	6.376
	2005	9.82	3.03	-16.65	47.64	0.654 8	6.540 3

数据来源：2006~2008 年上市公司年报。

（四）绩效变量的描述性统计

从图4-5可以看出，各地区制造业国有上市公司的绩效指标差异显著。华东地区国有上市公司的每股收益逐年递减，中南地区国有上市公司2008年的平均每股收益仅为0.076元/股，相比2007年的0.236元/股，减少了68%。2007年，东北地区国有上市公司平均净资产收益率为4.97%；西南地区国有上市公司平均净资产收益率为9.06%，是东北地区的1.82倍。东北地区主营业务收入增长率和华北地区的资本积累率逐年增加。2008年制造业国有上市公司的每股收益只有西南（0.25元/股）和华北地区（0.24元/股）高于我国上市公司整体水平0.22元/股，净资产收益率只有西南地区（8.5%）高于我国上市公司整体水平8.01%。中南地区国有上市公司的每股收益为0.08元/股，净资产收益率2.51%，远远低于我国上市公司整体水平。可见，制造业国有上市公司整体绩效偏低，各地区差异显著。

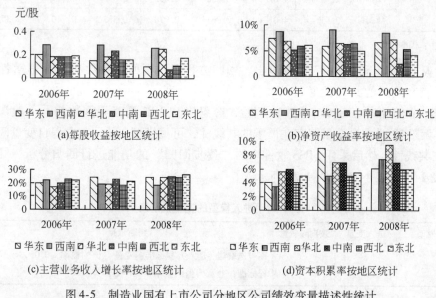

(a)每股收益按地区统计 (b)净资产收益率按地区统计

(c)主营业务收入增长率按地区统计 (d)资本积累率按地区统计

图4-5 制造业国有上市公司分地区公司绩效变量描述性统计

（五）样本总体经营者报酬与企业绩效相关性的检验结果与分析

将绩效指标带入模型，产生回归方程。对方程进行拟合优度、方程的显著性、回归系数的显著性、残差的独立性、自变量间是否存在共线性的检验，分析结果如表4-16、表4-17所示。

表 4-16 回归的方差分析表

模型	项目	平方和	自由度	方差	F	F 检验显著性概率
1	回归项	3.6E + 12	4	8.9E + 11	11.153	0.000
	残值	2.3E + 13	292	8.0E + 10		
	总量	2.7E + 13	296			

注：预测变量——企业绩效；因变量——报酬。

表 4-17 回归系数及显著性检验表

模型	变量	未标准化系数		标准化系数 β	T	T 检验显著性概率	共线性数据	
		参数估计值（B)	标准误差				容忍度	方差膨胀因子
1	常数项	-1.6E + 6	3E + 5		-4.73	0.000		
	系数	1.2E + 5	5.6E + 4	0.125	2.136	0.034	0.873	1.14
	YEAR$_1$	2.4E + 4	4.0E + 4	0.038	0.602	0.548	0.749	1.33
	YEAR$_2$	3.9E + 4	4.0E + 4	0.061	0.970	0.333	0.740	1.35

注：因变量——报酬。

从表 4-16 和表 4-17 可以看出，回归方程通过了回归系数 95% 的显著性检验。自变量间的共线性通过共线性水平的容忍度（tolerance）和方差膨胀因子（varicance inflation factor，VIF）检验，容忍度和 VIF 是互为倒数的，一般认为 VIF 大于 10 时，自变量间存在严重的共线性，可见模型 1 的回归方程自变量间不存在共线性。然后采用 SPSS 软件中的"逐步回归"的功能进行回归分析，结果如表 4-18、表 4-19 和表 4-20 所示。

表 4-18 进入模型的变量说明表

模型	进入变量	被剔除变量	判断依据
1	p	.	逐步选取法（进入方程标准：变量 F 值的概率 ≤0.05，剔除方程标准：变量 F 值的概率 ≥0.100）

注：因变量——报酬。

表 4-19 模型总体参数表

模型	R	R^2	修正的 R^2	新生变量数据					残差自相关
				新生 R^2	F	自由度1	自由度2	F 检验显著性概率	
1	0.342	0.117	0.114	0.117	39.180	1	295	0.000	
2	0.360	0.130	0.124	0.012	4.203	1	294	0.041	1.970

注：预测变量——企业绩效；因变量——报酬。

表4-20 回归系数及显著性检验表

模型	项目	标准化系数 β	T	T检验显著性概率	相关性			共线性数据	
					零次相关	偏相关系数	部分相关系数	容忍度	膨胀因子
1	常数		−4.76	0.00					
	系数	0.119	2.050	0.04	0.22	0.12	0.11	0.884	1.131

注：因变量——报酬。

由表4-18、表4-19和表4-20可知，样本总体的回归方程只有企业绩效指标进入了回归方程，且显著性概率都小于0.05，其他变量被软件自动排除，方程通过回归系数95%的显著性检验。经营者报酬与企业绩效的相关系数为0.119，说明制造业国有企业经营者报酬与企业绩效存在正相关关系，即假设 H_1 成立。年度虚拟变量与经营者报酬指标无显著相关关系。

（六）以企业规模因素分组的检验结果与分析

按企业规模的不同对样本进行分组回归分析（表4-21），大型制造业国有企业的企业绩效与经营者年度报酬总额之间显著正相关，存在线性关系，即经营者报酬总额越高企业的绩效越好；但是中小型制造业国有企业的企业绩效与经营者年度报酬总额并不存在显著相关关系。这说明了只有大型国有上市公司，经营者年度报酬总额才对企业绩效具有显著性影响。假设 H_2 只有部分成立。

表4-21 以企业规模因素分组的回归表

类型	变量	未标准化系数		标准化系数 β	T	T检验显著性概率	F	F检验显著性概率	R^2	修正后 R^2
		参数估计值 B	标准误差							
大型企业	常数	−0.28	0.08		−4.74	0.00	10.03	0.00	0.082	0.070
	报酬	2.1E−08	0.00	0.083	2.13	0.03	5.48	0.02	0.084	0.063
	YEAR$_1$	−0.007	0.01	−0.041	−0.61	0.54	0.60	0.43	0.004	0.003
	YEAR$_2$	−0.017	0.01	−0.102	−1.97	0.04	0.32	0.53	0.002	0.030
中型企业	常数	−0.243	0.09		−3.20	0.00	11.92	0.43	0.140	0.129
	报酬	2.5E−08	0.00	0.065	1.39	0.16	6.53	0.64	0.038	0.099
	YEAR$_1$	−0.007	0.01	−0.431	−0.64	0.52	0.48	0.22	0.016	0.198
	YEAR$_2$	−0.017	0.01	−0.752	−1.56	0.11	0.47	0.30	0.023	0.271
小型企业	常数	−0.006	0.11		−4.30	0.00	3.48	0.11	0.100	0.287
	报酬	2.8E−05	0.21	0.054	0.65	0.51	2.18	0.07	0.121	0.312
	YEAR$_1$	−0.305	0.71	0.087	−1.99	0.05	0.23	0.18	0.132	0.124
	YEAR$_2$	0.204	0.31	0.081	0.53	0.59	0.47	0.38	0.154	0.231

注：年末总资产≤0.4亿元的样本公司为小型公司，0.4亿元＜年末总资产≤4亿元为中型公司，年末总资产＞4亿元为大型公司。

（七）以所在地区因素分组的检验结果与分析

为了考察国有企业所处地区不同，企业绩效与经营者报酬的关联性是否不同，引入地区虚拟变量，将全国划分为六个地区，分别为华东地区、西南地区、华北地区、西北地区、东北地区和中南地区。具体分析如表 4-22 和表 4-23 所示。按地区经济发达程度的不同对样本进行分组回归可以看出，华东、西南和西北地区的制造业国有企业经营者报酬与企业绩效在 0.05 的水平上具有相关性。其他地区制造业国有企业经营者报酬与企业绩效并不具有显著的相关关系。假设 H_3 只有部分成立。

表 4-22　检验结果

模型 1	R	R^2	修正后 R^2	F	F 检验显著性概率	残差自相关检验
华东	0.391	0.153	0.140	11.670	0.000	2.044
西南	0.457	0.209	0.165	4.747	0.015	1.835
华北	0.149	0.022	−0.037	0.376	0.689	1.860
西北	0.753	0.568	0.553	37.426	0.000	1.771
东北	0.523	0.273	0.112	1.691	0.238	1.616
中南	0.043	0.002	−0.131	0.041	0.987	2.647

注：预测变量——企业绩效；因变量——报酬。

表 4-23　回归系数及显著性检验表

模型 1	变量	未标准化系数		标准化系数 β	T	T 检验显著性概率	共线性数据	
		参数估计值 B	标准误差				容忍度	膨胀因子
华北	常数	−3.0E+06	7.2E+05		−4.171	0.000		
	ROE	7.6E+05	1.1E+05	0.060	0.713	0.477	0.933	1.072
	LN 总资产	1.5E+05	3.4E+04	0.372	4.430	0.000	0.933	1.072
西南	常数	−2.7E+05	1.7E+05		−1.559	0.128		
	ROE	3.9E+04	3.4E+04	0.183	1.133	0.265	0.843	1.186
	LN 总资产	1.8E+04	8.3E+03	0.352	2.182	0.036	0.843	1.186
西北	常数	1.9E+05	3.4E+05		0.564	0.576		
	ROE	6.7E+04	7.9E+04	0.160	0.854	0.400	0.845	1.183
	LN 总资产	−3.2E+03	1.6E+03	−0.036	−0.192	0.849	0.845	1.183
华东	常数	−5.7E+05	3.4E+05		−1.651	0.004		
	ROE	3.1E+05	5.2E+04	0.605	5.872	0.000	0.714	1.400
	LN 总资产	3.7E+04	1.6E+04	0.230	2.233	0.029	0.714	1.400

续表

模型1	变量	未标准化系数		标准化系数β	T	T检验显著性概率	共线性数据	
		参数估计值B	标准误差				容忍度	膨胀因子
东北	常数	2.7E+05	1.9E+05		1.407	0.193		
	ROE	6.4E+04	5.7E+04	0.328	1.116	0.293	0.939	1.065
	LN总资产	−1.0E+04	9.2E+03	−0.334	−1.139	0.284	0.939	1.065
中南	常数	8.1E+04	3.8E+05		0.215	0.833		
	ROE	2.0E+04	1.9E+05	0.034	0.105	0.918	0.625	1.601
	LN总资产	6.9E+02	1.8E+05	0.012	0.037	0.971	0.625	1.601

注：因变量——报酬。

（八）以资产负债率因素分组的检验结果与分析

按资产负债率的不同对样本进行分组回归可以看出（表4-24），当企业资产负债率>20%时，经营者年度报酬总额均值在组间相差不大，均值最大值出现在资产负债率>70%这一组，只有20%＜资产负债率≤50%这一组样本，制造业国有企业经营者年度报酬总额对企业绩效有显著的影响，两者呈显著正相关关系。这符合企业应利用负债的财务杠杆作用，但资产负债率一般情况下不应大于50%的理念。这证实了企业资产负债率并不是越小时，制造业国有企业报酬总额对企业绩效的影响越大，即假设 H_4 不成立。

表4-24 资产负债率因素下的分组回归表

资产负债率	变量	未标准化系数		标准化系数β	T	T检验显著性概率	F	F检验显著性概率	R^2	修正后R^2
[0, 20%]	常数	−0.231	0.314		−0.832	0.416	2.229	0.152	0.105	0.054
	报酬	6.64E−08	0.000	3.24	1.249	0.252	0.477	0.393	0.054	0.002
(20%, 50%]	常数	−0.154	0.058		−1.541	0.123	14.62	0.000	0.070	0.153
	报酬	2.64E−08	0.000	0.278	3.742	0.000	7.567	0.005	0.042	0.052
(50%, 70%]	常数	−0.154	0.058		−2.302	0.022	3.481	0.376	0.007	0.387
	报酬	7.7E−05	0.005	0.082	0.958	0.256	2.188	0.061	0.061	0.212
(70%, 100%]	常数	−0.259	0.088		−3.270	0.001	0.034	0.881	0.082	0.060
	报酬	3.14E−08	0.000	0.083	1.392	0.155	6.537	0.000	0.086	0.026

本 章 小 结

本章选择 99 家制造业国有上市公司作为样本公司，采集和整理数据，对国有企业经营者报酬与企业绩效的相关性进行实证分析。从上述回归分析结果可以得出以下结论。

（1）制造业国有企业经营者报酬与企业绩效存在显著正相关关系，经营者薪酬越高，企业绩效越好。年度虚拟变量与经营者报酬指标无显著相关关系。在设计经营者报酬激励时，可以适当降低基本工资在年度报酬总额中的比重，提高年度奖金的数额从而加大对短期绩效的激励力度。

（2）以企业规模为控制变量研究得出，经营者报酬与企业规模之间有密切联系，大型企业的经营者报酬对企业绩效有显著影响。

（3）以企业所在地区为控制变量研究得出，经营者报酬与地区的经济发达程度显著正相关，地区经济越发达，经营者的报酬越多。因此，对于在经济发达地区的国有企业，应在满足经营者基本需要的基础上，适当提高年度奖金在年度报酬结构中的比例。

（4）以企业资产负债率为控制变量研究得出，资产负债率只在大于 20% 且小于等于 50% 时，经营者报酬对企业绩效有显著影响，两者呈显著正相关关系。但是，企业资产负债率所处区间是随着企业资本结构情况不断变化的，有时历史遗留下来的高负债率问题并不是现任经营者能够及时改变的，所以国有企业在追求绩效激励问题上并不能简单地提倡企业将资产负债率控制在大于 20% 且小于等于 50% 这一区间。

第五章 国有企业经营者薪酬激励研究

张勇（2004）把对经营者的薪酬激励界定为短期薪酬激励和长期薪酬激励。短期薪酬主要包括货币性激励，而长期薪酬激励主要是股权激励，并研究了不同条件下二者的优化组合，以引导经营者的短期和长期行为。本章在借鉴张勇对经营者薪酬激励定义的基础上，对国有企业经营者薪酬激励的维度进行了全面而系统的界定，目的在于规范和监督国有企业经营者的行为，尽可能地发挥经营者的工作积极性和主动性。

第一节 国内外经营者薪酬现状比较

薪酬激励理论及实证研究综述部分为本书提供了坚实的理论基础。这些理论成果，不仅为建立上市公司经营者激励机制提供了强有力的理论指导，有的甚至从多个方面对上市公司经营者激励机制的建立做出了具体设想，值得借鉴。

一、我国国有企业经营者薪酬水平及国内外比较分析

我国国有企业经营者收入水平表现很不均衡。一部分经营者的收入偏高，极端的如中航油董事长陈久霖的年薪达到 2350 万元人民币，但高收入经营者只占了一小部分，并以垄断性的企业居多。大部分国有企业经营者收入水平与他们所承担的责任、做出的贡献和企业效益的增长明显不相关，收入水平较低，且增长缓慢。我国国有企业经营者不仅要承担企业获得利润的经济责任，还要承担职工医疗等社会责任，更要承担维护社会稳定的政治责任。国有企业经营者的收入比其他所有制形式企业的经营管理人员的收入要低。这种差距还表现在国有企业与非国有企业其他员工之间，但经营者之间的差距更大一些。近几年，部分国有企业负责人收入与职工收入差距呈扩大趋势，各地国资委先后出台各种政策，规定企业经营者薪酬上限不得超过普通员工平均工资的 13 倍。而美国 1997 年经营者年薪与员工年平均收入比为 326，日本为 17，法国和德国为 24，当然我们不能盲目地与外国企业经营者的收入水平相比较，但过低的薪酬扼杀了企业经营者的创新积极性却是不争的事实。

二、我国国有企业经营者薪酬结构比较分析

目前，西方市场经济发达国家已形成了一整套比较成熟的激励与监督相对称、短期与长期相配套的企业家薪酬制度。相比之下，我国企业经营者的薪酬构成主体是基本薪酬、绩效薪酬和中长期激励收益。企业经营者的薪酬结构中缺乏中长期激励机制。据"经营者薪酬调查"结果显示，目前采用"基本工资＋奖金/分红"的企业最多，占被调查者的 67.3%（其中国有企业为 75.7%），其次是年薪制，占 8.1%（其中国有企业为 5.3%），实行中长期激励薪酬的企业最少，仅有 4.6%（其中国有企业为 3.1%），其他形式的占 20%（吕福新，1995）。这说明，多数企业经营者的薪酬构成中固定工资所占比例偏大，而与其经营业绩关系紧密的浮动薪酬所占比例较小。而西方发达国家薪酬通常由基本工资、奖金、福利计划和股权激励组成。据了解，美国规模 100 亿美元以上的大公司，其首席执行官的薪酬构成是：基本年薪占 17%，奖金占 11%，福利计划占 7%，长期激励计划占 65%（李增泉，2000）。1999 年，美国薪酬最高的 50 位总裁其平均股票收益占总薪酬的 94.92%。

二、国有企业经营者的薪酬与贡献不成比例

国有企业主要包括两种：直属中央政府的大型企业和隶属各地方政府的中小企业。前者多为全国范围内的垄断企业，而后者多为各行业中的竞争企业。前者处于垄断地位，并可以不费吹灰之力得到国家的项目或工程；而后者在与其他类型企业的竞争中面临着竞争比较激烈的局面。前者的经营者薪酬往往很高，后者高管们却拿跟他们的贡献不成正比的薪酬。另外，上市公司经营者的薪酬也有天壤之别。收入最低的 ST 江纸的老总 2005 年收入仅 12 万元，而丽珠集团总裁的收入达到 3865 万元。老总的收入低并不表示其贡献低。这里边的问题是复杂的。

四、部分国有企业经营者的行政消费是个无底洞

国有企业领导人的产生很大程度上来自于主管部门的行政指派，而非竞争性选举，国有企业领导人具有准行政官员的身份。部分国有企业管理者不但没有管理的经验和水平，还置国家和人民的利益于不顾，损公肥私、挪用公款、胡吃海喝。据人力资源和社会保障部劳动工资研究所透露，国有企业经营者的职位消费水平一般是其工资收入的 10 倍，大量职务消费的存在降低了年薪制的激励效果。导致这种情况发生的原因是国家对国有企业经营者的业绩考核制度还不健全，缺

少一些行之有效的方法和手段。

五、我国国有企业经营者薪酬水平与企业主要经济指标关系分析

企业经营者的价值在于其人力资本的运营,而人力资本运营的结果体现于企业的各项经营业绩指标,因此,企业经营者的薪酬水平与企业的主要经济指标具有极为密切的关系(Theilen,2003)。一项"经营者薪酬调查"表明,目前与经营者收入相关的因素,按重要程度依次为:利润增长率、销售收入增长率、员工收入水平、行业和净资产增值率。而经营者一向青睐的与薪酬水平相关的因素却是利润增长率、销售收入增长率、净资产增值率、经营风险和企业规模(Harley,2000)。

可见,作为经营者而言,是不大希望将员工收入水平作为其薪酬水平决定的依据,而是希望通过业绩和经营难度来确定其薪酬水平。因为与员工的收入水平挂钩,可能会造成经营管理层为提高自己的工资而变相提高员工的工资,从而造成人工成本上涨过快,削弱企业的竞争力和发展后劲(董鹏刚,2006)。在激烈的市场竞争环境下,企业经营者薪酬决定的主要依据应该是:经营者劳动创造的价值、经营者人力资本价值及经营者市场的供需状况(李垣和张完定,2002)。显然,经营者薪酬决定的首要因素应是他们对所有者的贡献。国有企业经营者的薪酬决定机制恰恰在这方面存在着比较严重的问题。

第二节 国有企业经营者薪酬激励影响因素及其效应测度

一、国有企业经营者的货币薪酬激励分析

本书界定的国有企业经营者的货币薪酬主要包括基本薪酬和绩效薪酬。基本薪酬是国有企业在特定的时间按劳动定额支付给经营者的固定性报酬,用于经营者维持个体及家庭的日常生活开支,故其不受企业经营业绩的影响,一般根据企业所处的行业、企业规模、发展阶段、企业所处地区的平均收入、企业内部其他高管和职工的平均工资等因素而定。

绩效薪酬是通过奖金和其他利润分享的方式,基于过去一段时间内国有企业经营者的工作业绩或突出成就所额外支付的奖励性报酬(高洁,2007)。这种绩效薪酬与特定时期的工作表现或绩效直接挂钩,大多具有一次性和短期临时性的激励效应。对于国有上市公司而言,经营者的年度奖金主要是根据国有企业的年度经营目标和实际经营业绩进行核定的。年薪制就是在一定程度上把经营者的收入与企业绩效紧密联系在一起,在一定程度上提高了经营者的工作积极性。但是目前我国国有企业的经营者的年薪水平还比较低,激励作用有待提

高。货币薪酬激励是经营者的基本生活保障，更能够体现薪酬激励的及时性和真实性的作用。

二、国有企业经营者股权激励分析

国有企业经营者股权激励是通过让经营者持有企业的股票期权参与剩余收益分配的一种激励方式，根据工作努力程度或工作绩效不同而获得一定比例的剩余价值，是一种带有不确定性的风险收入。在股权激励中，股票期权是以某一固定价格购买企业股票的权利。期权的价值随其优先股的市价上涨而增加。若股价不上涨，则期权无任何价值可言（Holmstrom and Milgrom，1994）。正因为如此，许多人视期权为刺激经营者取得好的业绩并使经营者利益与股东利益相一致的最理想的激励形式，因为这样可以使他们自身财富和价值与企业长期发展而非目前工作成果紧密联系起来，在一定程度上就可以协调经营者与组织目标的一致性，减少其机会主义行为，提高经营者承担经营风险的意愿，避免企业陷入"单边风险危机"之中，有效地抑制经营者跳槽，从而有助于提高企业绩效（Yang and Wang，2007）。

与基本薪酬和绩效薪酬相比，股票期权的长期激励效果较好。随着股票期权等长期激励机制运用的比例增大，整体薪酬业绩弹性增大，薪酬激励的效果也会更为明显。在我国，股权激励在一些高科技上市企业如上海金陵、联想、春兰等相继试行，取得了一定的效果，引起了极大关注。

三、国有企业经营者薪酬激励差异性分析

由于我国国有企业长期以来存在激励上的平均主义倾向，企业经营者薪酬激励的作用一直不大。国有企业经营者薪酬的形成缺乏外部市场条件作为参照系，而且相当多的激励形式不是依赖薪酬，而是依赖在职消费等隐性因素来实现。种种政治和社会因素也限制了国有企业经营者薪酬激励的有效性。因此，如果要加大国有企业经营者薪酬激励的作用，企业在设计经营者薪酬激励组合时，就必须考虑从企业内、外部两个方面体现经营者薪酬激励的差异性，只有这样才能充分发挥薪酬激励对经营者的激励作用。

国有企业经营者薪酬激励既要体现薪酬形式的不同，又要体现薪酬激励的差异性。国有企业经营者薪酬激励差异性包括与同行业经营者之间薪酬激励的差异性，以及国有企业内部经营者与其他高层管理人员之间薪酬激励的差异性。这种薪酬的差异性设计可以反映薪酬激励的相对水平，而各种薪酬激励方式的相对比值又可以反映薪酬激励的风险度。根据薪酬激励是否依据其业绩而定，可将薪酬

激励组合分为固定薪酬激励方式和变动薪酬激励方式。固定薪酬激励方式是事先在契约中约定的，并不依据实际业绩表现；变动薪酬激励方式是依据实际业绩表现而定的激励形式。薪酬的风险程度是指变动激励所占激励组合总量的比例，它计量的是激励薪酬在多大程度上处于风险之中。其取值越大，则薪酬激励中固定薪酬激励在总激励中的比例越小，薪酬将更多地取决于其业绩表现。

参照上述对国有企业经营者薪酬激励的分析，结合我国国有上市公司的实际情况和国有企业经营者薪酬激励的特点，借鉴李平和曾德明对 CEO 薪酬激励各项指标的设置，将国有企业经营者薪酬激励界定为货币薪酬激励和股权激励两个主要部分，并从总量、外部差异以及内部差异这三个方面设置指标。对于货币薪酬激励而言，国有企业经营者的货币薪酬激励效应分析指标如表 5-1 所示。主要包括以下指标。

（1）货币薪酬总量指标。用于评价国有企业经营者的货币薪酬在国内同行业中所处的相对水平。经营者相对于同行业的经营者有较高的货币薪酬水平，将会产生较强的激励作用。主要体现为国有企业经营者年度薪酬总额。

（2）货币薪酬激励外部差异性指标。主要包括：①年度薪酬总额与同行业经营者年度薪酬总额均值的比值；②年度薪酬总额与同行业经营者年度薪酬总额均值的差值。

（3）货币薪酬激励内部差异性指标。包括：①年度薪酬总额与董事会成员（不含独立董事）平均薪酬的比值；②年度薪酬总额与监事会成员平均薪酬的比值；③年度薪酬总额与总经理、副总经理平均薪酬的比值；④年度薪酬总额与董事会成员（不含独立董事）平均薪酬的差值；⑤年度薪酬总额与监事会成员平均薪酬的差值；⑥年度薪酬总额与总经理、副总经理平均薪酬的差值。

表 5-1　国有企业经营者的货币薪酬激励效应分析指标

一级指标	二级指标（代码）
总量指标	国有企业经营者年度薪酬总额（A1）
外部差异性指标	国有企业经营者年度薪酬总额与同行业经营者年度薪酬总额均值的比值（A2）
	国有企业经营者年度薪酬总额与同行业经营者年度薪酬总额均值的差值（A3）
内部差异性指标	国有企业经营者年度薪酬总额与董事会成员（不含独立董事）平均薪酬的比值（A4）
	国有企业经营者年度薪酬总额与监事会成员平均薪酬的比值（A5）
	国有企业经营者年度薪酬总额与总经理、副总经理平均薪酬的比值（A6）
	国有企业经营者年度薪酬总额与董事会成员（不含独立董事）平均薪酬的差值（A7）
	国有企业经营者年度薪酬总额与监事会成员平均薪酬的差值（A8）
	国有企业经营者年度薪酬总额与总经理、副总经理平均薪酬的差值（A9）

对于股权激励而言，国有企业经营者的股权激励效应分析指标如表5-2所示。主要包括以下指标。

（1）持股总量指标。用国有企业经营者持股比例来反映。

（2）股权激励外部差异性指标。主要包括：①持股比例与同行业经营者持股比例均值的比值；②持股比例与同行业经营者持股比例均值的差值。

（3）股权激励内部差异性指标。包括：①持股比例与董事会成员（不含独立董事）平均持股比例的比值；②持股比例与监事会成员平均持股比例的比值；③持股比例与总经理、副总经理平均持股比例的比值；④持股比例与董事会成员（不含独立董事）平均持股比例的差值；⑤持股比例与监事会成员平均持股比例的差值；⑥持股比例与总经理、副总经理平均持股比例的差值。

表5-2　国有企业经营者的股权薪酬激励效应分析指标

一级指标	二级指标（代码）
总量指标	国有企业经营者持股比例（B1）
外部差异性指标	国有企业经营者持股比例与同行业经营者持股比例均值的比值（B2）
	国有企业经营者持股比例与同行业经营者持股比例均值的差值（B3）
内部差异性指标	国有企业经营者持股比例与董事会成员（不含独立董事）平均持股比例的比值（B4）
	国有企业经营者持股比例与监事会成员平均持股比例的比值（B5）
	国有企业经营者持股比例与总经理、副总经理平均持股比例的比值（B6）
	国有企业经营者持股比例与董事会成员（不含独立董事）平均持股比例的差值（B7）
	国有企业经营者持股比例与监事会成员平均持股比例的差值（B8）
	国有企业经营者持股比例与总经理、副总经理平均持股比例的差值（B9）

四、国有企业经营者薪酬激励影响因素分析

国有企业经营者薪酬激励的构成是一项很复杂的工作，全面揭示国有企业经营者薪酬激励的影响因素，必须以全面、系统的观点考虑。本书在分析众多经营者薪酬激励影响因素的情况下，结合我国国有上市公司经营者薪酬实践，参照国内外文献对经营者薪酬激励的影响因素进行分类，从市场薪酬、企业绩效、国有企业经营者人力资本、经营者行为标准、经营者的个体特征，以及政治法律、社会文化等其他因素共六个方面对国有企业经营者薪酬激励的影响因素进行分析。

（一）影响国有企业经营者薪酬激励的基本因素

（1）市场薪酬。市场是影响国有企业经营者薪酬的首要因素，它是指国有企业经营者市场的供给和需求状况将会影响或决定经营者的薪酬。

（2）企业绩效。在市场经济体制下，国有企业经营者薪酬主要来源于本企业的生产经营利润，即企业绩效。国有企业绩效通常由企业的财务绩效和市场绩效（产品或服务的市场占有率）来反映。不同企业采用的具体绩效指标是有差别的。

（3）国有企业经营者人力资本。所谓国有企业经营者人力资本，是指体现在经营者身上的资本，它是由经营者的知识、技能、体力（体质、健康状况）等所构成的。以经营者个人的受教育年限（或学历）、工作经历、工作任期（包括经营者在现就职企业的工作年限和现工作岗位上的工作年限）以及以往的工作业绩等来衡量。人力资本对经营者薪酬的影响主要体现在：一方面，经营者人力资本存量的增加有助于提高经营者薪酬水平，特别是固定薪酬部分；另一方面，经营者人力资本的资本化可以使经营者享有剩余分配权，从而提高薪酬。

（4）经营者行为标准。它主要指经营者在其管理岗位上，在完成其职责的过程中实际发生的管理行为，即付出的努力及其结果，可以通过企业经营特征即企业规模、企业经营的多元化程度、企业技术复杂性、企业经营的国际化程度、企业在行业中的竞争地位（产品的市场占有率）等因素来衡量。这些指标都蕴涵着企业经营的风险。相应地，在企业经营活动中，经营者承担的风险对经营者薪酬会有重要影响。因为，从行为的现实成本来看，企业越复杂，经营者的信息处理活动也就越复杂，与一般企业相比，经营者在完成同等业绩情况下，投入的努力成本也就越多，经营者薪酬水平也就越高。因此，企业规模、企业经营多样化程度、企业外部市场竞争程度等都会对经营者薪酬产生正向影响。

（二）影响经营者薪酬激励的调节因素

（1）经营者的个体特征。主要包括经营者效用特征（对闲暇的偏好、对货币薪酬的偏好程度）、风险态度以及经营者努力程度等。经营者薪酬的制定应该体现对经营者的激励。根据弗鲁姆的期望理论，一个有效的激励机制，必须结合经营者的个人特征，只有这样才能使得激励具有针对性。因此，经营者个人的特征会影响对经营者薪酬的决定。

（2）其他因素。主要包括组织文化、政策法规和企业性质等对经营者薪酬的制约性影响。不同的国家、不同的地区乃至不同的企业之间都会存在组织文化的差异，而文化的差异会给薪酬分配带来相应的影响。国家和地方颁布的法规和有关政策对经营者薪酬的制定会产生重要作用。

系统分析了国有企业经营者薪酬激励的影响因素后，以下将具体分析这些影响因素测度指标体系。在分析过程中，剔除了部分次要并且难以测度的指标，将国有企业经营者薪酬激励影响因素测度指标归纳如下（表5-3）。

表 5-3　国有企业经营者薪酬激励影响因素测度指标

一级指标	二级指标	一级指标	二级指标
财务绩效指标	净资产收益率	企业规模指标	总资产
	资产收益率		
	每股收益率		主营业务收入
市场绩效指标	市盈率		
	市净率		员工总数
	市销率		

表中，企业绩效指标主要分为财务绩效指标和市场绩效指标。财务绩效指标设置了三个二级指标来反映：①净资产收益率；②资产收益率；③每股收益率。市场绩效指标又分为：①市盈率；②市净率；③市销率。企业规模指标是一个综合性的决定因素，一般可以用企业的资产规模、职工人数和企业产值来衡量，主要设置的指标为：①总资产；②主营业务收入；③员工总数。

五、国有企业经营者薪酬激励效应及测度指标

从国有企业经营者行为选择与薪酬激励的博弈分析可以看出，企业所有者为了实现自身效用的最大化，依据企业绩效相关因素制定的薪酬激励制度对经营者的行为产生一定的影响，同时经营者的行为选择又反作用于企业绩效，从而影响所有者的利益。因此，在国有企业所有者为经营者设立目标时，经营者并不会主动、积极地接受并为之努力，而是会先理性判断自己对激励目标的满意程度，根据其满意程度决定工作的积极主动程度，结合个人能力和外界环境因素的共同作用，才会最终产生绩效。美国心理学家弗鲁斯提出的著名的期望理论将激励效应归为两个因素影响：一是目标效价，指人对目标价值的判断，即如果实现该目标对人来说很有价值，人的积极性就高，反之就低；二是期望值，指人对目标可能性的估计，即如果人觉得实现该目标可能性大，就会努力争取，激励程度就高，反之就低，甚至完全没有。只有当期望值和目标效价都高时，激励力量才能最大限度地发挥出来（Masson，1991）。很多学者在实证研究中，直接把激励效应简单地理解为绩效，试图用绩效来测度激励效应。由于绩效的可观察性和测度理论的相对成熟性，为激励效应的计量分析提供了极大的便利（Brickley et al.，1985）。

基于上述定义，将经营者工作绩效作为对经营者薪酬激励效应的间接反映。但单个工作绩效指标对经营者薪酬激励效应的测度具有很大的局限性，所以需综合大部分工作绩效的财务指标以求对经营者薪酬激励效应有一个较为准确的测度，主要将工作绩效的财务指标分为四方面体现：企业的成长能力、经营能力、盈利能力和

偿债能力。其中，每一类指标都由其下面的二级指标来衡量，如表 5-4 所示。

表 5-4　国有企业经营者薪酬激励效应测度指标

一级指标	二级指标	一级指标	二级指标
企业成长能力	主营业务收入增长率	企业经营能力	存货周转率
	营业利润增长率		应收账款周转率
	税后利润增长率		现金流动负债率
	净资产增长率		债务资产比率
	总资产增长率		资产周转率
企业盈利能力	主营业务利润率	企业偿债能力	现金负债率
	资产收益率		流动比率
	净利润率		速动比率

第三节　国有企业经营者薪酬激励效应的实证研究

一、样本数据来源及处理方法

选取 2008 年我国沪、深两地 180 家国有制造业上市公司公布的年报数据为主要分析对象，但由于国内投资者主要关注的还是 A 股上市公司，而且 B 股和 H 股对 A 股的信息披露有所影响，所以剔除了同时发行 B 股或 H 股的 A 股上市公司，并且考虑到极端值对统计结果的不利影响，剔除业绩过差的 ST 和 PT 公司，共剔除了 8 家公司数据，最后保留了 172 家国有上市公司的数据作为考察样本。样本数据主要来自 CCER（色诺芬）中国证券市场数据库、中国证券网和各个国有上市公司 2008 年度年报。

数据获得以后，进行了认真检查和检验。为了消除变量间差异，还对所有处理变量进行了标准化。描述分析阶段采用的是原始数据，数据分析阶段运用的是标准化后的数据。在数据计算、汇总和分析时，采用工具为 EXCEL、SPSS 17.0 等相关的统计软件。

二、样本的描述性统计分析

按照中国证券监督管理委员会制定的《中国上市公司分类指引》行业分类标准，将 172 家国有上市公司进行了行业性的分类，如表 5-5 所示。

表5-5　样本行业分类及代码

行业代码	行业类型	样本数
0	全样本	172
1	电气机械制造业	13
2	计算机及通信、电子设备制造业	27
3	家用电器制造业	34
4	交通运输制造业	15
5	仪器仪表制造业	17
6	家具制造业	24
7	纺织、服装制造业	11
8	通用设备制造业	18
9	专用设备制造业	13

（一）国有企业经营者的货币薪酬激励测度指标的描述性统计分析

由于某些国有上市公司年度报表中高级管理人员薪酬数据缺乏，为使样本数据取得前后一致，采用国有上市公司总收入排前三名的高级管理人员收入平均值作为经营者年度薪酬总额的变量值。

从表5-6数据可以看出，2008年国有上市公司中计算机及通信、电子设备制造业经营者年度薪酬总额的平均值为35.34万元，居首位；纺织、服装制造业经营者年度薪酬总额最低，平均值仅为6.61万元。从总体上来看，经营者年度薪酬存在明显的行业特点，其中电气机械制造业、计算机及通信、电子设备制造业、交通运输制造业、仪器仪表制造业经营者薪酬总额相对靠前，各制造业行业经营者薪酬总额整体平均为20.41万元。

表5-6　国有企业经营者年度薪酬总额（A1）的统计　　　　单位：万元

行业代码	最大值	最小值	均值	标准差
0	444.30	2.57	20.41	36.91
1	62.80	22.80	32.80	19.34
2	52.86	10.95	35.34	17.14
3	67.51	17.33	33.60	18.53
4	444.30	12.50	17.45	45.81
5	83.93	10.50	31.65	29.83
6	43.70	13.90	25.98	14.65
7	11.83	2.57	6.61	3.44
8	100.80	28.62	24.43	22.46
9	84.33	27.40	38.45	10.59

（二）国有企业经营者股权激励测度指标的描述性统计分析

2008 年国有企业经营者股权激励相关测度指标的描述性统计分析如表 5-7 所示。

表 5-7　国有企业经营者持股比例（B1）的统计　　　　单位:%

行业代码	最大值	最小值	均值	标准差
0	0.065 2	0	0.001 95	0.006 54
1	0.034 8	0.009 7	0.001 85	0.003 61
2	0.017 0	0.008 1	0.002 98	0.006 08
3	0.027 2	0.004 3	0.001 49	0.004 36
4	0.007 9	0.006 6	0.001 59	0.003 55
5	0.033 6	0.003 8	0.002 10	0.002 27
6	0.027 5	0	0.001 26	0.002 52
7	0.011 9	0	0.002 02	0.004 11
8	0.022 9	0.005 9	0.003 13	0.006 69
9	0.065 2	0.004 6	0.009 59	0.024 50

从表 5-7 可知，2008 年我国制造业国有上市公司中专用设备制造业经营者持股比例的平均值为 0.009 59%，居行业首位，排在所有行业经营者持股比例的第一。从总体上来看，制造业国有上市公司经营者存在"零持股"现象，其中 172 个国有上市公司的 18 个经营者持股比例为零，占总数的 10.47%。这说明我国制造业国有上市公司经营者的薪酬激励仍然以货币薪酬激励为主要激励方式。因此，本书必须根据实际情况，针对国有企业经营者持股比例问题作出相应的分析，进而提出更为合理的薪酬激励措施。

（三）国有企业经营者薪酬激励差异性测度指标的描述性统计分析

国有企业经营者薪酬激励的差异性既包括经营者与同行业其他经营者薪酬激励的外部差异性，也包括与企业内部其他董事、监事、高管等相关人员薪酬激励的内部差异性。在外部差异性中，行业相对差异性指标为相应的指标除以行业均值得出，行业绝对差异性指标为相应的指标减去行业均值得出；在内部差异性中，企业内部相对差异性指标为相应指标间的比值，企业内部绝对差异性指标为相应指标间的差值。

1. 国有企业经营者的货币薪酬激励差异性测度指标的分类统计分析

国有企业经营者的货币薪酬激励外部差异性指标主要依据经营者年度薪酬总

额与行业相对差异和绝对差异两个指标来衡量；内部差异性指标主要依据经营者年度薪酬总额与董事会（不含独立董事）平均薪酬、监事会平均薪酬及总经理、副总经理平均薪酬年度平均薪酬的相对差异性和绝对差异性六个指标来衡量。国有企业经营者的货币薪酬激励差异性指标的具体分类统计如表5-8所示。

表5-8　国有企业经营者的货币薪酬差异性指标的分类统计

变量代码	最大值	最小值	均值	标准差	样本数
A2	25.46	-4.23	1.124	2.027	
A3	426.89	-31.65	1.234	36.33	
A4	100	-26.48	1.681	7.653	
A5	100	-18.92	22.78	28.98	172
A6	4.8	-1.48	1.918	0.865	
A7	250.23	-38.47	-1.257	22.84	
A8	444.35	-3	19.13	36.92	
A9	267.28	-12.11	9.971	22.57	

注：A2表示国有企业经营者年度薪酬总额与同行业经营者年度薪酬总额的比值；A3表示国有企业经营者年度薪酬总额与同行业经营者年度薪酬总额的差值（万元）；A4表示国有企业经营者年度薪酬总额与董事会成员（不含独立董事）年度平均薪酬的比值；A5表示国有企业经营者年度薪酬总额与监事会成员年度平均薪酬的比值；A6表示国有企业经营者年度薪酬总额与总经理、副总经理年度平均薪酬的比值；A7表示国有企业经营者年度薪酬总额与董事会成员（不含独立董事）年度平均薪酬的差值（万元）；A8表示国有企业经营者年度薪酬总额与监事会成员年度平均薪酬的差值（万元）；A9表示国有企业经营者年度薪酬总额与总经理、副总经理年度平均薪酬的差值（万元）。

从表5-8可知，在所有制造业国有上市公司外部行业相对差异性指标中，经营者年度薪酬总额最高的是同行业平均值的25.46倍；经营者年度薪酬最低的是纺织、服装制造业，说明制造业国有企业经营者年度薪酬总额行业内相对差异较大。在制造业国有上市公司外部行业绝对差异性指标中，经营者年度薪酬总额最高的比同行业平均值高426.89万元，最低的则比同行业平均值低31.65万元，最高与最低相差458.54万元，说明制造业国有企业经营者年度薪酬总额行业内绝对差异显著。

在制造业国有企业经营者的货币薪酬激励内部差异性指标中，国有企业经营者年度薪酬总额与董事会成员（不含独立董事）年度平均薪酬相对差异和绝对差异的均值都不大，相对差异平均值为1.681倍。

制造业国有企业经营者年度薪酬总额与监事会成员年度平均薪酬的相对差异性较大，相对差异平均值为22.78倍。从A8的各项指标可以看出，国有企业经营者年度薪酬总额与监事会成员年度平均薪酬的绝对差异性很大，绝对差异性的平均值为19.13万元。

制造业国有企业经营者年度薪酬总额与总经理、副总经理年度平均薪酬的相对差异性不大，相对差异平均值为 1.918 倍。另外，制造业国有企业经营者年度薪酬总额与总经理、副总经理年度平均薪酬的绝对差异也不显著，绝对差异平均值为 9.971 万元。

2. 国有企业经营者股权激励差异性测度指标的分类统计分析

国有企业经营者的股权激励外部差异性指标主要依据经营者持股比例与同行业相对差异和绝对差异两个指标来衡量；内部差异性指标主要依据经营者持股比例与董事会成员（不含独立董事）持股比例均值、监事会成员持股比例均值及总经理、副总经理持股比例均值的相对差异性和绝对差异性六个指标来衡量。国有企业经营者股权激励差异性指标的具体分类统计如表 5-9 所示。

表 5-9　国有企业经营者持股比例差异性指标的分类统计

变量代码	最大值	最小值	均值	标准差	样本数
B2	18.22	1.323	13.64	2.544	
B3	0.056	0.0096	0.028	0.006	
B4	29.87	6.354	11.46	30.56	
B5	31.26	9.275	17.94	37.34	172
B6	14.97	3.607	10.59	0.451	
B7	0.041	0.012	0.027	0.0047	
B8	0.023	0.0011	0.097	0.01	
B9	0.065	−0.032	0.001	0.0073	

注：B2 表示国有企业经营者持股比例与同行业国有企业经营者持股比例的比值；B3 表示国有企业经营者持股比例与同行业国有企业经营者持股比例的差值（％）；B4 表示国有企业经营者持股比例与董事会成员（不含独立董事）持股比例的比值；B5 表示国有企业经营者持股比例与监事会成员持股比例的比值；B6 表示国有企业经营者持股比例与总经理、副总经理持股比例的比值；B7 表示国有企业经营者持股比例与董事会成员（不含独立董事）持股比例的差值（％）；B8 表示国有企业经营者持股比例与监事会成员持股比例的差值（％）；B9 表示国有企业经营者持股比例与总经理、副总经理持股比例的差值（％）。

从表 5-9 可知，在所有制造业国有上市公司外部行业相对差异性指标中，经营者持股比例最高的是同行业平均值的 18.22 倍；最低的是同行业平均值的 1.323 倍，说明制造业国有企业经营者持股比例的行业内相对差异较大；在国有上市公司外部行业绝对差异性指标中，经营者持股比例最高的比同行业平均值高 0.056％，最低的则比同行业平均值低 0.0096％，最高与最低相差 0.0656％，说明制造业国有企业经营者年度薪酬总额行业内绝对差异显著。

国有企业经营者持股比例与董事会成员（不含独立董事）持股比例均值的相对差异性大，相对差异性指标的平均值为 11.46 倍。国有企业经营者持股比例与董事会成员（不含独立董事）持股比例均值的绝对差异性大，绝对差异性指标的平均值为 -0.012%，说明制造业国有企业经营者平均持股比例低于董事会成员（不含独立董事）持股比例均值，最高绝对差值为 0.041%，最低绝对差值为 -0.027%，两者相差 0.068%，这种现象对经营者持股激励效应降低。

国有企业经营者持股比例与监事会成员持股比例均值的相对差异性很大，相对差异性指标的平均值为 17.94 倍。国有企业经营者持股比例和监事会成员持股比例也存在着一定的绝对差异性，绝对差异性指标的平均值为 0.097%，最高绝对差值为 0.023%，最低绝对差值为 0.0011%，两者相差 0.0219%，总体上来讲，经营者持股比例平均值高于监事会成员持股比例的平均值。

国有企业经营者持股比例与总经理、副总经理持股比例均值存在一定的相对差异性，相对差异性指标的平均值为 0.59 倍，说明经营者平均持股比例低于与总经理、副总经理持股比例均值。

（四）国有企业经营者薪酬激励效应影响因素测度指标的描述性统计分析

本书对经营者薪酬激励的影响因素做出了具体的分析，并且将经营者薪酬激励效应影响因素的测度指标进行了归类，主要从国有上市公司的财务绩效、市场绩效和企业规模三个方面的相应指标来反映其对经营者薪酬激励效应的影响。

1. 财务绩效对国有企业经营者薪酬激励效应的影响

本书主要采用净资产收益率、资产收益率和每股收益率三个指标来衡量国有上市公司的财务绩效，2008 年国有上市公司的财务绩效指标按行业统计分析如表 5-10 所示。从表 5-10 可知，国有上市公司整体净资产收益率的平均值为 2.82%，其中电气机械制造业、计算机及通信、电子设备制造业、交通运输制造业、仪器仪表制造业及通用设备制造业净资产收益率的平均值较为靠前，而家具制造业、纺织服装制造业净资产收益率的平均值最低。说明国有上市公司净资产收益率存在较大的行业差异。

表 5-10　国有上市公司财务绩效指标按行业统计分析　　　　单位:%

行业代码	净资产收益率				资产收益率				每股收益率			
	最大值	最小值	均值	标准差	最大值	最小值	均值	标准差	最大值	最小值	均值	标准差
0	32.3	-109	2.82	18.2	21.9	-33.9	2.27	6.46	132	-153	14.7	37.5
1	18.3	-2.2	10.6	5.63	8.06	-1.02	2.11	3.02	45.6	-13.2	21.2	22.6
2	12	1.49	6.08	3.99	3.73	0.56	2.1	1.16	70.6	3.21	28.6	26.9
3	6.95	-109	6.9	52.9	4.68	-21.5	-2.48	9.48	18.7	-128	-23.3	56.9
4	32.3	0.98	16.1	10.7	21.9	0.58	11.8	6.91	105	2.28	51	34.8

续表

行业代码	净资产收益率				资产收益率				每股收益率			
	最大值	最小值	均值	标准差	最大值	最小值	均值	标准差	最大值	最小值	均值	标准差
5	16.2	1.4	8.84	5.73	6.52	0.47	3.5	2.41	60.5	2.19	27.7	21.8
6	28.6	-107	1.85	16.3	18.9	-33.9	1.35	6.66	132	-153	10.3	35.3
7	5.6	-11.2	1.26	8.28	2.36	-2.95	0.88	2.56	29.3	-17.8	13.6	22
8	19.4	-35	3.94	12.4	14.5	-10.1	2.98	5.74	125	-122	16.2	51.3
9	18.2	1.14	9.02	5.8	4.88	0.5	3.1	1.69	68.1	1.19	34.7	24

国有上市公司整体资产收益率为2.27%。其中,交通运输制造业资产收益率的平均值最高,而家用电器制造业资产收益率的平均值最低,为-2.48%,纺织、服装制造业的平均资产收益率相对较低,说明国有上市公司资产收益率存在着较为明显的行业性特征。

国有上市公司整体每股收益率平均值为14.7%,其中交通运输制造业和专用设备制造业每股收益率的平均值相对较高,家用电器制造业每股收益率的平均值最低,每股收益率平均值为-23.3%,说明每股收益率的行业特征明显。

2. 市场绩效对国有企业经营者薪酬激励效应的影响

本书主要采用市盈率、市净率和市销率三个指标来衡量国有上市公司的市场绩效。2008年国有上市公司的市场绩效指标按行业统计分析如表5-11所示。从表5-11可知,国有上市公司整体市盈率的平均值为87.8%,其中家用电器制造业、通用设备制造业及专用设备制造业市盈率的平均值较高,而电气机械制造业市盈率的平均值最低,说明国有上市公司市盈率存在着一定的行业性差异。

国有上市公司整体上的市净率为2.12%,其中家用电器制造业、通用设备制造业及专用设备制造业的市净率平均值较高,而交通运输制造业市净率的平均值最低(1.47%),仪器仪表制造业及家具制造业的平均市净率相对较低,说明国有上市公司资产收益率存在着一定的行业性特征。

国有上市公司整体市销率平均值为2.28%,其中计算机及通信、电子设备制造业和纺织服装制造业的市销率平均值相对较高,电气机械制造业和家具制造业的市销率平均值相对较低。

表 5-11　国有上市公司市场绩效指标按行业统计分析　　单位:%

行业代码	市盈率				市净率				市销率			
	最大值	最小值	均值	标准差	最大值	最小值	均值	标准差	最大值	最小值	均值	标准差
0	1456	-44.4	87.8	172	9.12	-0.45	2.12	1.33	26.1	0.13	2.28	3.29
1	1022	7.21	40.2	80.6	5.87	1.25	1.95	0.96	2.50	0.11	0.51	0.62
2	394	8.11	63.4	125	4.53	0.95	1.8	1.1	7.59	0.76	2.65	2.36
3	1456	-44.4	102	212	9.12	-0.45	2.11	1.45	10.5	0.18	1.73	1.71
4	147	11.4	46.6	57.1	2.19	1.05	1.47	0.46	4.47	0.6	1.63	1.61
5	120	11.4	41.5	45	2.15	1.29	1.7	0.27	5.3	0.88	1.76	1.58
6	62.8	14.1	34.3	21	2.57	0.79	1.66	0.79	1.38	0.47	0.77	0.42
7	213	6.24	35.4	66.7	4.08	1.27	2.1	1.03	19.1	1.15	6.35	5.54
8	290	10.9	80.1	90.8	6.7	0.86	2.38	1.41	4.85	0.14	1.7	1.29
9	381	-5.38	106	130	4.3	1.18	2.24	1.02	4.57	0.33	1.26	1.48

3. 企业规模对国有企业经营者薪酬激励效应的影响

本书主要采用了总资产、主营业务收入和员工总人数三个指标来衡量国有上市公司的企业规模。2008 年国有上市公司的企业规模指标按行业统计分析如表 5-12 所示。

国有上市公司整体企业总资产的平均值为 84.71 亿元,其中电气机械制造业、仪器仪表制造业和通用设备制造业总资产平均值相对较高,家具制造业和专用设备制造业总资产平均值相对较低。

国有上市公司整体企业主营业务收入的平均值为 88.56 亿元,其中电气机械制造业、仪器仪表制造业和通用设备制造业主营业务收入的平均值相对较高,计算机及通信、电子设备制造业家具制造业和交通运输制造业主营业务收入的平均值相对较低。差别最大的是通用设备制造业,标准差为 178.9。

国有上市公司整体企业员工总数的平均值为 6.257 千人,其中电气机械制造业员工总数的平均值相对较大,专用设备制造业员工总数的平均值相对较低。差别最大的是电气机械制造业,标准差为 78.26。

表 5-12　国有上市公司企业规模指标按行业统计分析

行业代码	总资产/亿元				主营业务收入/亿元				员工总数/千人			
	最大值	最小值	均值	标准差	最大值	最小值	均值	标准差	最大值	最小值	均值	标准差
0	5205	0.39	84.71	429.4	7991	0.78	88.56	622.3	508.2	0.02	6.257	39.07
1	5205	18.6	280	523.2	7991	35.24	265.2	163.4	508.2	2.12	10.2	78.26
2	89.37	10.02	38.02	25.79	26.59	2.44	12.66	8.019	4.55	0.02	1.321	1.505
3	1420	0.39	47.97	147.6	1266	0.81	45.87	139.9	40	0.36	4.136	5.81

续表

行业代码	总资产/亿元				主营业务收入/亿元				员工总数/千人			
	最大值	最小值	均值	标准差	最大值	最小值	均值	标准差	最大值	最小值	均值	标准差
4	47.11	9.51	24.74	16.27	30.48	1.9	11.97	10.85	15.12	1.31	4.857	5.902
5	949.5	11.23	174.2	343.3	402.5	2.68	78.31	144.6	9.56	0.34	2.901	3.292
6	30.8	9.36	17.52	9.337	18.25	4.12	12.8	6.27	2.77	0.45	1.825	1.082
7	132.5	7.42	49.14	40.78	87	0.95	20.38	27.12	7.68	0.06	1.691	2.322
8	1384	5.57	106.9	322.2	761.1	1.39	75.96	178.9	29.7	0.16	3.111	6.729
9	44.2	6.39	19.2	15.43	26.88	1.89	16.41	8.81	1.87	0.36	1.057	0.573

从以上三个指标的 172 家国有上市公司样本可以看出，由于行业不同，总资产、主营业务收入和员工总数呈现出明显的行业性特征。

三、国有上市公司经营者薪酬激励影响因素的实证分析

根据本章所提出的经营者薪酬激励影响因素（表 5-3），对深、沪两市 172 家国有上市公司样本进行聚类分析，以期把所有的上市公司根据影响因素聚成有限的几类。在聚类分析之前，对经营者薪酬激励影响因素进行主成分分析，提取若干包括系统绝大多数信息的主成分，以消除指标变量间的相关性。

（一）国有上市公司经营者薪酬激励影响因素的主成分分析

首先对国有上市公司经营者薪酬激励影响因素的指标变量进行主成分分析。从公因子方差比（communalities）表中可以看出，除了少数变量占约 21% 的信息未被提取之外，其余的变量都被提取得非常充分，如表 5-13 所示。

表 5-13　国有上市公司经营者薪酬激励影响因素 KMO 统计量和 Bartlett's 球形检验

KMO 统计量		0.782
Bartlett's 球形检验	卡方值	1 619.927
	自由度	36
	P 值	0.000

KMO 统计量和 Bartlett's 球形检验可以判断变量间是否存在相关性。表 5-13 是国有上市公司经营者薪酬激励影响因素的 KMO 统计量和 Bartlett's 球形检验结果。KMO 统计量为 0.782，表明对经营者薪酬激励影响因素适合作主成分分析。球形检验统计量拒绝了经营者薪酬激励影响因素的相关系数矩阵是单位阵，即各变量是各自独立的零假设，说明各影响因素之间存在许多重复信息。这两者均表明，适合于对经营者薪酬激励影响因素作主成分分析。图 5-1 是按照特征值大小

排列的主成分分析图，从另一方面说明了主成分的恰当提取。

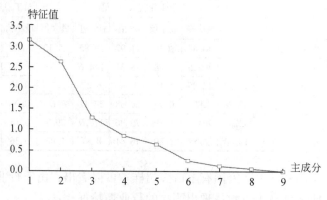

图 5-1　经营者薪酬激励影响因素主成分分析图

国有上市公司经营者薪酬激励影响因素主成分分析的主成分如表 5-14 所示，它是国有上市公司经营者薪酬激励影响因素的主成分列表，表中列出了按照特征值从大到小的次序排列的所有主成分（9 个影响因素，也叫 9 个影响因子）。第一个主成分的特征值是 3.149，它解释了总变异的 34.988%，前 3 个主成分解释了变差的 78.361%。如果提取这三个变量作为主成分，系统变量将从 9 个缩减到 3 个，缩减了 66.7%，而损失的信息只有 21% 左右。

表 5-14　国有上市公司经营者薪酬激励影响因素主成分分析的主成分列表

影响因子	初始特征值			提取因子载荷平方和		
	总量	占总方差比例/%	累计比例/%	总量	占总方差比例/%	累计比例/%
1	3.149	34.988	34.988	3.149	34.988	34.988
2	2.616	29.070	64.058	2.616	29.070	64.058
3	1.287	14.303	78.361	1.287	14.303	78.361
4	0.850	9.447	87.808			
5	0.649	7.216	95.024			
6	0.260	2.885	97.909			
7	0.124	1.382	99.291			
8	0.059	0.654	99.945			
9	0.005	0.055	100.000			

将提取的主成分保存下来，下面将以这些主成分为聚类变量，对国有上市公司经营者薪酬激励影响因素作聚类分析。

（二）国有上市公司经营者薪酬激励影响因素的聚类分析

将前面提取的主成分作为聚类变量，选择所聚的类型反复试验比较后，认为将所选样本共聚为两类较好。聚类的单因素分析表反映了聚类变量在聚类中的贡献，各主成分在各个类的差别都比较大，如表 5-15 所示。

表 5-15   国有上市公司经营者薪酬激励各类型影响因素的差异

聚类变量	分类		误差		F	F 检验显著性概率
	方差	自由度	方差	自由度		
聚类变量 1 回归分析	52.240	2	0.386	167	135.216	0.000
聚类变量 2 回归分析	28.220	2	0.674	167	41.870	0.000
聚类变量 3 回归分析	57.913	2	0.318	167	181.883	0.000

为了进一步探讨各个变量在区分经营者薪酬激励影响因素中的作用，本书专门针对原始数据计算了两种类型国有企业的各个影响因素变量的平均得分以及标准差，每一类的国有上市公司经营者薪酬激励影响因素的样本个数、平均得分和标准差如表 5-16 所示。从表 5-16 可知，可对经营者薪酬激励影响因素聚类分析形成的各类型中的经营者薪酬激励影响因素作特征分析。

表 5-16   国有企业经营者薪酬激励影响因素各变量的差异

标准化的指标变量	类型一	类型二	区分度
公司个数	34	138	
	均值	均值	标准差
净资产收益率/%	-0.59	0.04	0.44
资产收益率/%	1.65	0.02	1.15
每股收益率/%	6.46	3.51	2.09
市盈率/%	258.83	2.37	181.34
市净率/%	4.11	16.34	8.65
市销率/%	5.16	49.62	31.44
总资产/亿元	20.71	1.67	13.46
主营业务收入/亿元	13.12	1.65	8.11
员工总数/人	2.77	3.40	0.44

国有上市公司经营者薪酬激励影响因素大致可以划分为两类，两类分别包括 34 家和 138 家国有上市公司。在国有上市公司经营者薪酬激励影响因素包含的财务绩效、市场绩效和企业规模指标中，各个指标对两种类型的共 172 家国有上市

公司经营者薪酬激励的影响大致持平。在财务绩效指标中，净资产收益率对类型二中的国有企业经营者薪酬激励影响较大，资产收益率和每股收益率则对类型一中的国有企业经营者薪酬激励影响较大，总体来讲，财务绩效指标对类型一中的国有企业经营者薪酬激励的影响更大一些；在市场绩效指标中，市盈率指标对类型一中的国有企业经营者薪酬激励影响较大，市净率和市销率指标则对类型二中国有企业经营者薪酬激励的影响较大，总体来讲，市场绩效对类型二中的国有企业经营者薪酬激励的影响更大；在企业规模指标中，总资产和主营业务收入指标对类型一中的国有企业经营者薪酬激励的影响明显，员工总数对类型二中的国有企业经营者薪酬激励的影响较大，总体来讲，企业规模指标对类型一中的国有企业经营者薪酬激励影响较大。

上述这些国有上市公司经营者薪酬激励影响因素的特点，能够从我国国有企业经营者薪酬激励的实际情况得到验证。

四、国有上市公司经营者薪酬激励效应的实证分析

（一）国有上市公司经营者薪酬激励效应的主成分分析

在本章第二节中设置了国有企业经营者薪酬激励效应测度指标体系（表5-4），以试图全面地反映国有上市公司的激励效应，这不可避免地会在指标变量之间存在相关性。按照设置的指标变量，经过标准化以后，对国有上市公司经营者薪酬激励效应作主成分分析。

首先对激励效应变量作多变量相关分析。KMO 统计量为 0.715（表 5-17），说明可以对激励效应变量作主成分分析。球形检验统计量拒绝了激励效应变量是各自独立的零假设，说明激励效应变量之间存在许多重复信息。这两者表明，适合对激励效应变量作主成分分析。表 5-17 是国有上市公司高级管理层激励效应变量的 KMO 统计量和 Bartlett's 球形检验结果。对所设置的国有上市公司经营者薪酬激励效应指标变量作主成分分析。从公因子方差比（communalities）表中可以看出，除了少数变量占约 23% 的信息未被提取之外，其余的变量都被提取得非常充分。

表 5-17 国有上市公司经营者薪酬激励效应指标的 KMO 统计量和 Bartlett's 球形检验

KMO 统计量		0.715
Bartlett's 球形检验	卡方值	2293.671
	自由度	120
	P 值	0.000

表 5-18 是国有上市公司经营者薪酬激励效应的主成分列表，表中列出了按照特征根从大到小的次序排列的所有主成分（16 项指标，也叫 16 个影响因子）。

第一个主成分的特征根是4.526，它解释了总变异的28.289%，前6个主成分解释了变差的77.067%。如果提取这6个变量作为主成分，系统变量将从16个缩减到6个，缩减了一大半，而损失的信息大约为23%。

表5-18　国有上市公司经营者薪酬激励效应主成分分析的主成分列表

影响因子	初始特征值			提取因子载荷平方和		
	总量	占总方差比例/%	累计比例/%	总量	占总方差比例/%	累计比例/%
1	4.526	28.289	28.289	4.526	28.289	28.289
2	2.747	17.166	45.455	2.747	17.166	45.455
3	1.613	10.081	55.536	1.613	10.081	55.536
4	1.274	7.965	63.501	1.274	7.965	63.501
5	1.124	7.023	70.524	1.124	7.023	70.524
6	1.047	6.543	77.067	1.047	6.543	77.067
7	0.908	5.677	82.744			
8	0.708	4.428	87.172			
9	0.625	3.906	91.078			
10	0.463	2.896	93.974			
11	0.371	2.317	96.291			
12	0.331	2.071	98.362			
13	0.181	1.129	99.491			
14	0.060	0.377	99.868			
15	0.014	0.086	99.954			
16	0.007	0.046	100.000			

将国有上市公司薪酬激励效应主成分分析提取的主成分 M_i（$i=1,2,\cdots,6$）作为度量经营者薪酬激励效应的变量，变量值 X_i 为原始变量乘以相应主成分的归一化的特征向量。由于主成分 M_i 的方差 λ_i 反映了主成分对总体变异的解释度，为了度量经营者薪酬激励效应，可以用方差 λ_i 作为权数，计算经营者薪酬激励效应主成分的加权平均数，作为经营者薪酬激励效应的度量。

按 M_i 占总方差的比例计算权系数（贡献率）为

$$Q_i = \frac{\lambda_i}{\sum_{i=1}^{6}\lambda_i}, i=1,2,\cdots,6$$

再计算样本中经营者薪酬激励效应总得分 $C=(C_1, C_2, \cdots, C_6)^{\mathrm{T}}$ 为

$$C_i = \sum_{i=1}^{6}Q_iM_i = \sum_{i=1}^{6}Q_iX_i, i=1,2,\cdots,6$$

式中，C_i 为第 i 个国有上市公司经营者薪酬激励效应的得分。

国有上市公司经营者薪酬激励效应提取主成分计算权数如表5-19所示。

表 5-19　国有上市公司经营者薪酬激励效应评价主成分权数表

主成分	方差	权数
1	4.562	0.367 042
2	2.747	0.222 772
3	1.613	0.130 809
4	1.274	0.103 317
5	1.124	0.091 152
6	1.047	0.084 908

（二）国有上市公司经营者薪酬激励效应的综合测评及等级划分

结合上述计算结果，表 5-20 是不同经营者薪酬激励体系类型下薪酬激励效应描述统计分析。

表 5-20　国有上市公司不同影响因素类型下经营者薪酬激励效应得分统计分析

类型	经营者薪酬激励效应				
	公司个数	最小值	最大值	均值	标准差
类型一	34	0.2801	2.1871	0.6820	0.4571
类型二	138	−1.6487	0.2596	−0.1521	0.3249

从表 5-20 可知，类型二中经营者薪酬激励效应平均值最低，为 −0.1521，类型一中经营者薪酬激励效应平均值较高，为 0.6820。两种不同类型的经营者薪酬激励效应的平均得分差别性较大，并且每种类型中，不同的国有上市公司经营者薪酬激励效应也并没有表现出很强的一致性，存在着一定的差异。从实际情况不难解释，在同种类型中不同的国有上市公司经营者薪酬激励体系存在着较大的差异，并不是这些不同的经营者薪酬激励体系均能与所在同类影响环境保持高度的一致性，因此呈现出了经营者薪酬激励效应的各自特征。

根据总评得分将国有上市公司经营者薪酬激励效应水平划分档次，将相应类型经营者薪酬激励效应变量值在平均分一个标准差以下的定为较低，一个标准差以上的定为较高，两者中间的定为中等。各类型经营者薪酬激励效应等级划分标准如表 5-21 所示。

表 5-21　不同影响因素类型下经营者薪酬激励效应水平档次标准

类型	激励效应水平		
	较低	中等	较高
类型一	0.22 以下	[0.22, 1.14)	1.14 以上
类型二	−0.48 以下	[−0.48, 0.17)	0.17 以上

五、国有企业经营者薪酬激励效应的实证检验

根据前面不同环境类型中不同的薪酬激励效应水平，按不同环境类型与薪酬激励效应水平对国有上市公司经营者薪酬激励体系各变量进行实证分析，比较薪酬激励效应指标变量总评得分较低、中等、较高的三种类型对应的薪酬激励指标特征，以获得不同环境类型中与之相适应的薪酬激励体系。

（一）不同类型中的国有企业经营者薪酬激励总体特征分析

根据表5-20经营者薪酬激励效应得分统计标准，对国有企业经营者薪酬激励体系各变量指标进行分类统计，结果如表5-22所示。

由表5-22可以看出，不同类型中的国有企业经营者薪酬激励体系的每个具体指标对经营者薪酬激励效应存在着较大的差异性：①类型一中经营者的货币薪酬激励体系指标的均值均大于类型二中相应的指标体系，说明类型一中的国有上市公司经营者的货币薪酬激励水平高于类型二中经营者的货币薪酬激励水平；②类型二中经营者持股激励体系指标均值均大于类型一中相应的指标体系，说明类型二中的国有上市公司经营者持股激励水平高于类型一中经营者持股激励水平；③从标准差可以看出，类型一中各样本上市公司经营者的货币薪酬激励效应差异性小于类型二中经营者的货币薪酬激励效应差异性；④类型一和类型二中的国有样本上市公司经营者持股激励效应存在各不相同的差异性，不存在明显的可比性。总体来讲，类型一中的国有上市公司更注重经营者的货币薪酬的激励，而类型二中的国有上市公司更加注重经营者持股薪酬激励。

表 5-22   国有上市公司不同类型中薪酬激励效应特征描述性统计分析

变量代码	类型一		类型二	
	均值	标准差	均值	标准差
A1	0.16	0.70	−0.04	1.05
A2	0.09	0.62	−0.02	1.07
A3	0.10	0.69	−0.02	1.06
A4	0.02	0.22	0.00	1.10
A5	0.06	0.86	0.01	1.03
A6	0.02	0.73	−0.01	1.05
A7	0.03	0.73	0.01	1.05

续表

变量代码	类型一		类型二	
	均值	标准差	均值	标准差
A8	0.15	0.70	− 0.03	1.05
A9	0.11	0.63	− 0.02	1.07
B1	0.09	0.84	0.12	1.03
B2	0.08	0.82	0.09	1.04
B3	0.00	0.95	0.00	1.01
B4	− 0.02	0.97	0.01	1.01
B5	0.23	1.18	0.25	0.95
B6	− 0.26	0.99	0.06	1.00
B7	− 0.11	0.94	0.02	1.01
B8	− 0.18	1.83	0.04	0.70
B9	0.08	0.69	0.11	1.06

（二）不同类型中的国有企业经营者薪酬激励个体特征分析

根据表5-21中的经营者薪酬激励效应水平档次标准，对172家国有上市公司经营者的货币薪酬激励体系各变量指标进行分类统计，结果如表5-23所示。

由表5-23可以看出，在反映国有企业经营者的货币薪酬激励的九个指标变量（A1～A9）中，将国有上市公司经营者年度薪酬总额（A1）、国有上市公司经营者年度薪酬总额与外部行业经营者薪酬总额均值的相对差异和绝对差异值（A2、A3）、国有上市公司经营者年度薪酬总额与内部企业其他管理人员薪酬总额均值的相对差异值（A4～A6）以及国有上市公司经营者年度薪酬总额与内部企业其他管理人员薪酬总额均值的绝对差异值（A7～A9）平均水平按照薪酬激励效应等级依次排列，会表现出明显的个体特征：①国有上市公司经营者的货币薪酬越高，激励效应越高；②适当地拉开行业之间薪酬激励的绝对和相对差异，可以提高对经营者薪酬激励的效应；③反映国有企业经营者的货币薪酬总额与企业内部其他管理人员薪酬总额相对差异和绝对差异平均值的结果中，经营者的货币薪酬总额与企业内部其他管理人员的货币薪酬总额的差距越大，经营者的薪酬激励效应越高，因此适当地拉开经营者的货币薪酬总额与企业内部其他管理人员的货币薪酬总额均值差距，有利于对经营者进行正向的激励。

表 5-23　不同类型各薪酬激励效应等级中的国有上市公司经营者的货币薪酬激励效应统计分析

类型	类型一				类型二					
效应	中等		较好		较差		中等		较好	
个数	28		6		12		112		14	
	均值	标准方差	均值	标准方差	均值	标准方差	均值	标准方差	均值	标准方差
A1	−0.33	0.30	0.21	0.71	−0.34	0.18	0.02	1.16	−0.19	0.31
AVE	−0.33	0.30	0.21	0.71	−0.34	0.18	0.02	1.16	−0.19	0.31
A2	−0.36	0.16	0.13	0.63	−0.27	0.19	0.03	1.18	−0.15	0.27
A3	−0.47	0.14	0.16	0.70	−0.27	0.19	0.02	1.17	−0.15	0.27
AVE	−0.42	0.15	0.15	0.67	−0.27	0.19	0.02	1.17	−0.15	0.27
A4	−0.13	0.04	−0.01	0.23	0.93	3.75	−0.08	0.08	−0.09	0.19
A5	−0.55	0.32	−0.01	0.89	−0.50	0.26	0.05	1.03	0.14	1.33
A6	0.00	0.93	0.02	0.73	−0.47	1.60	0.11	0.93	−0.48	1.23
AVE	−0.23	0.43	0.00	0.62	−0.01	1.87	0.03	0.68	−0.14	0.92
A7	−0.14	0.22	−0.02	0.77	−0.28	0.56	0.08	1.13	−0.30	0.62
A8	−0.33	0.30	0.20	0.71	−0.33	0.18	0.02	1.16	−0.19	0.31
A9	−0.24	0.31	0.14	0.64	−0.36	0.29	0.04	1.17	−0.23	0.38
AVE	−0.24	0.28	0.11	0.71	−0.32	0.35	0.05	1.15	−0.24	0.43

　　根据表 5-21 经营者薪酬激励效应水平档次标准，对 172 家国有上市公司经营者的股权薪酬激励体系各变量指标进行分类统计，结果如表 5-24 所示。由表 5-24 可以看出，在反映国有企业经营者股权薪酬激励的九个指标变量（B1～B9）中，将国有上市公司经营者持股比例（B1）、国有上市公司经营者持股比例与外部行业经营者持股比例均值的相对差异和绝对差异值（B2～B3）、国有上市公司经营者持股比例与内部企业其他管理人员持股比例均值的相对差异值（B4～B7）以及国有上市公司经营者持股比例与内部企业其他管理人员持股比例均值的绝对差异值（B8～B9）平均水平按照薪酬激励效应等级依次排列，会表现出明显的个体特征：①国有上市公司经营者持股比例越高，激励效应越高；②适当地拉开行业之间经营者持股比例的绝对和相对差异值，可以提高对经营者薪酬激励的效应；③反映国有企业经营者持股比例与企业内部其他管理人员持股比例相对差异和绝对差异平均值的结果中，经营者持股比例与企业内部其他管理人员持股比例的差距越大，经营者的薪酬激励效应越高，因此适当拉开经营者持股比例与企业内部其他管理人员持股比例均值差距，有利于对经营者进行正向的激励。

　　由表 5-23 可以看出类型一中经营者的货币薪酬激励的效应大于类型二，并且随着货币薪酬体系各指标平均值的提高，激励效应增强；从表 5-24 可以看出类型二中经营者的股权激励效应大于类型一，但在类型二中股权激励的效应存在明显的区间效应性。

表 5-24　不同类型薪酬激励效应等级中的国有上市公司经营者股权激励效应统计分析

类型	类型一				类型二					
效应	中等		较好		较差		中等		较好	
个数	28		6		12		112		14	
	均值	标准方差	均值	标准方差	均值	标准方差	均值	标准方差	均值	标准方差
B1	0.13	0.88	−0.19	0.16	−0.23	0.39	−0.20	0.23	0.02	1.14
AVE	0.13	0.88	−0.19	0.16	−0.23	0.39	−0.20	0.23	0.02	1.14
B2	0.11	0.86	−0.21	0.28	−0.20	0.66	−0.19	0.39	0.03	1.12
B3	0.03	1.00	−0.24	0.29	−0.32	0.65	−0.12	0.25	0.05	1.10
AVE	0.07	0.93	−0.23	0.28	−0.26	0.66	−0.16	0.32	0.04	1.11
B4	−0.10	0.85	0.74	1.87	−0.34	0.00	0.52	1.48	−0.03	0.97
B5	0.21	1.17	0.43	1.53	−0.22	0.76	0.07	1.10	−0.05	0.96
B6	−0.26	1.01	−0.24	0.99	0.34	0.96	−0.10	1.03	0.05	1.00
B7	−0.12	0.94	0.03	1.19	0.03	1.07	0.09	1.01	0.01	1.02
AVE	−0.07	0.99	0.24	1.40	−0.05	0.70	0.15	1.15	0.20	0.99
B8	−0.22	1.92	0.18	0.11	0.11	0.03	0.17	0.14	0.02	0.78
B9	0.10	0.72	−0.15	0.04	−0.24	0.29	−0.22	0.56	0.01	1.16
AVE	−0.06	1.32	0.02	0.08	−0.04	0.16	−0.03	0.35	0.01	0.97

综合上述两表的情况来看，在类型一中，经营者的货币薪酬激励大部分指标相对较低，但股权激励大部分指标相对较高的国有企业，经营者薪酬激励效应的等级为中等；相反，经营者的货币薪酬激励大部分指标相对较高，但股权激励大部分指标相对略低的国有企业，经营者薪酬激励效应的等级较高；同时也验证了类型一中的国有企业偏重于对经营者进行货币薪酬激励。

在类型二中，经营者的货币薪酬激励大部分指标相对处于最低，并且经营者持股比例也低的国有企业，经营者薪酬激励效应等级较低；经营者的货币薪酬激励大部分指标相对处于最高，但经营者持股比例中等的国有企业，经营者薪酬激励效应等级中等；经营者的货币薪酬激励大部分指标相对处于中间水平，但经营者持股比例相对最高的国有企业，经营者薪酬激励效应等级较高；同时也验证了类型二中的国有企业偏重于对经营者进行股权激励。

因此，对类型一中的国有上市公司经营者薪酬体系设计策略是：加大国有上市公司经营者的货币薪酬总额的激励，适当拉开经营者的货币薪酬总额与行业间经营者的货币薪酬总额及其与企业内部其他管理人员的货币薪酬总额的绝对差异和相对差异。而对类型二中的国有上市公司经营者薪酬体系设计策略是：加大国有上市公司经营者持股比例的激励，适当拉开经营者的持股比例与行业间经营者的持股比例及其与企业内部其他管理人员持股比例的绝对差异和相对差异。

第四节　国有企业经营者薪酬组合激励研究

一、国有企业经营者薪酬组合激励设计的原则

国有企业经营者的薪酬，与一般员工相比，不但在数量上有着很大的差别，而且在结构上有着明显的不同。总的来说，经营者的薪酬更注重激励，带有更大的风险性。因此，国有企业经营者薪酬组合激励的设计应该遵循以下一些原则。

（1）公平原则。国有企业经营者薪酬体系设计过程中的公平原则，应该从两方面给予阐述。一方面是经营者本人对公平的感觉，另一方面是企业员工对公平的感觉。经营者的公平感觉包括以下内容：一是与企业外部类似企业规模、类似职位相比较产生的感觉；二是对自己最终获得薪酬多少的感觉；三是与自己的机会成本相比较而产生的感觉。

（2）风险与收益相适应原则。在市场经济中普遍存在着委托代理关系。就国有企业来说，政府是委托人，国有企业经营者只是经营国有资产的代理人。委托人与代理人之间存在着信息不对称的问题，这种信息不对称使委托人面临着巨大的"道德风险"。因此，在设计经营者薪酬体系时必须增加其职位风险。高风险就应该以高收入作为补偿，因此应相应增加经营者薪酬结构中的风险收入，使收入与风险相匹配。

（3）区分经济性报酬与非经济性报酬原则。有资料显示，经营者最看重的不是货币收入高低，而是精神激励与职位激励。因此，强调经济性报酬方式的同时，非经济性报酬的激励方式，如精神激励、职位激励等也同样重要。在设计经营者薪酬体系时，要综合测定荣誉感、社会地位、剩余索取权、成就感、社会认同感等非经济报酬的效用，应针对经营者的个体需求不同，设计有个性的、满足经营者需要的薪酬体系。

（4）财务指标与非财务指标相结合原则。在设计国有企业经营者的薪酬体系时，必须将其与企业的经营业绩相结合，包括国有企业经营者任职期间的财务业绩，也包括由该经营管理者培育出的企业长期盈利能力。目前，我国的国有企业管理当局在制定国有企业经营者的薪酬体系时，一般都会考虑到企业当期的各项财务指标，如企业的工业总产值、税后利润、资产保值增值率、销售利润率、

成本利润率等的完成情况，但对于关系企业长期发展的经济行为的考核要求很少，有的企业根本就不涉及。由于对国有企业经营者的考核指标不健全，导致相当一部分国有企业的经营者的短期行为严重，他们拼设备，拼人工，只为在任期内达到或超额完成上级部门的财务考核指标，忽视对固定资产的投资，忽视对员工培训的投入。这种做法严重地制约了企业的可持续发展能力。所以，在考核企业经营者完成的财务指标时，应该加强对非财务指标的考核。财务指标与非财务指标相结合可以抑制企业经营者的短期行为。

（5）薪酬体系的灵活性原则。市场经济以市场来实现资源的优化配置，其优势就在于它是一个以供求关系来平衡的动态过程。为了与企业的运作相匹配，经营者的薪酬也应该是动态的。薪酬体系保持适度的弹性，有利于发挥薪酬的激励和监督作用。这就要求在设计国有企业经营者薪酬体系时，体现出薪酬结构的导向和调整作用，掌握好固定收入部分与浮动收入部分的比例，掌握好短期薪酬和长期薪酬的关系。对经营者薪酬结构中的浮动薪酬部分和长期薪酬部分应采用较高比例。

（6）长短期激励相结合。国有企业经营者的经营决策与经营结果往往在几年乃至几十年之后才能体现出来，如果只是根据企业当年利润来决定对国有企业经营者的奖励，国有企业经营者就会追求短期目标和当前利润，而忽视长期投资，从而影响企业的长期发展，这与企业所有者的目标相背离（Yermack，1995）。为了激励国有企业经营者做出有利于企业长期生存和发展的决策和努力，就更需要对国有企业经营者的长期业绩提供奖励。

二、国有企业经营者薪酬组合激励设计

经营者薪酬组合是多元化的，薪酬组合结构中的每一项都有很强的针对性。基于以上原则，以及参照人力资源和社会保障部、国资委等单位 2009 年 9 月 16 日联合下发的《关于进一步规范中央企业负责人薪酬管理的指导意见》（该指导意见明确了中央企业负责人的薪酬结构主要是由基本年薪、绩效年薪和中长期激励收益三部分构成），可将国有企业经营者的薪酬组合分成三个部分：一是基本薪酬，即本书中所述的经营者的货币薪酬；二是绩效薪酬，即根据当年实现目标绩效的情况来确定的以年度奖金形式支付的薪酬；三是股票期权激励，即将经营者的利益与企业的长远发展相联系，对经营者的长期贡献给予的回报。国有企业经营者薪酬激励机制的设计，就是对这三个组成部分的结构及其数量的确定。

（一）基本薪酬

基本薪酬主要保障国有企业经营者的日常生活需要，是一种保健因素，激励

效果不大。国有企业经营者的基本薪酬一般在聘任合同中规定，作为固定的收入。经营者的劳动在企业经营中居于支配、领导地位，是一种特殊的、高级的复杂劳动，其所创造的价值远高于从属者的（或被领导者的）劳动。按照多劳多得的分配原则，经营者基本薪酬理应高于普通职工。但考虑到兼顾公平的原则，国有企业经营者和普通职工的工资差别不应过大。基本薪酬是企业经营者年度的基本收入，主要根据企业经营规模、经营管理难度、所承担的战略责任和所在地区企业平均工资、所在行业平均工资、本企业平均工资等因素综合确定。根据国资委制定的《中央企业负责人薪酬管理暂行办法》，基本薪酬按以下公式确定。

$$W = W_0 \times L \times R$$
$$= W_0 \times （60\% G + 40\% M） \times R$$
$$= W_0 \times [60\% \times （20\% z + 30\% x + 30\% j + 20\% y） + 40\% \times （30\% D + 30\% H + 40\% Q）] \times R$$
$$= W_0 \times （12\% z + 18\% x + 18\% j + 12\% y + 12\% D + 12\% H + 16\% Q） \times R$$

式中，

W 为企业法定代表人的本年度基薪；

W_0 为上年度全国国有企业职工平均工资水平的 5 倍；

L 为综合测评系数，$L = 60\% G + 40\% M$；

R 为基薪调节系数，取值范围为 1 – 1.4，由国资委通过建立 R 值评估办法确定；

G 为规模系数，$G = 20\% z + 30\% x + 30\% j + 20\% y$

（贸易行业企业 $G = 20\% z + 30\% x + 20\% j + 30\% y$）；

M 为工资调节系数，$M = 30\% D + 30\% H + 40\% Q$；

z 为总资产规模系数，$z = 0.6432 Z^{0.2159}$，最低值为 0.7，Z 为企业上年度的总资产（单位：亿元）；

x 为主营业务收入规模系数，$x = 0.7447 X^{0.2084}$，最低值为 0.7，X 为企业上年度的主营业务收入（单位：亿元）；

j 为净资产规模系数，$j = 0.966 J^{0.1925}$，最低值为 0.7，J 为企业上年度的净资产（单位：亿元）；

y 为利润总额规模系数，$y = 1.4479 Y^{0.2084}$，最低值为 0.7，Y 为企业上年度的利润总额（单位：亿元）；

D 为地区工资系数，$D =$ 上年度地区国有企业职工平均工资/上年度全国国有企业职工平均工资；

H 为行业工资系数，$H =$ 上年度行业国有企业职工平均工资/上年度全国国有企业职工平均工资；

Q 为企业工资系数，$Q =$ 上年度本企业职工平均工资/上年度全国国有企业职工平均工资。

基薪确定公式中所涉及的各企业上年度总资产、主营业务收入、净资产、利润总额、企业职工平均工资，均采用经国资委审核确认的财务决算数据，上年度全国国有企业职工平均工资、地区国有企业职工平均工资、行业国有企业职工平均工资，由国资委提供给企业。一般来说，企业规模越大，管理层次越多，上年度企业经济效益状况越好，经营者个人素质越高，基本工资差别应越大，反之则越小（杨河清等，2003）。即基薪应反映经营者之前的工作业绩及其个人素质。由于各行业、各企业的具体情况不同，其基本薪酬差别也不同。另外，国外各国有企业经营者的基本薪酬大不相同，其中美国的差别较大，从几倍到上百倍，而日本的差别较小，其企业经营者的税后工资只有普通职工的 3 ~ 5 倍。目前，我国国有企业经营者的基本工资差别从几倍到十几倍不等。

企业经营者的基本薪酬只是其薪酬的一部分，在整个薪酬结构中占的比重不应过大。作为企业经营者的固定收入，与普通职工的差别不应过于悬殊，否则容易挫伤职工的积极性，从而影响企业效率。经营者基本薪酬应依据国有企业具体的特点、所处的类型进行有比例的划分，对于类型一中相似的企业应该适当加大货币薪酬的额度，以增强经营者薪酬激励的效果；对于类型二中相似的企业，则应该适度控制货币薪酬的额度，增大股权激励的作用，从而增强经营者薪酬激励的总体效果。

（二）绩效薪酬

绩效薪酬通常以年度奖金的形式支付，通常根据当年实现目标绩效的情况来确定。企业在设定目标绩效的同时会设定目标奖金。对目标绩效的完成情况会按百分比的形式设立下限（如80%），低于此百分比的绩效没有奖金。同时按目标奖金的某一百分比设立上限（如120%），高于此百分比奖金不再增加。在这之间，随着实际绩效的上升，奖金的数目也上升。在这里绩效目标的制定以及绩效的衡量主要通过会计指标来计量，如收入、净收入、息税前利润、经济增加值等，如图 5-2 所示。

根据国资委制定的《中央企业负责人经营业绩考核暂行办法》对经营者的年度经营业绩和任期经营业绩进行考评，并且根据考评结果，来计算经营者的绩效薪酬，计算公式为

$$绩效薪金 = 绩效薪金基数 × 绩效薪金倍数$$

具体做法如下：根据企业负责人经营业绩考核得分，年度经营业绩考核和任期经营业绩考核最终结果分为 A、B、C、D、E 五个级别，完成全部考核目标值（经济增加值指标除外）为 C 级进级点。当考核结果为 E 级时，绩效薪金为 0；当考核结果为 D 级时，绩效薪金按照"绩效薪金基数 ×（考核分数 − D 级起点

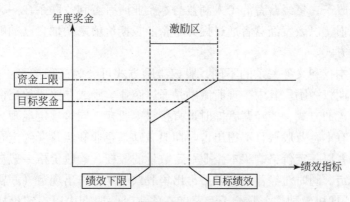

图 5-2 典型的年度奖金计划构成

资料来源：Murphy J. Kevin. Executive Compensation . In：Orley C. Ashenfelter，David Card. 1999. Handbook of Labor Economics. Amsterdam：North Holland

分数)/（C 级起点分数 – D 级起点分数)"确定，绩效薪金在 0 – 1 倍绩效薪金基数之间；当考核结果为 C 级时，绩效薪金按照"绩效薪金基数×[1 + 0.5×（考核分数 – C 级起点分数)/（B 级起点分数 – C 级起点分数)]"确定，绩效薪金在 1 倍绩效薪金基数到 1.5 倍绩效薪金基数之间；当考核结果为 B 级时，绩效薪金按照"绩效薪金基数×[1.5 + 0.5×（考核分数 – B 级起点分数)/（A 级起点分数 – B 级起点分数)]"确定，绩效薪金在 1.5 倍绩效薪金基数到 2 倍绩效薪金基数之间；当考核结果为 A 级时，绩效薪金按照"绩效薪金基数×[2 +（考核分数 – A 级起点分数)/（A 级封顶分数 – A 级起点分数)]"确定，绩效薪金在 2 倍绩效薪金基数到 3 倍绩效薪金基数之间。但对于利润总额低于上一年的企业，无论其考核结果处于哪个级别，其绩效薪金倍数应当低于上一年。

对于任期经营业绩考核结果为 D 级和 E 级的企业负责人，根据考核分数扣减延期绩效薪金。具体扣减绩效薪金的公式为：扣减延期绩效薪金 = 任期内积累的延期绩效薪金×（C 级起点分数 – 实得分数)/C 级起点分数。

绩效薪酬是一种基于经营者业绩的短期激励，是为了促使经营者达到企业年度目标而设立的。只有通过业绩考核，企业的效益达到了令人满意的程度，企业才对经营者发放奖金，或者从税后利润中拿出一部分，奖励为实现利润而做出重大贡献的经营者。奖金激励具有激励效果快、激励强度大等优点，但会增大企业的短期财务成本而且会导致经营者的短期行为，短期特征有余而长期激励效果不足。所以，只能用某种长期激励体制使经理们不过分追求短期效益，而是兼顾企业的短期效益和长远发展。

（三）股票期权激励

企业经营者股票期权激励就是让经营者持有本企业的股票或股票期权，使之成为本企业股东，将经营者的个人利益与本企业所有者利益联系在一起，一荣俱荣，一损俱损，以激发经营者通过提升本企业长期价值来增加自己的财富，是一种长期激励方式。

按照基本权利义务关系的不同，股权激励方式可分为三种类型：现股激励、期股激励、期权激励。其中，现股激励是通过企业奖励或参照股权当前市场价值向经营者出售的方式，使经营者即时地直接获得股权。同时规定经理人在一定时期内必须持有本企业股票且不得出售。期股激励是企业和经营者约定在将来某一时期内经营者以一定价格购买本企业一定数量的股权，购股价格一般参照股权的当前价格确定，同时对经营者购股后再出售股票的期限作出规定（汪贤裕和颜锦江，2000）。期权激励是企业给予经营者在将来某一时期内以一定价格购买一定数量股权的权利，经营者到期可以行使或放弃这一权利，购股价格一般按照股权的当前价格确定，同时对经营者在购股后再出售股票的期限作出规定（罗大伟和万迪昉，2002）。

现股与期股激励都预先购买了股权或确定了股权购买的协议，经营者一旦接受这种激励方式，就必须购买本企业的股权，否则经营者须承担相应的损失。因此，经营者持有现股或期股购买协议时，实际上是承担了风险的。现股激励中，由于股权已发生了转移，因此持有股权的经营者一般都具有股权相应的表决权。在期股和期权激励中，在股权向未发生转移时，经营者一般不具有股权对应的表决权（陈泽亚，2004）。现股激励中，不管是奖励还是购买，经营者实际上都在即期投入了资金（所谓的股权奖励实际上以经营者的奖金的一部分购买了股权）。而期股和期权都是约定在将来的某一时期经营者投入资金；在期股和期权激励中，经营者在远期支付购买股权的资金，但购买价格参照即期价格确定，同时从即期起就享受股权的增值收益权（张俊瑞等，2003）。因此，实际上相当于经营者获得了购股资金的贴息优惠。

在期权激励中，当本企业股票贬值时经营者可以放弃期权，从而避免承担本企业股票贬值的风险。通常是企业给予经营者一种权利，允许他们在特定的时期内（一般为3~5年）以某一固定价格购买本企业股票的权利，这种权利不能转让，但所购的股票可以随时转让。如果企业经营较好，企业股票价格上升，企业经营者可以获得巨额的差价收益。当经营者拥有企业的部分股权时，其收入与自身的努力和能力保持密切联系，并与企业长远发展相联系。股票期权激励可以有效地克服经营者的短期行为（陈志广，2002）。

目前，股权激励在西方国家的应用越来越广泛。企业经营者的年收入中，来源于股权激励的比例越来越大。股权激励对于克服短期行为是有效的激励，但股权激励本身具有较大风险性。

企业经营者的股权激励在总体薪酬中所占比例越来越大，对于经营者的长期薪酬激励效果显著，能够有效地避免经营者的短期行为和投机行为。国有企业经营者股权激励的力度应依据国有企业具体的特点、所处的类型进行有比例的划分，对于前一章的与类型二中相似的企业应该适当加大经营者的持股比例，以增强经营者薪酬激励的效果；而与类型一中相似的企业，则应控制经营者的持股比例，增大货币薪酬激励的作用从而增强经营者薪酬激励的总体效果。

（四）国有企业经营者薪酬组合激励方案

企业经营者的薪酬结构是多元化的，各国薪酬模式的具体实践方式具有较大的差别，我们可以大致归结为以英国、美国为代表以及以德国、日本为代表的两类模式。美国、英国等国的经营者的薪酬主要由基本薪金、年度奖金、长期激励、养老金计划和津贴组成，其中长期激励项目（即股票、股票期权等收入）在经营者的总薪酬中占有相当的比重。例如，美国企业经营者的薪酬中一般基薪占 45% 左右，年度奖金为 15% 左右，长期激励项目占 30% 左右，养老金为 8% 左右，津贴为 2% 左右。而且美国经营者薪酬中股票、股票期权所占比重呈上升趋势。与此不同的是，德国、日本等国的经营者报酬结构中，长期激励项目所占比重较小。例如，德国公司经营者薪酬中 65.9% 为基本薪金，16.5% 为奖金，12% 为养老金计划，津贴占 5.6%。日本企业的经营者虽持有本企业的一定股票，但不准出售，其在股票上的收益和损失都非常小。两类模式的另一重要区别是：英国、美国等国经营者的薪酬总额非常巨大，与普通职工的收入差距悬殊。德国、日本公司经理的薪酬总额相对低得多，与一般员工的收入差距也相对较小。一份对世界主要国家的同类规模企业（销售额为 2.3 亿马克）的经营者薪酬的调查表明，美国公司经营者扣除税金后的年平均净收入为 33.1 万马克，日本为 20.2 万马克，原联邦德国为 18.1 万马克。另一份调查表明，美国 20 世纪 80 年代大型公司（销售收入 300 亿美元以上）的经营者薪酬为一般工人收入的 109 倍，同比法国、德国为 24 倍，日本为 17 倍（袁凌等，2006）。

根据国内外的实践经验，经营者的薪酬收入一般包括基本薪酬、绩效薪酬和股票期权激励。对于基本薪酬，一方面要体现经营者承担的经营责任和经营风险大小，另一方面要在满足经营者劳动力再生产的基础上，体现经营者的人力资本价值（吴泽桐和吴奕湖，2001）。当然，确定经营者的基本薪酬还必须考虑现实国情。一般情况下，经营者基本薪酬的确定依据包括公司治理状况、企业经营特征、薪酬市场标准、经营者人力资本特征等。但在具体操作过程中最根本的因素是公司治理的完善程度，特别是在上市公司经营者选择没有完全市场化的情况下，需要综合考虑各种情况，进行复杂的测算。对于绩效薪酬，应主要体现经营者薪酬与经营业绩挂钩的原则，在理论上称为经营者的剩余分配权。经营者收入分配制度改革的重点也在这里。通过科学评价经营业绩来确定经营者的绩效薪酬收入,可以充分发挥经营者薪酬计划的激励与监督作用,调动经营者的积极性和创造性,使其努力提高经济效益,确保所有者投入资本的持续安全与增值。对于股票期权激励,主要体现在将经营者的个人利益与企业业绩紧密联系在一起,它是企业建立公司治理结构的需要,是经营者激励约束机制的重要组成部分。将股票期权收入纳入经营者的薪酬结构中,有利于企业家价值的真正体现,有利于企业人才的引进、用好和留任,有利于降低企业的激励成本,从而促进企业的发展。

针对经营者薪酬结构的设计和国有企业的生产经营特征,结合对国有上市公司各种类型中企业经营者薪酬激励效应测度的结果,对竞争性较强的国有企业经营者可以实行如下薪酬激励方案:经营者薪酬激励方案 = 基本薪酬 + 绩效薪酬 + 股票期权激励收入。

本 章 小 结

本章研究国有企业经营者薪酬激励机制,从薪酬激励效用和薪酬激励组合等方面进行探讨,主要包括以下内容:

(1)对经营者薪酬激励的概念和内涵进行了全面的分析和界定,国有企业经营者薪酬激励的方式既包括货币薪酬总额和持股总量对经营者的激励,又包括薪酬的差异性激励。差异性激励包括外部差异性激励和内部差异性激励。

(2)对国有企业经营者货币薪酬激励指标、股权激励指标和差异性激励指标进行了分析,并且构建衡量国有企业经营者薪酬激励效应的指标体系。

(3)在实证研究中,对国有上市公司经营者薪酬激励体系设计的实证样本进行描述性统计分析,通过灵敏度分析测试出国有上市公司经营者薪酬体系设计影响因素分类的最恰当个数。运用快速聚类分析的方法对实证样本进行聚类,获得国有上市公司经营者薪酬体系设计影响因素的特征分析,完成了对国有上市公司经营者薪酬激励效应指标结构向量的降维与权重赋值。针对每一种类型中的国有上市公司实证研究样本,分别测度出了国有上市公司经营者薪酬激励的效应,归纳出各种类型激励效应不同程度的得分值中经营者薪酬体系的特征,形成该种类型优化的国有企业经营者薪酬激励策略。

(4)针对国有企业的生产经营特征,结合对国有上市公司各种类型企业经营者薪酬激励效应测度结果,对竞争性较强的国有企业经营者的薪酬结构组合激励方案做出设计。

第六章　国有企业经营者精神激励研究

国外学者的精神激励是基于需要层次理论、成就动机理论、双因素理论、期望理论、公平理论、强化理论等激励理论进行的研究，古典管理理论、人性理论、需求理论、成熟理论等激励理论也被应用于精神激励理论研究中。我国学者对精神激励十分重视，华东师范大学俞文钊教授创立的"同步激励理论"视精神激励与物质激励同等重要；冬青教授的"C型激励理论"强调了我国的社会意识形态，并认为在这种意识形态背景下，对人们的激励应考虑思想修养、道德情操、社会理想等因素，不能只强调物质作用；熊川武教授的"全面激励理论"则把精神激励渗透到激励的各个层面。

国有企业经营者的机会主义行为现象比较严重，这种现象的出现是由于精神激励方面存在问题，同时，对于事业激励、控制权激励和声誉激励的研究不够深入和全面。博弈论虽然有着比较严格的限制条件，但在一些问题的研究上还是比较有说服力的，尤其是对于比较理性的人做决策时，这一理论更加适用。而国有企业经营者在一定程度上属于理性人，因此，用博弈论来研究经营者的精神激励，尤其是声誉激励是十分合理的。现在我国实行市场经济，又仿佛出现了一种矫枉过正的倾向，即片面强调物质激励的作用，而忽视精神激励的作用。大量的文献在讨论如何提高经营者的物质利益，而对于精神激励或者轻描淡写一带而过，或者避而不谈。但事实上，与片面强调精神激励相比，片面强调物质激励的不利后果同样很大。所以，正如过去不应夸大精神激励的作用一样，今天也不应夸大物质激励的作用，在提高经营者物质利益的同时，也要重视对其进行精神激励。

第一节　国有企业经营者事业激励研究

中国企业家调查系统关于2002年企业经营者对个人事业方面满意程度的调查结果如表6-1所示。国有企业经营者的满意程度比非国有企业低，国有企业经营者感到满意的比非国有企业少13.1个百分点；而国有企业经营者感到不满意的，比非国有企业多5.7个百分点。所以，对国有企业经营者进行事业激励的方法能够产生一定的效果。当问及"如果同样是做企业经营者，您更愿意在哪一类企业中任职"时，调查结果显示，企业经营者选择的意愿依次是：股份有限公司、私营企业、有限责任公司、外资及港澳台商投资企业、国有企业、集体企业。其中，国有企业经营者愿意继续在国有企业中任职的只占15%，这一情况值得关注，说明国有企业经营者在国有企业中未能得到相应的激励（中国企业家调查系统，2003）。

表6-1　2002年国有企业经营者与非国有企业经营者对事业看法的比较　　单位:%

分类	满意		一般	不满意	
	很满意	比较满意		不太满意	极不满意
国有企业经营者	5.9	49.2	30.0	12.7	2.2
非非有企业经营者	11.3	56.9	22.6	8.4	0.8

资料来源：中国企业家调查系统.2003.中国企业家队伍成长现状与环境评价——2003年中国企业经营者成长与发展专题调查报告.管理世界，（7）：5～14

在国内，最近的一些事业激励研究集中于对工作满意度的探讨之中。冯伯麟（1996）用因素分析和逻辑分析的方法提出了教师工作满意度构成的五个要素：自我实现、工作强度、工资收入、领导关系和同事关系。卢嘉（2000）提出了测定员工满意度的模型、原则、方法以及与顾客满意度的关系，但未进行相应定量的实地调查。王文慧和梅强（2002）借助管理心理学的有关理论，采用二级模糊综合评价的方法构建了一套员工满意度的综合评估模型，并通过该评估模型对一家高科技企业进行了实际调查和评估分析。但其实证研究的样本数太小（50个样本），使研究的信度和效度大受影响。中国科学院心理研究所的卢嘉（2001）在对国内外满意度研究进行了大量研究和深入分析之后，结合我国的传统文化，研制出了我国的员工工作满意度度量表，认为我国企业员工的工作满意度包括5个要素：领导行为满意度、管理措施满意度、工作回报满意度、团体合作满意度和工作激励满意度。

国外学者对于工作满意度的研究简述如下。Vroom（1962）提出了7个构面，即公司及管理当局、工作内容、升迁、直接主管、待遇、工作环境、工作伙伴。Friedlander（1963）认为，社会及技术环境因素、自我实现因素、被人承认的因素构成了工作满意度。Smith等（1969）提出了5个构面，即工作本身、升迁、薪水、上司、工作伙伴。Locke（1976）在对工作满意度要素研究进行总结的基础上，提出工作满意度应包括工作本身、工资、提升机会、工作条件、福利、自我价值观、上级领导及同事关系。

综上所述，国内真正对国有企业经营者满意度的研究并不多见，因此，对该类型群体的工作满意度影响因素进行研究仍然是很有必要的。本书的目的是验证国内外研究学者已经探讨的关于工作满意度影响因素对我国国有企业经营者工作满意度产生的影响，寻找符合我国国有企业经营者特点的影响因素，并分析这些因素对国有企业经营者工作满意度的影响程度，为国有企业的人力资源管理改革提供参考依据。

一、研究变量

由于本章核心是研究工作满意度影响因素对工作满意度产生的影响程度，因此以工作满意度作为研究的因变量，通过文献分析法和结构化访谈确定所有合适并可能的影响因素。

国内外众多研究者对员工满意度的影响因素和构面提出过不同见解和分类，其中有很多重复和互补之处，参考工作满意度量表（job satisfaction survey，JSS）由 Spector（1997）编制，JSS 的九个维度分别是薪酬、晋升、督导、额外收益、绩效奖金、工作条件、同事关系、工作特性和沟通。本书对其进行了概括和提炼，将工作满意度的影响因素分为六大类。第一类，工作本身。包括志趣匹配度、工作胜任度、工作挑战性、工作多样性、工作成就感、个人成长、晋升机会、工作稳定性、工作认可度、工作强度、工作压力、工作自主性和创造性。第二类，领导行为。包括领导个人风格、领导能力和领导公平度。第三类，企业管理措施和组织氛围。包括公司管理水平、公司制度、公司政策执行、企业文化、组织民主度、信息开放度和培训机会。第四类，工作回报。包括薪酬公平感、收入稳定性和福利待遇。第五类，人际关系和社会支持。包括同事关系、社会认可和尊重、家人支持。第六类，工作环境和条件。包括工作环境质量、工作条件齐全度和工作安全。人口统计变量包括年龄、教育程度和本单位工作年限。

提炼出影响因素之后，以结构化访谈的形式咨询了有 5 年以上工作经验的国企高管人员 50 人，向他们了解目前国有企业经营者满意度的现状，满意和不满意的方面和程度，以及征询他们对上文中影响因素的意见和建议。访谈结果表明，大部分影响因素都得到了几乎所有被访者的认可和提及，但由于中西方文化差异和中国社会转型期价值观的影响，对于某些影响因素重要性的理解和定位还存在分歧。存在分歧的条目有：第一类中的工作挑战性和创造性有一定重复性；第五类中服务他人和服务社会内容也有一定重复性；工作时间是另一个大家比较重视的问题，应加入到满意度因素中。因此，对文献分析所得到的影响因素，做了如下修改：①删去创造性因素；②增加"工作时间"作为影响因素之一，加入"工作环境和条件"类。

综上所述，研究确认了六类情境变量、三个人口统计变量。为了简化观测数据，使研究更为清晰明了，本书直接将情境变量的六个构面作为六个变量，而每个构面下的各因素作为该变量的具体测度指标。六类情境变量分别是工作本身、领导行为、企业管理措施和组织氛围、工作回报、人际关系和社会支持、工作环境和条件。人口统计变量保持最初的设计：年龄、教育程度和本单位工作年限。

二、研究假设

假设1：工作本身对国有企业经营者工作满意度存在显著影响。

假设2：领导行为对国有企业经营者工作满意度存在显著影响。

假设3：企业管理措施和组织氛围对国有企业经营者工作满意度存在显著影响。

假设4：工作回报对国有企业经营者工作满意度存在显著影响。

假设5：人际关系和社会支持对国有企业经营者工作满意度存在显著影响。

假设6：工作环境和条件对国有企业经营者工作满意度存在显著影响。

三、变量的测量和样本的选择

在确定了各类变量及其关系后，就需要对其分别进行测量，设计量表，问卷调查后得到第一手数据以便进行定量的统计分析。问卷的编制由两部分组成，分别为测量工作总体满意度和各维度两部分。

第一部分测量工作满意度，即因变量。由于只需获取工作满意度的整体水平以便研究之用，因此采取单构面工作满意度测量法，仅要求被调查者回答对工作的总体感受。第二部分调查情境变量，每一个影响因素用一个五点 Likert 量表来测量，量表语句借鉴了沈捷（2003）的成熟问卷中的表述，并参考了明尼苏达满意度量表，保持客观并避免歧义。对于每个语句，1 表示完全不同意，5 表示完全同意，1~5 的程度依次递增，均为正向记分法。满意度指标及对应问题如表6-2所示。

四、问卷的发放和回收

在问卷正式发放过程中样本的选择至关重要，研究所选的样本全是符合条件的全国 MBA 学员，他们都是企业的高层人员，为使被试样本具有一定的代表性，尽量抽取来自于不同行业和地区的样本。

表6-2　满意度指标

变量	因素指标	对应量表语句
工作本身	志趣匹配度	我的工作符合我的个人志趣
	工作胜任度	工作中我的自身能力得到充分施展
	工作挑战性	我的工作具有挑战性
	工作多样性	我的工作并非是单调枯燥的重复劳动
	工作成就感	这份工作带给我事业上的成就感
	个人成长	从工作中我可以学到新的知识和技能
	晋升机会	这个岗位提供充分多的晋升机会
	工作稳定性	我的工作很稳定
	工作认可度	出色的业绩总能为我赢得赞许或奖励
	工作强度	不会因为工作强度过大而总是处于焦虑的状态
	工作压力	我从未感到工作压力
	工作自主性	工作中我能拥有充分的自主权和支配权
领导行为	领导个人风格	我的上司总是善解人意、平易近人
	领导能力	我的上司具有很强的管理和指导能力
	领导公平度	我的上司能以公平的态度对待每一个下属
企业管理措施和组织氛围	公司管理水平	我认为公司管理层整体素质很高，管理能力很强
	公司制度	公司的规章制度体系健全而完善
	公司政策执行	公司的政策总能得到持续的贯彻执行
	企业文化	认可企业文化价值观
	组织民主度	公司的组织气氛开放而民主，重视员工的意见和建议
	信息开放度	企业的信息沟通渠道比较畅通
	培训机会	能得到充分的培训进修机会
工作回报	薪酬公平感	就我的工作付出而言，我认为所得报酬（货币收入总和）公平合理
	收入稳定性	收入不受经济环境影响
	福利待遇	公司的社会保险和福利待遇令人满意
人际关系和社会支持	同事关系	我和我的同事有着十分融洽的关系
	社会认可和尊重	我的职业使我受到周围人的尊重和较好的社会评价
	家人支持	我的工作得到家人的理解和支持
工作环境和条件	工作环境质量	我的工作环境非常舒适
	办公设备齐全度	工作中办公设备配备完整
	工作时间	公司工作时间有规律，不经常加班
	工作安全	工作不影响身体健康

五、资料整理

发出 300 份问卷,回收问卷 280 份,根据以下标准判断问卷的有效性:①完成问卷中所有题目,有一道题或一道以上问题没有回答的视为无效问卷;②出现同一道题选两个或多个答案的视为无效问卷。以此标准共得到有效问卷 234 份,问卷的有效率为 78.0%。通过描述性分析对样本进行了初步统计。由表 6-3 可知中年人是国有企业的新生力量和主力军;样本中受过大专或本科教育的居多,基本符合该年龄阶段的人口统计特征,也保证了被试者能够正确地阅读和理解问卷的问题;被试者本单位工作年限主要集中在 3~4 年以内,可能原因是与国有企业经营者所在企业任职期有关,另一个可能原因是跳槽。

表 6-3 描述性统计

人口统计变量	变量分类	样本数	百分比/%	人口统计变量	变量分类	样本数	百分比/%
年龄	40 岁以下	12	5.2	学历	硕士	24	10.2
	40~49	180	76.9		博士	0	0
	50~59	42	17.9	工作年限/年	[1, 3)	54	23.1
	60 以上	0	0		[3, 5)	120	51.3
学历	大专	62	26.5		[5, 6)	36	15.4
	大专以下	28	12.0		[6, 7]	14	6.0
	本科	120	51.3		7 年以上	10	4.2

六、自变量的因子结构效度检验

检验结果如表 6-4 所示。KMO 统计量为 0.835,说明偏相关性很强,非常适合做因子分析;而且 Bartlett's 球形检验拒绝了单位相关阵的原假设(显著性概率小于 0.001),达到显著,代表母群体的相关矩阵间有共同因素存在,同样说明适合进行因子分析。

表 6-4 满意度量表的结构效度检验

KMO 检验和 Bartlett's 球形检验		
KMO 统计量		0.835
Bartlett's 球形检验	卡方值	1189.845
	自由度	0.243
	概率	0.000

七、因子分析和信度检验

以主成分分析法（principal components analysis）抽取共同因素，选取特征值大于 1.0 以上的共同因子，再以最大变异法进行共同因子正交转轴处理，使转轴后的每一共同因子内变量的因子负荷量大小相差尽量达到最大，以利于共同因子的辨认和命名。本次因子分析的转换方式是 Kaiser Normalization 最大方差正交旋转，共经过 7 次迭代转换。转轴后的因子矩阵如表 6-5 所示。

表 6-5　旋转后因子矩阵

因素指标	因子负荷						α 系数
	因子 1	因子 2	因子 3	因子 4	因子 5	因子 6	
志趣匹配度	0.786						
工作胜任度	0.876						
工作挑战性	0.765						
工作多样性	0.791						
工作成就感	0.872						0.8932
个人成长	0.894						
晋升机会	0.721						
工作认可度	0.791						
领导个人风格		0.879					
领导能力		0.872					0.8843
领导公平度		0.891					
公司管理水平			0.879				
公司制度			0.867				
公司政策执行			0.792				
企业文化			0.724				0.8732
组织民主度			0.791				
信息开放度			0.901				
培训机会			0.891				
薪酬公平感				0.736			
收入稳定性				0.781			
福利待遇				0.746			0.8751
工作稳定性	0.791						
工作压力	0.793						
工作自主性	0.798						

续表

因素指标	因子负荷						α系数
	因子1	因子2	因子3	因子4	因子5	因子6	
家人支持					0.764		
工作强度					0.871		0.9012
同事关系					0.679		
社会认可和尊重					0.682		
工作环境质量						0.685	
办公设备齐全度						0.639	0.7883
工作时间						0.782	
工作安全						0.758	

　　因子分析将 32 个因素归类到 6 个共同因子，对总方差的累积解释率为79.489%。本书采用 Cronbach 的内部一致性（α系数）来分析信度。内部一致性系数最适合同质性检验，检验每一个因素中各个项目是否测量相同或相似的特性。同质性信度 α 系数在 0.60 以上是可以接受的信度值，而在 0.80 以上，则表明量表有比较高的信度。检验结果显示，量表表现出良好的内部一致性信度，如表 6-6 所示。因子命名为：工作本身效应、领导风格、公司管理措施和组织氛围、工作回报、人际关系和社会支持、工作环境和条件。由因子间的相关矩阵，可以看出旋转后各因子之间几乎完全不相关，这也是因为正交旋转后因子之间仍然正交。

表6-6　因子分数的协方差矩阵

因子	1	2	3	4	5	6
1	1.000					
2	2.20E－10	1.000				
3	0.000	3.52E－10	1.000			
4	0.000	0.000	3.52E－10	1.000		
5	3.52E－10	0.000	0.000	3.11E－10	1.000	
6	0.000	2.72E－10	0.000	2.62E－10	0.000	1.000

八、回归分析结果

　　由表 6-7 可以看出，因子 1、2、3、4、5、6 的显著性概率均小于 0.001，通过显著性检验，说明对自变量有显著影响。相应地，假设 1~6 得到验证，即工作本身效应、领导风格、公司管理措施和组织氛围、工作回报、人际关系和社会支持、工作环境和条件对中国国有企业经营者工作满意度存在显著影响。

表 6-7　回归结果分析表

自变量	非标准化回归系数		标准化回归系数	T	T 检验显著性概率
	参数估计值 B	标准误差	β		
常数项	5.087	0.039		58.254	0.000
1	0.325	0.038	0.358	4.582	0.000
2	0.296	0.037	0.258	4.265	0.000
3	0.124	0.040	0.336	3.583	0.000
4	0.254	0.034	0.241	3.695	0.000
5	0.236	0.036	0.125	2.258	0.000
6	0.356	0.041	0.168	2.369	0.000

　　回归方程：工作满意度 = 0.358（工作本身效应）＋0.258（领导风格）＋0.336（公司管理措施和组织氛围）＋0.241（工作回报）＋0.125（人际关系和社会支持）＋0.168（工作环境和条件）。

　　由表 6-8 的 R^2 和修正的 R^2 值可以看出建立的回归方程拟合度较高，自变量的变异可以解释 79.74% 的因变量变异，表明所提出的影响因素可以解释大部分工作满意度的变化，在整个分析过程中基本没有遗失重大解释变量。

表 6-8　回归的总体效度参数表

回归方程模型	回归方程的复相关系数	R^2	修正 R^2	估计的标准误差
1	0.893	0.7974	0.7970	0.665

　　方差分析结果表明，当回归方程包含不同的自变量时，其显著性概率值均小于 0.001，拒绝总体回归系数均为 0（原假设），证明回归方程通过显著性检验，回归效果较好。

第二节　国有企业经营者控制权激励研究

一、控制权激励国内外研究

　　对控制权的研究最早始于伯利和米恩斯，他们通过实证研究，在 1932 年出版了《现代公司与私有财产》，提出了著名的"所有权和控制权分离"的命题。随后，企业史学家钱德勒在系统地研究了 19 世纪中期以后美国工商企业成长的历史后，在 1977 年出版了《看得见的手——美国的企业管理革命》，他从经济史的角度印证了伯利和米恩斯"两权分离"的命题。值得一提的是，他虽然印证了所有权和控制权及其分离的事实，但是并没有明确界定所有权和控制权。

David C. McClleland 与其合作者 David H. Burnhan 的研究比较有代表性。他们通过模拟管理场景对来自美国大公司的管理者 500 余人进行了考察，得出结论：优秀的管理者是致力于通过影响他人建立权力和善于运用权力的人，权力是重要的激励因素的结论。关于这一问题的代表作是在《哈佛商业评论》上发表的题为 *Power Is Great Motivator* 的文章。值得一提的是，这篇文章在该著名的杂志上刊载了三次，分别为 1976 年、1995 年和 2003 年。除了显示权力是重要的激励因素和研究这一问题具有理论和现实价值之外，没有其他更好的理由解释同一篇文章在同一著名的杂志上刊载三次的极其罕见的现象。Aghion 和 Tirole（1997）也研究了控制权的问题，他们从不完全契约的角度分析了权力的重要性和激励性，在界定法定权力（formal authority）和实际权力（real authority）的基础上，通过建立委托代理模型证明了正式权力的授予虽然削弱了委托人的控制权，但是能够促进代理人的积极参与，重要的是可以为代理人收集、提供有价值信息的激励，有利于组织目标的改进。在控制权问题上，Grossman 和 Hart（1986）、Harris 和 Raviv（1988，1989）、Aghion 和 Bolton（1992）将企业的收益分解为货币收益和控制权收益，但是他们的控制权是与企业所有权相关的概念。涉及非物质激励的研究人还有 Zajac 和 Westphal（1994），他们认为在 CEO 的报酬激励契约中可以将物质激励与非物质激励分开，非物质激励对 CEO 起到了重要作用。

国内学者张维迎关于控制权激励的研究接纳了西方学者的观点，认为企业的收益可以划分为两个部分，一部分是难以度量的非货币形态的收益，另一部分是容易度量的货币形态的收益，并进一步地认为非货币形态的收益与控制权相联系，故又称为控制权收益。同时他指出，国有企业的兼并障碍正是国有企业经营者控制权损失后的不可补偿性。周其仁（1996）在对横店集团的实证研究中指出，当企业控制权并不能带来对剩余价值的索取时，"控制权回报"就意味着以"继续工作权"作为国有企业经营者"努力工作"的回报，并将控制权理解为在市场上竞价出售"国有企业经营者精神和才能"的机会权，因此企业控制权构成对经营者的激励。黄群慧（2000）对国有企业经营者控制权激励做了探讨，并结合国有企业改革做了分析。

对控制权作为一种激励因素的研究还值得深入和发展，特别是对国有企业经营者的控制权、激励的存在性以及控制权收益问题的深入研究还有待继续。可以说，从控制权角度研究国有企业经营者的激励问题是目前经济学和管理学的前沿问题之一。研究控制权对国有企业经营者的激励，在理论上具有丰富激励理论的意义，在现实中具有指导企业改革和完善现代企业制度的意义。

二、控制权激励意义

控制权激励在管理学意义上验证了马斯洛层次需要理论，控制权不仅给经营者带来地位方面的心理满足，而且使经营者具有职位特权，享受职位消费，即正规报酬激励以外的物质利益满足。从管理学和行为学可知，需要是激励的前提和基础，能作为人们激励物的东西一定是人们需要的东西。国有企业经营者之所以需要控制权，是因为控制权可以带来控制权收益，控制权的激励性正是通过控制权收益体现出来的。具体地，控制权之所以能成为国有企业经营者的激励因素，是因为控制权能满足国有企业经营者三方面的需要：①它是经营者施展个人经营才能的舞台，控制权的大小决定了经营者的行为空间，它能满足经营者"自我实现"的需要，这种控制权为其潜能的发挥提供了前提条件；②它能满足经营者控制他人的愿望，或使其感觉优越于他人，感觉自己处于权威地位，这种权力需要具有积极的一面，它能激发权力主体帮助群体确定共同目标，并主动提供达到目标的途径，让群体成员感到自己是强者，其目的在于为他人或众人谋利；③使经营者具有职位特权，享受职位消费，带来显性报酬之外的隐性报酬。控制权在经济学上的重要意义来源于契约的不完备性。契约理论认为，企业是一系列契约的组合，而且，企业契约具有不完备的内生特征。这种不完备性是由环境的不确定性、人的有限理性以及信息的不完全和非对称性客观决定的。企业契约不完备性使得企业的经营决策、企业绩效的评估等不能完全事先确定，因而可接受的成本将企业要素所有者的收入和权利全部或尽可能详细地写进合同，于是产生了企业扣除要素收入后的剩余索取者是谁，以及剩余的控制权归谁的问题。这一问题亦即当不同类型的财产所有者（所谓的参与人）组成企业时，每个参与人在什么情况下干什么及得到什么并没有在契约中明确说明（杨瑞龙和周业安，1998），因而存在"企业剩余"。由于企业契约是不完备的，企业存在"企业剩余"，所以谁拥有剩余索取权就变得至关重要了，因为它能影响每个企业参与人事后讨价还价的既得利益状态（Grossman and Hart，1988）。但是，仅仅明确剩余索取权的重要性是远远不够的，因为拥有剩余索取权并不意味着一定能够实现。剩余索取权的实现需要相应的控制权作为保障。因此，对于通过契约结合为企业的各要素所有者（即企业参与者）来说，控制权的获得和实现较剩余索取权更具有根本性的意义。国有企业经营者的控制权就是决定自己和他人采取行动的权力，这种行动深刻地影响着组织的部分或全部的人力、物力和其他资源的具体使用，以及组织目标的实现。企业控制权可理解为排他性利用企业资产，特别是利用企业资产从事投资和市场营运的决策权（Grossman and Hart，1988）。这种权力实际运用的结果是，不仅可能给股东带来收益或者损失，也可能给经营者带来货币激励回报。委托人和代理人间的契约合同，其核心内容是委托人（股东）对代理人（董事会及经营层）实施激励监督机制。这种机制是通过委托人（股东）对代理人（董事会及经营层）授予控制权及收回控制权来实现的。在公司治理中，企业控制权及其授权过程和相对应的激励监督同样重要。

三、国有企业经营者控制权收益

国有企业经营者控制权的收益主要有以下几种形式：声誉地位、在职消费权力、各种津贴、货币收益、继续工作的优先权。与控制权相联系，它包括权力和自我实现带来的满足感、可享受到的有形或无形的在职消费，以及通过资源的使用和转移而得到的个人好处等。对企业控制权收益的追求可能是管理者放弃即时货币收入而希望掌握对企业的实际控制权的重要动机之一。尽管控制权及其收益的重要意义早已被经济学家认识到了，但是将其纳入正式的契约理论模型还只是近十年的事情。Grossman 和 Hart（1988），Harris 和 Raviv（1988，1989）以及 Aghion 和 Bolton（1992）等经济学家也明确地将企业收益分解为控制权收益和货币收益，并由此出发研究企业的制度安排，但是他们也没有具体阐释控制权收益的表现，这样的划分也只是为了建立模型的需要。值得庆幸的是，国内有两位经济学家对控制权及其收益已进行了有益的、深刻的研究，他们是周其仁和张维迎。周其仁（1996）是国内最早研究控制权收益的经济学家，他认为控制权收益就是"继续工作权"，或者说是"竞价出售国有企业经营者才能的机会权"。张维迎（1999b）将国有企业经营者的收益划分为控制权收益和货币收益的方法，汲取了周其仁（1996）的思想，认为国有企业重复建设和兼并重组的障碍来自于控制权的不可有偿转让性，亦即控制权损失的不可补偿性。他明确提出国有企业的经营者具有非货币性的控制权收益。但是，这两位学者也只是确定了控制权收益存在的客观性，并没有阐述控制权收益的形式和具体的实现途径。控制权收益具有独占性、不确定性和不可分割性等特性。独占性表现为控制权收益是伴随着控制权的使用而产生的，它只属于拥有控制权的国有企业经营者，不能与所有者及其他利益相关者分享。不确定性表现为，控制权收益与货币性收益相比具有明显的弹性和活动空间。在现实经济生活中，工资报酬相近的经理人，控制权使用及相应收益可能明显不同。控制权收益越高，经营者就越珍惜他的控制权。不可分割性表现为，控制权收益与控制权、货币性收益是不可分割的。虽然它们在形式上不同，但都因代理契约而产生，是一个激励"整体"。控制权收益的性质和特征表明，货币性收益和控制权收益的总和作为一个"整体"构成了对国有企业经营者的激励，而控制权的发挥是货币性收益和控制权收益的前提。由于控制权的授予和自我隐性激励机制的存在，所以控制权实际上构成了对国有企业经营者努力和贡献的一种回报。正因为不完全契约带来的控制权收益的不确定性以及这种收益的独占性，使得国有企业经营者会按照自利原则产生自我隐性激励。当国有企业经营者所掌握的控制权达到一定程度时，控制权收益的激励作用将比货币性收益的激励作用更大。

四、国有企业经营者控制权激励效应分析

国有企业经营者的控制权之所以成为国有企业经营者的激励需要，对国有企业经营者具有激励功效，是因为控制权能带来收益，更大的控制权意味着更大的收益。Grossman 和 Hart（1988）等开创了控制权理论的研究，他们和其他一些学者提出了企业收益可分解为控制权收益和货币收益两部分。张维迎（1999b）认为控制权收益主要由拥有企业控制权的人直接占有。控制权收益往往是非货币形态的收益。周其仁（1996）在对横店集团的实证研究中指出，当企业控制权并不能带来对剩余的索取时，"控制权回报"就意味着以"继续工作权"作为国有企业经营者"努力工作"的回报，并将控制权理解为在市场上竞价出售"国有企业经营者精神和才能"的机会权，因此企业控制权构成了对国有企业经营者的激励。这一逻辑内在地假定机会权就是激励因素，这里的问题是：为什么国有企业经营者愿意追逐这一机会权？从内在作用机理的角度，我们认为控制权或者机会权仍然遵从控制权收益对国有企业经营者需要的满足的逻辑，才得以成为国有企业经营者的激励因素。经营者的控制权来源于企业的所有权，或者说，他是企业所有权的一种延伸，他受所有者的监督和制约，经营者要想使自己的控制权不受威胁，必须拿出优秀的经营业绩才能最终得到所有者的信任。如果所有者对经营者丧失了信心，就会剥夺经营者的控制权，则上述的各种满足及经济报酬都会迅速消失。作为与"解雇"威胁相对存在的控制权是能够激励经营者提高工作努力程度的。

由此，可以得到控制权激励的基本逻辑：控制权需要—控制权收益—满足国有企业经营者的需要。在此基础上可以衍生出：更大的控制权—更多的控制权收益—更好地满足国有企业经营者的需要。这一逻辑过程表明，国有企业经营者在整个职业生涯阶段都会不断地追求更大的控制权，在现实中表现为：国有企业经营者更愿意控制规模更大的企业；报酬低—为平衡总效用至均衡水平—谋求控制权收益—增大在职消费，控制权收益具有隐蔽性，因此它被作为报酬机制的替代性选择；剥夺控制权—丧失控制权收益—对国有企业经营者进行惩罚，这是对国有企业经营者的负激励。

第三节 国有企业经营者声誉激励研究

一、国外学者声誉激励研究

国外学者对声誉激励的研究包括标准的声誉理论、声誉交易理论和声誉信息

理论等。自亚当·斯密开始，经济学中一直将声誉作为保证契约诚实执行的重要机制。行为学家 Deci（1972）发现物质激励会减少努力工作的人的积极性，而非物质激励，如声誉激励的可能性会小一些。最早运用博弈论来研究声誉的是 Lazear（1979），他通过一个博弈模型证明，在长期的雇佣关系中，"工龄工资"（"声誉抵押"）制度可以遏制员工的偷懒行为。由于存在着丧失未来收益的威胁，因而使双方缔结的合同能够自动实施，出于声誉的考虑，包含潜在机会主义行为的交易也会持续下去，即使每一方都意识到另一方是狭隘自利的。20 世纪 80 年代以来，以 Fama 为代表的经济学家将动态博弈理论引入委托代理关系的研究之中，论证了在多次重复代理关系的情况下，竞争、声誉等隐性激励机制能够发挥激励代理人的作用，这就充实了长期委托代理关系中激励理论的内容。在 20 世纪 70 年代博弈论被越来越多地运用到经济领域以后，有关声誉研究的经济学文献日渐丰富。但在这之前关于声誉问题的研究却一直缺乏正式的经济学模型与分析（Kreps and Wilson，1982）。Holmstrom（1982）运用 KMRW 声誉模型研究了是否允许通货膨胀。在他们的模型中，如果政府拥有私有信息，公众不知道政府喜好，那么，政府可以不选择通货膨胀来维护声誉。新制度经济学认为，重视个人声誉是一种良好的意识形态资本，这种资本可以减少社会经济生活中的道德风险，起到对人的行为的激励作用。在重复交易中，一方或者双方都能够获得关于别人能力和偏好的有价值的信息。早期学者对于声誉的研究主要是关于重复博弈方面的理论，博弈双方分别是长期和短期的利益追求者。在考虑双阶段声誉形成和多阶段声誉类型基础上，Marco（1996）建立了一个声誉模型，给出了在何种条件下博弈双方可以取得最大收益，并用模型分析了政府采取何种政策才能取得较大收益。Cole 和 Kehoe（1998）将声誉模型推广到一个领域的声誉可以对多个领域产生影响的情形。他们建立了一个政府与公众博弈模型，在其模型中，信任是重要的，政府在信贷市场的不诚信行为会损坏其在其他领域的声誉。他们的模型与标准模型不同，在标准模型中，代理人的声誉只影响其所在领域的声誉。在信贷市场中，好的声誉可以获得大量的贷款。Abreu 和 Gul（2000）基于讨价还价理论建立了一个声誉模型。他们发现讨价还价态度即博弈双方是否有足够耐心会影响最后博弈结果。Tadelis（2002）研究了市场声誉对于公司经营周期的影响，通过建立动态道德风险和逆向选择模型，得出两个结论：①市场声誉作为激励手段对于年轻和年老的代理人的激励效果差别不明显；②如果公司实体与其经营者分离，声誉的激励效应可以在经营者职业生涯中发挥作用。但公司声誉是可交换资产，这是与个人声誉的主要不同点。声誉因素对考虑长期利益的代理人可以起到隐性激励作用，声誉因素可以代替契约的显性激励作用。

　　国外学者研究特点：从人们的需要层次出发，提出激励理论依据。在实际生活中，通过观察人们的行为，用声誉理论从心理学角度解释人们的行为，并对声誉理论在经济学领域里的应用进行了研究。对于声誉理论的深入研究则是在博弈论方面，包括动态不完全信息博弈、逆向选择、信号传递、重复博弈、机制设计等。

二、国内学者声誉激励研究

国内在声誉机制方面的研究主要侧重于定性研究，对定量的研究则大多采用或推广 KMRW 重复博弈模型。张仁德和姜磊（2005）应用不完全信息动态博弈的研究方法，在理性预期的假设前提下，通过建立银行与存款人的行为声誉博弈模型，研究银行声誉对于银行挤兑的影响。梁热（2005）扩展了一个无限期重复博弈模型和一个简化的 KMRW 声誉模型，从上市公司与投资者之间的博弈入手，先后使用无限期重复博弈模型和 KMRW 声誉模型来解释上市公司声誉缺失对证券管制效率的影响。刘惠萍和张世英（2005）基于声誉理论，建立了一个关于经理人声誉机制与显性机制相结合的最优动态契约模型，以形成长期激励与短期激励相结合的激励模式，并根据分析结果得出了实现声誉有效激励的条件和提高声誉激励效应的途径。张发和宣慧玉（2005）在计算机仿真方面作了应用研究，说明声誉非对称计算方式能够抑制机会主义并促进合作。孟令国（2005）在契约方面进行的研究表明：声誉是重要的隐性激励手段。肖条军和盛昭瀚（2003）利用信号博弈理论对声誉理论进行了研究。根据低能力信号发送者是否有动机在第一时期建立声誉，得出结论：如果低能力发送者在第一时期建立声誉，则他在第二时期的最优信号更大；在第一时期的效用越小，他将在第二时期获得的效用越高。余津津（2003）在《现代西方声誉理论述评》中将现有的声誉理论研究成果归纳为标准的声誉理论、声誉交易理论、声誉信息理论及其他理论研究几个部分，总结了其基本思想与主要结论，并进行了简要评述。金永红等（2003）运用博弈论多阶段动态模型进行研究，并得出结论：受声誉影响的阶段的努力程度大于不受声誉影响的阶段的努力程度；受影响的时期越长，声誉对风险投资家的激励作用就越大，风险投资家的努力程度也就越高。李春琦（2002）对报酬、声誉和经营者长期化行为的激励以及国有企业经营者的声誉激励问题进行了研究，并提出了相应的对策和建议。李军林（2002）构建了国有企业经营者正规的声誉模型，分析了声誉（reputation）对国有企业经营者的激励效应，以及声誉与国有企业经营绩效之间的关系。张华和王玉婧（2002）认为，企业家声誉是企业家在市场上向物质资料所有者做出的一种承诺，但却并没有指出声誉形成的机制。余鑫（2002）认为，企业家声誉是由企业家获得的荣誉称号、企业家的社会地位、职业道德和所达到的业绩组成。在这个解释中，余鑫虽然指出了企业家声誉形成的过程和结果，却没有说明声誉形成的原因。

我国学者的研究具有以下几个特点。我国学者利用博弈论中相关理论,对金融领域、电子商务领域、经济学领域的相关声誉现象进行解释并在原来理论的基础上进行了拓展研究。把声誉理论用于解释风险投资家、企业家、经理、国有企业经营者的行为。但是,由于他们的研究是建立在国外理论基础之上进行的,所以,研究也是在国外的理论假设下进行的。但由于我国的市场环境、经济条件与国外不同,适度放宽或完全改变理论的假设前提是否会得出同样结论有待进一步讨论。对于声誉理论在动态演化博弈方面的研究并不多见。根据生物演化的思想,生物演化是分时期进行的,声誉的建立也是分阶段积累建立的。在这些方面,需要进一步探讨声誉理论。

三、我国国有企业经营者声誉激励的现状

在经济转轨的过程中,国有企业经营者的声誉激励面临着一些特殊的困难,极大地影响了声誉激励的效果。

(1)缺乏客观的声誉评价机制。在国有企业,由于不存在一个相对完善的职业经理人市场,作为国有资产委托人的政府主管部门虽然也尝试通过授予荣誉来激励经营者,但它们一方面是外在于企业的,很难要求它们直接对经营者的能力做出客观公正的评价;而且,它们并不是企业的终极所有者,也没有积极性和责任对经营者能力做出一个准确的评估。

(2)声誉激励与物质激励脱钩使声誉激励失效。随着市场化改革的深入,人们的报酬观念逐渐增加,而在国有企业中,即使有良好的个人声誉,经营者并不能因此获得更多的经济回报(谢薇,2008)。这对那些为企业发展做出杰出贡献、已获得良好个人声誉的经营者而言,其个人声誉并不能转化为现实的经济收入,不仅是对他们的不公,而且会导致经营者普遍不重视个人声誉,甚至认为好声誉会给其带来严重的后果。

(3)经营者缺乏长远的预期。在现实中,国有企业经营者往往对经营企业缺乏长远的预期。造成这一问题的根源在于其职业生涯的不稳定,而职业生涯的不稳定又源于经营者的非正常更替。这种非正常更替主要有两种:被提拔到政府部门任职和在企业内部权力斗争中被排挤出局。

经营者声誉不同于其他人的声誉,其与经营者所从事的经营活动、所处的社会地位有着密切的关系。在以往研究经营者声誉的文献中,对经营者声誉有着不同的评价方法。余鑫(2002)将经营者声誉分为政治声誉和职业声誉。政治声誉包括经营者政治地位、光荣称号;职业声誉包括职业道德声誉、能力业绩声誉和职业地位。其中,政治地位和职业地位又构成经营者的社会地位。王乐(2004)将经营者声誉分为个人能力、个人特质和伦理道德三个维度进行评价。其中,个

人能力主要从以下 21 个指标来评价：环境诊断能力、敏锐的洞察力、信息处理能力、丰富的想象力、独立思考能力、战略选择能力、承担不确定性能力、制造市场的能力、指挥协调能力、与他人协作的能力、金融关系能力、创造良好的企业文化、创建高素质的团队、职业威信、领导魅力、激励员工、语言表达能力、描述技巧、创建完善的交流渠道、战略调整能力和财务控制能力。孙世敏等（2006）将经营者声誉评价分为业绩评价和个人素质评价两个部分。业绩评价指标包括财务维度、顾客维度、内部业务流程维度、学习成长维度和政策性目标。财务维度主要以行业因素调整后的单位经济增加值（PEVA）来考评；顾客维度主要以顾客满意度和核心产品市场占有率两个指标来考评；内部业务流程维度主要以研究开发费用占销售额的比例、新产品销售收入比例、核心产品单位成本和售后服务及时率四个指标来评价；学习成长维度主要以高等学历员工比例、高级人才主动流失率、员工满意度和员工建议采纳率四个指标来评价；政策性目标主要以政策性目标完成率来评价。

对于经营者个人能力层面的评价，本书主要从以下六个维度进行：组织协调能力、创新能力、沟通能力、领导能力、决策能力和财务控制能力；个人素质层面的评价主要从以下四个维度进行：个人品质、职业素质、个人性格和个人特质；伦理道德层面的评价主要从以下三个维度进行：社会责任、商业伦理和职业道德；社会影响层面评价主要从以下三个维度进行：社会贡献、外界影响和自身影响。综上可得国有企业经营者声誉评价的理论模型，如图 6-1 所示。

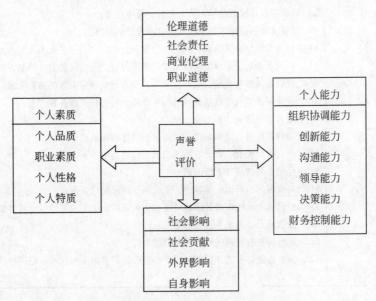

图 6-1　国有企业经营者声誉评价理论模型

四、量表设计

在指标设计的过程中，主要借鉴了经济学中的企业家理论、组织行为学中的绩效理论、心理学中的人格五大模型，以及 Burson-Marsteller 公司关于 CEO 声誉和企业声誉的调查结果等。从 CEO 的个人能力、个人素质、伦理道德和社会影响四个方面展开，并围绕着每个方面逐层分解，最终确立国有企业经营者声誉评价指标。

国有企业经营者个人能力、个人素质、伦理道德和社会影响的量表题项如表 6-9 所示。

表6-9 国有企业经营者声誉评价量表题项

变量	测量指标
个人能力	A1. 经营者具备较强的资源调配能力； A2. 经营者具备较强的统筹安排能力； A3. 经营者具备较强的想象力和分析能力； A4. 经营者具备较强的适应能力； A5. 经营者具备较强的洞察能力； A6. 经营者具备较高的公信力； A7. 经营者具备较强的自制力； A8. 经营者具备较强的学习能力和独立思考能力； A9. 经营者能够根据市场发展情况选择合适的战略； A10. 经营者能够认真听取下属的反馈意见，并对相关问题做出及时的处理； A11. 经营者能从企业战略角度出发，采用符合企业实际的财务控制方法； A12. 经营者能够与金融机构建立关系，并为企业寻求有效的融资渠道； A13. 经营者能够有效收集组织外部与业务、公司有关的各种信息； A14. 经营者语言表达能力强； A15. 经营者能够创建和维持一支高素质的管理团队； A16. 经营者能够对不合理的情况表示明确的拒绝； A17. 经营者具备培养下级的能力； A18. 经营者能协调组织与客户、供应商、政府部门关系； A19. 经营者能从组织内外部的环境变化中识别出组织发展的机会或者威胁； A20. 经营者具备调动积极性的能力； A21. 经营者具有较强的解决冲突的能力； A22. 经营者能够主动开拓市场、并根据市场需要做出相应的战略调整。

续表

变量	测量指标
个人素质	B1. 经营者具备较高的政治思想素质； B2. 经营者能够信任下属； B3. 经营者具备良好的心理素质，能够临危不乱； B4. 经营者具备远大的眼光； B5. 经营者具备较强的竞争素质； B6. 经营者处理问题能够化繁为简； B7. 经营者具备较好的身体素质； B8. 经营者能够包容异议； B9. 经营者具备坚韧的品质； B10. 经营者自信、充满才智，而且能以身作则，赢得大家的敬佩与信任； B11. 经营者具备较强的敬业精神； B12. 经营者具备高度的使命感； B13. 经营者能严以律己，对自己有正确的评价，以他人之长补自己之短； B14. 经营者正直无私； B15. 经营者乐意在工作中对下属进行言传身教； B16. 经营者充满激情、热情、乐趣； B17. 经营者有执著的信念和坚持不懈的精神，敢于面对挫折。
伦理道德	C1. 经营者具有正确的经营理念； C2. 经营者坚持可持续发展原则； C3. 经营者热心公益事业； C4. 经营者关心环境； C5. 经营者热心解决就业问题； C6. 经营者关心员工； C7. 经营者具备强烈的责任感； C8. 经营者坚持公平的原则； C9. 经营者具备合作精神； C10. 经营者乐意承担决策风险和行动后果，勇于承担责任； C11. 经营者努力满足客户的需要，让客户满意。
社会影响	D1. 经营者具有较高知名度； D2. 经营者经常获得国家、省市、地区的表彰奖励； D3. 经营者重视企业的社会贡献； D4. 经营者经常被作为学习榜样； D5. 经营者姓名在相关媒体上出现频率较高； D6. 媒体对经营者的评价较好； D7. 经营者注重环境保护； D8. 经营者重视企业对国家的利税贡献； D9. 经营者为社会解决就业问题； D10. 经营者具备较强的个人魅力。

五、预试

在研究的四个维度的量表题项设计完成之后，把所有的四份量表初稿合在一起编制成问卷的初稿。问卷的结构包括三个部分：第一部分是问卷介绍和有关说明；第二部分是填写者的基本资料；第三部分为四份量表初稿。在正式发放问卷之前，先邀请了五位具有代表性的试测者进行前测，其中包括两位部门主管、两位基层员工、一位总经理，主要了解被测者对题项的理解是否与本书所要表达的意思相一致，以及检查问卷中的语义和语句是否存在错误。检查无误后确定该问卷为问卷初稿，开始进行问卷预试工作。为使预试的对象和研究的范围保持一致，故选择了西安理工大学工商管理学院 MBA 班在国有企业工作的学员，这些学员大部分都是各自企业的主管，具有一定的代表性。同时还选择了陕西重型汽车集团有限公司、西安西电变压器有限公司、秦川机械发展股份有限公司的部分领导和员工。预试问卷共计发放了 195 份，回收 168 份，回收率 86.2%，其中有 4 份填写不完整，一份有空白页，实际回收有效问卷 163 份，有效回收率 83.6%。

六、因子分析与信度分析

预试问卷回收后必须经过科学的统计分析才能形成正式问卷。本书的分析工具使用专业的统计软件包 SPSS17.0，运行环境是 Windows XP 操作系统。

（一）个人能力题项因子分析与信度分析

（1）因子分析。数据录入后，运用 SPSS17.0 进行统计分析，KMO 样本测度的结果为 KMO 值等于 $0.700 = 0.7$[①]；Bartlett's 球体检验的输出结果为显著性概率小于 0.001，表明数据适合作因子分析。从图 6-2 可以看出，对于个人能力量表

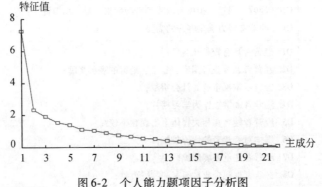

图 6-2　个人能力题项因子分析图

---

① KMO 在 0.9 以上，非常适合作因子分析；0.8~0.9，很适合；0.7~0.8，适合；0.6~0.7，不太适合；0.5~0.6，很勉强；0.5 以下，不适合。参见马庆国.2003.管理统计.北京：科学出版社.320

题项而言，从第 7 个因子以后，曲线基本平坦，因而保留 7 个因子较为适宜。解释的变异数——转轴后数据如表 6-10 所示。

表 6-10 整体解释的变异数——转轴后的数据

因子	初始特征值			提取因子载荷平方和			旋转后因子载荷平方和		
	总量	占总方差比例/%	累计比例/%	总量	占总方差比例/%	累计比例/%	总量	占总方差比例/%	累计比例/%
1	7.251	32.959	32.959	7.251	32.959	32.959	4.959	22.539	22.539
2	2.330	10.593	43.552	2.330	10.593	43.552	2.709	12.314	34.853
3	1.913	8.697	52.249	1.913	8.697	52.249	2.271	10.321	45.174
4	1.530	6.953	59.202	1.530	6.953	59.202	2.205	10.021	55.195
5	1.408	6.398	65.600	1.408	6.398	65.600	1.696	7.711	62.906
6	1.108	5.038	70.638	1.108	5.038	70.638	1.419	6.450	69.356
7	1.051	4.779	75.417	1.051	4.779	75.417	1.333	6.061	75.417

注：提取方法为主成分分析法。

表 6-11 个人能力题项因子检验——正交旋转后因子负荷矩阵（1）

题项编号	因子						
	1	2	3	4	5	6	7
A21	0.837	0.213		-0.148			0.163
A1	0.747	0.229		0.267	-0.184		0.151
A2	0.736			-0.203	0.163		
A18	0.731	0.221			0.342		-0.154
A9	0.726	0.196	0.253			-0.118	0.113
A19	0.624	0.382	0.315	0.277	0.115	-0.109	0.248
A22	0.518			-0.288	-0.419	0.343	0.170
A17	0.475	0.267		0.348			-0.452
A5	0.271	0.843	0.155			0.150	
A8	0.381	0.684			0.334	0.205	-0.131
A13	0.198	0.676	0.337		-0.392		0.166
A10			0.889			-0.203	
A14	0.406	0.203	0.623		-0.284	0.310	
A16	0.451	0.451	0.571	0.151			0.126
A7	0.464	0.115	0.490		0.409	0.343	
A15		-0.228		0.876			
A20		0.455	-0.120	0.682		-0.136	

续表

题项编号	因子						
	1	2	3	4	5	6	7
A6	−0.156		0.118	0.663	−0.113	0.243	0.486
A11	0.166				0.831	0.111	0.110
A12		0.236	−0.135	0.115	0.778	0.489	
A4	0.396	0.274	−0.284	0.199	0.225	−0.449	0.321
A13	0.396	0.139	0.216	0.127	0.107	−0.109	0.721

从表6-11可以看出，题项A17、A7、A4的因子负荷量均低于0.5，同时A13虽然因子负荷量较高，但是该题项所在因子的题项数少于两个，所以予以删除，进行第二次因子分析，结果如表6-12所示。表6-12显示，第二次因子分析后得到6个因子，方差解释率为76.705%，方差解释率良好。逐一检查因子负荷，未发现不合适题项，结构趋于稳定。因此，可作为衡量个人能力的最终量表，并对得到的六个因子构面分别命名。构面一为组织协调能力，包括调配资源能力、统筹安排能力、解决冲突能力和关系协调能力四个指标；构面二为创新能力，包括独立思考能力、想象力和洞察能力三个指标；构面三为沟通能力，包括语言表达能力、倾听能力和拒绝能力三个指标；构面四为领导能力，包括创建高素质管理团队、激励员工和职业威信三个指标；构面五为决策能力，包括环境诊断能力、战略选择能力和战略调整能力三个指标；构面六为财务管理能力，包括财务控制能力和金融关系能力两个指标。

表6-12 个人能力题项因子检验——正交旋转后因子负荷矩阵（2）

题项编号	因子					
	1	2	3	4	5	6
A1	0.852	0.187	−0.128	0.12		0.106
A2	0.794	0.259	0.297		−0.176	−0.134
A21	0.751	0.229			0.377	
A18	0.706		−0.242	0.135	0.129	0.17
A8	0.289	0.834		0.169		0.166
A3	0.422	0.693			0.35	0.19
A5	0.188	0.652		0.398	−0.397	
A14		−0.186	0.865		0.105	
A10	−0.106		0.775	0.18	−0.123	0.218
A16		0.486	0.637	−0.13		−0.112
A15				0.893		−0.209
A20	0.394	0.144		0.666	−0.272	0.324

题项编号	因子					
	1	2	3	4	5	6
A6	0.469	0.428	0.148	0.598	0.114	
A19		0.384	0.296	0.335	0.662	−0.111
A9	−0.499		−0.231	0.123	0.511	0.314
A22		0.205		0.237	0.73	−0.118
A11	0.198				0.165	0.803
A12		0.185	0.107		0.127	0.878

（2）信度分析。问卷的信度反映问卷测量结果的可靠性。采用克伦巴赫一致性系数检验问卷的信度。一般来说，一份信度系数好的量表，总量表的信度系数 α 最好在0.8以上，0.7~0.8属于可以接受的范围；对于分量表，信度系数 α 最好在0.7以上，0.6~0.7属于可以接受的范围。从表6-13可看出，各个构面的 α 值均在可接受范围内，达到要求，也就是说问卷的信度良好。

表6-13　个人能力题项各个构面因子的 α 系数

构面	指标	题项编号	α 系数	构面	指标	题项编号	α 系数
组织协调能力	资源调配能力	A1	0.8381	决策能力	战略调整能力	A22	0.7842
	统筹安排能力	A2		创新能力	独立思考能力	A8	0.7633
	解决冲突能力	A21			想象力	A3	
	关系协调能力	A18			洞察能力	A5	
沟通能力	语言表达能力	A14	0.7128	领导能力	创新高素质管理团队	A15	0.7418
	倾听能力	A10			激励员工	A20	
	拒绝能力	A16			职业威信	A6	
决策能力	环境诊断能力	A19	0.7842	财务管理能力	财务控制能力	A11	0.7579
	战略选择能力	A9			金融关系能力	A12	

（二）个人素质题项因子分析与信度分析

（1）因子分析。数据录入后，运用SPSS17.0进行统计分析，KMO样本测度的结果为KMO值等于0.721＞0.7；Bartlett's球体检验的输出结果为显著性概率小于0.001，表明数据适合作因子分析。从图6-3可以看出，对于个人素质量表题项而言，从第5个因子以后，曲线基本平坦，因而保留5个因子较为适宜。同时由表6-14可以看出旋转后的特征值大于1的因子为3个，依Kaiser的准则，均可提取5个因子，方差解释率为68.519%，方差解释率良好。由表6-15可以看出，题项 B1 因子负荷量均小于 0.5，B16 虽然因子负荷量较高，但是该题项所在因子的题项数少于两个，所以予以删除，进行第二次因子分析，结果如表 6-16 所示。表 6-16 显示，第二次因子分析后得到四个因子，方差解释率为 71.610%，方差解释率良好。逐一检查因子负荷，未发现不合适题项，结构趋于稳定。因此，可作为衡量个人能力的最终量表，并对得到的 4 个因子构面分别进行命名。构面一为个人品质，包括坚韧品质、以身作则、敬业精神、正直无私和责任意识 5 个指标；构面二为职业素质，包括信任下属、临危不乱、目光远大、化繁为简和包容异议 5 个指标；构面三为个人性格，包括竞争性、使命感和严于律己 3 个指标；构面四为个人特质，包括身体素质和外向性指标。

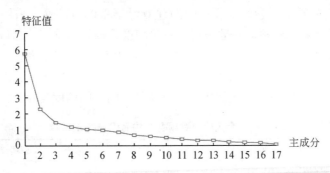

图 6-3　个人素质题项因子分析图

表 6-14　整体解释的变异数——转轴后的数据

因子	初始特征值			提取因子载荷平方和			旋转后因子载荷平方和		
	总量	占总方差比例/%	累计比例/%	总量	占总方差比例/%	累计比例/%	总量	占总方差比例/%	累计比例/%
1	5.719	33.643	33.643	5.719	33.643	33.643	3.255	19.148	19.148
2	2.286	13.446	47.089	2.286	13.446	47.089	2.814	16.551	35.699
3	1.463	8.603	55.692	1.463	8.603	55.692	2.457	14.454	50.153
4	1.171	6.891	62.583	1.171	6.891	62.583	1.953	11.490	61.643
5	1.009	5.936	68.519	1.009	5.936	68.519	1.169	6.876	68.519

注：提取方法为主成分分析法。

表 6-15　个人素质题项因子检验——正交旋转后因子负荷矩阵(1)

题项编号	因子				
	1	2	3	4	5
B11	0.828	0.191	0.110		
B15	0.784		0.310	-0.108	
B14	0.761		0.164	0.232	0.162

题项编号	因子				
	1	2	3	4	5
B9	0.749			0.254	
B10	0.612	0.149		0.600	
B2		0.818	-0.252		-0.179
B3	0.317	0.681	0.272	0.137	
B4	-0.105	0.671		0.112	0.135
B6		0.605	0.355	0.401	0.107
B8	0.114	0.576	0.383	0.367	-0.171
B1	0.401	0.450	0.347	0.155	0.201
B13	0.193		0.800		
B12	0.253		0.754		0.192
B5		0.317	0.547	0.241	-0.247
B17		0.140		0.773	
B7	0.157	0.287	0.520	0.668	
B16	0.101				0.939

表 6-16 个人素质题项因子检验——正交旋转后因子负荷矩阵(2)

题项编号	因子			
	1	2	3	4
B11	0.836	0.193	0.110	
B14	0.788		0.154	0.206
B15	0.768		0.312	
B9	0.724			0.283
B10	0.622	0.140		0.597
B2		0.838	-0.235	
B3	0.304	0.670	0.286	0.162
B4		0.656		0.115
B6	0.102	0.592	0.361	0.392
B8		0.572	0.396	0.388
B13	0.193		0.800	
B12	0.285		0.748	
B5		0.301	0.558	0.295
B17	0.103	0.139		0.761
B7	0.154	0.275	0.522	0.675

（2）信度分析。由表6-17可看出，各个构面的 α 值均在可接受范围内，基本达到要求，说明问卷的信度良好。

表 6-17　个人素质题项各个构面因子的 α 系数

构面	指标	题项编号	α 系数	构面	指标	题项编号	α 系数
个人品质	坚韧品质	B9	0.8480	职业素质	信任下属	B2	0.7827
	以身作则	B10			临危不乱	B3	
	敬业精神	B11			目光远大	B4	
	正直无私	B14			化繁为简	B6	
	责任意识	B15			包容异议	B8	
个人性格	竞争性	B5	0.6435	个人特质	身体素质	B7	0.6399
	使命感	B12			外向性	B17	
	严于律己	B13					

（三）伦理道德题项因子分析与信度分析

（1）因子分析。数据录入后，运用 SPSS17.0 进行统计分析，KMO 样本测度的结果为 KMO 值等于 0.711 > 0.7；Bartlett's 球体检验的显著性概率小于 0.001，表明数据适合作因子分析。由图 6-4 可以看出对于伦理道德量表题项而言，从第3 个因子以后，曲线基本平坦，因而保留 3 个因子较为适宜。同时由表 6-18 可以看出旋转后的特征值大于 1 的因子为 3 个，依 Kaiser 准则，均可提取 3 个因子，方差解释率为 66.810%，方差解释率良好，具体分析结果如表 6-19 所示。由表6-19 可以看出，题项 C10 的因子负荷量低于 0.5，予以删除，进行第二次因子分析，结果如表 6-20 所示。表 6-20 显示，第二次因子分析后得到 3 个因子，方差解释率为 67.875%，方差解释率良好。逐一检查因子负荷，未发现不合适题项，结构趋于稳定。因此，可作为衡量伦理道德的最终量表，并对得到的三个因子构面分别进行命名。构面一为社会责任，包括坚持可持续发展原则、热心公益事业、关心环境和解决就业问题 4 个指标；构面二为商业伦理，包括关心员工、合作精神、正确的经营理念和关心客户 4 个指标；构面三为职业道德，包括责任感和公平原则两个指标。

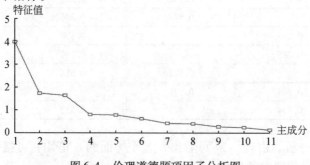

图 6-4　伦理道德题项因子分析图

表 6-18 整体解释的变异数——转轴后的数据

因子	初始特征值			提取因子载荷平方和			旋转后因子载荷平方和		
	总量	占总方差比例/%	累计比例/%	总量	占总方差比例/%	累计比例/%	总量	占总方差比例/%	累计比例/%
1	3.983	36.208	36.208	3.983	36.208	36.208	2.984	27.126	27.126
2	1.736	15.778	51.986	1.736	15.778	51.986	2.635	23.956	51.082
3	1.630	14.823	66.809	1.630	14.823	66.809	1.730	15.728	66.810

注：提取方法为主成分分析法。

表 6-19 伦理道德题项因子检验——正交旋转后因子负荷矩阵（1）

题项编号	因子		
	1	2	3
C3	0.827	0.235	
C4	0.827	0.137	0.121
C2	0.747		−0.112
C5	0.746		
C10	0.301	0.199	−0.291
C11	0.266	0.796	
C9	0.228	0.740	0.287
C6	−0.130	0.736	0.105
C7	0.228		0.808
C8	−0.106		0.751
C1	0.455	0.422	−0.546

表 6-20 伦理道德题项因子检验——正交旋转后因子负荷矩阵（2）

题项编号	因子		
	1	2	3
C3	0.826	0.237	
C4	0.811	0.118	0.196
C2	0.759		−0.114
C5	0.751		
C11	0.287	0.826	

续表

题项编号	因子		
	1	2	3
C1	0.297	0.796	−0.214
C9	0.219	0.731	0.319
C6	−0.136	0.730	0.134
C8	−0.152		0.839
C7	0.212		0.768

（2）信度分析。由表6-21看出，各个构面的α系数均在可接受范围内，基本达到要求，说明问卷的信度良好。

表6-21 伦理道德题项各个构面因子的α系数

构面	指标	题项编号	α系数
社会责任	关心环境	C4	0.8191
	坚持可持续发展原则	C2	
	热心公益事业	C3	
	解决就业问题	C5	
商业伦理	关心员工	C6	0.7972
	合作精神	C9	
	正确的经营理念	C1	
	关心客户	C11	
职业道德	责任感	C7	0.7233
	公平原则	C8	

（四）社会影响题项因子分析与信度分析

（1）因子分析。数据录入后，运用SPSS17.0进行统计分析，KMO样本测度的结果为KMO值等于0.701 > 0.7；Bartlett's球体检验的输出结果为显著性概率小于0.001，表明数据适合作因子分析。

由图6-5可以看出，对于伦理道德量表题项而言，从第3个因子以后，曲线基本平坦，因而保留3个因子较为适宜。同时由表6-22可以看出旋转后的特征值大于1的因子有3个，依Kaiser的准则，均可提取3个因子，方差解释率为76.019%，方差解释率良好，具体分析结果如表6-23所示。表6-23显示，因子分析后得到3个因子，逐一检查因子负荷，未发现不合适题项，结构趋于稳定。因此，可作为衡量伦理道德的最终量表，并对得到的3个因子构面分别进行命名。构面一为社会贡献，包括解决就业问题、重视利税贡献、投身社会公益事业和保护环境四个指标；构面二为外界影响，包括知名度、表彰奖励、媒体评价和政治影响四个指标；构面三为自身影响，包括学习榜样和个人魅力两个指标。

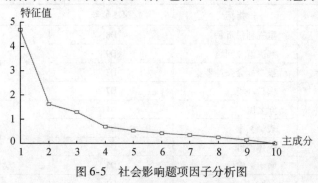

图 6-5 社会影响题项因子分析图

表 6-22 整体解释的变异数——转轴后的数据

因子	初始特征值			提取因子载荷平方和			旋转后因子载荷平方和		
	总量	占总方差比例/%	累计比例/%	总量	占总方差比例/%	累计比例/%	总量	占总方差比例/%	累计比例/%
1	4.694	46.943	46.943	4.694	46.943	46.943	2.643	26.435	26.435
2	1.624	16.238	63.180	1.624	16.238	63.180	2.613	26.128	52.563
3	1.284	12.839	76.019	1.284	12.839	76.019	2.346	23.456	76.019

注：提取方法为主成分分析法。

表 6-23 社会影响题项因子检验——正交旋转后因子负荷矩阵

题项编号	因子		
	1	2	3
D8	0.849	0.144	0.122
D9	0.832	0.150	0.200
D7	0.780	0.319	
D3	0.547	0.192	0.373
D1	0.150	0.839	
D5	0.109	0.807	0.355
D2	0.264	0.754	
D6	0.406	0.694	0.400
D4	0.163	0.111	0.966
D10	0.154	0.132	0.896

（2）信度分析。由表 6-24 看出，各个构面的 α 系数均大于 0.7，达到要求，说明问卷的信度良好。通过前面的研究分析工作，可以从经营者个人能力、个人素质、伦理道德和社会影响四个层面得到国有企业经营者声誉评价的正式量表。量表的设计过程科学严谨，效果比较理想。本书在预试问卷的基础上，结合科学的统计分析形成正式问卷。表 6-25 为本书所用到的各个维度量表的信度。

表6-24　社会影响题项各个构面因子的 α 系数

构面	指标	题项编号	α 系数
社会贡献	重视利税贡献	D8	0.8108
	解决就业问题	D9	
	投身社会公益事业	D3	
	保护环境	D7	
外界影响	知名度	D1	0.7594
	表彰奖励	D2	
	媒体评价	D6	
	政治影响	D5	
自身影响	学习榜样	D4	0.9287
	个人魅力	D10	

表6-25　本书所用到的量表的信度

量表	构面	内部一致性系数 α 值	量表	构面	内部一致性系数 α 值
个人能力	组织协调能力	0.8381	伦理道德	职业道德	0.7233
	创新能力	0.7633	个人素质	个人品质	0.8480
	沟通能力	0.7128		职业素质	0.7827
	领导能力	0.7418		个人性格	0.6435
	决策能力	0.7842		个人特质	0.6399
	财务管理能力	0.7579	社会影响	社会贡献	0.8108
伦理道德	社会责任	0.8191		外界影响	0.7594
	商业伦理	0.7972		自身影响	0.9287

七、验证性因子分析

本书运用 AMOS7.0 统计分析软件作为处理工具，分析所搜集到的数据，采用验证性因子分析（confirmatory factor analysis，CFA）方法来验证模型中各构面的信度、聚敛效度（convergent validity）和区别效度（discriminant validity），以及模型与数据之间的拟合优度。

（一）个人能力测量模型的验证性因子分析

运用 AMOS7.0 统计分析软件进行数据处理，个人能力测量模型的标准化参数图如图 6-6 所示。

数据处理结果如表 6-26 和表 6-27 所示。由表 6-26 和表 6-27 可以了解个人能力测量模型六个构面的信度、效度和测量模型的拟合优度。

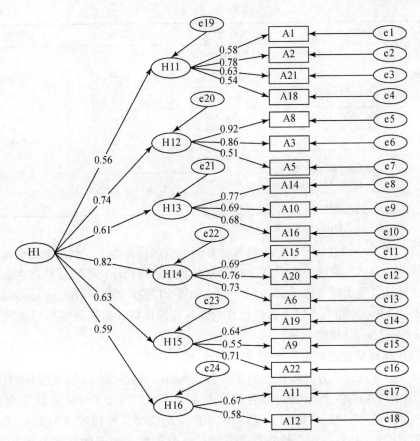

图 6-6 个人能力测量模型的标准化参数图

表 6-26 个人能力测量模型的结构分析

构面与题项		因子负荷	平均萃取变量	α 信度
组织协调能力	A1	0.58 ***	0.64	0.8381
	A2	0.78 ***		
	A21	0.63 ***		
	A18	0.54 ***		
创新能力	A8	0.92 ***	0.58	0.7633
	A3	0.86 ***		
	A5	0.51 ***		
沟通能力	A14	0.77 ***	0.52	0.7128
	A10	0.69 ***		
	A16	0.68 ***		

续表

构面与题项		因子负荷	平均萃取变量	α 信度
领导能力	A15	0.69 ***	0.63	0.7418
	A20	0.76 ***		
	A6	0.73 ***		
决策能力	A19	0.64 ***	0.65	0.7842
	A9	0.55 ***		
	A22	0.71 ***		
财务管理能力	A11	0.67 ***	0.68	0.7579
	A12	0.58 ***		

注：*** 表示 $p < 0.001$。

（1）内部一致性信度：由 α 信度栏看到，组织协调能力、创新能力、沟通能力、领导能力、决策能力和财务管理能力六个构面的 Cronbach's α 值都在 0.7 以上，达到可接受水准（Nunnally，1978），且平均萃取变量（average variance extracted，AVE）均在 0.5 以上，显示其内部一致性良好，符合研究所要求的水平（Bagozzi and Yi，1988）。

（2）模型拟合度：由表 6-27 可知，卡方值不显著（$p > 0.001$），说明模型可以接受。并且，平方平均残差的平方根（RMR）值小于 0.05，近似误差的平方根（RMSEA）小于 0.08，拟合优度指数（GFI）大于 0.8，增量拟合指数（IFI）为 0.9，比较拟合指数（CFI）值和修正的拟合优度指数（AGFI）十分接近 0.9。因此，从各项拟合指标综合来看，测量模型与观测数据间无显著差异，模型拟合度良好。

表 6-27　个人能力测量模型的验证性因子分析拟合指数

拟合指标	卡方值/自由度	近似误差的平方根（RMSEA）	拟合优度指数（GFI）	修正的拟合优度指数（AGFI）	比较拟合指数（CFI）	增量拟合指数（IFI）	平方平均残差的平方根（RMR）
数值	2.086	0.065	0.886	0.868	0.898	0.900	0.025

（二）个人素质测量模型的验证性因子分析

运用 AMOS7.0 统计分析软件进行数据处理，个人素质模型的标准化参数图如图 6-7 所示。数据处理结果如表 6-28 和表 6-29 所示。由表 6-28 和表 6-29 可以了解个人素质测量模型四个构面的信度、效度和测量模型的拟合优度。

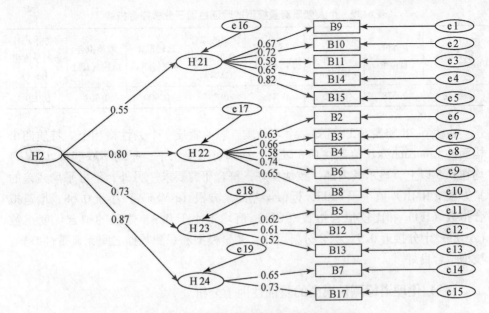

图 6-7 个人素质测量模型的标准化参数图

表 6-28 个人素质测量模型的结构分析

构面与题项		因子负荷	平均萃取变量	α 信度
个人品质	B9	0.67 ***	0.57	0.8480
	B10	0.72 ***		
	B11	0.59 ***		
	B14	0.65 ***		
	B15	0.82 ***		
职业素质	B2	0.63 ***	0.63	0.7827
	B3	0.66 ***		
	B4	0.58 ***		
	B6	0.74 ***		
	B8	0.65 ***		
个人性格	B5	0.62 ***	0.65	0.6435
	B12	0.61 ***		
	B13	0.52 ***		
个人特质	B7	0.65 ***	0.58	0.6399
	B17	0.73 ***		

注：*** 表示 $p < 0.001$。

表6-29 个人素质测量模型的验证性因子分析拟合指数

拟合指标	卡方值/自由度	近似误差的平方根（RMSEA）	拟合优度指数（GFI）	修正的拟合优度指数（AGFI）	比较拟合指数（CFI）	增量拟合指数（IFI）	平方平均残差的平方根（RMR）
数值	2.578	0.076	0.846	0.857	0.900	0.909	0.039

由表6-28和表6-29可知，个人品质、职业素质、个人性格和个人特质四个构面的Cronbach's α值都在0.6以上，达到可接受水平；平均萃取变量（AVE）均在0.5以上，显示其内部一致性良好，符合研究要求。另外，平方平均残差的平方根（RMR）值小于0.05，近似误差的平方根（RMSEA）小于0.08，增量拟合指数（IFI）和比较拟合指数（CFI）值均不小于0.9，修正的拟合优度指数（AGFI）十分接近0.9。综合分析可知，测量模型和观测数据之间无显著性差异，模型拟合良好。

（三）伦理道德测量模型的验证性因子分析

运用AMOS7.0统计分析软件进行数据处理，伦理道德模型的标准化参数图如图6-8所示。数据处理结果如表6-30和表6-31所示。由表6-30和表6-31可以了解伦理道德测量模型三个构面的信度、效度和测量模型的拟合优度。由表6-30中α信度一栏可知，社会责任、商业伦理和职业道德三个构面的Cronbach's α值都在0.7以上，达到可接受水平；平均萃取变量（AVE）均在0.5以上，显示其内部一致性良好，符合研究要求。另外，平方平均残差的平方根（RMR）值小于0.05，近似误差的平方根（RMSEA）小于0.08，比较拟合指数（CFI）和增

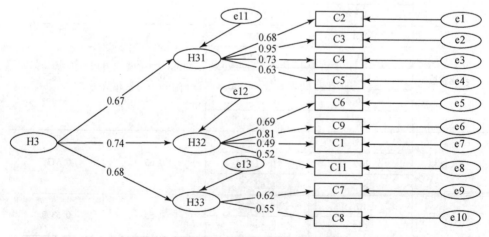

图6-8 伦理道德测量模型的标准化参数图

量拟合指数（IFI）值均大于0.9，修正的拟合优度指数（AGFI）十分接近0.9。综合分析，测量模型和观测数据之间无显著性差异，模型拟合良好。

表6-30 伦理道德测量模型的结构分析

构面与题项		因子负荷	平均萃取变量	α 信度
社会责任	C2	0.68 ***	0.63	0.8191
	C3	0.95 ***		
	C4	0.73 ***		
	C5	0.63 ***		
商业伦理	C6	0.69 ***	0.57	0.7972
	C9	0.81 ***		
	C1	0.49 ***		
	C11	0.52 ***		
职业道德	C7	0.62 ***	0.61	0.7233
	C8	0.55 ***		

注：*** 表示 $p < 0.001$。

表6-31 伦理道德测量模型的验证性因子分析拟合指数

拟合指标	卡方值/自由度	近似误差的平方根（RMSEA）	拟合优度指数（GFI）	修正的拟合优度指数（AGFI）	比较拟合指数（CFI）	增量拟合指数（IFI）	平方平均残差的平方根（RMR）	拟合指标
数值	2.705	0.078	0.876	0.869	0.901	0.903	0.022	0.071

（四）社会影响测量模型的验证性因子分析

运用 AMOS7.0 统计分析软件进行数据处理，社会影响模型的标准化参数图如图6-9所示。数据处理结果见表6-32和表6-33。由表6-32和表6-33可以了解社会影响测量模型三个构面的信度、效度和测量模型的拟合优度。由表6-32中 α 信度一栏可知，社会贡献、外界影响和自身影响三个构面的 Cronbach's α 值都在0.7以上，达到可接受水平；平均萃取变量（AVE）均在0.5以上，显示其内部一致性良好，符合研究要求。同时，RMR 值小于0.05，RMSEA 值小于0.08，GFI 值、CFI 值和 AGFI 值十分接近0.9。综合分析，测量模型和观测数据之间无显著性差异，模型拟合良好。

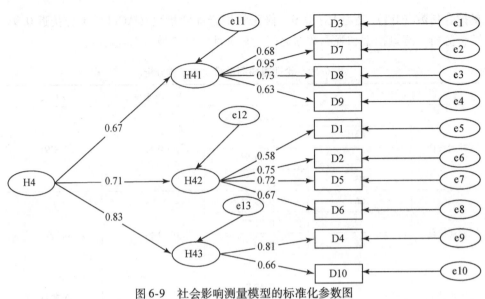

图 6-9　社会影响测量模型的标准化参数图

表 6-32　社会影响测量模型的结构分析

构面与题项		因子负荷	平均萃取变量	α 信度
社会贡献	D3	0.68 ***	0.65	0.8108
	D7	0.95 ***		
	D8	0.73 ***		
	D9	0.63 ***		
外界影响	D1	0.58 ***	0.53	0.7594
	D2	0.75 ***		
	D5	0.72 ***		
	D6	0.67 ***		
自身影响	D4	0.81 ***	0.69	0.9287
	D10	0.66 ***		

注：*** 表示 $p < 0.001$。

表 6-33　社会影响测量模型的验证性因子分析拟合指数

拟合指标	卡方值/自由度	近似误差的平方根（RMSEA）	拟合优度指数（GFI）	修正的拟合优度指数（AGFI）	比较拟合指数（CFI）	增量拟合指数（IFI）	平方平均残差的平方根（RMR）	拟合指标
数值	2.721	0.072	0.852	0.866	0.868	0.901	0.035	0.057

（五）国有企业经营者声誉评价测量模型的验证性因子分析

数据处理结果如表 6-34 和表 6-35 所示。由表 6-34 和表 6-35 可以了解声誉评价测量模型四个构面的信度、效度和测量模型的拟合优度。由表 6-34 中 α 信度一栏可知，个人能力、个人素质、伦理道德和社会影响四个构面的 Cronbach's α 值都在 0.7 以上，达到可接受水平；平均萃取变量（AVE）均在 0.5 以上，显示其内部一致性良好，符合研究要求。另外，平方平均残差的平方根（RMR）值小于 0.05，近似误差的平方根（RMSEA）小于 0.08，比较拟合指数（CFI）和增量拟合指数（IFI）值均大于 0.9，修正的拟合优度指数（AGFI）十分接近 0.9。综合分析，测量模型和观测数据之间无显著性差异，模型拟合良好。

表 6-34　声誉评价测量模型的结构分析

量表	构面	因子负荷	平均萃取变量	α 信度
个人能力	组织协调能力	0.57 ***	0.63	0.8076
	创新能力	0.79 ***		
	沟通能力	0.64 ***		
	领导能力	0.68 ***		
	决策能力	0.59 ***		
	财务管理能力	0.63 ***		
个人素质	个人品质	0.83 ***	0.54	0.7983
	职业素质	0.62 ***		
	个人性格	0.73 ***		
	个人特质	0.71 ***		
伦理道德	社会责任	0.61 ***	0.62	0.8991
	商业伦理	0.74 ***		
	职业道德	0.68 ***		
社会影响	社会贡献	0.86 ***	0.69	0.9003
	外界影响	0.71 ***		
	自身影响	0.58 ***		

注：*** 表示 $p < 0.001$。

表 6-35　声誉评价测量模型的验证性因子分析拟合指数

拟合指标	卡方值/自由度	近似误差的平方根（RMSEA）	拟合优度指数（GFI）	修正的拟合优度指数（AGFI）	比较拟合指数（CFI）	增量拟合指数（IFI）	平方平均残差的平方根（RMR）
数值	2.117	0.067	0.886	0.905	0.918	0.911	0.032

　　本章对声誉评价的四个维度进行验证性因子分析，主要是对国有企业经营者声誉评价指标体系进行模型验证，以保证指标的有效性。前面对声誉评价的四个维度分别进行验证性因子分析，通过结构方程建模，用 AMOS7.0 统计分析软件进行模型的拟合度验证，发现模型拟合度良好，说明指标是有效的。在前面研究的基础上，将国有企业经营者个人能力、个人素质、伦理道德、社会影响这四个维度结合起来验证其有效性，同理进行验证性因子分析，结果显示模型拟合度良

好，证明了四个维度的有效性。

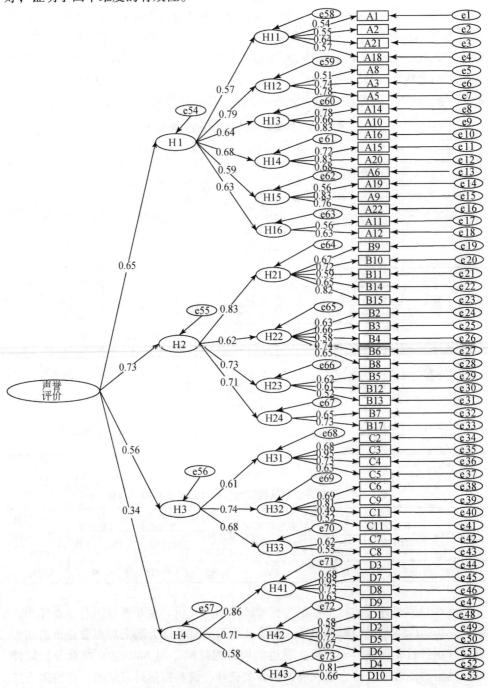

图6-10 声誉评价测量模型的标准化参数图

图6-10是国有企业经营者声誉评价测量模型的标准化参数图，该模型从声

誉评价的四个维度出发，将声誉评价体系进行建模，通过 AMOS7.0 统计分析软件进行模型验证，结果显示模型拟合度良好，证明了指标选取的有效性。图中变量的选取和前面的研究保持了一致，所有的数据均来自国有企业经营者声誉评价调查问卷的调查数据，与前面的研究在数据选取上保持了一致。

八、国有企业经营者声誉评价指标权重的设计

本书在问卷编制阶段已经完成了指标的设计工作，本节主要对设计好的指标设计具体权重，主要采用层次分析法（AHP），通过建立数学模型来确定每个指标的权重，结果如表 6-36 所示。

表 6-36　声誉评价指标权重

一级指标	二级指标	三级指标		一级指标	二级指标	三级指标	
个人能力 30%	组织协调能力 15%	资源调配能力	25%	伦理道德 20%	职业道德 30%	责任感	50%
		统筹安排能力	25%			公平原则	50%
		解决冲突能力	25%		个人品质 25%	坚韧品质	20%
		关系协调能力	25%			以身作则	20%
	创新能力 19%	独立思考能力	40%			敬业精神	20%
		想象力	30%			正直无私	20%
		洞察能力	30%			责任意识	20%
	沟通能力 14%	语言表达能力	30%	个人素质 25%	职业素质 25%	信任下属	20%
		倾听能力	30%			临危不乱	20%
		拒绝能力	40%			目光远大	20%
	领导能力 16%	创建高素质管理团队	40%			化繁为简	20%
		激励员工	30%			包容异议	20%
		职业威信	30%		个人性格 25%	竞争性	35%
	决策能力 18%	环境诊断能力	40%			使命感	35%
		战略选择能力	30%			严于律己	30%
		战略调整能力	30%		个人特质 25%	身体素质	50%
	财务管理能力 18%	财务控制能力	50%			外向性	50%
		金融关系能力	50%	社会影响 25%	社会贡献 35%	重视利税贡献	25%
伦理道德 20%	社会责任 35%	关心环境	25%			解决就业问题	25%
		坚持可持续发展原则	25%			投身社会公益事业	25%
		热心公益事业	25%			保护环境	25%
		解决就业问题	25%		外界影响 35%	知名度	25%
	商业伦理 35%	关心员工	25%			表彰奖励	25%
		合作精神	25%			媒体评价	25%
		正确的经营理念	25%			政治影响	25%
		关心客户	25%		自身影响 30%	学习榜样	50%
						个人魅力	50%

九、国有企业经营者声誉评价标准设计

(一)个人能力维度的评价标准

个人能力维度的评价等级如表6-37所示。为简单起见，所有评价等级评分均采取百分制，定量指标的评分均按照区间值均匀分布计算。个人能力维度的评价标准如表6-38所示。

表6-37　个人能力维度的评价等级

一级指标	二级指标	三级指标	评价标准				
个人能力	组织协调能力	资源调配能力	强（100）	较强（80）	一般（60）	较弱（40）	弱（10）
		统筹安排能力	强（100）	较强（80）	一般（60）	较弱（40）	弱（10）
		解决冲突能力	强（100）	较强（80）	一般（60）	较弱（40）	弱（10）
		关系协调能力	强（100）	较强（80）	一般（60）	较弱（40）	弱（10）
	创新能力	独立思考能力	强（100）	较强（80）	一般（60）	较弱（40）	弱（10）
		想象力	强（100）	较强（80）	一般（60）	较弱（40）	弱（10）
		洞察能力	强（100）	较强（80）	一般（60）	较弱（40）	弱（10）
	沟通能力	语言表达能力	强（100）	较强（80）	一般（60）	较弱（40）	弱（10）
		倾听能力	强（100）	较强（80）	一般（60）	较弱（40）	弱（10）
		拒绝能力	强（100）	较强（80）	一般（60）	较弱（40）	弱（10）
	领导能力	创建高素质管理团队	高效（100）	有效（80）	一般（60）	低效（40）	很低（10）
		激励员工	高效（100）	有效（80）	一般（60）	低效（40）	很低（10）
		职业威信	强（100）	较强（80）	一般（60）	较弱（40）	弱（10）
	决策能力	环境诊断能力	强（100）	较强（80）	一般（60）	较弱（40）	弱（10）
		战略选择能力	强（100）	较强（80）	一般（60）	较弱（40）	弱（10）
		战略调整能力	强（100）	较强（80）	一般（60）	较弱（40）	弱（10）
	财务管理能力	财务控制能力	强（100）	较强（80）	一般（60）	较弱（40）	弱（10）
		金融关系能力	强（100）	较强（80）	一般（60）	较弱（40）	弱（10）

表 6-38 个人能力维度的评价标准

评价等级		评价标准
分类一	高效（100）	对于此项工作，经营者的工作具备非常明显的作用和效果
	有效（80）	对于此项工作，经营者的工作具备明显的作用和效果
	一般（60）	对于此项工作，经营者的工作具备较明显的作用和效果
	低效（40）	对于此项工作，经营者的工作具备较不明显的作用和效果
	很低（10）	对于此项工作，经营者的工作基本没有作用和效果
分类二	强（100）	对于此项工作，经营者具备非常强的能力
	较强（80）	对于此项工作，经营者具备较强的能力
	一般（60）	对于此项工作，经营者具备基本的能力
	较弱（40）	对于此项工作，经营者的能力欠佳
	弱（10）	对于此项工作，经营者完全不具备任何能力

（二）个人素质维度的评价标准

个人素质维度的评价等级如表 6-39 所示，个人素质维度的评价标准如表 6-40 所示。

表 6-39 个人素质维度的评价等级

一级指标	二级指标	三级指标	评价标准				
个人素质	个人品质	坚韧品质	突出（100）	较突出（80）	一般（60）	较少（40）	很少（10）
		以身作则	强（100）	较强（80）	一般（60）	较弱（40）	弱（10）
		敬业精神	强（100）	较强（80）	一般（60）	较弱（40）	弱（10）
		正直无私	强（100）	较强（80）	一般（60）	较弱（40）	弱（10）
		责任意识	强（100）	较强（80）	一般（60）	较弱（40）	弱（10）
	职业素质	信任下属	高尚（100）	较高尚（80）	一般（60）	较差（40）	差（10）
		化繁为简	强（100）	较强（80）	一般（60）	较弱（40）	弱（10）
		临危不乱	好（100）	较好（80）	一般（60）	较差（40）	差（10）
		目光远大	强（100）	较强（80）	一般（60）	较弱（40）	弱（10）
		包容异议	强（100）	较强（80）	一般（60）	较弱（40）	弱（10）
	个人性格	竞争性	强（100）	较强（80）	一般（60）	较弱（40）	弱（10）
		使命感	强（100）	较强（80）	一般（60）	较弱（40）	弱（10）
		严于律己	强（100）	较强（80）	一般（60）	较弱（40）	弱（10）
	个人特质	身体素质	好（100）	较好（80）	一般（60）	较差（40）	差（10）
		外向性	强（100）	较强（80）	一般（60）	较弱（40）	弱（10）

表 6-40　个人素质维度的评价标准

评价等级		评价标准
分类一	突出（100）	经营者在日常工作中非常突出地表现出坚韧品质
	较突出（80）	经营者在日常工作中比较突出地表现出坚韧品质
	一般（60）	经营者在日常工作中表现出坚韧品质
	较少（40）	经营者在日常工作中较少地表现出坚韧品质
	很少（10）	经营者在日常工作中很少表现出坚韧品质
分类二	强（100）	对于此项评价内容，经营者的表现完全满足要求
	较强（80）	对于此项评价内容，经营者的表现较好地满足要求
	一般（60）	对于此项评价内容，经营者的表现基本满足要求
	较弱（40）	对于此项评价内容，经营者的表现满足部分要求
	弱（10）	对于此项评价内容，经营者的表现基本不满足要求
分类三	高尚（100）	经营者在日常工作中表现出高尚的道德情操
	较高尚（80）	经营者在日常工作中表现出较高尚的道德情操
	一般（60）	经营者在日常工作中表现出一定的道德情操
	较差（40）	经营者在日常工作中表现出较差的道德情操
	差（10）	经营者在日常工作中基本没有表现出道德情操
分类四	好（100）	经营者具备很好的个性气质/身体素质
	较好（80）	经营者具备较好的个性气质/身体素质
	一般（60）	经营者具备一定的个性气质/身体素质
	较差（40）	经营者具备较差的个性气质/身体素质
	差（10）	经营者个性气质/身体素质差

（三）伦理道德维度的评价标准

伦理道德维度的评价等级和评价标准如表 6-41、表 6-42 所示。

表 6-41　伦理道德维度的评价等级

一级指标	二级指标	三级指标	评价标准				
伦理道德	社会责任	关心环境	突出(100)	较突出(80)	一般(60)	较少(40)	很少(10)
		解决就业问题	突出(100)	较突出(80)	一般(60)	较少(40)	很少(10)
		坚持可持续发展原则	强(100)	较强(80)	一般(60)	较弱(40)	弱(10)
		热心公益事业	突出(100)	较突出(80)	一般(60)	较少(40)	很少(10)
	商业伦理	关心员工	突出(100)	较突出(80)	一般(60)	较少(40)	很少(10)
		合作精神	强(100)	较强(80)	一般(60)	较弱(40)	弱(10)
		正确的经营理念	突出(100)	较突出(80)	一般(60)	较少(40)	很少(10)
		关心客户	突出(100)	较突出(80)	一般(60)	较少(40)	很少(10)
	职业道德	责任感	强(100)	较强(80)	一般(60)	较弱(40)	弱(10)
		公平原则	强(100)	较强(80)	一般(60)	较弱(40)	弱(10)

表 6-42　伦理道德维度的评价标准

评价等级		评价标准
分类一	突出（100）	经营者非常重视该问题，并为之做出了很多努力
	较突出（80）	经营者较为重视该问题，并为之做出了较多努力
	一般（60）	经营者对该问题的重视程度一般，做出的努力一般
	较少（40）	经营者较少关注该问题，较少为之做出努力
	很少（10）	经营者不重视该问题，很少为之做出努力
分类二	强（100）	对于此项评价内容，经营者的表现完全满足要求
	较强（80）	对于此项评价内容，经营者的表现较好地满足要求
	一般（60）	对于此项评价内容，经营者的表现基本满足要求
	较弱（40）	对于此项评价内容，经营者的表现满足部分要求
	弱（10）	对于此项评价内容，经营者的表现基本不满足要求

（四）社会影响维度的评价标准

社会影响维度的评价等级和评价标准如表 6-43、表 6-44 所示。

表 6-43　社会影响维度的评价等级

一级指标	二级指标	三级指标	评价标准				
社会影响	社会贡献	重视利税贡献	突出(100)	较突出(80)	一般(60)	较少(40)	很少(10)
		解决就业问题	突出(100)	较突出(80)	一般(60)	较少(40)	很少(10)
		热心公益事业	突出(100)	较突出(80)	一般(60)	较少(40)	很少(10)
		保护环境	突出(100)	较突出(80)	一般(60)	较少(40)	很少(10)
	外界影响	知名度	高(100)	较高(80)	一般(60)	较低(40)	很低(10)
		表彰奖励	很多(100)	较多(80)	一般(60)	较少(40)	很少(10)
		媒体评价	高(100)	较高(80)	一般(60)	较低(40)	很低(10)
		政治影响	好(100)	较好(80)	一般(60)	较差(40)	差(10)
	自身影响	学习榜样	突出(100)	较突出(80)	一般(60)	较少(40)	很少(10)
		个人魅力	高(100)	较高(80)	一般(60)	较低(40)	很低(10)

表 6-44　社会影响维度的评价标准

评价等级		评价标准
分类一	突出（100）	对于此项评价内容，经营者的表现完全满足要求
	较突出（80）	对于此项评价内容，经营者的表现较好地满足要求
	一般（60）	对于此项评价内容，经营者的表现基本满足要求
	较少（40）	对于此项评价内容，经营者的表现满足部分要求
	很少（10）	对于此项评价内容，经营者的表现基本不满足要求

续表

评价等级		评价标准
分类二	高（100）	经营者的知名度/姓名在媒体上出现频率/个人魅力很高
	较高（80）	经营者的知名度/姓名在媒体上出现频率/个人魅力较高
	一般（60）	经营者的知名度/姓名在媒体上出现频率/个人魅力一般
	较低（40）	经营者的知名度/姓名在媒体上出现频率/个人魅力较低
	很低（10）	经营者的知名度/姓名在媒体上出现频率/个人魅力很低
分类三	很多（100）	经营者获得了很多的表彰奖励
	较多（80）	经营者获得了较多的表彰奖励
	一般（60）	经营者曾经获得表彰奖励
	较少（40）	经营者较少获得表彰奖励
	很少（10）	经营者很少获得表彰奖励
分类四	好（100）	媒体对经营者的评价好
	较好（80）	媒体对经营者的评价较好
	一般（60）	媒体对经营者的评价一般
	较差（40）	媒体对经营者的评价较差
	差（10）	媒体对经营者的评价差

本 章 小 结

本章通过研究符合中国国有企业经营者特点的影响因素和分析角度，构建国有企业经营者的事业、控制权和声誉激励等精神激励机制，主要包括以下内容。

（1）事业激励。从工作满意度影响因素的角度探讨其对国有企业经营者工作满意度产生的影响，即工作本身效应、领导行为、企业管理措施和组织氛围、工作回报、人际关系和社会支持、工作环境和条件对中国国有企业经营者工作满意度存在显著影响。

（2）控制权激励。从控制权需要、控制权收益、满足国有企业经营者需要的现实逻辑关系出发，衍生分析出更大的控制权—更多的控制权收益—更好地满足国有企业经营者需要的正激励效用，以及剥夺控制权—丧失控制权收益—对国有企业经营者需求无法满足的国有企业经营者的负激励效用。

（3）声誉激励。将国有企业经营者个人能力、个人素质、伦理道德、社会影响四个维度结合起来验证其有效性，同理进行验证性因子分析。结果显示模型拟合度良好，证明了四个维度的有效性，在此基础上设计了国有企业经营者声誉评价体系。

第七章　国有企业经营者内部监督机制研究

国有企业经营者监督机制的研究主要包括内部监督和外部监督两部分内容。内部监督主要从董事会、利益相关者、股东方面对经营者的监督进行研究，以及从财务监督、监事会监督机制方面进行研究；外部监督主要从市场、声誉、法律三个方面对经营者的监督进行研究，并在此基础上讨论了建立健全外部监督机制的配套措施。希望通过对国有企业经营者监督机制的研究，改进并完善国有企业经营者监督机制，促进国有资产的保值增值。

第一节　国有企业经营者内部监督机制研究现状

一、董事会对经营者监督的研究现状

董事会是公司治理的核心，董事会的管理质量与股东的利益息息相关。著名学者 Fama 和 Jensen（1983）认为，董事会是公司的最高控制系统，并指出若董事会能有效督导管理层做出决定，公司的业绩将超过那些董事会作用较弱的公司。董事会的中心任务之一就是有效率地对代理关系进行控制。Williamson（1985）认为，公司董事会主要应被视为保护股东权益的工具。德鲁克（2009）则强调董事会对高层经营者的控制作用。Jensen（1993）认为，董事会组织模式今后的改进方向是，保持较小的董事会规模，除了 CEO 为唯一的内部董事外，其余都为外部董事。Fama 和 Jensen（1983）认为，作为公司关键决策者的外部董事，通常较为关注其在经营者市场上的声誉，因而，与内部董事相比，更可能成为经营者的有效监督者。在公司治理中引入独立董事制度，是为了在股份有限公司在股权日益分散化、所有权控制权日益分离、管理层日益获得公司控制权的情况下，保护股东权益不被管理层侵害，这是一项重要的制度创新。

Hermalin 和 Weisbach（1988）表明，公司业绩下滑时，独立董事更有可能通过董事会程序罢免 CEO，这个结论与 Fama 和 Jensen（1983）的观点一致，并且得到了证实。另一些研究表明，董事会越是保持自身的独立性，CEO 的任期往往较之独立性差的董事会的任期短（Arthur，2001）。Mark 和 Li（2001）的研究表明，公司的 CEO 任期越长，就越有可能占据董事会主席的位置。Arthur（2001）的实证研究表明，公司的 CEO 任期越长，公司董事会中的独立董事比例越低。

结合 Mark 和 Arthur 的研究，发现董事会的独立性和 CEO 掌握公司控制权是此消彼长的，这在一定程度上说明了 Hermalin 和 Weisbach（1988）关于董事会和 CEO 之间的博弈关系理论的合理性。Arthur（2001）发现，随着管理者拥有股权份额的增加，独立董事在董事会中的比例是下降的，这个结果和代理理论一致。代理理论认为，管理者拥有的股份增加，相当于增加对管理者的激励补偿，管理者的利益更接近股东的利益，此时可以适当减少对管理者的监督，从而降低监督成本。但是，Arthur 的模型显示，当管理者的股份比例突破临界点 20% 后，独立董事在董事会中的比例会出现显著下降。Arthur 对此的解释是，由于管理者的股份比例突破了这个临界点，并非是因为对管理者的激励补偿足够大，股东对管理者的监督可以显著减少，而管理者拥有足够的股权从而控制了投票权，导致了监督（独立董事的比例）的显著下降。

以上是一些国外学者的实证和理论研究。总的来说，独立董事能够保护股东的利益不受严重侵害，但并不是十分有效的。在法人治理结构中，董事会被置于与股东和经营者阶层相互制衡的权力系统中，被赋予代表股东监督和控制经营者的权力。董事会是公司的核心，应该发挥决策和监督（事前和事中监督）的双重作用。

在我国，很多企业董事长由总经营者一人兼任，董事长不能有效监督经营者。但是，两职合一却有利于企业创新自由的发挥，使企业能得到更好的生存和发展。为了保证公司决策的科学性和高效性，董事长与总经营者的职责应该分开，而职责分开的好处是能够保持二者的相互监督（田志龙，1997）。明确二者职责的目的是为了使董事长和总经营者都能在各自的职责领域内活动，而不侵入对方的工作范围，从而能够提高各自的独立性并能加强相互监督。何骏（1999）利用内部人控制度来说明经营者对公司的控制度，即内部人控制度 = 内部董事人数/董事会成员总数。在企业规模和董事会规模一定的情况下，内部董事的比例越大，经营者对企业的控制就越强。

二、利益相关者对经营者监督的研究现状

利益相关者作为一个明确的理论概念，在 1963 年由斯坦福研究所（Stanford Research Institute，SRI）提出（Freeman，1984），而由利益相关者观点形成一个独立的理论分支则得益于弗里曼（Freeman，1984）的开创性研究。在国外，利益相关者对经营者的监督主要来自债权人。Fama（1980）认为，债务对企业经营者的监督作用也来自于银行的监督和严厉的债务条款（最基本的条款就是按时偿债，另外还有对企业和企业经营者的行为限制等），债权人（尤其是大债权人）专业化的监督可以减少股东的监督工作，并使监督更有效。Aghion 和 Bolton

（1992）从剩余控制权配置的角度说明了负债对代理成本的影响。他们认为，股权融资将企业资产的剩余控制权配置给股东，而进行债权融资时，如果能按规定偿还债务，则剩余控制权配置给企业经营者；如果不能按规定偿还债务，剩余控制权则将配置给债权人。因而，负债可以通过剩余控制权来影响代理成本。作为治理机制的债务具有很多的作用，比如，债务的一个负面作用是债务契约可能会限制进一步的举债融资，而这将不利于企业家努力改善公司的状况。Hart 指出，在股权分散的现代公司尤其是上市公司中，小股东在对企业的监督中搭便车会引起股权监督不严和内部人控制的问题，但适度负债就可以缓解这个问题，因为负债的破产机制给企业经营者带来了新的监督。

杨瑞龙的研究从基本企业理论模型出发，通过对"资本雇佣劳动"和"劳动管理型企业"的比较，以及对联合生产、收入分配和企业治理的研究，得出了共享所有权及利益相关者"共同治理"的优越性，从而为利益相关者的参与治理提供了基础（杨瑞龙，2001）。他提出的"从单边治理到多边治理"的概念也是对利益相关者治理的一个很好概括。但杨瑞龙研究的不足在于，其关于共同治理机制的研究，对象主要限于职工和债权人，机制主要限于对董事会的参与，功能主要限于监督和制衡，还有进一步研究的余地。李维安对利益相关者的研究更多的是从公司治理应该实现从"行政型治理"到"经济型治理"的转型，构筑了一个"经济治理模型"，认为其中关于利益相关者的外部治理机制是极为重要的一个方面。另外，他在 2000 年率先在国内推出的"中国公司治理原则草案"中，也把利益相关者作为重要的一部分写进了原则，在 2004 年推出的"南开公司治理指数"中，有关利益相关者的评价指标也在考虑之中。张维迎（1996）从委托代理理论角度批判了崔之元等人的观点，坚持"资本雇佣劳动"的命题，并指出其根源在于非人力资本的可抵押性和难于监督的特点。

三、股东对经营者监督的研究现状

大股东（large shareholders）在公司治理中扮演重要角色的理论认识始于 Shleifer 和 Vishny 于 1986 年发表的经典论文。对于分散的股东而言，寻求对经营者监督效率的改善是一项"公共品"（public good）。当公司相当数量的股份集中在少数大股东手中，且控制权带来的收益足以覆盖提供"公共品"的成本时，大股东将有权利监督经营者。他们或者通过拥有的投票权迫使经营者按照其利益行事，或者通过委托投票权之争（a proxy fight）和发起接管而将经营者驱逐。因而，大股东的存在成为监督经营者时股东之间相互"搭便车"问题的重要解决方案。一些文献表明，大股东治理在解决监督经营者时股东"搭便车"问题的同时，也产生了新的成本。Demsetz 和 Lehn（1985）认为，大股东的投资相对集中，缺少多样化的资产组合，因而与分散的股东相比，要承担更多的风险。Acemoglu（1995）、Myers（2001）等在自由现金流分析框架下证明：大股东治理面临控制权的收益与由于外部股权集中所导致的内部人激励低下的两难冲突。Burkart 等（1997）进一步明确指出，即使大股东控制在事后是有效率的，但在事前它构成的对经营者剩余进行掠夺的威胁，将降低经营者的创造力和减少经营者的企业专用性投资。特别是，当处于控制性地位的股东较少时，通常会出现所谓的监督过度（excessive monitoring）现象。按照 Bolton 和 Von Thadden（1998）的研究，具有控制性地位的大股东（controlling shareholders）有极力阻止经营者做出的任何降低可证实的现金流的商业决策，由此导致的损失实际上已超过经营者控制权的私人利益，从而产生效率成本。

Aghion 和 Bolton（1992）、Bennedsen 和 Wolfenzon（2000）、Gomes 和 Novaqs（2001）等发展的分权控制（shared control）理论为解决上述问题提供了重要思路。按照 Bennedsen 和 Wolfenzon（2000）的研究，控制集团之外的大股东的存在将迫使控制性股东为了维持控制性地位，不断扩大股权比例，从而使企业的价值内部化。Gomes 和 Novaes（2001）则通过发展控制性股东的事后讨价还价博弈模型，证明了分权控制在维持经营者有价值的私人利益的同时，也保护了小股东的利益。按照 Gomes 和 Novaes（2001）的研究，分权控制的治理功能一方面来源于股权效应（equity effect），即 Bennedsen 和 Wolfenzon（2000）已经认识到的收购新的股份使控制性股东实现的企业价值内部化；另一方面则来源于折中效应（compromise effect）。尽管控制性股东非常希望避免观点的不一致，但事后的讨价还价可能会阻止经营者做出的符合控制性股东的利益、但损害中小股东利益的商业决定。分权控制实际上成为在内部化企业价值之前的大股东的监督过度与不存在控制性股东所导致的经营者挥霍过度的折中。然而，正如 Gomes 和 Novaes（2001）所指出的一样，分权控制所导致的折中并非总是有效。事后的讨价还价可能会导致公司的业务瘫痪，最终使小股东的利益受到损害。只有对于明显的投资过度或需要大量融资的企业，分权控制才有可能是一种有效的监督方式。

内部人控制现象的存在（青木昌彦，1995；费方域，1996），使得股东对经营者或公司内部控制者的监督更为重要。如果缺乏监督，资金提供者（个人、银行乃至国家）就会向其他公司提供资金或购买股票，造成投资萎缩。尽管国家或有关组织机构通过法律规定或其他途径在一定程度上监督经营者或内部控制者，但真正有效和直接的监督还是来自于股东的监督，同时股权结构对于股东监督同样具有至关重要的影响（费方域，1996）。

四、监事会对经营者监督的研究现状

在日本，公司一般设立独立的监督机构——监察人制。监察内容包括业务监察与会计监察。前者是对企业的经营者经营行为的监察，后者是对企业的财产状况，即对企业经营结果的监察。日本采取独立监察人制，监察人可以是一个人，也可以是数人，监察人之间各自独立作为公司的机关履行职责。大公司的监察人同时具有业务监察和会计监察的权限，同时，为了强化监察人的独立性，避免监察人对董事会的依附，监察人的报酬由公司章程规定或由股东大会决议确定（斯道延·坦尼夫等，2002）。

在德国，公司的监事会由股东大会选举产生，其监事会与董事会形成垂直的领导关系。公司内部监控模式可以表示为：股东—监事会—董事会—经营者。德国公司的监事会不仅是监督机构，还是决策机构。它负责重大经营决策和经营者、董事的聘任，并且监事会与经营者、董事的严格分离使法定的公司控制实体——监事会的控制明显独立于经营者阶层。企业的雇员与股东共同参与监督，其雇员共同参与决策的制定正是其具体体现（南开大学公司治理研究中心课题组，2002）。并且超过2000人的公司，表决一般要经超过半数票通过方为有效，如果赞成和反对票相等，主席可享有二次表决权（南开大学公司治理研究中心课题组，2002）。如果两名以上的监事或董事提出的要求不适宜，那么提建议者在知晓实情后，可以自己召集监事会。监事会一般应每季度召开一次，每半年则必须召开一次。在董事会成员缺席或其执行权力受到妨碍时，监事会可以指定代表人代行董事职权。日本和我国台湾地区的公司法借鉴了德国模式，但没有采纳大监事会的做法，董事会居于公司中的主导地位，监事会为专职的监督机构，法律没有要求监事会中必须有公司职工代表。在日本和我国台湾地区新近的公司法修订中，公司监事会逐步转化为专门的审计监督机关。

在我国，李爽和吴溪（2001）研究表明，当上市公司的盈余管理迹象明显时，监事会更倾向于支持董事会和公司会计报表，而不是注册会计师的审计意见。刘立国和杜莹（2003）在公司治理与会计信息质量关系的实证研究中发现：监事会人数与财务报告舞弊呈正相关关系。这些研究表明，在我国，监事会只是一个受董事会或内部人控制和影响的议事机构而已，不能发挥其应有的监督作用。监事会的监督对象是整个公司，监督范围包括业务监督和财务监督，由于独立董事的存在，因而其应以财务监督为主，业务监督为辅。

第二节　国有企业经营者内部监督中存在的问题

一、我国董事会对经营者监督中存在的问题

（1）股权结构不合理致使董事会内部制衡机制弱化。由于受制度路径依赖以及意识形态的影响，我国上市公司具有一定的特殊性，突出表现为：股权结构

高度集中，国有大股东控制力超强，股权相对集中。由于公司的日常控制权被赋予董事会，因而控制董事会就成为控制公司的有效手段，而董事会成员的选聘成为控股股东所做的一种人事安排而非制度安排。我国上市公司董事会由国有大股东掌握或由内部人控制，很难形成独立有效的董事会来保证健全的经营和决策机制。据调查，2002 年我国上市公司董事候选人的提名人中，控股股东占78.09%，持有或合并持有公司 5% 以上股份的其他股东占 18.14%，其他占3.77%，由控股股东推举提名的董事长占 72.29%，任职或曾任职于控股股东而当选为董事长的占 14.36%，任职于最终控制人或由其推举提名的董事当选为董事长的占 5.29%，其他占 8.06%。由于上述原因，我国上市公司董事会成员的构成极为不合理，难以形成有效的董事会内部制衡机制。

（2）审计委员会成员不独立，内部审计监督功能弱化。审计委员会是董事会下设的一个专门委员会（subcommittee），其主要职责是对公司的会计记录和报告进行监督和控制，从而确保股东的权益受到有效的保护，应作为一个常设机构，以有效监督上市公司财务状况与经营者的经营情况。《上市公司治理准则》并未要求上市公司必须设立审计委员会，对审计委员会的人员构成也未要求必须是独立董事。因此，容易造成审计委员会成员与执行董事或公司高管人员是同一个人或与其合谋的现象。实际上，由于审计委员会的独立性较差，多数上市公司的审计委员会未能很好地履行上述职责。多数上市公司的违规行为均被新闻媒体揭露，而非审计委员会所为，这一现象充分说明我国上市公司审计委员会对董事会或管理层的监督制衡较弱。

（3）独立董事监督弱化。在我国上市公司的董事会中，内部董事的比例普遍过高。内部董事主要是公司的经营人员，有的还包括主管部门或总公司的领导等。内部董事的比例过高，就难以发挥董事会的监督作用，而主管部门的介入，则无法消除政府对企业决策的行政干预。因此，增加上市公司董事会的独立董事，特别是保持一定数量的具有专业知识、经验丰富并具有独立判断能力的独立董事，是完善我国上市公司治理结构以及对经营者阶层实行有效监督的重要措施。

二、利益相关者对经营者监督中存在的问题

（1）陷于"定义泥潭"，缺乏对利益相关者参与基础的系统理论。虽然布莱尔、Rajan 和 Zingales 等从资产专用性的角度做了有益的尝试，但前者显然缺乏一个能够囊括所有利益相关者的框架，后者则缺乏从企业理论角度的严密的论证。

（2）一般公司治理理论强调利益相关者在推动信息沟通和加强监督制衡方

面的作用，弗里曼则从战略管理角度引入了利益相关者分析的方法。目前，在我国国有企业中，利益相关者难以对经营者进行有效的监督，缺乏有效的监督机制（杨水利和杨万顺，2008）。

（3）如果利益相关者应该参与，也实现了有效参与，则如何评价这种参与的绩效以及利益相关者治理机制是否有助于公司治理和企业绩效提高，这些方面的实证研究和评价体系还都是明显的薄弱环节。

三、股东对经营者监督中存在的问题

（1）股东直接监督机制失效，导致了"内部人控制"现象。现代企业是以公司制为特征的，企业管理在形式上形成了由委托代理关系构成的企业所有者（外部人）与企业管理层（内部人）两个利益集团。所有者作为企业的出资人，追求企业价值的最大化；而经营者追求的是更高的报酬、休闲以及规避风险。目标的不一致必然导致利益上的冲突，内部人往往以牺牲所有者利益为代价来攫取个人私利的最大化。由于经营者努力的不易观测性，所以委托方（所有者）对内部人的监督是通过财务报表等信息来进行的。于是，外部人与内部人效用上的差异，也就直接反映在企业信息的供给与需求上。股东作为"外部人"，需要企业提供可靠的财务信息和决策信息作为投资决策和对经营者进行评价的依据；经营者作为"内部人"，为了维护自身利益，提供的信息往往从有利于经营者自身的角度出发，并且经营者比所有者更具备控制信息的条件。这种潜在的信息失真风险，使委托代理机制赖以生存的监督机制失效，在发生"内部人控制"现象后，就会由暗转明。

（2）股东通过股市监督经营者的机制不完善。公司制度和股票市场所具有的代理权之争、大股东敌意接管和融资结构等机制能迫使经营者积极努力地去经营企业。但目前我国的股票市场还不具备有效监督经营者的条件。

首先，投资者的分散化和非机构化，限制了股东对经营者的监督。在股份制度成熟的证券市场上，都是机构投资者占据市场的主导地位。例如，美国股市中，机构投资者已持有50%以上的上市股票，对1997年日本和英国企业股权结构进行分析，认为机构投资者也占据了主导地位（李苹莉，2001），如表7-1和表7-2所示。但从我国的证券市场看，我国证券市场的个人投资者比例一直占绝对多数。1997年年末，上海证券交易所股票账户开户总数为1713万户，其中99.7%为个人投资者，机构投资者开户数仅为0.3%。投资者的高度分散和非机构化，使我国公司企业的股东大多为小股东，小股东监督企业的成本超过收益，限制了股东对公司经营管理的监督。

表 7-1　1997 年东京证券交易所股权结构（按所占市值和持股数计）单位:%

	持股市值	持股数
总计	100. 0	100. 0
政府	0. 2	0. 5
机构	67. 4	65. 1
个人	19. 0	24. 6
外国投资者	13. 4	9. 8

资料来源：李苹莉 . 2001. 经营者管理业绩评价——利益相关者模式 . 杭州：浙江人民出版社

表 7-2　1963～1997 年英国的持股结构　　　　　　　单位:%

	1963 年	1975 年	1989 年	1994 年	1997 年
个人	54. 0	37. 5	17. 7	20. 3	20. 5
养老基金	6. 4	16. 8	34. 2	27. 8	27. 9
保险公司	10. 0	15. 9	17. 3	17. 3	23. 1
其他（银行、政府、海外投资者）	29. 6	29. 8	30. 8	35. 6	28. 5

资料来源：李苹莉 . 2001. 经营者管理业绩评价——利益相关者模式 . 杭州：浙江人民出版社

其次，股东利益指向的投机性降低了投资者监督企业经营者的热情。在我国的股票市场上，投资者的利益更多的来源于股票投机，而非公司的经营业绩的提升，表现在以下两点：①第一、第二级市场不衔接。一级市场行政管制性的"发行额度计划分配"与二级市场上的市场机制不相吻合。股份公司发行股票是把并不上市流通的国家股和法人股作为基础计算在内的，而二级市场的价格形成是在国家股、法人股不流通的情况下形成的。在这种情况下，股票购买者几乎都是为了赚取差价，而不是出于投资的考虑，客观上削弱了小股东监督公司的动机。②上市公司的利润分配不规范，投资者的收益权得不到保证。例如，在 1997 年年报的 770 家上市公司中，有近 50% 的公司不向投资者分配红利，其中包括一些经营业绩好的公司。例如，山东某股份公司，1997 年每股收益达 0.9 元，未分配利润和资本公积金高达 2.65 亿元，1997 年的分红方案为不分配。某股份公司1997 年每股收益率为 0.63 元，净利润高达 5.03 亿元，1997 年也不分配红利。在分配红利的企业中，分配的红利占可分配红利的比例也很低。例如，湖北某公司，1997 年每股收益 0.46 元，但分红方案却是每 10 股派现金 0.2 元（含税），仅为可分配红利的 4.3% 。由于投资者不能从企业的经营中得到应有的回报，因此他们无心费力监督企业的经营，而是把注意力放在投机收益的最大化上。

四、监事会监督中存在的问题

目前，我国已基本建立了公司监事会监督体制，监事会在法律上拥有对董事会的监控权，可对董事会的经营管理形成一定的制约。应该说，我国的监事制度在公司的经营管理过程中，发挥了重要作用。例如，2000年6月26日ST凯地的监事会罢免公司董事案，同年8月11日的嘉宝实业监事会公开否决公司董事会两项计划案等，对公司经营管理活动做了有力的监督。但不可否认的是，我国市场经济体制的建立较西方国家迟，监事制度的建立更是近十几年的事情。我国监事会存在诸多问题，突出表现在以下几个方面。

（1）监事会制度有虚化倾向。监事会制度的监督作用及其价值没有得到人们普遍的赞成，在某种程度上监事会已经成为公司为"建立现代企业制度"而设立的一种摆设。上海证券交易所的一份调查显示，对公司经营活动有效监督或监督的力量，认为来自监事会的占3.4%，认为来自董事会的占29.2%，认为来自管理层自我监督的占25.8%，认为来自主管单位的占13.2%，认为来自地方政府的占5.4%。监事会的监督价值得不到认同，监事会的权威地位得不到确立是监事会工作效率低下的重要原因。

（2）监督主体之间缺乏具体的分工，职权划分不明确。在我国，既有公司法上规定的监事及监事会制度，又有国有大中型企业的稽查特派员制度，还有上市公司的独立董事制度，近年来学术界还有人呼吁建立独立监事制度。这些监督主体都有行使监督权的权利，但具体职权的分工没有明晰的划分，既降低了工作效率，又增加了监督成本。

（3）缺乏对监事的有效激励机制与监督机制。相对于管理层的报酬，监事收入要低得多。在我国，公司管理层的激励问题一直是人们关注的话题，而对监事的激励却常常被忽视。从激励理论角度而言，干好干坏一个样，监事就缺乏认真行使职责的内在动力，而且监事之间"搭便车"现象也很多。在对监事缺乏激励的同时，也同样缺乏监督。给人们的一个印象是，监事是个被忽略的群体。这就使得监事没有足够的责任心去履行自己的职责。例如，上述ST凯地一案，在该上市公司中，股东长期借款不还，还侵占公司财产，使公司遭受巨大的损失，公司违法经营、信息披露做假等现象严重，甚至沦落到被"ST"的境地，监事会有很大责任。监事的失职行为同样损害了公司和股东的利益，对此，我国规定甚少。

（4）监事本身的素质还有待提高。上述的上海证券交易所所做的那份调查表明，我国公司监事会主席是大专以上学历的仅占50.3%，监事会副主席及监事为大专以上学历的也只有一半左右。从专业素质而言，我国绝大多数公司的监事会成员缺乏法律、财务等方面的专业知识。我国监事会成员的教育背景及专业素质也从某种程度上决定了其很难充分发挥监事会的监督功能。

第三节　董事会对经营者监督机制研究

一、强化董事会的职责，完善其决策和事前、事中的监督功能

董事会作为公司治理结构中的重要机关，主要通过履行相应的职责来发挥作用。在这一点上各国公司有关董事会职责的规定有所不同，基本集中在决策和监督两项功能上。我国公司法对董事会的职能规定了 10 条职权，可谓内容极为广泛，但是经过几年的实践，人们已经意识到只有这些简单的规则是远远不够的，在无比丰富和不断发展变化的现实生活面前，现有的某些规则已显得苍白和粗糙，甚至引起众多的纷争。因此，有必要在强调决策功能的同时，进一步强化董事会事前和事中的监督功能，与监事会共同建立事前和事后、内部和外部相结合的监督机制。因此，要强化和完善以下几项职责：①选任、激励和监督经营者。选任和解聘经营者人员是董事会的重要职权，董事会将公司的部分管理权授予给经营者是提高企业绩效的最佳做法，但其前提是要确保有一个好的经营者班子。②负有向以股东为主的公司利害相关者披露信息的说明责任，包括报告公司经营状况，确保公司的管理行为符合国家法律法规，审查提交给公司的财务报告和审计报告，以防止公司经营者的舞弊行为。③保持董事会工作事务的独立性，提高经营决策的科学性和监督的有效性。

二、根据公司的行业特点和经营规模，设计适当的董事会人数和人员构成

（1）董事会的人数应该适度。董事会是由数名董事组成的决策机构，董事会人数的构成是董事会活动的基础。董事会人数的多少由各个公司规模、经营环境等具体情况决定。我国公司法中规定的参考人数为 5～19 人。事实上也没有对任何一个公司都适用的董事数目，但董事会的人数确定的原则是使董事会最大限度地代表公司利益相关者的利益，使董事会高效率地进行监督。

（2）保证董事会中董事的独立性。董事在工作事务中具有独立的判断能力，是保证董事会决策科学化和监督充分化的前提条件。董事会是由股东大会选举的公司代表机构，它对股东大会负责，但董事会的人员构成并非完全都是内部董事，应该有一定数量的独立董事，这在我国上市公司中已有规定。但在我国大多数公司中，独立董事的独立性还不强，发挥的作用还不大，很难进行独立的经营决策和对经营者实施强有力的监督。因此，在引入独立董事制度之后，应进一步发挥其应有的作用，并在董事会结构中形成相互制衡的机制，这是保证董事会工作高效率的基础。

三、完善独立董事制度

我国上市公司股权高度集中，建立独立董事制度一方面可制约大股东利用其控股地位做出不利于公司和外部股东的行为，另一方面还可以独立监督公司管理层，减轻内部人控制带来的问题，保障中小股东的权益。健全的独立董事制度对于强化董事会的制衡机制、保护中小投资者的利益、保证决策的公正性和准确性、减少公司重大决策失误至关重要。通过独立董事的事前把关和事中监督，可以对公司财务会计、经营者职务行为的合法性和妥当性进行监督。另外，独立董事以其专业知识及独立的判断能力，能够为公司发展提供建设性的意见，有利于公司决策水平和公司价值的提高。

由于独立董事制度是参照国外的成功经验引进的，所以有些规定不适合我国的具体国情，会对独立董事制度的有效实施产生一些不利影响。因此，必须结合我国的具体国情修改或制定相关的法律法规，使得独立董事制度在统一、完备的法律保障下实施。

（1）建立科学的独立董事任职机制。在我国，因为法人治理结构不尽合理，大股东的意志常常成为董事会的决议，所以由大股东所选举产生的独立董事就很难保证其独立性。因此，建立科学的独立董事任职机制，就成为保证独立董事独立性的必要条件。

（2）建立权、责、利相一致的独立董事监督机制，以加强对独立董事的法律监督和行政监督。国外独立董事承担法律责任的现象十分普遍。如果法院判董事会要负经济或法律责任，这时可以审查董事会做出这一决定时的记录，凡是没有投反对票的董事，都要负连带责任，独立董事也不例外。如此一来，在很大程度上会对独立董事的"集体失语"行为造成威慑。此外，必须实施行政处罚来监督独立董事的行为。例如，对那些未起到应有作用的独立董事，证监会可对其实施警告、暂停担任一年或数年独立董事，乃至永远禁止担任上市公司独立董事等不同档次的行政处罚。

（3）建立独立董事声誉评价体系。如果上市公司在选聘独立董事前能够随时了解专业人员的信用状况和信用记录，就能为寻找到适合自身的独立董事打下良好的基础。而任职的独立董事如果经常对错误决策投赞成票，给企业和股东造成巨大损失，则他作为独立董事的市场价值就会大大贬值，甚至失去所有潜在雇主。因此，建立独立董事声誉评价体系十分必要，既可以帮助上市公司选聘到合格的独立董事人才，又可以促使独立董事真正行使其权力。

（4）形成独立董事的专业群体。目前，国内的一些知名的经济学家、教授、专家、证券从业人员成了独立董事的主要来源。上市公司虽然可以借此提高知名度，但由于这些知名人士时间、精力有限，而且同时在多家上市公司兼职独立董事，实际上难以真正起到独立董事的作用。因此，要真正发挥独立董事的作用，必须形成一个专业群体。为此，中国证券监督管理委员会也在积极努力，通过举办上市公司独立董事培训班等措施，加紧建立独立董事人才库。

独立董事制度本身的完善必然会促进其在我国上市公司内部监督机制中发挥作用。但同时，也应清醒地看到，由于我国外部市场及文化根源制约了独立董事作用的发挥，独立董事制度的局限性在我国还要存在很长一段时间，其作用的发挥也是渐进的。因此，在引进独立董事制度、利用其监督作用的同时，仍应当立足于传统框架，来完善上市公司的内部监督机制。

第四节　利益相关者对经营者监督机制研究

利益相关者监督制衡机制的主要表现是利益相关者对公司治理的有效参与，典型体现为员工和债权人的参与，在实践中的主要形式为员工董事或监事制度、银行董事制度以及债权人的相机治理机制等。

员工是极为重要的利益相关者，尤其是在知识经济日益深化、更加强调人力资本价值的背景下。员工对公司治理的参与由来已久，比较典型的就是德国的共同参与机制对员工监事的强制性规定。其他欧洲大陆国家，如荷兰、法国、丹麦、瑞典等，也不同程度地要求设立员工董事或监事。员工董事或监事制度就是通过公司法规定员工代表在董事会、监事会中的比例、地位和职责，通过代表员工利益的董事或监事直接对公司治理决策过程的参与，起到监督控制股东和经营者损害员工利益行为的目的。各国对员工董事或监事在董事会中的比例规定有很大差别。例如，德国就根据不同的企业类型规定了 1/3、1/2 和由企业规模确定三种；法国规定为 2～4 名，即 1/3 类型；瑞典、丹麦均规定至少 2 名。在权利方面，各国均规定员工董事或监事对公司重大事项享有知情权、咨询权和参与决策权，对有可能严重损害员工利益的决策享有否决权。

一、员工监督制衡机制

员工监督制衡机制从理论上能对控制股东和经营者的行为起到制衡作用，但在实践中的结果值得进一步探讨。例如，在德国，员工监事和资方监事之间的对立在某种程度上导致了监事会的虚化，同时，员工董事或监事的能力能否适应需要、能否真正代表绝大多数员工的利益也是存有疑问的。不过，员工董事或监事制度作为一项重要的利益相关者监督制衡机制，应该进一步完善，以便使其起到更好的监督制衡作用。

二、债权人的监督制衡机制

债权人的监督制衡机制可以分为两种形式：一种是在公司正常经营过程中，通过债权人代表进入董事会，对公司决策发表意见，对控股股东和经营者进行监督制衡；另一种是在公司经营不善时，债权人可要求重新分配公司控制权，以实施所谓的"相机治理"。

第一种形式在实践中多体现为银行董事制度。银行往往作为公司最大的债权人，在公司经营过程中承担着巨大风险，有动力参与到公司决策过程中，及时获得相关信息并对损害自身利益的行为发表意见。银行代表进入董事会是一种可行的途径，对于经营者能够起到很大的监督作用。当公司业绩下滑时，银行代表有权发表意见，对经营决策提出修正或对经营者有损债权人的利益进行监督。在德国、日本公司治理模式中，银行在公司中发挥着举足轻重的作用，但这只是一种典型状态，对于更多国家而言，认可银行董事制度、加强银行在公司治理决策中的监督非常必要。

第二种形式，即债权人主导型的企业控制权配置机制。这种机制在我国还没有完全建立起来。在美国和英国，治理模式的突出特征是股东在公司治理中发挥主导作用，公司控制权市场是重要的外部治理机制。英国、美国模式的形成具有深刻的历史、文化、法律背景，在资本结构上体现为股权融资占据主导地位，在股权结构上体现为股权高度分散、流通性高，证券市场在控制权配置中起到了重要作用。而在德国和日本，资本结构是以银行间接融资为主要渠道，以债权融资为主，以股权融资为辅；在股权结构方面，银行和法人股东占有重要比例，股权流通性较低，银行作为关系型监督者，"相机治理机制"在控制权配置中发挥着重要作用。在我国国有企业中，主要的融资渠道以银行为主，以股权为辅，在股权结构上体现为股权高度集中，流通性低，国有股和法人股比例较高，银行与其他债权人应该作为关系型监督者。应结合英美和德日的控制权配置机制，构建我国国有企业控制权配置机制。

在我国，银行和国有企业都隶属于国家，国有企业的大部分资金都来源于银行，而银行作为债权人在企业中的监督权利还没有健全，企业很少受到来自于银行的监督。当企业破产或经营不善导致亏损时，国家将面临来自于企业和银行利益上的损失。因此，有必要结合我国具体实际建立银行董事制度和债权人参与控制权的机制。

第五节　股东对经营者监督机制研究

鉴于监督效用的外部性特性，针对目前公司治理中存在的信息失真、管理层寻租、"内部人控制"等问题，股东对经营者的监督和监督的制度安排主要来自于直接监督，即直接来自于股东自身行为对经营者的监督，如召开股东大会、平衡大小股东的利益、共同监督经营方、对经营者层实施的利益转移行为提出异议而予以反对，或通过用脚投票、法律诉讼等行为来限制其恶意行为。

一、股东的监督

（一）股权结构的优化监督

股权结构的优化是股东对经营者监督的前提之一，如果股权过度集中于大股东，即其他中小股东与第一大股东的股权比例差距过大，就会导致第一大股东联合经营者转移公司利益而损害其他中小股东利益，中小股东无法从公司内部通过制度安排来监督和反对经营者的行为。因此，通过优化公司股权结构，可以形成股东之间互相制约的局面，有利于共同监督经营者的行为。

当公司股权结构高度集中时，控股股东有动力监督其代理人。这种监督一般是有效的，因为控股股东在法律上是公司主要所有者，且它具有直接罢免经营者的权力。但在公司拥有控股股东而其他股东均为小股东，同时公司经营者又是该控股股东本人的情况下，小股东对经营者的监督便成为问题。因为小股东往往无法对控股股东本人实施真正的监督，小股东的利益受到伤害是不可避免的。

在公司股权分散的情况下，对经营者监督就成为一个非常严重的问题。由于监督经营者是要付出成本的，所以分散的股东们便各自存有搭便车的动机，而不去对经营者进行监督，这成为内部人控制问题的重要成因。另外，小股东也知道，在多数情况下，他们的行为对公司决策很难产生影响，对公司的管理层来说，只是噪声，没有实际意义，"用脚投票"可能是最为理想的选择。

相对控股股东或其他大股东的股权相对集中的公司，股东对经营者进行有效监督具有优势。在经营者是相对控股股东的代理人的情况下，其他大股东因持有一定的股权比例而具有监督的动力，他们不会像小股东那样有搭便车的动机，监督成本与他们进行较好监督所获得的收益相比，后者往往大于前者。此类股权结构在监督经营者方面较为有效。

（二）股东的表决监督

为了有效利用股东大会的表决权，加强全体股东包括中小股东对公司经营的监督，应当完善以下表决制度：一是累积投票制度。在直接投票制度下，小股东的利益代表很难通过直接选举产生，因此有必要改革投票选举制度，引入累积投票制度。所谓累积投票制度是指股东在投票选举董事时，可以投的总票数等于该股东所持有的股份数乘以待选董事人数，股东可以将其总票数集中投给一个或几个董事候选人，这种投票制度有助于少数派股东的代表当选为董事。由此董事代表中小股东和大股东一起对公司的经营进行表决，这样可以更好地反映全体股东的意志。二是表决权代理行使制度。国外为了方便股东参与投票表决，均规定股东可以不亲自参加股东大会，而委托其他机构按照自己的意愿进行投票表决。股东委托代理人行使表决权时，代理人应当向公司提交股东的授权委托书，股东在向代理人授权时说明其授权范围，由代理人行使"用手投票"的监督职权。

（三）相关的股东权益保护制度

从股东的权益保护角度来看，为了鼓励股东监督经营者，应完善股东知情权制度、股东提案权制度、股东诉讼赔偿制度等。股东知情权是指股东对公司决策信息、财务信息等的知情权，使信息进一步对称和完全。股东提案权是指股东有向股东大会提出议题或议案的权利。股东提案权对于促进公司的民主决议、经营状况恶化的扭转会起到关键的作用。在股东诉讼赔偿制度方面，包括股东个人诉讼和股东代位诉讼。股东个人可以通过股东大会向经营者直接提出自己的想法和要求，完成自己的诉讼要求。而所谓股东代位诉讼制度是指当公司董事和管理人员违反法律、法规或公司章程给公司和股东造成损害，而公司因故没有对其追究责任时，股东可以依照法定程序代表公司对董事和管理人员提起诉讼而要求民事赔偿的制度。

二、有效的激励组合监督

有效的激励等于合理的监督。激励、监督的相互博弈会使得经营方提高公司经营的积极性。股东可以对管理层实行股票期权计划，使经营者的利益和公司长远利益紧密联系起来，达到降低委托代理成本的目的。股票期权计划是目前现代公司治理实践中解决委托代理关系中经营者动力问题的最佳设计，管理层的薪酬计划将需要股东们批准并予以充分披露，此举将有利于控制股票期权的滥用，并提高其透明度，以保护股东和公司的利益不被管理层的违规行为所侵害。

三、"用脚投票"的监督

股东手中的直接凭证是股票。在经营权和控制权分离的情况下，股东在证券市场上的抛售行为将对管理层形成强大压力，必然会引起公司经营方的重视，激励其以股东利益为出发点，尽力提高企业的经营业绩。如果经营者持有公司的长期股票期权，则会反思自己的行为，以改善公司的绩效。

第六节 监事会监督机制研究

权力的制衡与监督是公司治理结构的基本原则，监事会是实现权利制衡的主要手段，是企业法人治理结构的重要组成部分。由于我国"小家文化"和"一把手文化"根深蒂固，很难在我国建立和有效实施监督机制。但是，我国国有企业产权制度改革已经通过法律的形式确定了企业的法人地位，这样就制约了政府对国有企业的行政干预。那么，政府只有通过董事会或监事会来对国有企业的经营决策实施控制和监督。所以，建立有足够权威性的监事会是实施有效监督的主要手段。目前，改制的国有企业已经建立了监事会，只是监事会的权威性和权力制衡性不够，结合国有企业的特点，有一些地方需要进一步完善，主要包括以下几方面。

一、建立独立董事和监事会相互协调的监督机制

我国独立董事一般是由大股东提名，由董事会批准进入。独立董事可能选择独立，也可能迫于压力和诱惑，不履行其监督职责。事实上，作为理性人，独立董事必须权衡监督与不监督违约行为的得失。而监事会作为公司内部的常设机构，代表股东对公司进行监督，也存在权衡监督与不监督违约行为的得失问题。为明确起见，我们将独立董事与监事会之间的博弈行为模型化。下面我们就构造一个独立董事与监事会行为的博弈模型来分析独立董事与监事会的行为关系。假设：

（1）独立董事与监事会都是理性人，追求自身效用最大化且风险中立，效用等价于货币收益，他们相互之间的信息是对称的，但与债权人、中小股东的信息是不对称的；

（2）公司董事会、管理层确实存在某些违约行为（如不存在违约行为就没有研究的必要）；

（3）独立董事和监事会均有两种行为选择，即"监督"与"不监督"，他们选择行为后博弈结束；

（4）独立董事与监事会不存在能力上的缺失，均能胜任其监督的职责；

（5）由于独立董事与监事会存在职能上的重叠与冲突，只要其中一方履行监督职责，便知道公司董事会、管理层等是否存在违约行为；

（6）对独立董事和监事会的因"监督"而报告董事会、管理层的违约行为的奖励为 T（$T > 0$），因"不监督"而未报告董事会、管理层的违约行为的处罚为 $-S$（$S > 0$）；独立董事因其履行监督职责而获得的社会声誉为 R（$R > 0$）。

详细分析如下：①如果独立董事选择"不监督"，监事会选择"不监督"，由于两者同时选择"不监督"，公司董事会和管理层的违约行为未被发现，则独立董事的"不作为"未被发现，受到的处罚 $-S=0$，但是由于没有履行监督职责就不会获得社会声誉，其得益 $R=0$；而监事会的"不作为"也不会被发现，也不会受到任何的处罚和奖励，即 $T=0$，$-S=0$。②如果独立董事选择"监督"，监事会选择"不监督"，则独立董事因报告董事会、管理层的违约行为获得奖励，同时获得社会声誉，其得益为 $R+T$；而监事会因未报告董事会、管理层的违约行为而受到处罚，其得益为 $-S$。③如果独立董事选择"不监督"，监事会选择"监督"，则独立董事因未报告董事会、管理层的违约行为受到处罚，同时失去社会声誉，其得益为 $-S-R$；而监事会因报告董事会、管理层的违约行为获得奖励，其得益为 T。④如果独立董事选择"监督"，监事会选择"监督"，会有两种可能：一是独立董事与监事会报告的董事会、管理层的违约行为不是一致的，则独立董事因报告董事会、管理层的某些违约行为获得奖励，未报告另一些违约行为而受到处罚，同时失去社会声誉，其得益为 $-R-S+T$；而监事会也因报告董事会、管理层的某些违约行为获得奖励，未报告另一些违约行为而受到处罚，其得益为 $-S+T$。二是独立董事与监事会报告的董事会、管理层的违约行为是一致的，则独立董事因报告董事会、管理层的违约行为获得奖励，也获得社会声誉，其得益为 $T+R$；而监事会也因报告董事会、管理层的违约行为获得奖励，其得益为 T。若独立董事与监事会报告董事会、管理层的违约行为是一致的，其发生的概率为 p $(0 \leqslant p \leqslant 1)$，则独立董事的收益应是 $(-R-S+T)(1-p)+(T+R)p$，监事会获得收益应是 $(-S+T)(1-p)+Tp$。由以上分析可得，该博弈的得益矩阵如图7-1所示。

	监事会监督	监事会不监督
独立董事监督	$(-R-S+T)(1-p)+(T+R)p$，$(-S+T)(1-p)+Tp$	$R+T$，$-S$
独立董事不监督	$-S-R$，T	0，0

图7-1 监事会与独立董事监督选择的博弈模型

假设独立董事选择的是"监督"，对监事会来说，选择"不监督"得益为 $-S$，选择"监督"得益为 $(-S+T)(1-p)+Tp$，而 $(-S+T)(1-p)+Tp > -S$，因此当独立董事选择"监督"这种对策时，监事会还是应该选择"监督"。假设独立董事选择的是"不监督"，对监事会来说"不监督"得益为 0，"监督"得益为 T $(T > 0)$，则应该选择"监督"。因而在此博弈中，无论独立董事采用何种行为，监事会的选择均是唯一的，即"监督"。

同样地，独立董事有"监督"和"不监督"两种可能的选择。假设监事会选择的是"不监督"，对独立董事来说，"不监督"得益为 0，而"监督"得益

为 $R + T$ 而 $R + T > 0$，则应该选择"监督"；假设监事会选择的是"监督"，对独立董事来说，"不监督"得益为 $-S - R$，"监督"得益为 $(-R - S + T)(1 - p) + (T + R)p$，而 $(-R - S + T)(1 - p) + (T + R)p > -S - R$，还是应该选择"监督"。因而在此博弈中，无论监事会采用何种行为，独立董事的选择也是唯一的，即"监督"。

可见，此博弈模型仅存在一个纯策略纳什均衡，即（监督，监督）。

通过以上理论分析，可以看出独立董事与监事会二者只有相互发挥各自监督职能时，才能实现企业利益最大且自身利益也最大。因此，有必要建立独立董事和监事会相互协调的监督机制。建立和完善独立董事制度应考虑到监事会存在的现实，制定切实可行的措施使监事会能够有效地行使其职能。从独立董事制度和监事会制度的不同监督功能的特点出发，来设计独立董事与监事会的职权范围，在目标一致的前提下，各行其职，各负其责，适当交叉，相互监督和相互依存。例如，制订详细的监事会条例，强化监事会的独立性和专业性，使监事会真正发挥对财务的检查作用，使独立董事和监事会能实现良好的配合、协作和相互制约关系。事实上，虽然二者之间存在权益和义务上的重叠与冲突，但二者之间实现良好的配合、协作和制约关系也有其现实的可行性和必要性。

首先，共同的目标使独立董事和监事会在共存相处、协作配合的基础上，实现公司利益最大化，维护所有股东权益，尤其是中小股东权益。在监督董事会和经理层的行为问题上，他们的利益和目标是一致的，都是受全体股东的委托，行使监控和保障职责，因此，二者并没有激烈的利益冲突；相反，二者还要互通情况，相互配合，从而相得益彰，加大对董事会和经理层的监督力度，实现有效的监督。

其次，独立董事特殊的社会身份和在公司中的特殊地位，使监事会和独立董事合作成为可能。上市公司选择的独立董事一般是有一定的社会知名度、且是受人尊重的专家、教授、企业家、会计师、律师或政府官员。他们在行使独立董事职责时，一般都有较高的政策水平和协调能力，能够得到上市公司董事会、监事会成员的理解和尊重。独立董事个人的人格力量也足以使他们和监事会较好地协作、配合。另外，独立董事都是董事会的重要成员，决定公司很多重大事项，从个人权力看，监事会也必须与其积极配合。

最后，相互监督、相互制约是独立董事和监事会之间的另一层内在关系。监事会对独立董事是否可以实行监督，虽然在一元制的英美法系找不到明确的依据，但根据我国现行《公司法》，这是很明确的，即监事会有权对董事会任何成员实施监督，其中当然包括独立董事。笔者认为，独立董事虽然有其独立的一面、特殊的一面，但在接受监事会监督的问题上，是没有异议的。从法制角度看，独立董事也是社会人，也有失职、渎职或舞弊的可能。为此，国外很多上市公司的独立董事都买了保险，其目的就是减少和化解在任独立董事期间承担连带责任的风险。独立董事风险主要有两种：一是主观上接受收买，从事违法活动；二是客观上由于自身的知识和经验的局限，因而履行独立董事职责时，出现使公司受损等不良后果。可见，监事会对独立董事进行必要的监督是不可少的。

与此同时，监事会也要接受独立董事的监督和评价。理论上，监事会接受股东大会的监督和评价，向股东汇报工作，但无论从独立董事对监事会日常工作上的了解，还是从独立董事的专业能力来看，独立董事完全有必要对监事会实施监督，两者之间是相互配合、相互协作和相互制约的新型关系。

二、增强监事会的独立性和专业监督能力

如果说在其他国家增强监事会的独立性比较重要的话，那么在我国就显得更为重要，因为在我国大部分的国有控股公司中，大股东的滥权、擅权行为损害的不仅仅是小股东的利益，同时也会损及到真正的大股东——国家的利益。因此，效仿日本的独立监事制度，在监事会中引入独立监事制度，以增强监事会的独立性，这不仅有利于中小股东的利益，也有利于大股东——国家的利益。

无论是德国的监事还是日本的监事，因为推选他们的主体更多的是银行派出的代表，所以在监督能力上不用从法律角度作太多考虑。但我国则有所不同，因为无论是职工还是国有股的代表主体，都可能缺乏资本经营的专业能力，由他们所选出的监事代表也有可能欠缺监督的专业能力，所以通过立法来保证监督主体的监督能力是必要的，包括对监事资格、监事的专业构成比例等方面的适当规定。

第七节 国有企业股权结构与公司治理绩效关系的实证研究

一、研究设计

（一）样本选择和数据来源

为了排除不同行业的影响，本书以沪、深两市 2006～2008 年机械、设备和仪表等相似行业的上市公司为样本，并为了保证数据的有效性，尽量消除异常样本对研究的影响，剔除了以下类别：①金融类公司；②ST 类和*ST 类的公司；③样本中净资产收益率低于 −50% 的公司。最后得到 169 家公司样本。

（二）公司治理绩效指标的选取方法

对于公司治理绩效评价指标的选取，与传统的主成分分析方法不同，本章采用修正的主成分分析方法。通过对我国上市公司的公司治理指标进行综合分析，构建我国上市公司治理状况综合分析的修正后的主成分分析评价模型。

在综合评价中，为了尽可能真实地反映被评价对象的情况，人们总是希望选取的评价指标越多越好。但是，过多的评价指标不仅会增加评价工作量，而且会因评价指标间的相互关联而造成评价信息相互重叠、相互干扰，难以客观地反映被评价对象的相对地位。因此，如何用少数几个彼此不相关的新指标代替原来为数较多、彼此有一定相关关系的指标，同时又尽可能多地反映原来指标的信息量，是综合评价中一个具有现实意义的问题。主成分分析法便是解决这一问题的有力工具。

传统的主成分综合评价方法的出发点是评价指标的协方差矩阵，因为协方差容量受指标的量纲和数量级的影响。因此，要用 $Z-score$ 公式对原始数据进行标准化处理，使协方差矩阵变成相关系数矩阵，但在消除量纲和数量级影响的同时，却丢失了各指标变异程度上的差异信息。因为原始数据中包含的信息由两部分组成：一部分是各指标变异程度上的差异信息，这要由各指标的方差大小来反映；另一部分是指标间相互影响程度上的相关信息，这要由相关系数矩阵体现出来。标准化使各指标的方差变成 1，体现不出各指标变异程度上的差异。因此，从标准化后的数据中提取的主成分，实际上只包含了各指标间的相互影响这部分信息，而不能反映各指标变异程度上的差异信息，即这种主成分不能准确反映原始数据所包含的全部信息。另外，当指标之间的相关性不强时，每一个主成分所提取的原始指标信息常常是很少的。这时，为了满足累计方差贡献率不低于某一阈值（比如85%），就有可能选取较多的主成分，使主成分分析的作用不甚明显。这是传统主成分分析的一个不足之处，为了能够反映原始数据的全部信息，我们用均值化方法来消除指标的量纲和数量级的影响，从而使从均值化后的数据中提取的主成分能充分体现原始数据所包含的全部信息。

（三）用修正的主成分分析法进行综合评价的实施步骤

用修正的主成分分析法进行综合评价的基本思路是：首先求出原始 p 个评价指标的 p 个主成分，然后选取少数几个主成分来代替原始指标，再将所选取的主成分用适当形式综合，就可以得到一个综合评价指标，依据它就可以对被评价对象进行排序比较。下面介绍具体步骤。

1. 对原始数据进行均值化处理

设有 n 个被评价对象，每个对象用 p 个评价指标来描述，那么，原始数据为

$(X_{ij})_{n\times p}$。各指标的均值 $\overline{X}_j = \dfrac{1}{n}\sum\limits_{i=1}^{n} X_{ij}$（$j = 1, 2, \cdots, p$）。

均值化就是用各指标的均值 $\overline{X}_j$ 去除它们相应的原始数据，即 $z_{ij} = \dfrac{X_{ij}}{\overline{X}_j}$。

均值化后数据的协方差矩阵 $V = (V_{ij})_{n\times p}$ 的元素为

$$V_{ij} = \frac{1}{n-1}\sum_{t=1}^{n}(z_{ti} - \overline{z}_i)(z_{tj} - \overline{z}_j)$$

由 $z_{ij} = \dfrac{X_{ij}}{\overline{X}_j}$ 式可知，均值化后各指标的均值为 1，由此可得

$$V_{ij} = \frac{1}{n-1}\sum_{t=1}^{n}(z_{ti}-1)(z_{tj}-1) = \frac{1}{n-1}\sum_{t=1}^{n}\frac{(X_{ti}-\overline{X}_i)(X_{tj}-\overline{X}_j)}{\overline{X}_i\,\overline{X}_j} = \frac{S_{ij}}{\overline{X}_i\overline{X}_j}$$

式中，$S_{ij} = \dfrac{1}{n-1}\sum\limits_{t=1}^{n}(X_{ti}-\overline{X}_i)(X_{tj}-\overline{X}_j)$ 为原始数据的协方差。当 $i=j$ 时，得

$$S_{ij} = S_{ii} = \frac{1}{n-1}\sum_{t=1}^{n}(X_{ti}-\overline{X}_i)^2$$

此时，$V_{ij} = V_{ii} = \dfrac{S_{ii}}{\overline{X}_i^2} = \left(\dfrac{\sqrt{S_{ii}}}{\overline{X}_i}\right)^2$。

由以上分析可知，均值化后数据的协方差矩阵的对角元素是各指标的变异系数 $\dfrac{\sqrt{S_{ii}}}{\overline{X}_i}$ 的平方，它反映了各指标变异程度上的差异。未均值化前原始指标的相互影响程度由相关系数 r_{ij} 来反映，其计算公式是 $r_{ij} = \dfrac{S_{ij}}{\sqrt{S_{ii}}\sqrt{S_{jj}}}$。均值化后的相关系数 r_{ij} 应按如下公式计算：$r_{ij} = \dfrac{V_{ij}}{\sqrt{V_{ii}}\sqrt{V_{jj}}}$。将 $V_{ij} = \dfrac{S_{ij}}{\overline{X}_i\overline{X}_j}$ 代入上式同样得到 $r_{ij} = \dfrac{S_{ij}}{\sqrt{S_{ii}}\sqrt{S_{jj}}}$。这也就是说，均值化处理并不改变指标间的相关系数，相关系数矩阵的全部信息将在相应的协方差矩阵中得到反映。由以上分析可知，经过均值化处理后的协方差矩阵，不仅消除了指标量纲和数量级的影响，而且能全面反映原始数据所包含的两部分信息。因此，用主成分分析方法进行综合评价时，应该用均值化对其进行无量纲化处理。

2. 计算标准化的 p 个指标的协方差矩阵

此时即为相关系数矩阵 $R = (r_{ij})$，计算公式为 $r_{ij} = \dfrac{S_{ij}}{\sqrt{S_{ii}}\sqrt{S_{jj}}}$。其中，$S_{ij} = \dfrac{1}{n-1}\sum\limits_{t=1}^{n}(X_{ti}-\overline{X}_i)(X_{ti}-\overline{X}_j)$ 容易看出 $r_{ii}=1$，且 $r_{ij}=r_{ji}$。

3. 计算相关矩阵 R 的特征根、特征向量

通常用雅可比（Jacobi）方法求 R 阵的 p 个特征根 $\lambda_1 \geqslant \lambda_2 \geqslant \cdots \geqslant \lambda_p \geqslant 0$ 及其相应的特征向量 a_1，a_2，$\cdots$，a_p，其中，$a_i = (a_{i1}, a_{i2}, \cdots, a_{ip})$，（$i = 1$，$2$，$\cdots$，$p$）。易知 λ_i 是第 i 个主成分 y_i 的方差，它反映第 i 个主成分 y_i 在描述被评价对象上所起作用的大小。

4. 计算各主成分的方差贡献率 a_k 及累计方差贡献率 $a(k)$

第 k 个主成分 y_k 的方差贡献率 $a_k = \lambda_k / \sum_{i=1}^{p} \lambda_i$，前 k 个主成分 y_1，y_2，$\cdots$，y_k 的累计方差贡献率为 $a(k) = \sum_{j=1}^{k} \lambda_j / \sum_{i=1}^{p} \lambda_i$。$y_k$ 的方差贡献率 a_k 表示 $\mathrm{var}(y_k)$ $= \lambda_k$ 在原始指标的总方差 $\sum_{i=1}^{p} \mathrm{var}(x_i) = \sum_{i=1}^{p} \mathrm{var}(y_i) = \sum_{i=1}^{p} \lambda_i$ 中所占的比重，即第 k 个主成分提取的原始 p 个指标的信息量。因此，前 k 个主成分 y_1，y_2，$\cdots$，y_k 的累计方差贡献率 $a(k)$ 越大，说明前 k 个主成分包含的原始信息越多。

5. 选择主成分的个数

主成分分析的目的在于将原来为数较多的指标转化为少数几个综合指标（即主成分），而且还要尽可能多地保留原始指标的信息，从而减少综合评价的工作量。从前面的讨论可知，前 k 个主成分的累计方差贡献率 $a(k)$ 表示的是这 k 个主成分从原始指标 x_1，x_2，$\cdots$，x_p 中提取的总信息量。因此，确定主成分个数实质上就是在 k 与 $a(k)$ 之间进行权衡，一方面要使 k 尽可能小，另一方面要使 $a(k)$ 尽可能大，即以较小的主成分获取足够多的原始信息。确定主成分的个数，一般是使前 k 个主成分的累计方差贡献率 $a(k)$ 达到一定的要求，通常要求 $a(k) \geqslant 85\%$。

6. 由主成分计算综合评分值，以此对被评价对象进行排序和比较

先按累计方差贡献率不低于某阈值（如85%）的原则确定前 k 个主成分，然后以选择的每个主成分各自的方差贡献率为权数，将它们线性加权求和，求得综合评价值指标 F。设按累计方差贡献率 $a(k) \geqslant 85\%$ 选择 k 个主成分 y_i，即 $y_i = a_{i1}x_1 + a_{i2}x_2 + \cdots + a_{ip}x_p$（$i = 1$，$2$，$\cdots$，$k$）。它们的方差贡献率为 $\lambda_i / \sum_{i=1}^{k} \lambda_i$（$i = 1$，$2$，$\cdots$，$k$），以此为权数，将 k 个主成分 y_1，y_2，$\cdots$，y_k 线性加权求和，即得综合评价值 F 为 $F = (\lambda_1 y_1 + \lambda_2 y_2 + \cdots + \lambda_k y_k) / \sum_{i=1}^{p} \lambda_i$，以 F 值的大小可以

评价上市公司的优劣。

（四）修正后的主成分分析模型对上市公司治理绩效评价指标的实证研究

选取了 2006～2008 年机械、设备和仪表等相似行业的 169 家上市公司为样本。众多学者研究中所使用的治理绩效指标包括：每股净收益（p_1）、资产收益率净利润（p_2）、托宾 Q 值（p_3）、信息披露指数（p_4）、代理成本（p_5）、关联交易状况（p_6）、市盈率（p_7）、市净率（p_8）、市销率（p_9）、债务资产比率（p_{10}）、流动比率（p_{11}）、速动比率（p_{12}）、总资产增长率（p_{13}）和主营业务收入增长率（p_{14}）。按照修正后的主成分分析评价原理，应用 SPSS 软件分析，可得到特征根、贡献率、累计贡献率。

根据 $a(k) \geq 85\%$，如表 7-3 所示，我们选取每股净收益（p_1）、资产收益率净利润（p_2）、托宾 Q 值（p_3）、信息披露指数（p_4）和代理成本（p_5）作为衡量公司治理绩效的指标。

表 7-3 整体解释变量

因子	初始特征值			提取因子载荷平方和		
	总量	占总方差比例/%	累计比例/%	总量	占总方差比例/%	累计比例/%
1	19.494	32.464	32.464	19.494	32.464	32.464
2	16.694	27.802	60.266	16.694	27.802	60.266
3	6.226	10.368	70.634	6.226	10.368	70.635
4	4.246	8.070	78.704	4.246	8.070	78.705
5	4.011	6.679	85.383	4.011	6.679	85.384
6	3.417	5.601	90.984			
7	1.708	2.845	93.829			
8	1.350	2.240	96.069			
9	1.160	1.032	97.101			
10	0.833	1.388	98.489			
11	0.661	1.102	99.591			
12	0.181	0.301	99.892			
13	0.050	0.082	99.974			
14	0.016	0.026	100.000			

（五）变量定义与衡量

研究变量主要包括解释变量、控制变量和被解释变量三大类。解释变量包括国有股比例、法人股比例和流通股比例；控制变量选取资产负债率和公司规模；被解释变量用公司治理绩效指标来表现。

（1）解释变量。本书研究中股权结构包括股权结构属性和股权集中度两类。

股权结构属性分为国有股比例、法人股比例和流通股比例。股权集中度以第一大股东持股比例、第二至第五大股东持股之和比例、第一大股东持股比例与第二至第五大股东持股之和比例的比值（Z 值）作为衡量指标。

（2）控制变量。为了控制公司其他特征对公司治理绩效的影响，选取资产负债率和公司规模作为控制变量。资产负债率可以反映公司的基本财务状况，资产规模效应影响业绩。公司规模大小也可能影响公司的管理效率，不同的公司规模对公司治理绩效会有影响是显而易见的，并且对股权结构也会产生影响。例如，企业规模大，股权就可能相对分散；企业规模小，股权就可能相对集中。

（3）被解释变量。根据修正后主成分分析方法，本书选取了每股净收益（p_1）、资产收益率净利润（p_2）、托宾 Q 值（p_3）、信息披露指数（p_4）和代理成本（p_5）作为衡量公司治理绩效的变量。根据这些变量的特性，本书将其分为三类，即会计利润指标、公司价值指标和公司治理成本指标。会计利润指标主要以获利性指标和生产性指标来衡量，其中获利性指标用每股净收益（p_1）来衡量，生产性指标用资产报酬率来衡量；公司价值指标主要以托宾 Q 值（p_3）来衡量；公司治理成本指标主要以公司信息披露质量、代理成本来衡量，其中公司信息披露质量以南开公司治理指数中信息披露指数来衡量。变量定义与衡量具体如表 7-4 所示。

表 7-4　变量定义与衡量

变量类型	分析要素		变量	变量名
解释变量	国有股比例		（国家股 + 国有法人股）/总股本 ×100%	GYG
	法人股比例		法人股/总股本 ×100%	FRG
	流通股比例		（流通股 A + 流通股 B）/总股本 ×100%	LTG
控制变量	公司规模		公司总资产对数	SIZE
	资产负债率		公司总负债/公司总资产 ×100%	LEFT
被解释变量	会计利润指标	获利性指标	（税后净利润 – 优先股股利）/年末普通股股份总数 ×100%	EPS
		生产性指标	税后净利润/平均资产总额 ×100%	ROA
	市场价值指标	市场指标	（总市值 + 长期负债 + 短期负债）/总资产	Tobin's Q
	成本指标	信息披露指数[1]	南开公司治理指数	$CCGI_{ID}^{NK}$
		代理成本[2]	（管理费用 + 营业外支出）/主营业务收入 ×100%	AG

注：①南开公司治理指数中的信息披露指数。②Singh 和 Davidson（2003）采用总资产销售率和三项费用支出率反映代理成本，而 Ang、Cole 和 Lin（2000）采用总资产销售率和运营支出比率反映代理成本，本书以（管理费用 + 营业外支出）/主营业务收入反映代理成本。

二、实证研究

我国于 2005 年 4 月开始进行股权分置改革，改革使股权结构发生了重大变化。在此之前，众多学者都是将所选的一年或者几年样本的总数作为一个大样本进行研究，比如选取 2006～2008 年每年 200 个样本进行研究，那么他们在构建假设或实证分析时一般是以 3 年共计 600 个样本去研究。本书在理论分析基础上构建假设研究国有企业股权结构与公司治理绩效的关系。

（一）股权结构属性与公司治理绩效关系实证研究

1. 理论分析与研究假设

在国有股过度集中的上市公司中，代表国家行使股东权利和承担股东责任的主体主要有以国有资产管理局为代表的政府机关、国有资产经营公司或国有资产控股公司以及代表国家持股的集团公司。纪建悦认为，这三方面从各自的考虑出发，常常追求的是政治目标，而非利润最大化，股东权利得不到很好的行使，对公司的绩效没有很好的作用。国有股大比例存在对公司治理绩效似乎会产生负面影响（纪建悦，2001）。朱卫平强调，国有上市公司作为"政府所有"的公司，其与政府之间存在着割不断的血缘关系，则其比非国有上市公司更容易获得政府的政策保护；国有上市公司与政府监管部门的紧密联系，意味着这些公司在为保住配股权、抬高股价而进行各种业绩操纵时，政府监管部门更容易采取睁一只眼闭一只眼的态度，使国有上市公司的账面业绩有可能含有更多的水分。考虑到这些因素的存在，国有上市公司的实际业绩与国有股比例负相关关系可能会更为显著（朱卫平，2001）。

股权分置改革后，以前的非流通股转变为有限售条件股，经过限售期后可以流通，股权结构发生了变化，国有股比例降低、政府重视程度越来越高及监督力量的不断强化，反而会有助于公司治理绩效的提高。但是，股权分置改革从 2005～2006 年，只经历了一年半的时间，相关政策从制定到执行存在一定滞后性。假设股权分置改革对于公司治理绩效改善的滞后效应很小，因此保持一定程度的国有股比例是有益的，可得出假设 H_1。

H_1：国有股比例与公司治理绩效正相关。

在我国，法人股不同于国有股，虽然法人股不能流通，但可以协议转让，具有很强的稳定性。法人股比例较高，法人一般会更关注公司中长期经营发展情况，以求得良好的股利回报，其监控动力增加，公司信息披露质量有所增加，关联交易质量增加，违规行为可能降低，法人对于公司经营能够提出非常宝贵的意见，相对更加积极主动关心公司经营，公司经营业绩可能会有所上升。考虑到国家对上市公司监控机制的薄弱，适当保持一定比例的法人股是有利的。随着公司治理结构的不断完善，公司的经营业绩会有显著提高。但当个别法人绝对控股时，反而会采取一些短期行为，获得短期的高额收入，如操纵股票价格、关联交易、转移利润等，而不是着眼于公司的长期价值增长，公司信息披露质量有所下降，违规行为可能会有所增加，不利于公司治理绩效的提高。由此得出假设 H_2。

H_2：法人股比例与公司治理绩效倒 U 形相关，开始随着法人股比例的提高而提高，而后又随着法人股比例的提高而降低。

在我国，流通股可以在公开股票市场上交易。从理论上讲，流通股股东可以通过参加股东大会投票选举和更换董事会成员来对公司管理层实施监控。然而，目前我国流通股多为个人购买的零散股，约占总股本的 1/3，绝大多数流通股股东很难通过股东大会左右管理层的行为（Porta et al.，1999）。公司股票的低流通性在很大程度上可以说是上市公司股权结构的核心问题。股票的流通与否不仅会影响股东的行为，而且还会影响市场本身对公司价值的判断。股票的流通性和流通股比例增加、股权的集中程度降低、公司治理结构进一步完善、大股东对公司监控力度降低等，会导致信息披露质量的提高，违规行为减少，股东"用脚投票"的权利在流通股比较高的情况下，大大减少了相应代理成本，股票价格的高低可以体现公司业绩的好坏，经营者为了个人声誉与职位就会努力提高自身经营水平，公司治理绩效有所增加。那么，是否流通股比例绝对高或者全流通情况下，公司治理绩效就越高呢？其实不然，我国目前不同于美国，美国市场化程度较高，相关政策法律比较健全，股东完全可以通过"用脚投票"的权利对公司进行监督。而在我国，市场化程度相对低，相关政策法律还不健全，多层次代理所造成的治理问题依然存在（马连福，2000），有效的治理机制也不健全。由此得出假设 H_3。

H_3：流通股比例与公司治理绩效 U 形相关，开始随着流通股比例的提高而降低，而后又随着流通股比例的提高而提高。

2. 模型建立

股权结构属性的配置最终会影响到公司治理绩效，但二者之间的关系需要实证分析。根据上述理论分析与假设，我们假定回归函数模型为

$$P_i = \beta_0 + \beta_1 \text{SIZE} + \beta_2 \text{LEFT} + \beta_3 F_i + e \qquad (7\text{-}1)$$

$$P_i = \beta_0 + \beta_3 F_i + \beta_4 F_i^2 + e \qquad (7\text{-}2)$$

式中，P_i 为公司治理绩效变量，用每股净收益（p_1）、资产收益率净利润（p_2）、托宾 Q 值（p_3）、信息披露指数（p_4）和代理成本（p_5）作为被解释变量；β_0 为截距；β_i（$i = 1, 2, 3, 4$）为回归系数；e 为残值；F_i 为股权属性变量（$i = 1, 2, 3$），分别为国有股比例、法人股比例和流通股比例。为了验证假设 H_2 和 H_3，

本书选用模型（7-2），验证其他假设选用模型（7-1）。

3. 统计变量的描述性统计

由表 7-5 可以看到，股权结构属性方面，2006～2008 年国有股比例均值呈递减趋势，中位值也在减小；法人股比例均值也呈递减趋势，2006～2008 年分别为 16.5%、24.1% 和 20%，中位值也在减小；流通股比例均值呈递增趋势，2006 年和 2007 年分别为 50.3% 和 83.2%，2008 年更是增加到 88.3%，与 2006 年相比，增加了 38%。以上数据说明经过股权分置改革，从总体上看，国有股比例和法人股比例在逐年降低，流通股比例逐年增加，理论上讲股权的流通性增强了。治理绩效方面，每股净收益、资产报酬率、托宾 Q 值和信息披露指数的均值随着年度变化呈现出 U 形变化趋势；而代理成本呈现出倒 U 形变化趋势；2008 年随着治理结构的不断完善和发展，各治理层整合完成，公司治理绩效较 2007 年有了很大提高。

表 7-5 统计变量的描述性统计

年份	统计指标	GYG	FRG	LTG	SIZE	LEFT	EPS	ROA	Tobin's Q	$CCGI_{ID}^{NK}$	AG
2006	均值	0.343	0.165	0.503	21.159	0.471	0.238	0.039	1.540	67.755	0.095
	中位值	0.372	0.062	0.501	21.137	0.485	0.191	0.036	1.393	72.320	0.085
	最大值	0.841	0.724	0.785	23.411	0.914	1.364	0.165	4.947	94.621	0.324
	最小值	0	0	0.100	18.807	0.103	−0.335	−0.044	0.764	45.896	0.017
	标准偏差	0.217	0.203	0.123	0.875	0.163	0.232	0.033	0.536	0.176	0.053
2007	均值	0.205	0.241	0.832	21.247	0.497	0.162	0.022	1.314	65.664	0.124
	中位值	0.192	0.127	0.843	21.203	0.509	0.133	0.026	1.206	74.365	0.083
	最大值	0.842	0.707	0.962	23.649	0.856	2.104	0.189	3.648	92.012	2.208
	最小值	0	0	0	18.813	0.073	−2.108	−0.382	0.773	44.236	0.013
	标准偏差	0.247	0.240	0.118	0.885	0.161	0.357	0.056	0.425	0.324	0.232
2008	均值	0.188	0.200	0.883	21.354	0.524	0.219	0.026	1.826	70.287	0.118
	中位值	0.211	0.234	0.894	21.363	0.543	0.143	0.028	1.482	75.364	0.075
	最大值	0.895	0.772	0.970	25.183	1.704	1.845	0.193	7.942	96.378	3.833
	最小值	0	0	0	18.616	0.100	−2.440	−0.905	0.727	50.268	0.009
	标准偏差	0.214	0.202	0.124	0.973	0.182	0.385	0.089	0.905	0.214	0.301

4. 统计变量的总体相关性分析（表7-6）

表7-6　统计变量总体相关性分析（Person 系数）

	GYG	FRG	LTG	SIZE	LEFT	EPS	ROA	Tobin's Q	$CCGI_{ID}^{NK}$	AG
GYG	1									
FRG	−0.187**	1								
显著性概率	0.000									
LTG	−0.165**	−0.047	1							
显著性概率	0.000	0.309								
SIZE	−0.478**	−0.147**	−0.050	1						
显著性概率	0.000	0.001	0.282							
LEFT	−0.143**	−0.069	−0.046	−0.161**	1					
显著性概率	0.002	0.134	0.319	0.000						
EPS	0.283**	−0.421**	−0.372**	0.267	0.197	1				
显著性概率	0.001	0.000	0.000	0.210	0.134					
ROA	−0.057	0.224**	−0.045	−0.179**	−0.080	0.061	1			
显著性概率	0.220	0.000	0.331	0.000	0.084	0.072				
Tobin's Q	−0.204**	0.235**	0.231**	−0.115*	−0.081	0.080	−0.063	1		
显著性概率	0.000	0.000	0.000	0.013	0.081	0.071	0.171			
$CCGI_{ID}^{NK}$	−0.585**	−0.161**	−0.064	0.485**	−0.198**	0.021	−0.218**	−0.164**	1	
显著性概率	0.000	0.000	0.169	0.000	0.000	0.018	0.000	0.000		
AG	0.001	−0.075	−0.047	0.058	0.234**	0.032	−0.077	−0.108*	−0.239**	1
显著性概率	0.978	0.107	0.309	0.209	0.000	0.071	0.098	0.019	0.000	

注：** 表示显著性水平在0.01（双尾检验）；* 表示显著性水平在0.05（双尾检验）。

　　从表7-6 中可以看出，国有股比例（GYG）与法人股比例（FRG）、流通股比例（LTG）、公司规模（SIZE）、资产负债率（LEFT）、托宾 Q 值（Tobin's Q）和信息披露指数（$CCGI_{ID}^{NK}$）是显著的负相关关系，而与每股收益（EPS）是显著的正相关关系，与净资产报酬率（ROA）和代理成本（AG）相关性不大，这说明国有股比例与法人股比例和流通股比例之间是一种此消彼长的关系。公司的资产规模以及负债水平与国有股比例呈显著的负相关关系，而且国有股比例越高，其信息披露质量越低，公司市场价值越低，说明国有股比例过高不利于公司信息披露质量和市场价值水平的提升。法人股比例与公司规模、每股收益和信息披露质量是显著的负相关关系，而与净资产报酬率和托宾 Q 值是显著的正相关关系，说明法人股比例越高越不利于公司的信息披露，但是却有利于提高公司的净资产报酬率和公司的市场价值。流通股比例与每股收益显著负相关，与托宾 Q 值显著正相关，说明流通股比例越高，越不利于公司每股收益的增加，但却有利于公司市场价值的提高。

5. 统计变量的回归性分析（表7-7）

表7-7 股权结构属性与公司治理绩效关系回归结果

因变量	自变量	β_0	β_1	β_2	β_3	β_4	回归系数	调整后系数平方	F	F检验显著性概率
EPS	GYG	−1.842 (0.003)	0.114 (0.000)	−0.774 (0.000)	0.094 (0.046)		0.413	0.156	11.324	0.000
	FRG	0.225 (0.000)			0.556 (0.023)	−1.437 (0.008)	0.463	0.200	15.020	0.000
	LTG	−0.534 (0.011)			2.971 (0.031)	−2.762 (0.043)	0.172	0.018	2.935	0.042
ROA	GYG	−0.681 (0.000)	0.040 (0.000)	−0.293 (0.000)	0.043 (0.008)		0.659	0.424	42.282	0.000
	FRG	−0.025 (0.007)			−0.285 (0.007)	−0.670 (0.000)	0.315	0.088	9.113	0.000
	LTG	0.011 (0.000)			0.183 (0.000)	−0.174 (0.000)	0.624	0.377	35.033	0.000
Tobin's Q	GYG	10.670 (0.000)	−0.438 (0.000)	0.777 (0.005)	0.300 (0.036)		0.419	0.160	11.689	0.000
	FRG	1.779 (0.000)			1.251 (0.305)	−3.735 (0.085)	0.201	0.029	3.480	0.033
	LTG	4.493 (0.000)			−8.138 (0.017)	5.306 (0.114)	0.355	0.121	24.105	0.000
$CCGI_{ID}^{NK}$	GYG	46.513 (0.006)	1.941 (0.000)	−6.661 (0.002)	7.106 (0.014)		0.455	0.192	14.340	0.000
	FRG	69.700 (0.000)			13.902 (0.028)	−33.97 (0.014)	0.432	0.187	12.647	0.000
	LTG	59.115 (0.000)			18.713 (0.032)	−20.15 (0.006)	0.651	0.424	40.481	0.000
AG	GYG	2.567 (0.000)	−0.135 (0.000)	0.906 (0.000)	−0.143 (0.009)		0.624	0.378	35.033	0.000
	FRG	0.119 (0.000)			−1.077 (0.002)	2.594 (0.000)	0.371	0.127	13.237	0.000
	LTG	0.635 (0.014)			−1.910 (0.007)	1.584 (0.013)	0.180	0.021	2.935	0.042

注：括号内为 Sig. T 值。

从表7-7可以看出，国有股比例与公司治理绩效各变量的回归结果显示，回归方程显著性 Sig. $F < 0.05$，代理成本变量系数 β_3 小于零，其他治理绩效变量 β_3

系数均大于零，且显著性 Sig. $T < 0.05$，说明回归方程和回归系数均显著，即国有股比例与公司治理绩效有显著的正相关关系，这证明了假设 H_1 是成立的。法人股比例与公司治理绩效各变量的回归结果显示，EPS、ROA、$CCGI_{ID}^{NK}$ 和 AG 回归方程显著性 Sig. $F < 0.05$，代理成本变量系数 β_4 大于零，其他治理绩效变量系数 β_4 均小于零，显著性 Sig. $T < 0.05$，说明回归方程和回归系数显著，而 Tobin's Q 回归方程显著性 Sig. $F < 0.05$，但是系数 β_4 显著性 Sig. $T > 0.05$。产生这一结果，主要是由于在经历长达 4 年的持续低迷之后，2006～2008 年我国证券市场实现了转折性变化。以机械、设备和仪表行业上市公司为例，2006 年平均市盈率和市净率为 70.559 46% 和 2.318 234%，2007 年平均市盈率和市净率分别为 40.691 23% 和 1.841 319%，2008 年平均市盈率和市净率分别为 72.030 33% 和 3.204 574%，短期内不能体现公司的价值，股价的波动影响了托宾 Q 值，并且得出的结果偏离了公司的正常价值。对于流通股 Tobin's Q 回归结果，本书将其剔除。因此，总的来说，法人股比例与公司治理绩效有显著的倒 U 形相关关系，这证明了假设 H_2 是成立的，并且通过回归方程计算得出，EPS、ROA、$CCGI_{ID}^{NK}$、Tobin's Q、AG 在法人股比例为 19.35%、21.37%、16.75%、20.46%、20.76% 时，取其平均值即法人股比例在 19.72% 时，公司治理绩效达到最佳。流通股比例与公司治理绩效各变量的回归结果显示（剔除 Tobin's Q 回归结果），回归方程显著性 Sig. $F < 0.05$，代理成本变量系数 β_4 大于零，其他治理绩效变量系数 β_4 均小于零，显著性 Sig. $T < 0.05$，说明回归方程和回归系数均显著，即流通股比例与公司治理绩效有显著的 U 形相关关系，假设 H_3 是成立的，并且 EPS、ROA、$CCGI_{ID}^{NK}$、Tobin's Q、AG 在流通股比例分别为 53.78%、52.59%、76.69%、46.43%、60.29% 时，取其平均值即流通股比例在 57.97% 时，公司治理绩效达到最佳。

（二）股权集中程度与公司治理绩效关系实证研究

1. 理论分析与研究假设

较好的股权结构应该具有一定的权力制衡机制，如果其他大股东对第一大股东能够起到很好的制衡作用，那么第一大股东就可能不会为了个人利益而随意利用公司的资源，而且还会考虑到其他股东的利益。Marco 和 Röell（1998）研究了多个大股东的存在对于抑制资产掏空等掠夺行为的作用，他们认为，多个大股东的存在可以起到互相监督的作用，从而可以有效地限制大股东的掠夺行为。Bennedsen 和 Wolfenzon（2000）的研究结论最为引人注目，他们提出，在投资者保护制度不完善的情形下，由少数几个大股东分享控制权，使得任何一个大股东都无法单独控制企业的决策，这样可以起到限制掠夺行为的作用。当不存在一个占明显优势的控股股东，且公司的主要行动需要经由这几个大的投资者一致同意时（可以通过董事会来实现），这些大股东所共同持有的足够大的现金流量权力足以限制这些股东对剩余中小股东的掠夺，并使其选择如下决策：限制对剩余的中小股东进行掠夺的行为，通过更有效率的经营措施获得更多的利润并与所有股东共同分享。因此，其他股东的持股比例提高对于第一大股东可以起到监督作用，并且有利于公司治理绩效的提高。

股权制衡关系对上市公司的影响主要有两个方面：一是 Porta 等（2000）提出的"隧道效应"（tunneling effects），认为股权高度集中，股权制衡关系较弱的情况下，大股东往往会通过关联交易、内部交易等转移企业利益，从而牺牲中小股东的利益而谋取自身利益[①]；二是徐丽萍等（2006）的研究表明，过高的股权制衡关系使得股东之间相互牵扯，从而降低了经营决策的效率，对上市公司经营绩效有负面影响。随着我国股改的完成，第一大股东持股比例逐渐下降，其他大股东持股比例也逐渐下降，但其他大股东持股比例下降幅度远低于第一大股东持股比例下降幅度，使股权集中程度减小，股权制衡关系逐渐增强。股权集中度常用 Z 指数来反映。Z 指数是公司第一大股东与第二大股东持股比例的比值，该指数越大，股东力量的差异越大，第一大股东的优势越明显。因此，Z 指数能够更好地界定第一大股东对公司的控制能力。由于 Z 指数影响到大股东的行为和公司的经营效率，Z 指数越低，即公司的制衡关系越强越有利于公司的经营。但我国股权集中程度仍较高，股权制衡关系较弱。

在我国实施股权分置改革以后，改变了以前流通股和非流通股同股不同权的现象，并且流通股和非流通股股东利益趋于一致，形成了公司治理的共同利益基础。上市公司管理层真正转变为公司价值管理者，有利于公司的可持续发展。而公司大股东们更加关心股价的长期增长，他们将成为上市公司价值管理的重要参与者。当全部股份变成可流通股时，大股东的利益和股价息息相关，管理层的目标就会相应地转变为公司价值的最大化即公司市值的最大化，股权制衡关系显著增强。与公司经营业绩相比，大股东们更加关注公司的市场价值，而对于公司经营上的监督逐渐变小，其代理成本也减小。第二至第五大股东持股比例的增加有利于公司治理绩效的提高，一方面，对第一大股东可以起到很好的制衡作用，防止大股东侵害中小股东及利益相关者的利益。例如，在一股独大的情况下，大股东除了对于公司经营的控制外，对于公司的正常信息披露也有很强的控制，凭借其董事会席位的多数，当某项决策或者投资完全倾向于大股东利益时，大股东就可能会通过董事会对信息披露的程度有所控制，所以公司的信息披露质量会相对下降。增加其他股东持股比例，有利于公司的信息披露质量，而且第二至第五大股东持股比例的增加还可以减少公司的代理成本。另一方面，虽然股改的不同方案影响

---

① 转引自：张维迎．1999．企业理论与中国企业改革．北京：北京大学出版社

到其自身的权益，但是他们更关注于公司正常经营，因为证券市场股票价格的变动对于其权益的影响要小于其通过公司经营业绩提高所带来的收益。因此，提出以下假设。

H_4：第一大股东持股比例与托宾 Q 值正相关，与代理成本正相关。

H_5：第二至第五大股东持股比例与公司治理绩效正相关，与代理成本负相关。

H_6：Z 指数与公司治理绩效负相关。

2. 模型建立

不同的股权集中程度会影响到公司治理绩效，但二者之间的关系需要实证分析，根据上述理论分析与假设，我们假定回归函数模型为

$$P_i = \beta_0 + \beta_1 SIZE + \beta_2 LEFT + \beta_3 E_i + e \qquad (7\text{-}3)$$

式中，P_i 为公司治理绩效变量，用每股净收益、资产报酬率、托宾 Q 值、信息披露指数和代理成本等作为被解释变量；β_0 为截距；β_i（$i=1$，2，3）为回归系数；e 为残值；E_i 为股权集中程度变量（$i=1$，2，3）。CR1、LAST4、Z 分别为第一大股东持股比例、第二至第五大股东持股比例、Z 指数。

3. 统计变量的描述性统计（表7-8）

表7-8　股权集中程度统计变量的描述性统计

年份	统计指标	CR1	LAST4	Z	SIZE	LEFT	EPS	ROA	Tobin's Q	$CCGI_{ID}^{NK}$	AG
2006	均值	0.410	0.208	19.591	21.159	0.471	0.238	0.039	1.540	67.755	0.095
	中位值	0.393	0.378	4.900	21.137	0.485	0.191	0.036	1.393	72.320	0.085
	标准偏差	0.157	0.133	38.25	0.875	0.163	0.232	0.033	0.536	0.176	0.053
	最小值	0.046	0.105	0.2	18.807	0.103	−0.335	−0.044	0.764	45.896	0.017
	最大值	0.838	0.583	354.81	23.411	0.914	1.364	0.165	4.947	94.621	0.324
2007	均值	0.392	0.191	17.907	21.247	0.497	0.162	0.022	1.314	65.664	0.124
	中位值	0.377	0.181	5.33	21.203	0.509	0.133	0.026	1.206	74.365	0.083
	标准偏差	0.154	0.137	23.63	0.885	0.161	0.357	0.056	0.425	0.324	0.232
	最小值	0.081	0.156	1	18.813	0.073	−2.108	−0.382	0.773	44.236	0.013
	最大值	0.955	0.978	278.13	23.649	0.856	2.104	0.189	3.648	92.012	2.208
2008	均值	0.389	0.180	16.578	21.354	0.524	0.219	0.026	1.826	70.287	0.118
	中位值	0.375	0.176	4.555	21.363	0.543	0.143	0.028	1.482	75.364	0.075
	标准偏差	0.146	0.118	11.00	0.973	0.182	0.385	0.089	1.005	0.214	0.301
	最小值	0.086	0.072	1	18.616	0.100	−2.440	−0.905	0.727	50.268	0.009
	最大值	0.972	0.989	381.91	25.183	1.704	1.845	0.193	7.942	96.378	3.833

治理绩效变量的描述性统计在本书的表 7-5 中已经做过分析，对于股权集中程度变量的描述性统计，如表 7-8 所示，可以看出，2006 ~ 2008 年第一大股东持股比例均值呈递减趋势，其中方差也呈递减趋势，而最大值变化不大。第二至第五大股东持股比例之和的均值 2006 年为 20.8%，2007 年为 19.1%，2008 年减少到 18%，呈递减趋势，其中最小值呈倒 U 形变化。Z 指数的变化较为明显，2006 ~ 2008 年，其均值从 19.591 减少到 16.578，平均减少了 3.013；2006 ~ 2007 年，最大值从 354.81 减少到 278.13。从以上的描述性分析中可以看出，2006 ~ 2008 年，股权的集中程度在逐渐减小，尤其是 2006 ~ 2008 年，股权集中程度减小的幅度不断增大。造成这种结果的主要原因就是我国于 2005 年进行的股权分置改革，改革一方面使股权的流通性增强了，另一方面使股权的集中程度减小了。

4. 统计变量的总体相关性分析

由表 7-9 可以看出，第一大股东持股比例与第二至第五大股东持股比例显著负相关，说明二者之间是一种此消彼长的关系，而与 Z 指数显著正相关，说明第一大股东持股比例越高，股权制衡关系就越弱，另外第一大股东持股比例与公司的规模正相关。第二至第五大股东持股比例与 Z 指数、托宾 Q 值、信息披露质量显著正相关，与代理成本显著负相关，与每股收益和净资产报酬率正相关，说明第二至第五大股东持股比例有利于增强股权制衡关系，提高公司信息披露质量与公司经营绩效，增加公司的市场价值，减少公司代理成本。Z 指数与净资产报酬率、托宾 Q 值显著正相关，与代理成本显著负相关，与公司资产负债率、每股收益和信息披露质量正相关，说明股权制衡关系越强，公司资产性收益越高，有利于提高公司的市场价值，减少公司代理成本。

表 7-9 统计变量总体相关性分析（Person 系数）

	CR1	LAST4	Z	SIZE	LEFT	EPS	ROA	Tobin's Q	$CCGI_{ID}^{NK}$	AG
CR1	1									
LAST4	− 0.584 **	1								
显著性概率	0.000									
Z	0.517 **	0.373 **	1							
显著性概率	0.000	0.000								
SIZE	0.107 *	− 0.135	0.003	1						
显著性概率	0.016	0.000	0.949							
LEFT	− 0.003	0.079	0.091 *	0.334 **	1					
显著性概率	0.953	0.076	0.041	0.000						
EPS	0.102	0.085	0.092	0.321	0.327	1				
显著性概率	0.085	0.056	0.065	0.079	0.078					

	CR1	LAST4	Z	SIZE	LEFT	EPS	ROA	Tobin's Q	$CCGI_{ID}^{NK}$	AG
ROA	0.004	0.064 *	0.145 **	0.089 *	0.041	0.124	1			
显著性概率	0.935	0.040	0.000	0.044	0.354	0.073				
Tobin's Q	0.008	0.124 **	0.199 **	−0.375 **	0.008	0.325	0.003	1		
显著性概率	0.860	0.005	0.000	0.000	0.863	0.086	0.947			
$CCGI_{ID}^{NK}$	−0.051	0.300 **	0.093 *	−0.117 **	−0.053	0.092	−0.017	0.127 **	1	
显著性概率	0.253	0.000	0.036	0.000	0.233	0.073	0.707	0.004		
AG	0.002	−0.043 **	−0.137 **	−0.271 **	0.184 **	0.231	−0.389 **	0.239 **	0.066	1
显著性概率	0.957	0.000	0.000	0.000	0.000	0.081	0.000	0.000	0.141	

注：** 表示显著性水平在 0.01（双尾检验）；* 表示显著性水平在 0.05（双尾检验）。

5. 统计变量的回归性分析

由表 7-10 可以看出，第一大股东持股比例与公司治理绩效各变量的回归结果显示，只有对托宾 Q 值和代理成本回归方程显著性为 Sig. $F < 0.05$，说明回归方程显著，并且系数 β_3 大于零，β_3 显著性 Sig. $T < 0.05$，而其他治理绩效变量回归方程显著性为 Sig. $F > 0.05$，并且 β_3 显著性 Sig. $T > 0.05$，说明第一大股东持股比例只与托宾 Q 值（公司的市场价值）和代理成本显著正相关，实证结果证明了假设 H_4 成立。即第一大股东对于自身权益的市场价值更加关注，并且随着第一大股东持股比例的下降，相应的代理成本也在减少。第二至第五大股东持股比例与公司治理绩效各变量的回归结果显示，回归方程显著性均为 Sig. $F < 0.05$，说明回归方程显著，而代理成本系数 β_3 小于零，其他治理绩效变量系数 β_3 均大于零，并且 β_3 显著性 Sig. $T < 0.05$，说明第二至第五大股东持股比例与公司治理绩效显著正相关，且与代理成本显著负相关，这证明假设 H_5 是成立的。即随着第二至第五大股东持股比例的增加，即第二至第五大股东持股的作用显得非常重要，一方面，他们较第一大股东更加关注公司的经营，对公司的经营积极主动的监督行为逐渐增加；另一方面，其对公司的经营积极主动的监督逐渐增加，带来了公司代理成本的逐渐减小。Z 指数与公司治理绩效各变量的回归结果显示，回归方程显著性均为 Sig. $F < 0.05$，说明回归方程显著，而代理成本系数 β_3 大于零，其他治理绩效变量系数 β_3 均小于零，并且 β_3 显著性 Sig. $T < 0.05$，说明随着 Z 指数的减小，代理成本减小，而其他公司治理绩效变量是显著增加的，这证明了假设 H_6 成立，即股权制衡关系对于绩效的改善起到很大的作用，一方面，较好的股权结构应该是具有一定的权力制衡机制的，而 Z 指数的减小可以增加对第一大股东的制衡关系，减小大股东对其他股东和利益相关者的利益侵害；另一方面，可以减小公司的代理成本。

表 7-10 股权集中程度与公司治理绩效关系回归结果

因变量	自变量	β_0	β_1	β_2	β_3	回归系数	回归系数平方	调整后的回归系数平方	F	F检验显著性概率
EPS	CR1	−1.806 (0.003)	0.114 (0.000)	−0.779 (0.000)	0.000 (1.000)	0.410	0.168	0.153	11.107	0.107
	LAST4	−2.082 (0.001)	0.124 (0.000)	−0.827 (0.000)	0.541 (0.024)	0.440	0.193	0.179	13.194	0.013
	Z	−0.079 (0.003)	0.288 (0.000)	−0.070 (0.000)	−0.030 (0.006)	0.411	0.169	0.154	11.181	0.018
ROA	CR1	−0.663 (0.000)	0.039 (0.000)	−0.295 (0.000)	0.010 (0.791)	0.651	0.424	0.414	40.522	0.090
	LAST4	−0.696 (0.000)	0.041 (0.000)	−0.300 (0.000)	0.061 (0.018)	0.656	0.430	0.420	41.496	0.009
	Z	−0.661 (0.000)	0.434 (0.000)	−0.605 (0.000)	−0.064 (0.028)	0.654	0.428	0.418	41.162	0.039
Tobin's Q	CR1	11.053 (0.000)	−0.473 (0.000)	0.731 (0.005)	1.304 (0.008)	0.453	0.206	0.191	14.233	0.002
	LAST4	10.428 (0.000)	−0.425 (0.000)	0.701 (0.085)	0.696 (0.026)	0.421	0.177	0.162	11.861	0.037
	Z	10.808 (0.000)	−0.438 (0.000)	0.750 (0.064)	−0.001 (0.047)	0.416	0.173	0.158	11.484	0.045
$CCGI_{ID}^{NK}$	CR1	128.70 (0.000)	−3.003 (0.002)	2.812 (0.585)	11.390 (0.075)	0.251	0.063	0.046	3.702	0.073
	LAST4	121.10 (0.000)	−2.874 (0.004)	3.928 (0.045)	9.329 (0.024)	0.229	0.053	0.035	3.052	0.030
	Z	125.67 (0.000)	−2.707 (0.006)	3.451 (0.505)	−0.036 (0.023)	0.231	0.053	0.036	3.093	0.029
AG	CR1	2.533 (0.000)	−0.137 (0.000)	0.910 (0.000)	0.097 (0.044)	0.617	0.981	0.370	33.853	0.000
	LAST4	2.526 (0.000)	−0.135 (0.000)	0.914 (0.000)	−0.025 (0.018)	0.616	0.379	0.368	33.563	0.021
	Z	2.517 (0.000)	−0.444 (0.000)	0.551 (0.000)	0.017 (0.007)	0.616	0.379	0.368	33.593	0.011

注：括号内为 Sig. T 值。

（三）实证结论

本书通过对上市公司股权结构与公司治理绩效之间的关系的理论分析与实证研究得出以下结论。

通过回归分析得出，国有股比例与公司治理绩效正相关，说明以前非流通股转变为有限售条件股，经过限售期后可以流通，政府重视程度越来越高及监督的力量的不断强化，有助于公司治理绩效的提高，并且保持一定程度的国有股比例是有益的。

法人股比例和流通股比例与公司治理绩效分别呈倒 U 形和 U 形相关，法人股比例和流通股比例分别为 19.72% 和 57.97% 时，公司治理绩效达到最佳，而法人股比例和流通股比例 2006 年平均值为 16.5% 和 50.3%，这充分肯定了我国股权分置改革对上市公司治理绩效的提高是有益的，并且应该适当增加法人股比例和进一步增加股权的流通性。

第一大股东持股比例与托宾 Q 值显著正相关，与代理成本显著正相关，说明与公司经营业绩相比，大股东们更加关注公司的市场价值，而对于公司经营上的监督逐渐变小，其代理成本也减小。

第二至第五大股东持股比例与公司治理绩效显著正相关，与代理成本显著负相关，说明第二至第五大股东持股比例的增加有利于公司治理绩效的提高，一方面，他们对第一大股东可以起到很好的制衡作用，防止其侵害中小股东及利益相关者的利益；另一方面，第二至第五大股东持股比例的增加还可以减少公司的代理成本。

Z 指数与公司治理绩效显著负相关，说明股权制衡关系的强弱会对公司治理绩效产生很大影响，股权分置改革后我国股权制衡关系增强，对公司治理绩效起到了促进作用。

本 章 小 结

本章研究国有企业经营者内部监督机制，主要从董事会监督、监事会监督、股东监督和利益相关者监督四个方面进行了探讨，力图改善国有企业经营者内部监督机制存在的诸如股权结构不合理、独立董事监督弱化、内部人控制等方面的问题，提高内部监督效率。主要内容包括以下几点。

（1）董事会监督方面。强化董事会事前和事中监督功能，与监事会共同建立事前和事后、内部和外部相结合的监督机制。根据公司行业特点和经营规模，设计适当的董事会人数规模。保证董事会中董事的独立性，引入和完善独立董事制度，独立董事人数一般保持在董事会人数的 1/3 较为合适。

（2）利益相关者监督方面。企业的剩余索取权和控制权不再单独为企业内部资源所有者享有，利益相关者的共同参与非常必要。借鉴英国、美国以控制权市场为主的外部治理机制和德国、日本以银行作为关系型监督者的相机治理机制并结合我国具体实际，构建了我国国有企业控制权配置机制，建议利益相关者与债权人应该共同参与控制权分配，而这种共同参与有助于监督经营者及其短视化行为，使企业在利益相关者协调发展的情况下实现长期利益最大化。

（3）股东监督方面。通过优化公司股权结构，形成了股东之间互相制约的局面，有利于共同监督经营者阶层的行为。有效的激励等于合理的监督，激励、监督的相互博弈会使经营者提高经营的积极性。股东对管理层实行股票期权计划，使经营者阶层的利益和公司长远利益紧密联系起来，达到降低委托代理成本的目的，有利于控制股票期权的滥用，同时提高其透明度，以保护股东和公司的利益不被管理层的违规行为所侵害。

（4）监事会监督方面。监事会的监督是一种全方位的监督，而独立董事的监督是一种弥补性的监督。在目标一致的前提下，两者各行其职、各负其责、适当交叉、相互监督和相互依存。适当增强监事会的独立性，效仿日本的独立监事制度，在监事会中引入独立监视制度，可增强监事会的独立性，这不仅有利于维护中小股东的利益，也有利于大股东——国家的利益。

第八章 国有企业经营者外部监督机制研究

第一节 国有企业经营者外部监督机制研究现状

一、市场监督机制的现状

（一）经营者市场监督机制现状

目前，我国经营者市场尚未发展成熟，企业经营者的产生方式仍带有很强的"官本位"倾向。经营者市场的不足之处具体表现为以下几方面。首先，企业经营者市场是缺位的要素市场，绝大多数经营者的自我商品意识消极，自主择业意识不强，竞争意识较弱，这严重削弱了经营者进入市场的积极性，而且由于传统的户籍制度与"大锅饭"制度的影响，使经营者的合理流动难以实现。因此，经营者市场上缺乏足够的"经营者商品"，这使在职经营者很难感受到来自经营者市场的压力。其次，经营者市场中介组织发展缓慢，测评、培训、审计、仲裁等工作很难开展。再次，经营者主要由政府部门任命，而政府缺乏对经营者的完善的评价体系，很难对其进行有效的监督。最后，经营者市场缺乏完善的法律体系和市场规则，不利于对经营者进行监督。

（二）资本市场监督机制现状

从资本市场和企业融资角度研究我国国有企业，可以归纳出我国国有企业之间相互关联的两方面问题。一方面，从体制角度看，我国国有企业融资体制可以概括为以国家为唯一中介的国家融资体制。在过去几十年中，以国家为中介的融资体制主要采用收入融资和债务融资两种形式。收入融资是计划经济时期的主导形式，通过低工资、工农产品的"剪刀差"等途径，把城乡居民应得收入中可以用于长期储蓄的部分以国有企业盈利的形式"暗拿"过来，形成国有资本，用以直接开办和经营企业。债务融资是在改革开放以来国民收入格局逐渐发生变化的前提下国家融资的主导形式，国家通过国有银行，与居民个人形成债务契约关系，承担明确的还本付息义务，取得资本，然后以有偿贷款的形式投入国有企业中。虽然债务融资形式上表现为债权债务关系，但由于国有企业承担着政策目标和社会负担，国有企业和国有银行不存在根本利益上的冲突和制约关系，再加上行政干预问题突出，因此这种债权债务关系是"虚拟化"的（黄群慧，2000）。另一方面，长期以来，我国不存在资本市场，国有企业的融资渠道以国家对资本的行政分配为主。经过 20 多年的企业改革，我国已形成资本市场，但资本市场发展不健全，行政干预强，市场功能残缺，资本市场的兼并机制、破产机制作用并没有得到有效发挥。国有企业的国家融资体制问题以及资本市场有待进一步发展问题反映出国有企业的以下问题：一是国有企业经营者选择的非职业化问题；二是国有企业资本结构中债权对经营者的监督作用得不到有效发挥问题；三是国有企业经营者得不到来自资本市场的有效激励监督，其控制权没有真正受到资本市场竞争机制的威胁，这极大地增加了兼并重组和破产的困难程度。再加上我国资本市场发展缓慢，缺乏战略投资者，也限制了资本市场竞争机制作用的发挥。

（三）产品市场监督机制的现状

我国产品市场中存在以下问题：①企业负担过重，这既影响了国有企业与其他企业展开对等的竞争，也成为经营者掩盖经营不善、回避产品市场对其监督的一个重要理由；②地方保护与地方封锁较为严重，这实际上是对经营者的保护；③存在过度竞争，主要包括作假与欺骗、商业贿赂及诋毁他人商业信誉等。

产品市场的诸多不规范，使得从产品市场得到的反馈信息严重失真，这些信息无法反映企业的真实业绩，从而很难对经营者进行有效监督。

二、经营者声誉监督机制的现状

坎多里（Kandori，1992）拓展了声誉与契约履行之间关系的研究，他发现必须要有一个有效的信息传递机制将声誉等有关交易者个体特征的信息传递给其他成员，才能使"欺骗要受惩罚"的信念支持诚实交易（青木昌彦，2001）成为可能[①]。声誉监督所发挥的作用在格雷夫（Greif，1989，1992，1993；Greif et al.，1994）有关中世纪地中海商业史的研究中得到证实。格雷夫认为，马格里布人独特的集体主义文化背景造就了一个水平型的社会结构，进而提供了一种有利于信息传递的社会商业网络。

克莱珀斯（Kreps and Wilson，1982）等发展了一个有关重复博弈的正式模型。在模型中，交易主体的声誉是一种有关其行为可能性的认知，即在信息不对称的情况下，博弈一方对另一方（偏好或行为）可能性的认知，且这种认知不断地被更新。为了使自身利益免遭对方机会主义行为的侵害，交易企业更愿意与

---

① 转引自：雷仕风. 2005. 构建国企监督约束机制六策. 企业改革与管理，(8)：99～114

声誉良好的企业交易，这使得声誉不良的企业无法获得未来交易的收益。希望长期生存且有足够能力的企业为区别无能企业，以便在未来获得更多收益和发展机会，会有激励建立并维持良好声誉的机制（Mailath and Samuelson，2001）。但这种基于重复博弈的声誉监督机制，其有效作用范围已被限制在填补国家强制机制因技术性原因失灵而留下的契约"空隙"中（米尔格罗姆·罗伯茨，2004）①。

三、经营者法律监督机制现状

伴随着国有企业改革的不断深化，很多问题逐渐暴露出来，并且越来越严重，如内部人控制、过度在职消费、合谋及寻租等。国有企业经营者在行使权利时，缺乏有效的监督。一些企业经营者大搞虚盈实亏、滥发奖金、贪污腐化，尤其是一些经营无方或有重大经营失误的经营者在企业亏损或破产后，非但不承担任何法律责任，反而仍能轻易地进入政府部门。还有一些经营者明显触犯了法律，却逍遥法外。世界主要发达国家的经验表明，通过法律是可以有效遏制经营者的不良行为的。法律不仅能规范公司治理结构，而且也规范着企业的外部环境——市场，因而完善法律是对经营者进行监督的有效途径。我国在借鉴外国法律经验的基础上，制定了一系列监督经营者的原则和规定，并取得了初步成效。但与外国法律相比，我国法律的制定仍不够明确、周详和准确，致使现实中法律对经营者的监督仍显乏力。

第二节　国有企业经营者的市场监督机制研究

"竞争在经济学中占有如此重要的地位，以至于难以想象经济学没有它还能是一门社会科学。离开了竞争，经济学就主要由孤立的鲁宾逊·克鲁索经济的最大化微积分学构成。"竞争对经济学的重要性被德姆塞茨一语道破。如同竞争在经济学中的重要地位一样，竞争机制也是经营者市场监督机制中至关重要的一种。法玛甚至认为，经营者市场的竞争机制是监督经营者行为的最好机制。竞争和市场有着天然的联系，外部治理市场（包括资本市场、经营者市场和产品市场）对经营者行为的激励监督，就表现为对经营者的竞争监督。竞争机制是一种隐性监督机制，其监督作用不同于显性监督。显性监督是通过契约，根据可观测的信息，建立企业业绩和经营者报酬补偿的对应关系，从而监督经营者的行为。竞争可以把不能完全准确观测到的隐性信息还原给经营者，形成一种压力，强制

---

① 转引自：孙早，刘靠柱.2004. 声誉约束、国家强制与企业的交易行为. 经济社会体制比较，(12)：33~40

其自我监督。

一、资本市场的监督机制

资本市场竞争的实质是对企业控制权的争夺。与争夺企业控制权相关的资本市场的行为和活动种类繁多，并且还在不断地创新和发展。这些活动包括兼并与收购、发盘收购、合资公司、分立、资产剥离、溢价回购、代理权争夺、交换发盘、股票重购、转为非上市公司、杠杆收购等。从控制权角度说，所有这些资本市场行为都可以称之为接管。接管机制就是资本市场的竞争运行机制。接管或并购行为是以资本市场所反映的企业的市场价值为基础，即资本市场的接管机制是以资本市场的信息显示机制为基础。一般认为，没有实现利润最大化的企业，其股票价值会下降，这将引起外部收购者来购买该企业，对企业进行重组，改善其管理，把企业引向利润最大化。也就是说，接管者相信，通过接管，改善管理，可以提高目标公司的价值，接管者的收益就是公司价值提高部分。这种接管对努力程度不够和能力欠佳的经营者构成威胁，迫使其增加努力程度，监督自己的机会主义行为（李子英，1998）。因为公司被接管后，附在经营者控制权上的职务租金，如声誉、职位消费等将随之消失，这就迫使经营者增加其努力程度。

从资本市场和融资结构角度观察到的经营者的监督问题表明，国家融资体制和资本市场机制有待发展和完善，而解决国有企业经营者监督问题的相应改革政策建议是：积极稳妥地发展资本市场，培育各类战略性投资者，以资本市场替代国家融资。具体的政策内容应该包括：加快银行体制改革，促进国有银行的商业化改造和公司化改造，逐渐放宽对银行直接投资和参与企业经营控制的限制；在加强管理的前提下，通过逐步改造现有的、新建没有的、引进国外的等途径，发展各类非银行金融机构和结构投资者；规范证券市场，完善证券市场管理规则，积极创造条件，使企业上市审批制改为资格登记制；清理企业不良债务，开放银行不良债权的市场交易记录，以市场机制取代政府干预，保证存量资产有效配置；积极培育经营者控制权市场，通过控制权市场交易推进国有经济战略性重组。

二、经营者市场的监督机制

经营者市场的实质是经营者竞争选聘机制。竞争选聘的目的在于将经营者的职位交给有能力和有积极性的候选人。而经营者候选人的能力和努力程度的显示机制，是基于候选人长期工作业绩建立的职业声誉（李韬奋等，2006）。经营者市场的"供方"是经营者候选人，"需方"是作为独立市场经济主体"虚位以待"的企业。在"供需双方"之间存在大量提供企业信息、评估经营者候选人能力和业绩的市场中介机构。如果把经营者的报酬作为其市场上的"价格"信号,经营者的声誉便是其市场上的"质量"信号。经营者市场的竞争选聘机制的基本功能在于克服由于信息不对称产生的"逆向选择"问题。它一方面为企业所有者提供了一个广泛筛选、鉴别经营者候选人能力和品质的制度;另一方面又保证了所有者始终拥有在发现选错候选人后及时改正并重新选择的机会。经营者市场竞争机制不仅有助于克服"逆向选择"问题,竞争的压力还有助于降低经营者的"道德风险"(秦锋和郗英,2000)。因为充分的经营者之间的竞争,很大程度上动态地显示了经营者的能力和努力程度,使经营者始终保持"生存"危机感,从而自觉地监督自己的机会主义行为。经营者市场的另一个功能在于保证经营者得到公平的、体现其能力和价值的报酬。如果一个经营者的能力和努力程度都被市场证明是"高质量"的,并且经营者市场的信息是较为充分的,但是该经营者并没有得到相应的高报酬,那么该经营者的业绩将被其他企业注意到,这些企业就可能向其提供高报酬,从而将其吸引走。这种威胁的存在使得企业必须公平地对待经营者。经过20多年的企业改革,在其他各项改革都取得重大突破和进展的情况下,我国国有企业至今仍然没有形成经营者市场,经营者职业化、经营者市场发展方面进展缓慢,举步维艰。本节通过阿瑟的自增强理论,对此问题进行解释。

自增强理论认为,在边际报酬递增的假设下,经济系统中能够产生一种局部正反馈的自增强机制。这种自增强机制会使经济系统具有四个特征:一是多态均衡,系统中可能存在两个以上的均衡,系统选择哪一个是不确定的、不唯一的和不可预测的;二是路径依赖,经济系统对均衡状态的选择依赖于自身前期历史的影响,可能是微小事件和随机事件影响的结果;三是锁定,系统一旦达到某个状态,就很难退出;四是可能无效率,由于路径依赖,受随机事件的影响,系统达到的均衡状态可能不是最有效率的均衡。而产生这种自增强机制的原因,通常是由于系统建立的成本高,一旦建立就不易改变,再加上学习效应、合作效应和适应性预期,使得系统逐渐适应和强化这种状态。也就是说,一个系统可能由于前期历史的影响(路径依赖)而进入一个不一定最有效率的均衡状态,这种均衡一旦被选择,就会不断地重复选择下去,从而形成一种"选择优势",把系统"锁定"于均衡状态。使系统从这个状态退出转到新均衡状态,要看系统是否能够积累充分的能量,克服原"锁定"状态积累的"选择优势"。

基于这种自增强理论,可以认为,国有企业经营者系统由于"路径依赖"而处于一种被"锁定"的状态,虽然目前企业经营者制度并不是最有效率的,甚至是低效率的,但由于计划经济体制最初选择的"选择优势"而很难退出,因而也就不能转移到经营者的职业化状态。这种自增强的来源,一方面是由于原有国有企业干部人事管理制度是与整个计划经济体制下的人事管理庞大体系相匹配的,构建成本很高,很难重新构建;另一方面,这个庞大的人事管理体系内部制度是自增强的。例如，企业经营者由上级主管部门选拔任命，工作业绩（未必是经营业绩）突出的经营者可以升迁，就任主管部门领导，直至市级、省级、部级等，升迁的领导又握有了选拔任命企业经营者的权力。这样，企业经营者的监督制度就由以"控制权回报"为核心的权力链条构成。已升迁的领导对现任企业经营者具有示范效应，学习其做法（学习效应）、顺应主管部门要求（合作效应）、适应权力增大和职位升迁的轨迹（适应性预期）就成为现任企业经营者的追求和必然选择，进而强化为一种行为准则而"固不可撤"了。如果要打破这种自增强的"锁定"状态，需要积累足够的能量以抵消其"选择优势"，这就需要时间来完成能量积累过程。我国国有企业经营者市场的逐渐发育过程，就是这样一个积累能量打破企业经营者制度"锁定"状态的过程。20多年的国有企业改革没有完成这个过程，只是刚刚开始这个过程。

在自增强机制的作用下，国有企业内部不会出现经营者市场。但由于"三资"企业、私营企业的不断发展需要一个有效的经营者市场，于是在国有企业外部出现了一个经营者市场，这个站在国有企业角度可以称之为"外部经营者市场"的市场已经趋于成熟。"外部经营者市场"的形成，加上国有部门内部形式上存在的经营者竞争选聘制度，即"内部经营者市场"，就构成了所谓的"二元性经营者市场"。这也可以描述为体制内经营者和体制外经营者并存的现象，称之为"经营者人才双轨制"。这种现象存在的弊端是十分明显的：一方面是国有企业培养的经营者人才大量外流，造成国有企业人力资本的损失；另一方面则使国有企业经营者更加缺乏监督。因为国有企业经营者虽不是"外部经营者市场"的主体，但却可以自由进出该市场，因此"外部经营者市场"的存在实际上是为国有企业经营者提供了一条退路。更重要的是，非国有企业所有者并不认为在国有企业中的工作业绩是国有企业经营者能力、声誉的真实反映，他们认为国有企业经营者在国有企业中的低劣业绩是制度使然，而非能力使然。这就极大地降低了国有企业经营者机会主义行为的成本，使其行为更加肆无忌惮。然而，"经营者人才双轨制"的存在也有其重要意义，它对于打破目前这种企业经营者制度的"锁定"状态，建立统一的经营者市场具有重要作用。因为"外部经营者市场"的存在，使国有企业经营者看到除"控制权回报"激励监督机制以外，还存在货币报酬激励机制，使国有企业经营者产生对政治权力预期有替代作用的财富预期，使经营者可能跳出原来自增强的权力链条。这个过程是逐渐的，当市场财富回报逐渐大于控制权回报时，目前制度的自增强机制也就会失去作用，至少是部分失去作用。

实施企业经营者人才的市场准入机制。对企业经营者进行资格认证制度是衡量企业经营者专业水平、确定企业经营者应享有的各种待遇、稳定企业经营者队伍、逐步实现企业经营者"职业化"的重要措施之一。建立企业经营者资格制，是按照市场经济发展规律促进企业经营者职业化、市场化和管理科学化的重要措施，是建立现代企业制度的客观必然要求。

借鉴企业经营者评荐中心的经验及一些学者的研究成果，并从企业经营者的品德、学历、资历、业绩、能力、身心素质六个方面建立企业经营者的任职资格评价体系，如表8-1所示。

表8-1 企业经营者任职资格评价体系

一级指标	二级指标	一级指标	二级指标
品德评价	责任意识	能力评价	环境诊断能力
	进取精神		决策能力
	正直		组织领导能力
	廉洁自律		交际协调能力
	诚信		金融关系能力
学历评价	受教育程度		创新能力
	所学专业		激励员工
	毕业院校		战略管理能力
资历评价	工作经验	身心素质评价	身体健康
	职位级别		心理健康
业绩评价	经营企业的业绩		自信热情
	行业影响		
	获得的奖励和荣誉		

在评价体系中，客观地确定权重在管理评价中具有至关重要的作用。利用层次分析法确定权重，步骤如下：

步骤一，分析各评价指标之间的关系，建立阶梯层次结构，如表8-1所示。层次数以及问题的复杂程度与所需要分析的详尽程度有关，此处层次数为2。一般来说，上一层指标所属的下一层指标数不宜超过九个，否则会给两两比较带来困难，本评价体系中上一层的最大直属指标数为八个。

表8-2 判断准则表

标度	含义
1	表示两个元素相比，具有同样重要性
3	表示两个元素相比，一个元素比另一个元素稍微重要
5	表示两个元素相比，一个元素比另一个元素明显重要
7	表示两个元素相比，一个元素比另一个元素强烈重要
9	表示两个元素相比，一个元素比另一个元素极端重要
2、4、6、8	上述两相邻判断的中值
倒数	元素i与j比较得a_{ij}，则元素j与i比较得$a_{ji}=1/a_{ij}$

步骤二，对属于同一指标下的子指标，根据其对上层指标影响的重要程度，按 Satty 的 1~9 标度法则进行两两比较，如表 8-2 所示，得二元比较矩阵 A 为

$$A = (a_{ij})_{n \times n}$$

式中，n 为进行比较的指标数。

若第 i 个目标与第 j 个目标比较得 a_{ij}，则 j 与 i 比较得

$$a_{ji} = 1/a_{ij}$$

步骤三，由二元比较矩阵 A，解特征根问题，即

$$AW = \lambda_{max} W$$

式中，所得到的列向量 $W^T = [W_1, W_2, W_3, \cdots, W_n]$ 经归一化处理为各指标对上层指标的权重。

步骤四，一致性检验。根据计算结果，计算一致性比例 CR。若 CR < 0.1，则矩阵 A 的一致性是可以接受的，即集 W 确定了各子指标的权重，否则，应对矩阵 A 进行适当修改，重复步骤二至步骤四。

步骤五，重复步骤二至步骤四，计算所有下层指标对上层指标的权重。

以表 8-1 "企业经营者任职资格评价体系"中一级指标"品德"评价所属的五个二级指标（责任意识、进取精神、正直、廉洁自律、诚信，即 $n = 5$）为例，设权重分别为 W_1、W_2、W_3、W_4、W_5，这里用方根法进行分析。

按表 8-2，构造二元比较矩阵 A 为

$$A = \begin{bmatrix} 1 & 1 & 2 & 2 & 2 \\ 1 & 1 & 2 & 2 & 2 \\ 1/2 & 1/2 & 1 & 1 & 1 \\ 1/2 & 1/2 & 1 & 1 & 1 \\ 1/2 & 1/2 & 1 & 1 & 1 \end{bmatrix}$$

计算第一行元素积的 5 次方根，即

$$\overline{w_1} = \sqrt[5]{1 \times 1 \times 2 \times 2 \times 2} = 1.516$$

同理，$\overline{w_2} = 1.516$，$\overline{w_3} = 0.758$，$\overline{w_4} = 0.758$，$\overline{w_5} = 0.758$。

对向量 $[\overline{w_1} \quad \overline{w_2} \quad \overline{w_3} \quad \overline{w_4} \quad \overline{w_5}]^T$ 归一化后，得矩阵 A 的特征向量 W，即

$$W = [2/7 \quad 2/7 \quad 1/7 \quad 1/7 \quad 1/7]^T$$

$$AW = \begin{bmatrix} 1 & 1 & 2 & 2 & 2 \\ 1 & 1 & 2 & 2 & 2 \\ 1/2 & 1/2 & 1 & 1 & 1 \\ 1/2 & 1/2 & 1 & 1 & 1 \\ 1/2 & 1/2 & 1 & 1 & 1 \end{bmatrix} \begin{bmatrix} 2/7 \\ 2/7 \\ 1/7 \\ 1/7 \\ 1/7 \end{bmatrix} = \begin{bmatrix} 10/7 \\ 10/7 \\ 5/7 \\ 5/7 \\ 5/7 \end{bmatrix}$$

则最大特征根 λ_{max} 为

$$\lambda_{max} = \frac{1}{5}\Big[\sum_{i=1}^{5}\frac{(AW)_i}{W_i}\Big] = 5$$

一致性指标 CI 为

$$CI = \frac{\lambda_{max}}{n-1} = (5-5)/(5-1) = 0$$

查表得平均随机一致性指标 RI（$n=5$）$=1.12$，则一致性比重 CR 为

$$CR = CI/RI = 0/1.12 = 0 < 0.1$$

故矩阵 A-的一致性是可接受的，所以子指标 1~5 对于品德评价的权重（取两位小数）分别为 0.29、0.29、0.14、0.14、0.14。按相同的分析方法可得其他子指标相对于其上层指标的权重。

三、产品市场的监督机制

产品市场的竞争对企业而言是最根本的，因为这是企业的利润之源。"从长期看，只有一个简单的工商业的生存法则：利润必定是非负的。不管经营者多么强烈地想追求其他目标，也不管在一个不确定性和高信息成本的世界中找到利润最大化策略有多么难，不能满足这一准则必定意味着企业将从经济舞台上消失（王欣，1999）。"产品市场的利润是一个反映企业经营状况的基本指标，根据利润指标，可以对经营者的能力、努力程度有一个基本的判断。也正因为如此，利润指标是经营者年薪制的主要考核指标。然而，影响利润指标的因素很多，不仅有经营者个人因素，还有整体市场的需求情况、宏观经济政策、企业的技术资源和人力资源等。但是，利润指标具有时间滞后性，经营者的一项重大决策的效果，可能经过很长时间才能在利润指标上反映出来；或者说，现期利润可能是几年前一项重大决策结果的体现。因此，根据年度利润指标对经营者进行评价并不一定准确，而且有可能导致经营者的短期行为，或人为地操纵利润指标。

一种改善措施是所谓的"标尺竞争"。标尺竞争可以理解为类似条件下的经营者之间的比赛，通过对类似条件下不同经营者业绩的比较，可以在一定程度上知道经营者的努力程度和能力。基于标尺竞争的思想，在评价经营者的努力程度和能力时，可以将企业利润水平与该行业平均利润率进行比较。这样，经营者的报酬既取决于经营者自己的努力和业绩，也取决于其他经营者的努力和业绩，经营者所选择的努力程度是参与标尺竞争的经营者博弈的均衡结果。如果预期一个经营者能够努力工作，并产生高利润，则低利润的结果便自动暴露了另一个经营者努力程度不够或能力欠佳的私人信息。更重要的是，标尺竞争产生了一种类似体育比赛"排名次"的监督作用。经营者的业绩"排名"所产生的对经营者的激励监督力量，源于经营者争强好胜、成就需要的满足，而且这种"排名"是经营者声誉最有效的建立和显示途径，在标尺竞争中"胜利"，会给经营者带来

良好的职业声誉，声誉机制的监督作用转化为标尺竞争的监督作用；在标尺竞争中"失败"，不仅会受到报酬机制的惩罚，也不利于自己的职业声誉，甚至可能结束自己的职业生涯。所以，标尺竞争一般具有很"强"的监督作用。

标尺竞争也有其局限性：一是它依赖的比较对象应具有可比性，标尺竞争要求被比较的两个企业经营者所具备的条件对等，但这一点在实践中并不容易满足；二是由于标尺竞争的"强"监督作用，经营者担心在标尺竞争中失败后受到"严惩"，他们有足够的积极性操纵会计指标来歪曲业绩；三是由于参与标尺竞争的经营者的报酬不仅取决于自己的努力，还取决于其他经营者的业绩，如果经营者之间进行"合谋"或"互相拆台"，标尺竞争的监督作用将被误置。

我国经过 20 多年的经济改革，经济市场化取得了很大进展。这种进展的一个突出表现就是我国产品市场的形成、发育和成熟。与资本市场、经营者市场相比，我国产品市场的发育最为成熟。产品市场发育成熟的过程，得到了两方面改革的支撑。一方面是企业改革，这既表现为我国国有企业改革不断深入，国有企业逐渐成为真正的市场主体，又表现为乡镇企业、新型集体企业、"三资"企业和私营企业等非国有经济的出现和壮大，形成了与国有企业竞争的新的市场主体。另一方面是价格改革，通过价格"双轨制"等渐进式的改革措施，可以使产品价格趋于市场化。随着产品市场的发展和成熟，市场竞争日趋激烈，类似于标尺竞争的作用，非国有企业竞争给国有企业经营者造成巨大压力，从而可以监督经营者努力改善经营管理，优化资源配置，提高企业效率。虽然产品市场的竞争对提高我国国有企业效率的作用明显，但我国产品市场的竞争仍存在两大问题：一是与非国有企业相比，国有企业面临政策性不对等的竞争条件；二是我国产品市场中不正当竞争行为较严重。

这两方面问题的存在，很大程度上影响了市场的可信度。例如，无法根据企业利润指标和行业平均利润水平的比较结果，对企业经营情况进行基本判断，进而也影响了产品市场竞争对经营者的监督作用。关于第一方面问题，主要属于历史遗留问题，具体表现为生产资金密集程度过高、背负沉重的职工福利负担、严重的政策性冗员以及部分产品仍存在价格扭曲等。这些问题的存在，使国有企业软预算监督不能硬化，为国有企业经营者的"道德风险"甚至违法行为提供了借口。这些问题有待通过产业结构调整、社会保障制度改革推进、下岗分流、减员增效、实施再就业等各项改革措施解决。关于第二方面问题，根据国有企业家调查系统的调查，企业经营者中认为自己所在行业不正当竞争行为比较严重的为43.5%，认为很严重的为 21.1%，认为轻微的为 25.6%，认为不存在的仅为9.8%。企业经营者的不正当竞争行为，包括假冒注册商标、限定购买指定产品、政府滥用权力限定购买、通过贿赂销售或购买商品、广告虚假宣传、侵犯商业秘密、低于成本价格销售商品、搭售商品或附加不合理条件、不正当的有奖销售、串通投标、以各种手段损害竞争对手声誉等。显然，这些问题向政府提出了规范市场、严格执法、建立公平竞争规则、打破地方保护主义壁垒等要求。

第三节 国有企业经营者的声誉监督机制研究

经济学中一直把声誉机制作为保证契约诚实执行的重要机制，但真正把声誉引入经济模型中，却是 20 世纪 80 年代以后博弈论发展的结果。在管理学中，声誉监督被认为是一种重要的监督手段，而且创建和维护企业的良好声誉，也代表着一种新的管理思潮。声誉之所以引起经济学界和管理学界的重视，是因为人的声誉在人的行为决策过程中是一个重要的影响因素。对开拓创新的经营者而言，声誉对其行为的影响尤为重要。因此，研究经营者的声誉对经营者行为的监督作用，建立有效的经营者的声誉监督机制是十分必要的。

一、经营者的声誉机制分析

从管理学角度来看，追求良好的声誉是经营者成就发展的需要，或者说是马斯洛需求层次理论中尊重和自我实现的需要。现代企业经营者努力经营企业的目的，并非仅仅为了得到更多的报酬，还期望得到高度的评价和尊重，期望有所作为和成就，期望通过企业的发展证实自己的经营才能和价值，达到自我实现的目的。虽然经营者的高报酬在一定程度上代表了对其社会价值的衡量和认可，但高报酬所带给经营者的具有比他人更优越地位的心理满足，是不能完全替代良好声誉所带给经营者对自我实现需要的满足的。正是这种对声誉的追求，才产生了经营者对自身行为进行监督的动力。

与管理学不同，经济学仍从追求利益最大化的理性假设出发，认为经营者追求良好声誉是为了获得长期利益，是长期动态重复博弈的结果。由于契约是不完全的，不可能穷尽所有情况，契约各方履行职责是基于相互信任，而相互信任的基础是多次重复交易，长期信任就形成了声誉。对于经营者而言，声誉机制的作用机理在于没有一定的职业声誉会导致其职业生涯的结束，而拥有良好的职业声誉则增加了其在经营者市场上讨价还价的能力，前者起着对经营者机会主义行为的监督作用，后者则对经营者行为具有激励作用。上述旨在表明声誉对人的行为决策的影响以及经营者声誉机制作用机理的正规经济学模型，是克瑞普斯、威尔森－米尔格罗姆、罗伯茨的声誉模型和霍姆斯特姆基于法玛思想建立的代理人市场－声誉模型。克瑞普斯等人的声誉模型，只是一般性地证明了声誉对人的行为的影响，而霍姆斯特姆基于法玛思想建立的代理人市场－声誉模型，则直接用于说明经营者市场上的声誉可以作为显性激励契约的替代物。

对于经营者而言，声誉是至关重要的。在经营者市场上，经营者的声誉既是经营者长期成功经营企业的结果，又是经营者拥有创新、开拓、经营管理能力的一种重要证明。声誉机制可以作为经营者市场中关键的信息披露机制，用于解决信息不对称所产生的"逆向选择"问题。正如卡森所说，声誉信息具有公共产品的特征，能提供正的外部性，使很多相关者同时受益。经营者只有通过建立良好的声誉，创造出企业所有者对其经营管理决策能力的信任，创造出企业员工对其领导能力的信任，才能成功地担当经营者的角色。良好的经营者声誉能促使各利益相关者形成一种思维定势，即使在企业处于不利局面的情况下，各利益相关者也会坚定信念，支持经营者的各种决策和行为。例如，良好的经营者声誉，可以使企业更方便地得到信贷支持，在同等条件下，条件可能更优惠，从而降低融资成本，提高企业利润。即便企业偶然遇到困难，良好的经营者声誉也会赢得各种支持，帮助企业走出困境。总之，如果说企业是一种人力资本和非人力资本的特别契约，经营者凭借其特殊的人力资本进入企业契约，声誉便可以认为是经营者人力资本的核心内容。

二、研究假设

目前，对于声誉监督的定量讨论并不多，没有将国有企业经营者的职业发展与报酬引入声誉监督模型，也没有将经营者声誉监督与经营绩效的提高结合起来。考虑到声誉监督能增加经营者的长期努力程度，并能提高经营业绩，所以本书对声誉监督加以定量考虑，通过考虑企业经营者的经营管理能力、努力水平等变量建立声誉监督模型。

假设一：假设声誉监督应该体现到经营者的报酬中。

假设二：经营者的报酬根据企业绩效进行调整。

假设三：经营者的努力水平 m 是连续变量，假定 m 是一维连续变量。

假设四：企业绩效与经营者的努力水平呈线性关系，即 $y = m + \theta$。式中，m 为经营者的努力水平变量；$\theta \sim N(0, \sigma^2)$，表示外生的不确定性因素，则 $E(y) = m, \mathrm{var}(y) = \sigma^2$。

假设五：经营者的无声誉激励报酬为线性函数 $u(y) = \alpha + \beta y$。式中，α 为经营者的固定收入，与 y 无关；β 为经营者报酬的影响系数，即企业绩效 y 每增加一个单位，其报酬增加 β 个单位。

假设六：委托人的效用函数为 $v = y - u(y)$，则其期望效用函数为 $E(v) = E[y - u(y)] = -\alpha + (1 - \beta)m$。

假设七：假定经营者努力的成本函数 $c(m) = bm^2$。式中，b 为努力成本系数，且 $b > 0$。

三、模型构建

经营者声誉对其职业发展的影响表现在两方面：①影响到经营者是否会继续被雇用；②影响到经营者的报酬。声誉对经营者职业发展的影响已经潜移默化地存在于对经营者的监督过程中。在考虑经营者报酬时，依然要考虑经营者的声誉监督问题，把声誉监督体现到经营者报酬中。为了简便起见，以 λy 表示由声誉监督所带来的经营者报酬。其中，λ 为经营者的声誉影响系数。当 $\lambda > 0$ 时，表明声誉会给经营者带来正效用；反之，则会带来负效用。

经营者报酬为

$$\omega = u(y) + \lambda y - c(m) = \alpha + (\beta + \lambda)(m + \theta) - bm^2 \qquad (8\text{-}1)$$

经营者平均报酬等于经营者报酬的均值与风险溢价之差（假设经营者为风险规避型），则经营者确定性等价收入为

$$E(\omega) - \frac{1}{2}\rho(\beta + \lambda)^2\sigma^2 = \alpha + (\beta + \lambda)m - bm^2 - \frac{1}{2}\rho(\beta + \lambda)^2\sigma^2 \quad (8\text{-}2)$$

式中，$E(\omega)$ 为期望收入；$\frac{1}{2}\rho(\beta + \lambda)^2\sigma^2$ 为风险成本。

令 ϖ 为经营者的保留收入水平，若 $\omega < \varpi$，则经营者将退出该委托代理关系。只有当 $\omega \geq \varpi$ 时，该委托代理关系有效，即

$$\alpha + (\beta + \lambda)m - \frac{1}{2}\rho(\beta + \lambda)^2\sigma^2 - bm^2 \geq \varpi \qquad (8\text{-}3)$$

$$\max E(V) = \max_{\alpha,\beta}[-\alpha + (1 - \beta)m] \qquad (8\text{-}4)$$

固定 α 后，将式（8-3）带入式（8-4），对 m 求导得：当经营者的努力水平 m 不能被委托人观测到时，其效用最大化的一阶条件为 $m = (1 + \lambda)/2b$。上式说明，经营者的努力水平与其声誉影响系数是同方向变化的关系。也就是说，经营者的声誉对其职业发展及收入的影响越大，则他越愿意付出风险大的努力水平。

由以上分析可知，从委托人的角度出发可以将经营者声誉监督问题描述为

$$\max E(V) = \max_{\alpha,\beta}[-\alpha + (1 - \beta)m] \qquad (8\text{-}5)$$

$$\text{s.t}\begin{cases}(\text{IR}): \alpha + (\beta + \lambda)m - \frac{1}{2}\rho(\beta + \lambda)^2\sigma^2 - bm^2 \geq \varpi \\ (\text{IC}): m = (1 + \lambda)/2b\end{cases}$$

模型表明：在信息不对称情况下，由于经营者的努力水平 m 不可观测，经营者总会选择一个对自己最有利的努力水平 m 来实现自身的效用最大化，这也是委托人要实现自身效用最大化所受到的激励相容监督（IC）条件，并且契约要满足参与监督（IR）条件。因此，委托人就是在这两个监督条件的限制下，通

过选择 α、β，使得经营者选择委托人希望的努力水平 m，从而实现自身的期望效用最大化。

第四节　国有企业经营者的法律监督机制研究

法律监督是整个监督体系的前提和基础。法律监督有自己所固有的特点：第一，普遍性；第二，强制性；第三，稳定性；第四，规范性；第五，事前性（陈传明，1997）。可见，完善的法律体系既是市场经济运行的重要保证，也是监督经营者行为的有力手段。

市场经济是法制经济，一切经济行为都按一定的法律和制度进行，健全有效的法律法规不仅是市场经济运行的保证，而且是监督和规范经营者行为最有效的手段。为了把企业经营者行为纳入法制轨道，必须充分发挥法律对其的监督作用。为此，国家应尽快完善在企业经营者方面的立法，将企业经营者的任职资格、产生程序、任免方式、任职期限、评价标准及应享受的权利和应承担的义务都以法律法规的形式规定下来，做到责、权、利相对称，有法可依，有章可循。

一、加快中介组织规范化进程，督促企业实现其社会职能

审计组织是一种重要的中介组织。在发达国家，包括审计组织在内的规范的、完善的中介组织对企业及经营者形成了强有力的监督。企业实现其对社会的责任及义务，主要是通过中介组织完成的。例如，审计、税务、工商、银行、产品质量检查等部门联合起来对企业及经营者实行监督，可进行在职、离职审计，若偷税漏税、生产假冒伪劣产品等，则必追究经营者的责任。同时，通过市场中介组织，实现社会公众对企业经营者的监督。例如，要防止企业集资活动中的欺诈行为，可通过证券交易所、筹资集资代理商组成的行业协会、会计事务所、律师事务所实现监督。上述这些组织及各种社会团体，如消费者协会、环境保护团体、公用事业监督委员会、公用产品价格的社会评议会等中介组织，可形成对经营者的一种有力监督与监督体系。

这里强调的是中介组织的规范化进程。中介组织作用的发挥离不开法律法规的保障，作为一种机制，如审计机构，必须从企业中游离出来，脱离政府的行政管辖，成为一个完全独立的市场主体，作为一个企业去参与市场竞争。否则，这种中介组织只能成为一种摆设。在经营者管理之下的审计会失去真实性，在政府领导之下的审计无法摆脱政府的行政行为，会失去客观真实性。

二、为经营者营造良好环境，强化经营者的自我监督

经济系统是人类生活中的一个系统。原则上说，凡是与系统发生相互作用又不属于系统的所有事物都是系统的环境，即系统的环境是指与系统发生相互作用的非该系统的诸因素。环境作用是一种选择作用，是系统的控制条件。本节从政治、经济、法律、人文背景等诸多方面讨论企业经营者对宏观环境的依赖性。良好的环境能为企业经营者的产生和培养、为其对事业的投入营造较好氛围，使环境与经济发展成为一种互动的良性循环，保证经营者成为社会发展的真正推动力。

在规范的市场经济中，政府的职能是规范市场秩序，建立公平的市场竞争环境，使市场能提供充分的信息，使竞争机制能充分发挥作用。前文中所论述的一系列问题措施的前提条件是市场经济。这就要求政府充分发挥其作用，改革体制，为社会主义市场经济早日完善扫平障碍，这样宏观调控的作用才能更显突出。国有企业经营者的素质是在特定条件下形成的，认识这种环境、改造这种环境才能造就高素质的企业经营者。我国的市场经济脱胎于计划经济，现阶段的市场经济还不成熟，乡镇企业涌起、民营企业冲击及外企的进入使国有企业陷入四面楚歌的境地。面对这种状况，政府应积极创造适合企业健康发展的良好环境。计划经济时期，政府一直通过行政干预来影响经济发展。市场经济条件下的宏观调控其本质就是法律法规的建立和健全，如《公司法》、《证券法》、《反不正当竞争法》、《商标法》、《价格法》等。另外，政府还要通过相应的政策，利用国家财政、金融等对一定的产业进行扶持或限制等。这种对经济的干预和管理又必须严格限定于宏观范围内，从而达到为经济发展服务、维护经济秩序正常的目的。这种干预和管理必须公平、公开、公正、中立，而且要有法定的程序，要营造使经营者成长为优秀企业家的社会氛围，这对经营者来说是一种客观的条件。在这种氛围中，全社会都会充分尊重经营者的特殊劳动，在政治上关心经营者的精神要求和政治待遇。地方政府的积极性应体现在控制国有企业及国有企业经营者转向，运用财政手段完善自然环境和投资环境，以吸引各种资金、技术投入来发展地区经济。总之，在此强调的是一种社会氛围、一种法制的规范。

社会保障体系是除政治、法律环境之外的又一个重要环境条件。完善的社会保障体系可以促进经济发展。国有企业改革离不开社会保障体系，经济增长也以它为前提，稳定的社会经济环境仍对社会保障体系有很大的依赖性。我国社会保障体系的建立和完善必须与经济发展水平相一致，依法办事，要有社会化的服务体系，促进社会互助。健全的社会保障体系由于其服务的社会性，可使国有企业甩掉包袱，公平参与市场竞争，从而推动劳动力和人才的合理流动。同时，健全

社会保障体系也有利于社会稳定，这对经济发展的作用不言而喻。因此，在社会保障体系的重构中，既要认真借鉴发达国家的经验，又要结合实际情况，使之社会化、科学化。可以以立法方式谋求解决社会保障体系重构的困难，在市场经济体制的模式下进行社会保障体系的重构，保障水平与模式同国情相适应，切实完善养老险、医疗险、失业险等各种制度。任何事物都不可能离开环境而独立存在，对国有企业经营者的监督、激励、选拔、培养都离不开其赖以生存的环境，政治、法律、文化等小环境有机地构成了经营者生存的宏观的整体大环境，从而成为所讨论问题的前提条件。

此外，要强调社会价值规范的法规建设，把人们的社会心理、社会风俗、社会观念等形成的价值规范转化为具有社会法定权威的法律、规章制度等形式，使社会价值规范化、明晰化、权威化。通过法律、政策、规章等形式把社会价值规范分解到社会实物规范中去，逐步建立起以社会职业为中心的精神文明建设机制，建立和完善精神文明建设的社会综合职能机构。

本 章 小 结

本章主要在分析我国现有监督现状的基础上，构建共同监督机制、相机监督机制、市场机制等相结合的经营者外部监督机制，建立以法律监督为基础，通过完善公司治理结构对经营者进行监督为核心，市场监督为主线，声誉、舆论与道德等外部监督为辅助的经营者监督机制，从构建经营者市场体系及完善经营者的选拔和培养机制两方面提出了经营者监督机制的配套措施。主要内容包括以下几方面。

（1）经营者市场监督方面。①从资本市场和融资结构角度观察到的对经营者的监督问题表明，国家融资体制和资本市场机制有待进一步发展和完善，而解决国有企业经营者监督问题的相应改革政策建议是：积极稳妥地发展资本市场，培育各类战略性投资者，以资本市场替代国家融资；②实施经营者人才的市场准入机制，对经营者进行资格认证制度是衡量企业经营者专业水平、确定企业经营者应享有的各种待遇、稳定企业经营者队伍、逐步实现企业经营者"职业化"的重要措施之一；③产品市场存在的问题向政府提出了规范市场、严格执法、建立公平竞争规则、打破地方保护主义壁垒等要求。

（2）经营者声誉监督方面。声誉机制的建立要求经营者具有长远预期，只有对未来有长远预期的经营者才会在经营管理活动中注重自己的声誉。经营者声誉的质量决定着经营者声誉机制作用的有效性。社会法律环境、规章制度的完善和正确的道德伦理、意识形态的形成有助于提高经营者声誉机制作用的有效性。

　　（3）经营者法律监督方面。市场经济是法制经济，一切经济行为都要按一定的法律和制度进行，健全有效的法律法规不仅是市场经济正常运行的保障，而且是监督和规范经营者行为的有效手段。需要建立规范化的中介组织，督促企业实现其社会职能。同时，加强经营者的自我监督，还需要营造良好的政治、法律、文化等小环境所构成的有机大环境。

第九章　国有企业经营者激励与监督机制的政策措施

第一节　国有企业经营者激励机制的政策措施

一、关于国有企业经营者薪酬激励方面的政策措施

国有企业由于其性质特点的差异，其治理结构、内部环境、外部市场环境等不完全一致，本书认为应从以下三个方面完善国有企业经营者薪酬激励方面的政策。

（一）国有企业经营者激励方式的选择

（1）根据企业目标选择激励方式。国有企业根据其承担的任务及目标可大致分为三类：一是以承担政策目标为主的国有企业；二是以市场效率取向为主的国有企业；三是具有双重目标任务的国有企业。对于第一类和第三类国有企业，对其经营者应采取适度的物质激励手段，把经营者薪酬与奖励结合，并以必要的精神激励措施为主，但不能过于强调股权激励等。对于完全以市场效率取向为主的国有企业的经营者，应加大股权激励，适当拉开经营者的持股比例与行业间经营者的持股比例及企业内部其他管理人员持股比例的绝对差异和相对差异。

（2）根据国有企业不同发展阶段的生产经营特征选择激励方式。一是国有企业发展的初始阶段。从薪酬结构安排来讲，总薪酬中基本薪酬所占的比重要小，而股权收入所占的比重要大。通常的做法是：企业所有者向经营者做出承诺或达成协议，用股权或未来收益等长期激励的形式代替当前的高薪。二是国有企业发展的成长阶段。适当提高经营者的基本薪酬，增加绩效薪酬的比重。采用超过行业平均获利水平的方法来衡量经营者的业绩，可以最大限度地调动其积极性，使业务得以迅速扩展。与此同时，通过股票期权、股票增值权、延期股票等制度的实施，完善以股权为基础的激励模式，使经营者拥有剩余索取权的权利。这样一来，经营者不仅要以代理人的角度重视企业的长期持续发展，还要以所有者的身份致力于企业利润最大化，促使经营者与所有者以共同利益为目标进行经营管理。三是国有企业发展的成熟阶段。该阶段的国有企业能提供较有竞争力的基本薪酬、绩效薪酬。由于其发展空间有限，长期激励薪酬很难具有高激励性，

因此，应该着重强调短期激励而不是长期激励。在这一阶段，企业支付给经营者的基本薪酬很高，福利也较优厚。重视经营者的资历、支付经济报酬对他们的激励更为直观，这不仅有助于降低经营者的流动率，留住优秀的经营者，而且有助于为企业营造稳定的经营环境。

（二）实施与企业业绩挂钩的薪酬制度

通过经营者薪酬激励的研究得出，企业绩效与经营者年度报酬总额显著正相关。因此，在设计国有企业经营者年度薪酬激励时，一方面可以适当降低基本工资在年度报酬总额中的比重，提高绩效薪酬的数额，从而加大对经营者短期绩效的激励力度。此外，虽然大多数经营者可以获取较高的年度薪酬总额，但较国外CEO仍偏低。面对国外企业日益激烈的"挖墙脚"、人才本地化竞争策略，国有企业应该提高经营者年度薪酬总额的水平。因此，处于经济发达地区的国有企业，应在满足经营者基本需要的基础上，适当提高绩效薪酬在经营者年度报酬结构中的比例。另一方面，对于国有企业经营者控制权的激励，要推进国有企业股权多元化，积极稳妥地实行国有股"减持"，有步骤地降低国有股比重，改善股权结构。主要包括：有步骤、有计划地降低国有资本在上市公司中的持股比例，相应地增加非国有资本尤其是私有资本和投资基金的持股比例；降低第一大股东的持股比例；提高董事会和高层管理人员的持股比例；引导银行对上市公司进行适量股权投资。这样既能使所有者积极参与对经营者的激励和监督，又能通过股权把经营者的收益与企业绩效联系起来。

（三）优化国有企业经营者薪酬组合制度

（1）基本薪酬设计。国有企业经营者的基本薪酬一般在聘任合同里规定，作为固定的收入。由于经营者的劳动所创造的价值远高于从属者（或被领导者）的劳动，因此，其基本薪酬理应高于普通职工。但考虑到公平原则，国有企业经营者和普通职工的工资差别不应过大，可以按照与国有企业内部职工平均薪酬的比例来确定。本书研究认为企业经营者的基本薪酬只是其薪酬总额的一部分，在整个薪酬结构中占的比重不应过大。而且作为企业经营者的固定收入，与普通职工的差别不应过于悬殊，否则容易挫伤普通职工的积极性，影响企业效率。对与本书研究得出的类型一（股权集中型）相似的企业，应该适当加大货币薪酬的额度，以增强经营者薪酬激励的效果；若与类型二（股权分散型）相似的企业，则应该适度控制货币薪酬的额度，以增大股权激励的作用，从而增强经营者薪酬激励的总体效果。

（2）绩效薪酬激励设计。企业经营者工作的一切努力和贡献，都要体现到经营业绩上来。要使企业经营者有工作动力，就必须使其薪酬与企业经营业绩挂钩。通过对经营者薪酬组合激励的研究认为，企业经营者薪酬激励最有效的方式是让经营者拥有剩余索取权。具体做法是：当所有者将企业交给经营者进行管理时，事先约定合理的合同基数和剩余利润分成比例，期末就可以根据经营者超额完成的利润计算利润分成，作为对企业经营者超额完成利润的奖励，经营者创造的超额利润越多，所获得的奖金越多。通过这种方式将经营者自身的经济利益与企业的效益紧密地联系起来，极大地调动了经营者的积极性，而且这种方法操作简便。剩余利润分成制的缺点在于经营者的收入是依据经营者当年的经营业绩来计算，在信息不对称的情况下，不能很好地解决经营者的短期行为。

（3）股权激励设计。企业经营者的股权激励在总体薪酬中所占的比例越来越大，对经营者的长期薪酬激励效果显著，能够有效地预防经营者的短期行为和投机行为。国有企业经营者股权激励的力度应依据国有企业具体特点、所处类型进行有比例的划分，对与本书实证研究结论中类型二相似的企业，即股权分散型企业，应该加大国有上市公司经营者持股比例的激励力度，适当拉开经营者的持股比例与行业间经营者的持股比例及企业内部其他管理人员持股比例的绝对差异和相对差异。与类型一相似的企业，即股权集中型企业，则应该适度控制经营者持股比例，同时加大国有上市公司经营者货币薪酬的激励力度，适当拉开经营者的货币薪酬总额与行业间经营者的货币薪酬总额及企业内部其他管理人员的货币薪酬总额的绝对差异和相对差异。

二、关于国有企业经营者精神激励方面的政策措施

国有企业经营者既需要薪酬激励，也需要精神激励。精神激励是经营者在薪酬激励基础上的更高层次的需要，二者相辅相成，本书研究认为应从以下三个方面完善国有企业经营者精神激励的政策。

（1）构建有效的经营者声誉评价机制。积极培育经理人市场，鼓励和规范各类人才中介组织参与对职业经理价值的评估。通过优化产品市场和要素市场，从整体上构建经营者声誉的客观评价机制。要规范资本市场，使经济指标成为评价竞争性行业国有企业经营者能力的重要指标。确保证券行业法律法规的严格执行，使资本市场能真实反映企业的业绩状况，使评价经营者业绩的人为各投资主体，从而形成声誉机制。同时，把经营者的声誉与未来收益结合起来。市场经济条件下影响经营者精神状态的因素大大扩展。例如，法人财产权的落实程度、经营资产的规模大小、职业经营生命的长短、政策义务的多少、社会荣誉的高低等，都直接影响经营者的自我感觉和奉献精神。纯粹的思想工作、说服教育式的精神激励已不能适应新形势的需要，运用物质的、体制的和精神的多重手段实施激励，才能有针对性地解决影响经营者精神状态的多重问题。

（2）建立公平合理的工作环境，增强对经营者的事业激励。选拔能力强的国有企业经营者，增加国有企业经营者对工作本身的兴趣。例如，可以实行岗位轮换制度，规范公司管理制度，对经营业绩按月通报，对优秀者给予表扬。妥善处理经营者与员工之间的关系，领导者要做到以公平的方式处理与工作有关的决策。在制定决策时，要以真诚的态度对待员工，表现出对员工的友好和关心，要和员工讨论决策用意并做出合理的解释，鼓励员工提出自己的建议。要做到与员工坦诚交流，平等对待员工，让员工产生受尊重感、归属感，争取从各方面获得员工的支持与认可。为国有企业经营者优化工作环境。根据赫茨伯格双因素理论，工作环境属于保健因素，良好的工作环境虽不会提高员工的满意度，但会减少员工不满情绪，提高经营者总体的工作满意度。

（3）有效发挥控制权的激励作用，使其满足经营者正当需求。将企业剩余控制权安排给企业经营者享有。我国国有企业改革的方向就是建立现代企业制度，所以在我国的国有企业中，企业剩余控制权也是安排给企业经营者享有的，这一点体现在国有企业改革的"放权"思路和行动上。国有企业经营者通过企业剩余控制权的收益来激励其努力工作。发挥剩余控制权作用，可以满足经营者三个方面的需要：一是在一定程度上满足经营者施展才能、精神的自我实现的需要；二是满足经营者控制他人、感觉自己处于负责地位的需要；三是经营者具有职位特权，可享受在职消费，给经营者带来正规报酬以外的物质利益。

第二节　国有企业经营者监督机制的政策措施

一、改进国有企业经营者的选聘机制

国有企业经营者选聘机制，既是一种有效的激励监督机制，又是其他激励措施制定的前提，也是我国国有企业改革的重要内容之一。在政府主管部门掌握经营者任免权的情况下，要在经营者的选拔过程中引入竞争机制，增强选拔的公开性、公平性。依据经营能力、道德品质来选择国有企业经营者。按照国家有关政策，国有企业经营者的选拔任用工作，既要贯彻《党政领导干部选拔聘用条例》的基本精神，还要符合《企业法》、《公司法》的要求，从企业实际出发。具体做法有以下几点。

（1）建立企业经营者人才市场信息系统。首先要合理界定企业经营者人才信息选择的范围，打破地域、所有制、部门界限；其次要面向全社会征集企业经营者人才信息；最后要充分利用现代化信息手段，实现经营者人才信息库的全国联网。

（2）充分发挥中介组织的作用，建立公开、公平、公正的运作机制。中介

组织的市场化运作主要包括：运用"猎头"方式培育"隐形经营者人才市场"。"隐形经营者人才市场"指人才中介机构采用"个案操作"方式配置企业经营者人才，经营者的流动处于相对隐秘状态的人才市场形态；举办"招聘会"发展有形经营者人才市场；依托国际互联网建设网上经营者人才市场；接受企业委托开拓"经营者人才测评市场"；完善"经营者人才培训市场"。

（3）根据企业情况，延长国有企业经营者的任期。目前实行的国有企业经营者任期制导致不少国有企业经营者的短期行为，影响企业长期可持续发展的能力。对国有企业经营者的信任与重用本身就具有很强的激励作用。对于许多优秀的国有企业经营者，只要没有原则性问题，一般不要轻易调整。要保持经营者任职的连续性与稳定性，为企业的长期稳定发展奠定基础。

二、建立国有企业及经营者绩效评价体系

企业支付的激励报酬建立在对企业经营业绩评价的基础上，有效的业绩评价体系是激励报酬公正支付的保障。因此，只有在保证业绩指标数据真实准确的基础上，建立健全业绩评价体系，实施与业绩挂钩的薪酬激励制度才能真正发挥作用。因此，建立有效考核体系的主要措施有：①建立全面客观的企业业绩评价体系。本书研究认为，可从企业成长能力、经营能力、盈利能力和偿债能力四方面对企业经营业绩进行评价；②完善经营者声誉评价体系。包括组织协调能力、沟通能力、对员工的关心和信任、承担风险的能力等方面，使考核体系既全面又科学；③发挥会计、审计等机构的监督作用，因为要保证企业经营者绩效考核的真实性和数据的可靠性，则会计、审计等机构的监督作用必不可少；④明确企业绩效评价的操作程序和办法。作为国有股股东，政府不可能也不能够直接承担对各个上市公司的绩效评价和经营者激励的具体工作。作为经营者本身，当然也不能够自己评价自己的劳动成果，自己决定自己的报酬。为了体现公正、客观，具体工作应该由社会中介机构负责，政府只需负责出台具体的操作程序和办法。

三、优化董事会、监事会和股东的监督制衡机制

就目前我国的公司治理结构来说，优化董事会、监事会和股东的监督制衡机制可采用以下措施。

（1）实现利益相关者对公司治理结构的有效参与。职工是极为重要的利益相关者，尤其是在知识经济日益深化、更加强调人力资本价值的背景下。我国国有企业职工较多，并且职工在企业岗位上工作到退休的人非常多，可以说企业就是职工的家，职工对企业有一定的感情。因此，职工的监督作用对于企业来说是

一种非常宝贵的资源。可以借鉴欧洲国家，设立职工董事或监事，并且通过一定的法律规定职工代表在董事会、监事会中的数量、地位和职责，通过代表职工利益的董事或监事对公司决策过程的参与，达到监督控制股东和经营者损害职工利益行为的目的，这种职工监督制衡机制从理论上能够对控股股东和经营者行为起到制衡作用。

（2）适当增大监事会规模。比如增加监事数量，从组织上保证监事会正常履行职能。进一步说，在增大规模上，首先应该增加外部独立监事，因为当前监事会成员主要为股东代表和职工代表。虽然职工代表有助于监事会掌握公司生产经营的实际情况，股东代表可以代表股东的利益，但是，这两种身份都受制于控股股东。所以，要解决这个问题，关键在于增强监督者的独立性。在样本统计中发现，部分同时发行 H 股、B 股或在海外上市的公司，如仪征化纤、粤电力和中国石化等，已经在其监事会中引入了独立监事。独立监事制度为监事会改革各方面做出了有益的探索。

对于独立董事和监事会这两套监督制度共存的情况，有学者提出应尽快取消监事会制度。本书认为这种建议不合适，因为监事会对财务行为的监督还是有效的，不能因为其有局限性而对其全面否定。不重视改革监事会，仅靠增设独立董事的做法，在实践中也难以解决原有的问题，同时还会造成机构重叠、费用增加等新问题。可以把设立独立董事或者监事会的权力交给上市公司，由公司自己选择，其前提是必须对监事会制度进行改革，制定详细的监事会规定以保证监事会的监督权力。

四、强化资本市场和经营者人才市场监督机制

经营者市场的竞争机制是监督经营者行为的有力机制。竞争和市场有着天然的联系，资本市场、经营者市场起到对经营者行为的竞争监督作用。强化国有企业经营者市场监督机制的政策建议有以下几点。

（1）资本市场的监督机制方面。加快银行体制改革，促进国有银行的商业化改造和公司化改造，逐渐放宽对银行直接投资和参与企业经营控制的限制；在加强管理的前提下，通过逐步改造现有的、新建没有的、引进国外的等途径，发展各类非银行金融机构和结构投资者；规范证券市场，完善证券市场管理规则，积极创造条件，使企业上市审批制改为资格登记制；清理企业不良债务，开放银行不良债权的市场交易，以市场机制取代政府干预，保证存量资产有效配置；积极培育经营者控制权市场，通过控制权市场交易推进国有经济战略性重组。

（2）经营者市场的监督机制方面。推进国有企业经营者市场化进程，实施企业经营者人才的市场准入机制。对企业经营者进行资格认证制度是衡量企业经

营者专业水平、确定企业经营者应享有的各种待遇、稳定企业经营者队伍、逐步实现企业经营者"职业化"的重要措施之一。建立企业经营者资格制，是按照市场经济发展规律促进企业经营者职业化、市场化和管理科学化的重要措施，是建立现代企业制度的客观必然要求。

五、完善相关的法律法规及管理制度

国有企业家调查系统发表的调查报告显示，认为对企业家最有效的监督因素是法律法规的占被调查人数的78.6%。法律与制度的监督对企业内部来讲，主要由《公司法》与《企业法》来规范。新出台的《公司法》在这方面做了较大改进。在企业外部环境方面，我国规范市场竞争秩序，禁止公司实施不正当行为的法律法规主要有《反不正当竞争法》、《质量法》、《消费者权益保护法》和《证券法》等。要进一步加强对国有企业的审计考核功能，主要措施有以下几点。

（1）完善国有资产和企业经营者监督管理制度。根据《中央企业经济责任审计管理暂行办法》、《企业国有资产监督管理暂行条例》及其他有关法规，对国有企业经营者任期届满或离任时要进行经济责任审计，就其所在企业资产、负债、权益和损益的真实性、合法性和效益性及重大经营决策等有关经济活动以及执行国家有关法律、法规情况进行监督和评价。例如，可以创办《监督月刊》和监督网站。《监督月刊》是充分利用社会力量进行公开监督的有效途径，报纸的主要内容包括：①刊登国有企业的公开监督公告，阐明本单位的哪些事情及行为受社会公开监督、哪些举报行为有效、奖励办法、奖励额度等；②刊登被举报的单位、人员案情；③刊登对典型案例的报道分析；④通报各单位的廉政、监督情况；⑤刊登监督、廉政经验交流的理论研究文章；⑥接受举报等。这样就保证了国有企业经营者在整个经营活动的事前、事中、事后都能得到有效的监督。

（2）完善信息披露机制。建立和执行严格、规范的信息披露机制，实现市场信息的充分对称，提高证券市场的透明度。信息披露制度是规范上市公司行为、减少内幕交易和关联交易、保护证券投资者权益、维持证券市场正常运行秩序、确保证券市场持续健康发展的重要工具。信息披露制度也是提高证券市场治理功能、促进经营者不断改善产品和服务质量、不断提高企业管理水平的有效手段。我国上市公司的信息披露制度存在严重问题，许多公司信息不能充分、及时和准确地被披露，大量信息不透明、不真实，粉饰财务报表、有意欺骗股东的现象时有发生，为此要加快建立健全规范透明的信息披露制度。首先，要建立科学、严格的会计制度和财务标准，加强财务监督和审计监督，建立公司内部控制制度，确保统计数据的质量和会计信息的真实可靠。其次，建立与技术同步的信息披露程序和标准，明确规定所需披露的事项和内容，并严格按照规定的格式进行披露，特别是涉及重大人事变动、股权转让、关联交易及重大投资活动等时，都必须按照规定程序进行详细披露。最后，在上市公司的信息披露方面，要充分发挥注册会计师事务所、审计师事务所等信用中介机构的作用。要加强信用中介机构的自律和政府部门的监督，防止弄虚作假；要确保中介机构的独立地位，使其事业上完全脱离政府部门、行业主管部门和利益集团是中介机构依法公正履行职责的前提，也是其独立承担法律责任的基础。

本 章 小 结

在本书系统研究的基础上，本章主要针对国有企业经营者激励机制及监督机制提出相应的政策措施。主要内容包括以下几点。

（1）国有企业经营者激励机制方面的政策措施。强调实施与企业绩效挂钩的薪酬激励制度，依据长、短期激励相结合的原则，提出经营者薪酬结构应该包含基本薪酬、绩效薪酬和股权激励。在此基础上，提出根据企业目标、企业生命周期不同阶段选择国有企业经营者薪酬激励方式的政策建议。

（2）国有企业经营者监督机制方面的政策措施。提出了建立企业经营者人才市场信息系统以及公开、公平、公正的运作机制。通过建立科学、公正、客观的经营者绩效评价体系，充分发挥董事会、监事会以及利益相关者（职工）的监督制衡机制，积极推进经营者的市场化进程以及完善经营者的监督管理制度和信息披露机制，促使国有企业经营者努力工作，实现国有资产保值增值，提高国有企业的经济效益和运营效率。

参 考 文 献

包约翰.1992.自适应模式识别与神经网络.北京:科学出版社

边燕杰.1999.社会网络与求职过程.国外社会学,4:6~7

财政部统计评价司.1999.企业绩效评价问答.北京:经济科学出版社

陈传明.1997."内部人控制"成因的管理学思考.中国工业经济,(11):38~42

陈佳贵,杜莹芬,黄群慧.2001.国有企业经营管理者的激励与约束——理论、实证与政策.
  北京:经济管理出版社

陈熊华,林成德,叶武.2002.基于神经网络的企业信用等级评估.系统工程学报,17(6):
  570~575

陈永忠.1996.人性观与人力资源管理.中国人才,(8):57~62

陈泽亚.2004.论完善我国企业经营管理人才政策法规体系.福建论坛人文社会科学版,(2):
  99~114

陈志广.2002.高级管理人员报酬的实证研究.当代经济科学,(5):67~75

谌新民,刘善敏.2003.上市公司经营管理者报酬结构性差异的实证研究.经济研究,(8):
  55~63

程承坪,魏明侠.2002.企业家人力资本开发.北京:经济管理出版社

程国平.2002.经营者激励理论、方案与机制.北京:经济管理出版社

戴中亮.2004.委托代理理论述评.商业研究,(1):98~100

德鲁克.2009.卓有成效的管理者.许是祥译.北京:机械工业出版社

董鹏刚.2006.国有企业委托代理关系双向道德风险问题研究.西安理工大学硕士学位论文

杜胜利.1999.企业经营业绩评价.北京:经济科学出版社

费方域.1996.两权分离、代理问题和公司治理.上海经济研究,(8):17~25

冯伯麟.1996.教师工作满意及其影响因素的研究.教育研究,(2):6,42~49

高洁.2007.国有企业经营管理者薪酬激励机制研究.西安理工大学硕士学位论文

高希均.1989.经济人社会人文化.北京:国际文化出版公司

宫板纯一.1996.报酬管理——工资与动力.北京:中国经济出版社

郭彬,张世英,郭焱.2004.企业所有者与经理人委托代理关系中最优激励报酬机制研究.中
  国管理科学,(12):49~56

国务院国有资产监督管理委员会业绩考核局等.2005.企业价值创造之路——经济增加值业绩
  考核操作实务.北京:经济科学出版社,39(5):2~5

何骏.1999.国有企业脱钩及面临的问题.国有资产管理,(2):99~105

何森.2003.企业英雄——企业家个性、经历与成功素质分析.北京:中国经济出版社

胡铭.2003.上市公司高层经理与经营绩效的实证分析.财贸经济,(4):76~83

胡守仁. 1993. 神经网络导论. 北京：国防科技大学出版社

黄群慧. 2000. 企业家激励约束与国有企业改革. 北京：经济管理出版社

黄群慧，李春琦. 2001. 报酬、声誉与经营者长期化行为的激励. 中国工业经济，(1)：79~82

纪建悦. 2001. 浅析我国上市公司股权结构存在的问题及完善措施. 金融理论与教学，(4)：88~94

加思·S. 贝克尔. 1987. 人力资本. 北京：北京大学出版社

金永红，奚玉芹，叶中行. 2003. 考虑声誉的风险投资多阶段动态融资模型研究. 系统工程理论与实践，(8)：76~81

卡普兰，诺顿. 2009. 平衡计分卡战略实践. 上海博意门咨询有限公司译. 北京：中国人民大学出版社

孔峰，刘鸿雁，乞建勋. 2004. 项目经理激励报酬机制与企业监督博弈分析. 中国管理科学，(2)：26~36

雷仕凤. 2005. 构建国企监督约束机制六策. 企业改革与管理，(8)：99~114

李斌，闫丽荣. 2005. 委托人与代理人在公司治理中的行为博弈. 财经问题分析研究，(7)：109~114

李春琦. 2002. 国有企业经营管理者的声誉激励问题研究. 财经研究，(12)：98~104

李军林. 2002. 声誉、控制权与博弈均衡：一个关于国有企业经营绩效的博弈分析框架. 上海财经大学学报，(8)：49~57

李苹莉. 2001. 经营者管理业绩评价——利益相关者模式. 杭州：浙江人民出版社

李爽. 2003. 内部控制鉴证服务的若干争议与探讨. 中国注册会计师，(10)：101~108

李爽，吴溪. 2001. 盈余管理、审计意见与监事会态度——评监事会在我国公司治理中的作用. 审计研究，(1)：8~13

李韬奋，杨水利，谢薇. 2006. 基于业绩评价的监督约束机制研究. 陕西省行政学院学报，(3)：99~102

李维安. 2001a. 公司治理与公司治理原则. 中国物资流通，(2)：6，7

李维安. 2001b. 中国公司治理原则与国际比较. 北京：中国财政经济出版社

李燕萍，杨艳. 2004. 企业经营者"道德风险"激励的博弈分析. 管理学报，(1)：39~43

李垣，张完定. 2002. 管理者激励组合的理论探讨. 管理工程学报，(3)：26~30

李增泉. 2000. 激励机制与企业绩效———项基于上市公司的实证研究. 会计研究，(1)：24~30

李忠民. 1999. 人力资本：一个理论框架及其对中国一些问题的解释. 北京：经济科学出版社

李子英. 1998. 国有产权委托代理制度的缺陷与重塑. 财经科学，(1)：93~95

梁热. 2005. 证券管制效率与声誉缺失：一个基于博弈框架的分析. 南开经济研究，(4)：81~86

林浚清，黄祖辉，孙永样. 2003. 高管团队内薪酬差距、公司绩效和治理结构. 经济研究，(4)：31~40

刘斌，刘星，李世新. 2003. CEO薪酬与企业业绩互动的实证检验. 会计研究，(3)：35~39

刘惠萍，张世英. 2005. 基于声誉理论的我国经理人动态激励模型研究. 中国管理科学，(4)：78~86

刘军琦，孙璐，刘兵. 2001. 利用TOPSIS法评价企业财务绩效原理与实证分析. 四川大学学报（哲学社会科学版），(3)：42~47

刘立国，杜莹．2003．公司治理与会计信息质量关系的实证研究．会计研究，（32）：67～73

刘芍佳，孙霈，刘乃全．2003．终极产权论、股权结构及公司绩效．经济研究，（4）：51～62

刘银国．2004．基于上市公司经营业绩的薪酬设计．经济管理，（1）：52～55

刘有贵，蒋年云．2006．委托代理理论述评．学术界，（1）：69～78

卢嘉．2001．工作满意度的结构及其与公平感、离职意向的关系．中国科学院心理研究所硕士学位论文

吕福新．1995．企业家行为格式——对角色人格管理的探究．上海：上海人民出版社

罗大伟，万迪昉．2002．关于管理者薪酬的研究综述．管理工程学报，（4）：80～86

马连福．2000．股权结构的适度性与公司治理效率．南开管理评论，（4）：104～112

马歇尔．2005．经济学原理．廉运杰译．北京：华夏出版社

孟建民．2002．中国企业效绩评价．北京：中国财政经济出版社

孟令国．2005．声誉的隐性激励效应分析．经济与社会发展，（2）：89～93

南开大学公司治理研究中心课题组．2002．2002年6月对中国500市上市公司调查整理

南开大学公司治理研究中心课题组，李维安．2003．中国上市公司治理评价系统研究．南开管理评论，（3）：4～12

欧阳润平，余鑫．2002．从声誉理论看"59岁现象"．中国民营科技与经济，（8）：77～85

乔治·恩德勒等．2001．经济伦理学大辞典．王淼洋，李兆雄，陈泽环译．上海：上海人民出版社

秦锋，郗英．2000．构筑新时期国企经营者激励与约束机制．西北工业大学学报，（3）：23～25

青木昌彦．1995．转轨经济中的公司治理结构——内部人控制和银行的作用．北京：中国经济出版社

芮明杰，杜锦根．1997．人本管理．杭州：浙江人民出版社

沈捷．2003．知识型员工工作压力及其与工作满意度、工作绩效的关系研究．浙江大学硕士学位论文

斯道延·坦尼夫，张春霖，路·白瑞福特著．2002．中国的公司治理与企业改革：建立现代市场体制．张军扩等译．北京：中国财政经济出版社

斯蒂芬·P．罗宾斯．1997．管理学．北京：中国人民大学出版社

苏南海．1999．经营者激励与约束——年薪制操作．珠海：珠海出版社

苏泽雄，张歧山．2002．基于BP神经网络的企业技术创新能力评价．科技进步与对策，（5）：130，131

孙世敏，赵希男，朱久霞．2006．国有企业CEO声誉评价体系设计．会计研究，（3）：75～79

孙早，刘靠柱．2004．声誉约束、国家强制与企业的交易行为．经济社会体制比较，（12）：33～40

田坤．2002．职业经理监督与约束机制研究．西安理工大学硕士学位论文

田志龙．1997．董事长、经理兼任与分离的比较研究．管理现代化，（8）：34～40

汪贤裕，颜锦江．2000．委托代理关系中的激励和监督．中国管理科学，（33）：33～38

汪应洛．2008．系统工程（第四版）．北京：机械工业出版社

王国成．2002．企业治理结构与企业家选择：博弈论在企业组织行为选择中的应用．北京：经济管理出版社

王辉．2008．企业经营管理者股权激励与企业绩效相关性研究：以制造业国有企业为例．西安

理工大学硕士学位论文

王乐 . 2004. CEO 声誉定量评价研究 . 浙江大学硕士学位论文

王文慧，梅强 . 2002. 企业员工满意度的评估模型与对策研究 . 科技进步与对策，(11)：131～133

王欣 . 1999. 试论我国企业家激励与约束机制的建立 . 中国人民大学学报，(5)：13～16

魏刚 . 2000. 高级管理层激励与上市公司经营绩效 . 经济研究，(3)：32～41

魏明侠 . 2003. 基于人工神经网络的绿色营销绩效评价方法研究 . 科技管理研究，(2)：79～82

吴敬琏 . 2005. 股票期权激励与公司治理 . 中国经济时报，(25)：121～129

吴云 . 1996. 西方激励理论的历史演进与其启示 . 学习与探索，(6)：29～34

吴泽桐，吴奕湖 . 2001. 国有企业经营管理者激励现状分析与问题对策 . 经济管理，(9)：67，68

武增海 . 2004. 企业家市场化的测度研究 . 西安理工大学硕士学位论文

小艾尔弗雷德·D. 钱德勒 . 1987. 看得见的手——美国企业的管理革命 . 北京：商务印书馆

肖继辉，彭文平 . 2002. 高管人员报酬与业绩的敏感性——来自中国上市公司的证据 . 经济管理，(18)：4～16

肖条军，盛昭瀚 . 2003. 两阶段基于信号博弈的声誉模型 . 管理科学学报，(1)：102～112

谢薇 . 2008. 国有企业经营管理者声誉评价研究 . 西安理工大学硕士学位论文

徐丽萍，辛宇，陈工孟 . 2006. 股权集中和股权制衡及其对公司绩效的影响 . 经济研究，(1)：11～20

徐玉华，曾祥金，夏庆 . 2005. 滥用权威下的国企经理寻租博弈分析 . 统计与决策，(3)：67～71

闫丽荣，刘芳 . 2006. 上市公司经营管理者薪酬激励与公司绩效相关性的实证分析 . 统计与信息论坛，(1)：21～29

杨德林 . 2005. 中国科技型创业家行为与成长 . 北京：清华大学出版社

杨河清，唐军，胡芳 . 2003. 国有企业经营者薪酬激励的主要问题 . 首都经济贸易大学学报，5(4)：29～36

杨红炳 . 2006. 委托代理理论与国有企业激励约束机制的建构 . 边疆经济与文化，(3)：26～38

杨瑞龙 . 2001. 国有企业治理结构创新的经济学分析 . 北京：中国人民大学出版社

杨瑞龙，周业安 . 1998. 论利益相关者合作逻辑下的企业共同治理机制 . 中国工业经济，(1)：75～83

杨水利 . 2002. 国有企业经营者业绩的评价及指标设计 . 运筹与管理，11 (4)：90～96

杨水利，党兴华，吕瑞等 . 2009. 经营者薪酬与企业绩效相关性研究 . 西安理工大学学报，25(1)：120～125

杨水利，田坤，李怀祖 . 2002 国企经营者合谋的博弈分析与防范研究 . 西安交通大学学报(社会科学版)，22 (1)：58～61

杨水利，杨万顺 . 2008. 上市公司股权集中程度与公司治理绩效关系的实证研究 . 运筹与管理，17 (4)：106～111

杨万顺 . 2008. 我国上市公司股权结构与公司治理绩效的研究 . 西安理工大学硕士学位论文

余津津 . 2003. 现代西方声誉理论述评 . 当代财经，(11)：39～44

余鑫 . 2002. 企业家声誉机制探析 . 湖南大学硕士学位论文

袁凌，黄新萍，王来宾 . 2006. 职业经理人薪酬激励实证研究 . 经济管理，(3)：99～103

袁勇志 . 2003. 创新行为与创新障碍 . 上海：上海三联书店

张发，宣慧玉 . 2005. 利用声誉信息的机会主义行为对合作的影响 . 系统工程理论方法应用，
　　（3）：120 ~ 127

张华，王玉婧 . 2002. 从资源配置看企业家人力资本的开发和利用 . 中国流通经济，（4）：17 ~ 23

张俊瑞，赵进文，张建 . 2003. 高级管理层激励与上市公司经营绩效相关性的实证分析 . 会计
　　研究，（9）：19 ~ 26

张青，王全生，彭建良 . 2002. 基于神经网络的煤矿企业经营绩效评价研究 . 煤炭学报，（2）：
　　220 ~ 225

张仁德，姜磊 . 2005. 银行声誉、存款人预期与银行挤兑 . 南开经济研究，（1）：96 ~ 99

张涛，文新三 . 2002. 企业绩效评价研究 . 北京：经济科学出版社

张维迎 . 1996. 所有制、治理结构及委托—代理关系——兼评崔之元和周其仁的一些观点 . 经
　　济研究，（9）：21 ~ 27

张维迎 . 1999a. 从公司治理结构看中国国有企业改革 . 北京：北京大学出版社

张维迎 . 1999b. 企业理论与中国企业改革 . 北京：北京大学出版社

张维迎 . 2004. 企业的企业家——契约理论 . 上海：上海财经大学出版社

张英婕，陈德棉 . 2005. 国有企业委托代理关系分析及建议 . 商业研究，（6）：35 ~ 39

张勇 . 2004. 经理长期与短期报酬优化组合激励的探讨 . 管理工程学报，（3）：125 ~ 127

张正堂 . 2003. 企业家报酬决定：理论与实证研究 . 北京：经济管理出版社

郑江淮 . 2004. 企业家行为的制度分析 . 北京：人民出版社

中国企业家调查系统 . 2000. 中国企业经营队伍制度化建设的现状与发展——2000 年中国企业
　　经营管理者成长与发展专题调查报告 . 管理世界，（4）：92 ~ 102

中国企业家调查系统 . 2003. 中国企业家队伍成长现状与环境评价——2003 年中国企业经营管
　　理者成长与发展专题调查报告 . 管理世界，（7）：5 ~ 14

周立，贺颖奇 . 2003. 我国上市公司高级经理人补偿决定因素的实证研究 . 当代经济科学，
　　（3）：67 ~ 73

周其仁 . 1996. 控制权回报和企业家控制的企业 . 经济研究，（5）：44 ~ 50

周文霞 . 1999. 人力资源管理的理念基础——人性假设 . 南开管理评论，（5）：46 ~ 49

朱顺泉 . 2002. 基于突变级数法的上市公司绩效综合评价研究 . 系统工程理论与实践，（2）：
　　90 ~ 94

朱卫平 . 2001. 国有股减持与我国国有上市公司治理结构的完善 . 暨南学报（哲学社会科版），
　　（1）：51 ~ 59

朱真 . 2005. 企业经营管理者的激励与约束机制 . 管理天地，（12）：45 ~ 53

Abreu D，Gul F. 2000. Bargaining and reputation. Econometrica，（1）：85 ~ 117

Acemoglu D. 1995. Matching，heterogeneity and the evolution of income distribution. Journal of Eco-
　　nomic Growth，2（1）：61 ~ 92

Aghion P，Bolton P. 1992. An incomplete contracts approach to financial contracting. Review of Eco-
　　nomic Studies，59：473 ~ 494

Aghion P，Tirole J. 1997. Formal and real authority in organization. Journal of Political Economy，105
　　（1）：1 ~ 29

Alchian A, Demsetz H. 1972. Production, information costs economics organization. American Economic Review, 62: 777~795

Alcouffe A, Alcouffe C. 2000. Executive compensation setting practices in France. Long Range Planning, (33): 527~543

Ang J S, Cole R A, Lin J W. 2000. Agency costs and ownership structure. Journal of Finance, (55): 81~106

Arthur N. 2001. Board composition as the outcome of an internal bargaining process: empirical evidence. Journal of Corporate Finance, (7): 307~340

Bacidore J M, Boquist J A. 1997. The search for the best financial performance measure. Financial Analysis Journal, 53 (3): 10, 11

Back B, Sere K, Vanharanta H. 1997. Analyzing financial performance with self organizing maps. Proceedings of the workshop on self organizing maps (WSOM) . Finland , (6): 356~361

Bagozzi R P, Yi Y. 1988. On the evaluation of structural equation models. Academy of Marking Science, (16): 76~94

Barkema H G, Gomez- Mejia L R. 1998. Managerial compensation and firm performance: a general research framework. Academy of Management Journal, (4): 341~350

Beesley M. 1996. Principles, problems, and priorities. Lloyds Bank Review, (2): 88~94

Bennedsen M, Wolfenzon D. 2000. The Balance of power in closely held corporations . Journal of Financial Economics, (1): 58~69

Bernheim B D, Whinston M D. 1985. Common marketing agency as a device for facilitating collusion, Rand Journal of Economics, (16): 269~281

Bernheim B D, Whinston M D. 1986a. Menu auctions, resource allocation, and economic influence. Quarterly Journal of Economics, (101): 1~31

Bernheim B D, Whinston M D. 1986b. Common agency. Econometrica, 54 (4): 923~942

Bertaud A, Malpezzi S. 2001. Measuring the costs and benefits of urban land use regulation: A simple model with an application to malaysia. Journal of Housing Economics, (10): 393~418

Biddle G C, Bowen R M. 1993. Evidence on the relative and incremental information content of EVA, residual income, earnings and operating cash flow. Working Paper

Bolton P, Von Thadden E. 1998. Block, liquidity, and corporate control. The Journal of Finance, (2): 1~25

Brickley J, Bhagat S, Lease R. 1985. The impact of long rang manorial compensation plans on shareholder wealth. Journal of Accounting and Economics, (13): 115~129

Bronars S G, Famulari M. 2001. Shareholder wealth and wages: evidence for white- collar workers. Journal of Political Economics, (2): 350~352

Burkart M, Gromb D, Panunzi F. 1997. Large shareholders, monitoring, and the value of the firm. The Quarterly Journal of Economics, (8): 693~728

Campbell J Y. 1996. Understanding risk and return. Journal of Political Economy, 104: 298~345

Cantillon R. 1755. Essay on the Nature of Commerce in General. New Brunswick N. J. : Transaction Publishers

Canyon M J. 1997. Corporate governance and executive compensation. International Journal of Industrial Organization, (4): 493 ~ 509

Carpenter M A, Sanders Wm G. 2004. The effects of top management team pay and firm internationalization on MNC performance. Journal of Management, (4): 509 ~ 528

Casson M. 1991. Economics of Business Culture: Game Theory, Transaction Costs and Economic Performance. Oxford: Clarendon Press

Casson M. 1995. Internationalization as a learning process: A model of corporate growth and geographical diversification. Revved' Economic Industrially, (Special issue): 109 ~ 134

Charnes A, Cooper W W, Rhodes E. 1978. Measuring the Efficiency of Decision Making Units. European journal of operational research, (2): 429 ~ 444

Cole H L, Kehoe P J. 1998. Models of sovereign debt: partial versus general reputations. International Economic Review, (1): 55 ~ 70

Core J E, Holtbausen R W, Larcker D F. 1999. Corporate governance, chief executive officer compensation, and firm performance. Journal of Financial Economics, (3): 371 ~ 406

Covin J G, Slevin D P. 1991. A conceptual model of entrepreneurship as firm behavior. Entrepreneurship Theory and Practice, 16: 7

Deci E. 1972. The effects of contingent and non-contingent rewards and controls on intrinsic motivation. Organizational Behavior and Human Performance, (8): 217 ~ 229

Demsetz H, Lehn K. 1985. The structure of corporate ownership: causes and consequences. Journal of Political Economy, 93 (6): 1155 ~ 1177

Dodd J L, Chen S. 1996. EVA: a new panacea? Business and Economic Review, 42 (4): 26 ~ 28

Eisenhardt K. 1989. Building theories from case study research. Academy of Management Review, (14): 532 ~ 550

Elston J A, Goldberg L G. 2003. Executive compensation and agency costs in Germany. Journal of Banking & Finance, (27): 1391 ~ 1410

Fama E F. 1980. Agent problem and the theory of the firm. Journal of Political Economy, (88): 121 ~ 136

Fama E F, Jensen M C. 1983. Agency problems and residual claims. Journal of Law and Economics, (26): 327 ~ 349

Farh J L, Early P C, Lin S C. 1997. Impetus for action: a culture analysis justice and organizational citizenship behavior in Chinese society. Administrative Science Quarterly, (42): 421 ~ 444

Fitzgerald. 1993. Measuring business performance. Management Accounting, 71 (9): 44

Freeman R E. 1984. Strategic Management: A stakeholder Approach. Boston: Pitman

Friedlander F. 1963. Underlying sources of job satisfaction. Journal of Applied Psychology, 47: 246 ~ 250

Gomes A, Novaes W. 2001. Sharing of control as a corporate governance mechanism. University of Pennsylvania Center for Analytic Research in Economics and Social Science (CARESS), Working Paper

Greif A, Milgrom P, Weingast B R. 1994. Coordination, commitment, and enforcement: the case of the merchant guild. Journal of Political Economy, 102 (4): 745 ~ 776

Greif A. 1989. Reputation and coalitions in medieval trade: evidence on the Maghribi traders. The Journal of Economic History, 49 (4): 857 ~ 882

Greif A. 1992. Institutions and international trade: lessons from the commercial revolution. American Economic Review, 82 (2): 128 ~ 133

Greif A. 1993. Contract enforceability and economic institutions in early trade: the Maghribi traders' coalition. American Economic Review, 83 (3): 525 ~ 548

Grossman S J, Hart O D. 1988. An analysis of the principal- agent problem. Econometrical, (51): 34 ~ 45

Guth W D, Ginsberg A. 1990. Guest editors' introduction corporate entrepreneurship. Strategic Management Journal, 11 (Special issue): 5 ~ 15

Hambrick D C, Cho T S, Chen M. 1996. The influence of top management team heterogeneity on firm's competitive moves. Administrative Science Quarterly, (41): 658 ~ 684

Harley E. 2000. Differences in the compensation structures of the CEO and other senior manager. Journal of Business & Economic Studies, (2): 22 ~ 35

Harris M, Raviv A. 1988. Corporate governance: Voting rights and majority rule. Journal of Financial Economics, 20: 55 ~ 86

Harris M, Raviv A. 1989. The design of securities. Journal of Financial Economics, 24: 255 ~ 287

Hermalin B E, Weisbach M S. 1988. The Determinants of Board Composition. RAND Journal of Economics, 19 (4): 589 ~ 606

Holmstrom B. 1982. Moral hazard in teams. Bell Journal of Economics, 13 (2): 324 ~ 340

Holmstrom B, Milgrom P. 1991. Multitask principal- agent analysis: Incentive contracts, asset ownership, and job design. Journal of Law, Economics, and Organization, (7): 24 ~ 52

Jensen M C. 1993. The modern industrial revolution, exit, and the failure of internal control systems. The Journal of Finance, (7): 831 ~ 880

Jensen M C, Meckling W H. 1976. Theory of the firm: managerial behavior, agency costs and ownership structure. Journal of Financial Economic, (4): 56 ~ 63

Jensen M C, Murphy K J. 1990. Performance pay and top- management incentive. Journal of Political Economy, (2): 225 ~ 264

Kerlinger F N. 1986. Foundations of behavioral research. Fort Worth: Holt, Rinehart and Winston, (4): 89 ~ 96

Knight F H. 1921. Risk Uncertainty and Profit. Boston, Mass: Honghtoo Mifflin

Kreps D M, Wilson R. 1982. Sequential equilibria. Econometrica, (4): 863 ~ 895

Lazear E P. 1979. Why is there mandatory retirement? Journal of Political Economy, (87): 1264 ~ 1276

Locke E A. 1976. The nature and causes of job satisfaction. In: Dunnette M D (Ed.). Handbook of Industrial and Organizational Psychology. Chicago: Rand- McNally

Mailath G J, Samuelson L. 2001. Who wants a good reputation? Review of Economic Studies, 68 (2): 415 ~ 441

Maki M. 1992. The United States export and foreign direct investment linkage in Canadian manufacturing industries. Journal of International Business Studies, 24: 73 ~ 88

Marco C. 1996. Personal behavior and human resource . The American Economic Review , (1): 276~289

Marco P, Röell A . 1998. The choice of stock ownership structure: agency costs, monitoring, and the decision to go public. Quarterly Journal of Economics, (113): 187~226

Mark Y T, Li Y. 2001. Determinations of corporate ownership and board structure: evidence from Singapore. Journal of Corporate Finance, (7): 235~256

Masson R. 1991. Executive motivations, earnings and consequent equity performance. Journal of Political Economy, (6): 1278, 1279

Mehran H. 1995. Executive compensation structure, ownership, and firm performance. Journal of Financial Economics, (2): 163~181

Miller J S, Gomez-Mejia L R. 1996. Decoupling of executive pay and firm performance: a behavioral perspective. The Academy of Management, (2): 135~158

Mishra C S, Mcconaughy D L, Gobeli D H. 2000. Effectiveness of CEO pay-for-performance. Review of Financial Economics, (1): 1~13

Myers S C. 2001. Capital structure. Journal of Economic Perspectives, (15): 81~102

Nelson R R, Winter S. 1982. An Evolutionary Theory of Economic Change. London: The Belknap Press of Harvard University

Nunnally J C. 1978. Psychometric Theory. New York: McGraw-Hill

Perry T, Zenner M. 2001. Pay for performance? Government regulation and the structure of compensation contracts. Journal of Financial Economics, (3): 453~488

Pfeffer J. 1997. Mechanisms of Social Control in New Directions for Organization Research: Problems and Prospects. New York: Oxford University Press

Phillip J M, Cyril T. 2004. The implications of firm and individual characteristics on CEO pay. European Management Journal, (1): 27~40

Porta R La, Lopez-de-Silanes F, Shleifer A. 1999. Corporate ownership around the world. Journal of Finance, (54): 417~517

Porta R La, Lopez-de-Silanes F, Shleifer A, Vishny R W. 2000. Agency problems and dividend policies around the world. Journal of Finance, 55 (1): 1~33

Singh M, Davidson Ⅲ W N. 2003. Agency costs. ownership structure and corporate governance mechanisms. Journal of Banking and Finance, 27 (5): 793~816

Smith P C, Kendall L M, Hulin C L. 1969. The Measurement of Satisfaction in Work and Retirement: A Strategy for the Study of Attitudes. Chicago: Rand-McNally

Spector P E. 1997. Job Satisfaction, Application, Assessment: Causes and Consequences. Sage Publication Inc.

Stephen M. 1996. Endogenous firm efficiency in a cournot principal agent model. Journal of Economic Theory , (59): 123~130

Stewart G B. 1991. EVA: fact and fantasy. Journal of Applied Corporate Finance, 7 (2): 71~84

Stewart G B. 1995. EVA works—but not if you make these common mistakes. Fortune, 131 (8): 117

Tadelis S. 2002. The market for reputations as an incentive mechanism. Journal of political economy, 110 (4): 854~882

Theilen B. 2003. Simultaneous moral hazard and adverse selection with risk averse agents. Economics Letters, (79): 283～289

Vickers. 1996. Rational cooperation in the finitely repeated prisoners' dilemma. Journal of Economic Theory, (27): 245～252

Vroom V H. 1962. Ego-involvement, job satisfaction and job performance. Personnel Psychology, 15 (2): 159～177

Williamson O E. 1975. Markets and Hierarchies: Analysis and Antitrust Implications. New York: Free Press

Williamson O E. 1985. The Economic Institution of Capitalism. New York: Free Press

Xin K, Tsui A S, Wang H. 2002. Corporate culture in state-owned enterprises: an inductive analyses of dimensions and influences. In: Tsui A S, Lau C M. Management of Enterprises in the People's Republic of China. Boston, MA: Kluwer Academic Press

Yang S L, Wang H. 2007. Study on the compensation incentive for the state-owned enterprises conference entrepreneurs. The 4th International Conference on Innovation and Management, (12): 110～117

Yermack D. 1995. Do corporations award CEO stock options effectively? Journal of Financial Economics, (23): 237～269

Zajac E J, Westphal J D. 1994. The costs and benefits of managerial incentives and monitoring in large U. S. corporations: when is more not better? Strategic Management Journal, (15): 121～142

Zedeh L A. 1965. Fuzzy sets. Inform and Control, (8): 338～353

Zhou X M. 1999. Executive compensation and managerial incentives: a comparison between Canada and the United States. Journal of Corporate Finance, (3): 277～301

附　　录

附　　录　1

表1　2005年99家制造业上市公司各项指标值

上市公司	盈利能力状况			资产质量状况			债务风险能力		经营发展状况	
	净资产收益率/%	每股收益/(元/股)	成本费用利润率/%	应收账款周转率/次	总资产周转率/次	存货周转率/次	流动比率/%	现金流动负债比/%	总资产增长率/%	营业利润增长率/%
南玻A	12.78	0.31	21.46	9.27	0.45	5.11	0.50	0.49	16.51	3.98
深康佳A	2.24	0.12	0.35	18.38	1.23	2.75	1.36	−0.02	−4.97	−76.58
*ST中华A	−0.21	0.01	1.81	16.79	0.52	2.88	0.13	0.02	−3.41	89.40
深中冠A	−13.94	−0.22	−14.44	3.21	0.53	2.79	1.17	0.02	−6.37	−3880.59
深深宝A	2.31	0.03	3.57	4.03	0.20	2.97	0.90	−0.05	−5.43	855.94
*ST华发A	2.77	0.02	5.26	2.28	0.32	3.11	0.84	0.18	−9.43	114.44
一致药业	9.08	0.12	2.58	5.06	1.73	6.78	1.17	0.22	26.74	94.56
ST盛润A	3.47	−0.20	−40.73	−97.00	0.53	4.53	0.01	0.03	−86.87	−9.95
华联控股	0.20	0.01	4.74	43.85	0.35	2.44	0.92	−0.12	75.80	69.54
中集集团	28.23	1.59	10.88	7.52	1.80	6.50	1.95	0.91	−2.09	0.87
深纺织A	6.29	0.09	9.87	8.82	0.59	5.22	1.10	0.10	−1.63	−18.08
深赛格	−10.10	−0.18	−11.56	4.47	0.50	8.86	0.82	0.11	−10.41	−256.37
赛格三星	1.99	0.05	2.50	4.31	0.45	6.39	0.73	0.62	−14.32	−92.10
特发信息	−27.42	−0.67	−32.91	1.50	0.37	2.30	1.96	0.26	−21.46	−4405.09
丰原药业	1.52	0.03	2.75	2.46	0.45	5.35	0.95	0.07	21.96	−32.43
G许继	6.15	0.31	9.89	1.93	0.49	2.28	1.56	0.07	8.58	−14.99
三九生化	49.07	−2.46	−48.87	4.03	0.35	1.59	0.42	0.03	−4.15	−134.34
攀渝钛业	5.84	0.11	5.44	10.23	0.60	5.74	0.60	0.16	−0.41	−46.25
银河动力	6.17	0.16	15.61	2.67	0.27	1.86	121.50	66.40	16.00	5.54
中国凤凰	1.63	0.07	1.89	21.18	1.57	167.24	15.08	0.32	−5.87	−56.24

续表

上市公司	盈利能力状况			资产质量状况			债务风险能力		经营发展状况	
	净资产收益率/%	每股收益/(元/股)	成本费用利润率/%	应收账款周转率/次	总资产周转率/次	存货周转率/次	流动比率/%	现金流动负债比/%	总资产增长率/%	营业利润增长率/%
云南白药	28.02	0.87	12.83	20.92	1.71	4.11	1.85	0.42	25.94	31.07
长城股份	−11.43	−0.13	−3.06	13.63	1.22	3.16	0.92	0.08	−7.93	−975.94
新大洲 A	1.09	0.01	0.56	16.22	1.13	6.29	1.15	0.11	1.82	−25.81
桐君阁	4.62	0.14	0.70	13.27	1.37	6.58	0.86	0.25	9.43	18.87
燕化高新	6.37	0.24	17.28	31.02	0.35	1.05	342.60	76.28	57.88	−51.54
石油济柴	26.62	0.62	19.56	6.97	0.78	2.91	1.51	0.09	43.99	1.50
海螺型材	9.75	0.38	7.06	672.51	1.49	6.80	2.45	0.44	−0.57	177.05
长安汽车	3.52	0.15	2.00	42.99	1.16	4.45	1.16	0.15	26.95	−73.85
G 新钢钒	10.07	0.61	6.46	53.21	1.22	7.71	0.95	0.67	20.26	−4.76
茂化实华	−5.70	−0.07	−1.30	32.38	1.38	46.43	0.69	−0.06	27.79	−208.69
天宇电气	2.62	0.05	1.24	2.30	0.85	3.36	124.50	139.42	−0.53	−49.99
四川美丰	20.83	0.95	33.41	251.43	0.73	10.77	0.53	0.54	11.62	15.00
西飞国际	2.02	0.06	3.69	7.01	0.45	1.20	2.28	0.02	3.54	56.27
一汽轿车	6.30	0.21	3.65	27.95	1.39	7.91	2.05	1.13	14.03	−9.86
烟台冰轮	9.91	0.25	6.71	8.41	0.80	2.44	0.88	0.14	8.31	8.68
岳阳兴长	8.05	0.19	1.86	69.66	1.93	3.99	1.23	0.17	5.36	−39.34
蓝星石化	5.13	0.07	7.93	9.27	0.88	4.01	161.50	216.21	0.56	54.00
江钻股份	11.21	0.29	18.70	6.03	0.57	1.64	1.41	0.34	15.37	35.45
航天科技	0.84	0.01	4.97	1.60	0.29	1.24	1.64	0.03	2.19	−56.55
一汽夏利	8.79	0.16	3.87	5.07	0.93	8.01	0.93	0.29	−7.75	868.99
G 丰原	6.05	0.16	7.01	15.00	0.49	3.72	0.52	0.09	25.30	−83.11
华东医药	11.11	0.18	4.14	8.54	1.83	6.24	1.18	0.15	16.14	53.96
三九医药	5.37	0.12	6.36	7.41	0.42	4.14	1.22	0.01	−1.87	129.74
G 宝钢	17.01	0.80	17.00	35.45	1.23	6.33	1.10	0.53	121.03	36.44
哈飞股份	7.09	0.24	6.63	8.92	0.86	2.49	2.32	0.03	4.51	10.63
夏新电子	−107.15	−1.53	−12.08	13.78	1.12	2.50	0.94	0.04	−0.52	−50 999.34
江南重工	0.91	0.03	2.23	2.80	0.47	3.56	273.20	248.85	1.19	79.70
G 梅林	0.76	0.02	0.98	6.25	0.53	3.82	1.16	−0.19	1.40	−214.98
华源股份	−17.40	−0.48	−4.50	14.42	0.90	8.71	52.27	127.93	−5.64	−18 060.00

续表

上市公司	盈利能力状况			资产质量状况			债务风险能力		经营发展状况	
	净资产收益率/%	每股收益/(元/股)	成本费用利润率/%	应收账款周转率/次	总资产周转率/次	存货周转率/次	流动比率/%	现金流动负债比/%	总资产增长率/%	营业利润增长率/%
林海股份	1.88	0.04	2.56	32.60	0.79	14.33	8.71	−0.31	−7.16	13.15
太极集团	4.41	0.20	2.95	12.49	0.74	5.13	0.64	0.11	27.00	4.00
长春一东	0.77	0.02	0.85	2.57	0.79	2.52	1.88	−0.11	9.01	−73.98
G重机	18.93	0.56	12.88	13.30	0.74	2.73	123.78	94.44	35.01	79.96
航天机电	5.16	0.14	7.82	5.72	0.76	3.50	2.30	0.29	3.70	−26.62
上海贝岭	1.88	0.05	5.94	5.57	0.31	5.70	5.31	0.34	−2.28	−45.13
东安动力	5.24	0.18	4.23	5.48	0.91	6.06	1.49	0.31	22.86	−9.98
新华光	1.47	0.06	0.87	3.97	0.38	1.78	150.06	126.25	−1.22	−101.00
伊力特	−2.86	−0.05	3.50	14.85	0.41	1.08	1.89	0.33	−7.11	−88.14
北方股份	4.68	0.17	4.80	2.47	0.44	1.14	1.39	−0.33	39.13	76.63
苏福马	−18.30	−0.21	−11.40	3.59	0.58	3.07	90.52	110.19	−17.00	−264.00
星新材料	20.28	0.90	9.98	15.95	0.73	4.15	74.17	88.86	39.41	121.50
上海家化	3.25	0.14	3.31	7.72	1.11	5.71	2.06	0.00	3.08	−18.94
洪都航空	4.80	0.18	11.34	3.06	0.40	2.09	3.29	0.05	−4.35	38.70
航天动力	5.08	0.12	17.16	1.65	0.30	1.05	2.12	0.10	13.84	8.33
昌河股份	1.31	0.04	−0.69	8.15	0.72	3.93	0.88	0.02	60.08	−53.15
成发科技	5.26	0.17	8.21	4.70	0.60	2.02	1.63	0.13	9.86	13.99
青松建化	4.28	0.12	8.07	3.47	0.21	1.65	0.64	0.13	13.92	−96.77
北方天鸟	2.95	0.18	7.65	3.37	0.40	2.49	417.98	203.99	9.22	11.65
力元新材	1.98	0.05	1.63	6.64	0.74	6.92	90.73	138.45	5.90	−66.47
凌云股份	6.08	0.09	7.15	4.42	0.92	3.50	1.29	0.09	9.77	−27.52
海螺水泥	7.12	0.32	8.66	86.22	0.61	9.09	0.46	0.21	19.76	−53.61
二纺机	0.86	0.01	0.97	8.00	0.74	2.35	1.19	−0.04	−3.01	126.81
第一铅笔	6.59	0.13	2.55	23.97	1.91	4.18	116.12	304.78	10.11	29.76
氯碱化工	0.14	0.00	0.24	22.15	0.81	8.65	0.80	0.25	−2.44	−93.94
G海立	11.07	0.32	7.44	8.34	1.05	4.75	0.91	0.38	−1.05	−30.32
轮胎橡胶	8.72	0.15	1.37	8.59	0.88	4.86	77.36	115.58	9.03	−68.00
申达股份	5.18	0.17	2.00	23.67	1.92	19.22	1.57	0.19	1.74	−10.37
上电股份	28.63	0.83	23.72	9.22	0.82	13.57	0.92	0.06	25.81	224.47

续表

上市公司	盈利能力状况			资产质量状况			债务风险能力		经营发展状况	
	净资产收益率/%	每股收益/(元/股)	成本费用利润率/%	应收账款周转率/次	总资产周转率/次	存货周转率/次	流动比率/%	现金流动负债比/%	总资产增长率/%	营业利润增长率/%
龙头股份	0.96	0.03	−0.10	7.84	0.87	2.43	1.06	0.17	−9.38	85.46
白猫股份	−23.12	−0.26	−8.12	5.13	1.35	8.87	1.33	−0.14	−2.07	−2194.14
三爱富	17.33	0.47	10.36	17.96	1.23	6.15	0.81	0.18	17.41	−8.61
华源制药	41.79	−0.72	−8.77	7.75	0.55	6.31	44.48	90.31	−37.90	−150.60
西南药业	5.06	0.10	3.74	5.30	0.58	4.12	0.85	0.30	11.99	3.00
航天通信	2.15	0.04	1.28	11.42	1.10	4.93	1.00	0.08	−0.35	54.55
凤凰股份	1.50	0.02	0.94	3.33	0.88	9.27	132.86	197.40	−33.10	−92.67
上海石化	8.89	0.24	4.91	80.29	1.65	10.61	1.23	0.70	−5.76	−65.50
上海三毛	2.21	0.04	0.39	13.81	1.63	8.61	0.98	−0.06	−12.15	95.17
ST 轻骑	1.44	0.01	−0.04	16.26	1.47	6.89	0.87	0.06	4.63	−134.92
常林股份	0.86	0.02	0.75	6.94	0.90	2.76	0.94	0.00	7.07	−68.40
汽四环	−10.84	−0.57	−5.04	7.27	1.14	7.80	0.92	0.06	2.71	−419.00
华源发展	−42.10	−0.78	−9.00	15.48	0.76	4.36	75.78	102.16	−2.60	−2257.00
上海机电	4.73	0.19	8.27	12.51	0.86	4.33	1.84	0.09	−5.77	−34.12
上工申贝	−48.88	−0.62	−16.13	5.19	0.70	3.59	1.43	0.04	36.68	−1569.89
ST 自仪	4.26	0.01	0.95	3.20	0.84	2.89	0.91	0.05	9.36	−223.70
航天长峰	4.55	0.12	15.33	3.64	0.39	1.30	3.69	−0.05	69.22	28.24
仪征化纤	−11.60	−0.24	−6.27	86.58	1.48	10.40	171.64	924.33	−12.30	−133.10
中国嘉陵	0.56	0.02	0.21	6.81	0.91	11.33	0.88	0.02	−6.03	192.80
火箭股份	15.05	0.50	23.93	5.00	0.49	0.86	188.57	98.44	19.57	41.04
广钢股份	−12.57	−0.19	−2.79	18.34	1.48	5.22	0.93	0.05	5.45	−171.60

表2 2005 年 99 家制造业上市公司各项指标值的归一化矩阵

上市公司	1	2	3	4	5	6	7	8	9	10
南玻 A	0.765	0.684	0.855	0.138	0.144	0.026	0.001	0.001	0.497	0.983
深康佳 A	0.697	0.637	0.598	0.150	0.594	0.011	0.003	1.000	0.606	0.018
*ST 中华 A	0.318	0.610	0.616	0.148	0.186	0.012	0.000	0.000	0.599	0.985
深中冠 A	0.406	0.447	0.582	0.130	0.193	0.012	0.003	0.000	0.613	0.092
深深宝 A	0.698	0.615	0.637	0.131	−0.003	0.013	0.002	1.000	0.608	1.000

上市公司	1	2	3	4	5	6	7	8	9	10
*ST 华发 A	0.701	0.613	0.658	0.129	0.071	0.014	0.002	0.001	0.628	0.985
一致药业	0.741	0.638	0.625	0.133	0.884	0.036	0.003	0.001	0.546	0.985
ST 盛润 A	0.705	0.442	0.901	1.000	0.188	0.022	0.000	0.000	1.000	0.017
华联控股	0.684	0.610	0.651	0.183	0.084	0.009	0.002	1.000	0.782	0.985
中集集团	0.863	1.000	0.726	0.136	0.923	0.034	0.005	0.001	0.592	0.983
深纺织 A	0.723	0.629	0.714	0.138	0.226	0.026	0.003	0.000	0.590	0.017
深赛格	0.381	0.436	0.547	0.132	0.175	0.048	0.002	0.000	0.632	0.022
赛格三星	0.696	0.620	0.624	0.132	0.143	0.033	0.002	0.001	0.651	0.019
特发信息	0.492	0.559	0.806	0.128	0.096	0.009	0.005	0.001	0.685	0.102
丰原药业	0.693	0.616	0.627	0.129	0.142	0.027	0.002	0.000	0.523	0.017
G 许继	0.722	0.684	0.714	0.129	0.166	0.009	0.004	0.000	0.459	0.017
三九生化	0.996	1.000	1.000	0.131	0.086	0.004	0.001	0.000	0.602	0.019
攀渝钛业	0.720	0.635	0.660	0.139	0.231	0.029	0.001	0.001	0.584	0.018
银河动力	0.722	0.647	0.784	0.130	0.040	0.006	0.291	0.072	0.495	0.983
中国凤凰	0.694	0.624	0.617	0.154	0.790	1.000	0.036	0.001	0.610	0.018
云南白药	0.862	0.821	0.750	0.153	0.871	0.020	0.004	0.001	0.543	0.984
长城股份	0.390	0.425	0.443	0.144	0.590	0.014	0.002	0.000	0.620	0.036
新大洲 A	0.690	0.611	0.601	0.147	0.538	0.033	0.003	0.000	0.427	0.017
桐君阁	0.713	0.642	0.602	0.143	0.676	0.034	0.002	0.001	0.463	0.984
燕化高新	0.724	0.667	0.804	0.166	0.087	0.001	0.820	0.083	0.696	0.018
石油济柴	0.853	0.760	0.832	0.135	0.337	0.012	0.004	0.000	0.629	0.983
海螺型材	0.745	0.702	0.680	1.000	0.748	0.036	0.006	0.001	0.585	0.987
长安汽车	0.706	0.644	0.618	0.182	0.554	0.022	0.003	0.001	0.547	0.018
G 新钢钒	0.747	0.758	0.672	0.195	0.588	0.041	0.002	0.001	0.515	0.017
茂化实华	0.353	0.411	0.422	0.168	0.682	0.274	0.002	1.000	0.552	0.021
天宇电气	0.700	0.620	0.609	0.129	0.376	0.015	0.298	0.151	0.585	0.018
四川美丰	0.816	0.843	1.000	0.453	0.307	0.060	0.001	0.001	0.474	0.984
西飞国际	0.696	0.623	0.639	0.135	0.143	0.002	0.005	0.000	0.435	0.984
一汽轿车	0.723	0.659	0.638	0.162	0.686	0.042	0.005	0.002	0.485	0.017
烟台冰轮	0.746	0.670	0.676	0.137	0.350	0.009	0.002	0.001	0.458	0.983
岳阳兴长	0.734	0.654	0.617	0.217	1.000	0.019	0.003	0.001	0.444	0.018
蓝星石化	0.716	0.625	0.690	0.138	0.393	0.019	0.386	0.234	0.421	0.984

续表

上市公司	1	2	3	4	5	6	7	8	9	10
江钻股份	0.755	0.680	0.821	0.134	0.216	0.005	0.003	0.001	0.492	0.984
航天科技	0.688	0.611	0.654	0.128	0.050	0.002	0.004	0.000	0.428	0.018
一汽夏利	0.739	0.647	0.641	0.133	0.420	0.043	0.002	0.001	0.619	1.000
G 丰原	0.722	0.646	0.679	0.146	0.169	0.017	0.001	0.000	0.540	0.018
华东医药	0.754	0.652	0.644	0.137	0.945	0.032	0.003	0.001	0.495	0.984
三九医药	0.717	0.637	0.671	0.136	0.128	0.020	0.003	0.000	0.591	0.986
G 宝钢	0.792	0.805	0.801	0.172	0.595	0.033	0.003	0.001	1.000	0.984
哈飞股份	0.728	0.668	0.674	0.138	0.379	0.010	0.006	0.000	0.440	0.983
夏新电子	1.000	0.770	0.553	0.144	0.534	0.010	0.002	0.000	0.585	1.000
江南重工	0.689	0.615	0.621	0.130	0.156	0.016	0.654	0.269	0.424	0.985
G 梅林	0.688	0.612	0.606	0.134	0.191	0.018	0.003	1.000	0.425	0.021
华源股份	0.428	0.511	0.461	0.145	0.405	0.047	0.125	0.139	0.609	0.365
林海股份	0.695	0.617	0.625	0.168	0.344	0.081	0.021	1.000	0.617	0.983
太极集团	0.711	0.657	0.630	0.142	0.314	0.026	0.002	0.000	0.548	0.983
长春一东	0.688	0.611	0.604	0.129	0.341	0.010	0.004	1.000	0.461	0.018
G 重机	0.804	0.746	0.750	0.143	0.312	0.011	0.296	0.102	0.586	0.985
航天机电	0.716	0.642	0.689	0.133	0.322	0.016	0.005	0.001	0.436	0.017
上海贝岭	0.695	0.621	0.666	0.133	0.063	0.029	0.013	0.001	0.593	0.018
东安动力	0.717	0.652	0.645	0.133	0.409	0.031	0.004	0.001	0.528	0.017
新华光	0.693	0.622	0.605	0.131	0.104	0.006	0.359	0.137	0.588	0.019
伊力特	0.335	0.405	0.637	0.145	0.122	0.001	0.004	0.001	0.616	0.018
北方股份	0.713	0.649	0.652	0.129	0.140	0.002	0.003	1.000	0.606	0.985
苏福马	0.434	0.444	0.545	0.131	0.220	0.013	0.217	0.120	0.664	0.022
星新材料	0.812	0.830	0.715	0.147	0.306	0.020	0.177	0.096	0.607	0.986
上海家化	0.704	0.642	0.634	0.136	0.525	0.029	0.005	0.000	0.433	0.017
洪都航空	0.714	0.652	0.732	0.130	0.118	0.007	0.008	0.000	0.603	0.984
航天动力	0.715	0.636	0.803	0.128	0.056	0.001	0.005	0.000	0.484	0.983
昌河股份	0.691	0.617	0.414	0.137	0.303	0.018	0.002	0.000	0.707	0.018
成发科技	0.717	0.649	0.694	0.132	0.228	0.007	0.004	0.000	0.465	0.984
青松建化	0.710	0.636	0.692	0.131	0.007	0.005	0.002	0.000	0.485	0.019
北方天鸟	0.702	0.652	0.687	0.130	0.116	0.010	1.000	0.221	0.462	0.983
力元新材	0.696	0.620	0.614	0.135	0.312	0.036	0.217	0.150	0.446	0.018

上市公司	1	2	3	4	5	6	7	8	9	10
凌云股份	0.722	0.630	0.681	0.132	0.418	0.016	0.003	0.000	0.465	0.017
海螺水泥	0.729	0.686	0.699	0.238	0.239	0.049	0.001	0.001	0.513	0.018
二纺机	0.689	0.610	0.606	0.136	0.314	0.009	0.003	1.000	0.597	0.986
第一铅笔	0.725	0.640	0.625	0.157	0.988	0.020	0.278	0.330	0.466	0.984
氯碱化工	0.684	0.608	0.597	0.155	0.350	0.047	0.002	0.001	0.594	0.019
G 海立	0.754	0.687	0.684	0.137	0.491	0.023	0.002	0.001	0.587	0.017
轮胎橡胶	0.739	0.644	0.611	0.137	0.393	0.024	0.185	0.125	0.461	0.018
申达股份	0.716	0.648	0.618	0.157	0.993	0.110	0.004	0.001	0.426	0.017
上电股份	0.866	0.812	0.882	0.138	0.357	0.076	0.002	0.000	0.542	0.988
龙头股份	0.689	0.615	0.407	0.136	0.388	0.009	0.003	0.001	0.627	0.985
白猫股份	0.464	0.456	0.505	0.133	0.667	0.048	0.003	1.000	0.592	0.059
三爱富	0.794	0.723	0.720	0.149	0.596	0.032	0.002	0.001	0.502	0.017
华源制药	0.950	0.570	0.513	0.136	0.202	0.033	0.106	0.098	0.764	0.020
西南药业	0.715	0.632	0.639	0.133	0.219	0.020	0.002	0.001	0.476	0.983
航天通信	0.697	0.616	0.609	0.141	0.523	0.024	0.002	0.000	0.584	0.984
凤凰股份	0.693	0.612	0.605	0.130	0.393	0.051	0.318	0.214	0.741	0.019
上海石化	0.740	0.666	0.654	0.230	0.837	0.059	0.003	0.001	0.610	0.018
上海三毛	0.697	0.616	0.599	0.144	0.828	0.047	0.002	1.000	0.641	0.985
ST 轻骑	0.692	0.609	0.406	0.147	0.736	0.036	0.002	0.000	0.440	0.019
常林股份	0.689	0.612	0.603	0.135	0.405	0.011	0.002	0.000	0.452	0.018
一汽四环	0.386	0.534	0.467	0.135	0.544	0.042	0.002	0.000	0.431	0.025
华源发展	0.585	0.585	0.515	0.146	0.324	0.021	0.181	0.111	0.595	0.060
上海机电	0.713	0.654	0.694	0.142	0.381	0.021	0.004	0.000	0.610	0.017
上工申贝	0.628	0.546	0.602	0.133	0.290	0.016	0.003	0.000	0.594	0.047
ST 自仪	0.710	0.611	0.606	0.130	0.372	0.012	0.002	0.000	0.463	0.021
航天长峰	0.712	0.637	0.780	0.131	0.112	0.003	0.009	1.000	0.751	0.984
仪征化纤	0.391	0.452	0.482	0.239	0.740	0.057	0.411	1.000	0.641	0.019
中国嘉陵	0.687	0.612	0.597	0.135	0.410	0.063	0.002	0.000	0.611	0.987
火箭股份	0.779	0.731	0.885	0.133	0.168	0.000	0.451	0.107	0.512	0.984
广钢股份	0.397	0.440	0.440	0.150	0.741	0.026	0.002	0.000	0.444	0.020

表3 关联矩阵 R_{ij}

上市公司	1	2	3	4	5	6	7	8	9	10
南玻A	0.262	0.617	0.677	0.319	0.327	0.263	0.266	0.261	0.412	0.499
深康佳A	0.261	0.591	0.549	0.325	0.548	0.256	0.295	0.279	0.378	0.498
*ST中华A	0.261	0.576	0.558	0.322	0.322	0.255	0.253	0.250	0.350	0.498
深中冠A	0.259	0.546	0.459	0.315	0.350	0.256	0.288	0.269	0.376	0.402
深深宝A	0.261	0.579	0.569	0.316	0.250	0.256	0.275	0.256	0.377	0.498
*ST华发A	0.261	0.578	0.579	0.314	0.278	0.257	0.278	0.261	0.371	0.497
一致药业	0.262	0.592	0.563	0.316	0.685	0.268	0.289	0.285	0.428	0.500
ST盛润A	0.261	0.549	0.299	0.250	0.337	0.261	0.250	0.250	0.250	0.498
华联控股	0.261	0.576	0.576	0.342	0.317	0.255	0.280	0.255	0.750	0.502
中集集团	0.263	0.750	0.613	0.318	0.718	0.267	0.309	0.316	0.388	0.499
深纺织A	0.261	0.587	0.607	0.319	0.367	0.263	0.286	0.276	0.383	0.498
深赛格	0.260	0.552	0.477	0.316	0.340	0.274	0.277	0.264	0.370	0.494
赛格三星	0.261	0.582	0.562	0.316	0.326	0.267	0.274	0.263	0.363	0.497
特发信息	0.258	0.486	0.347	0.314	0.301	0.254	0.311	0.265	0.352	0.460
丰原药业	0.261	0.580	0.364	0.315	0.325	0.264	0.281	0.262	0.420	0.498
G许继	0.261	0.616	0.607	0.314	0.335	0.254	0.301	0.263	0.399	0.498
三九生化	0.750	0.250	0.250	0.316	0.300	0.252	0.263	0.255	0.383	0.501
攀渝钛业	0.261	0.590	0.580	0.320	0.370	0.265	0.270	0.267	0.385	0.498
银河动力	0.261	0.596	0.642	0.315	0.275	0.253	0.290	0.259	0.411	0.499
中国凤凰	0.261	0.581	0.558	0.327	0.643	0.750	0.750	0.750	0.377	0.498
云南白药	0.263	0.681	0.625	0.327	0.686	0.260	0.311	0.300	0.426	0.499
长城股份	0.260	0.558	0.528	0.322	0.548	0.257	0.280	0.279	0.373	0.485
新大洲A	0.261	0.577	0.550	0.324	0.519	0.266	0.288	0.281	0.389	0.499
桐君阁	0.261	0.594	0.551	0.322	0.588	0.267	0.278	0.273	0.401	0.499
燕化高新	0.261	0.607	0.652	0.333	0.298	0.251	0.363	0.261	0.476	0.498
石油济柴	0.263	0.658	0.666	0.318	0.420	0.256	0.300	0.265	0.455	0.499
海螺型材	0.262	0.626	0.590	0.750	0.625	0.268	0.331	0.312	0.385	0.501
长安汽车	0.261	0.595	0.559	0.341	0.527	0.261	0.287	0.277	0.428	0.498
G新钢钒	0.262	0.639	0.586	0.348	0.547	0.271	0.281	0.290	0.417	0.499
茂化实华	0.260	0.566	0.539	0.334	0.590	0.387	0.273	0.277	0.427	0.496
天宇电气	0.261	0.582	0.554	0.315	0.441	0.258	0.291	0.270	0.385	0.498
四川美丰	0.263	0.702	0.750	0.477	0.407	0.280	0.267	0.284	0.404	0.499

上市公司	1	2	3	4	5	6	7	8	9	10
西飞国际	0.261	0.584	0.569	0.318	0.324	0.251	0.325	0.275	0.391	0.498
一汽轿车	0.261	0.603	0.569	0.331	0.593	0.271	0.318	0.309	0.408	0.498
烟台冰轮	0.262	0.609	0.588	0.319	0.427	0.255	0.279	0.269	0.399	0.499
岳阳兴长	0.261	0.599	0.558	0.359	0.750	0.259	0.291	0.298	0.394	0.498
蓝星石化	0.261	0.585	0.595	0.319	0.449	0.259	0.303	0.281	0.387	0.499
江钻股份	0.262	0.614	0.661	0.317	0.360	0.252	0.296	0.268	0.410	0.499
航天科技	0.261	0.577	0.577	0.314	0.280	0.251	0.304	0.260	0.391	0.498
一汽夏利	0.262	0.597	0.570	0.316	0.463	0.272	0.281	0.273	0.374	0.497
G 丰原	0.261	0.594	0.590	0.323	0.339	0.259	0.267	0.259	0.425	0.498
华东医药	0.262	0.599	0.572	0.319	0.719	0.266	0.289	0.287	0.411	0.499
三九医药	0.261	0.592	0.586	0.318	0.318	0.260	0.290	0.259	0.383	0.496
G 宝钢	0.262	0.671	0.650	0.336	0.549	0.266	0.286	0.279	0.575	0.499
哈飞股份	0.261	0.608	0.587	0.319	0.443	0.255	0.327	0.286	0.393	0.498
夏新电子	0.250	0.373	0.474	0.322	0.520	0.255	0.281	0.269	0.385	0.750
江南重工	0.261	0.579	0.561	0.315	0.334	0.258	0.340	0.286	0.388	0.500
G 梅林	0.261	0.578	0.553	0.317	0.350	0.259	0.288	0.267	0.388	0.498
华源股份	0.259	0.512	0.520	0.322	0.455	0.274	0.267	0.268	0.377	0.250
林海股份	0.261	0.581	0.563	0.334	0.425	0.290	0.539	0.416	0.375	0.499
太极集团	0.261	0.602	0.565	0.321	0.410	0.263	0.271	0.264	0.428	0.498
长春一东	0.261	0.577	0.552	0.315	0.420	0.255	0.312	0.277	0.400	0.498
G 重机	0.263	0.650	0.625	0.322	0.409	0.256	0.291	0.263	0.441	0.500
航天机电	0.261	0.594	0.594	0.317	0.410	0.258	0.326	0.287	0.389	0.498
上海贝岭	0.261	0.583	0.583	0.317	0.287	0.265	0.426	0.283	0.382	0.499
东安动力	0.261	0.600	0.573	0.317	0.456	0.266	0.299	0.278	0.422	0.498
新华光	0.261	0.583	0.552	0.316	0.307	0.253	0.299	0.268	0.384	0.497
伊力特	0.260	0.569	0.568	0.323	0.315	0.251	0.312	0.276	0.374	0.499
北方股份	0.261	0.598	0.576	0.315	0.325	0.251	0.296	0.259	0.447	0.500
苏福马	0.259	0.548	0.478	0.315	0.365	0.257	0.280	0.266	0.358	0.495
星新材料	0.263	0.695	0.608	0.323	0.407	0.260	0.274	0.262	0.447	0.500
上海家化	0.261	0.594	0.567	0.318	0.512	0.265	0.318	0.301	0.391	0.498
洪都航空	0.261	0.606	0.616	0.315	0.314	0.254	0.359	0.280	0.379	0.499
航天动力	0.261	0.591	0.651	0.314	0.283	0.251	0.320	0.261	0.407	0.499

上市公司	1	2	3	4	5	6	7	8	9	10
昌河股份	0.261	0.581	0.543	0.318	0.404	0.259	0.279	0.264	0.480	0.499
成发科技	0.261	0.598	0.597	0.316	0.368	0.253	0.304	0.272	0.401	0.499
青松建化	0.261	0.591	0.596	0.315	0.259	0.252	0.271	0.254	0.408	0.497
北方天鸟	0.261	0.599	0.593	0.315	0.313	0.255	0.388	0.279	0.400	0.499
力元新材	0.261	0.582	0.557	0.317	0.409	0.268	0.280	0.270	0.395	0.498
凌云股份	0.261	0.587	0.590	0.316	0.460	0.258	0.293	0.275	0.401	0.498
海螺水泥	0.261	0.618	0.600	0.369	0.374	0.275	0.265	0.262	0.417	0.498
二纺机	0.261	0.577	0.553	0.318	0.416	0.254	0.289	0.271	0.391	0.498
第一铅笔	0.261	0.593	0.562	0.329	0.745	0.260	0.288	0.294	0.402	0.499
氯碱化工	0.261	0.576	0.548	0.328	0.428	0.273	0.276	0.279	0.382	0.497
G 海立	0.262	0.618	0.592	0.318	0.495	0.262	0.280	0.281	0.384	0.498
轮胎橡胶	0.262	0.595	0.555	0.319	0.449	0.262	0.275	0.266	0.400	0.498
申达股份	0.261	0.597	0.559	0.328	0.745	0.305	0.302	0.326	0.389	0.498
上电股份	0.264	0.685	0.691	0.319	0.426	0.288	0.280	0.275	0.426	0.497
龙头股份	0.261	0.579	0.546	0.318	0.446	0.255	0.285	0.271	0.371	0.498
白猫股份	0.258	0.541	0.498	0.316	0.575	0.274	0.294	0.291	0.383	0.477
三爱富	0.262	0.637	0.610	0.325	0.549	0.266	0.277	0.280	0.413	0.498
华源制药	0.302	0.480	0.494	0.318	0.357	0.266	0.264	0.263	0.326	0.497
西南药业	0.261	0.589	0.570	0.317	0.364	0.260	0.278	0.262	0.405	0.498
航天通信	0.261	0.580	0.555	0.320	0.512	0.262	0.283	0.273	0.385	0.499
凤凰股份	0.261	0.578	0.553	0.315	0.449	0.275	0.294	0.278	0.334	0.497
上海石化	0.262	0.607	0.577	0.365	0.668	0.279	0.290	0.339	0.377	0.498
上海三毛	0.261	0.580	0.549	0.322	0.662	0.273	0.282	0.292	0.367	0.498
ST 轻骑	0.261	0.576	0.547	0.324	0.616	0.268	0.279	0.283	0.393	0.497
常林股份	0.261	0.578	0.552	0.318	0.456	0.256	0.281	0.272	0.397	0.497
一汽四环	0.260	0.500	0.516	0.318	0.522	0.271	0.280	0.288	0.390	0.490
华源发展	0.256	0.472	0.492	0.323	0.416	0.261	0.275	0.264	0.382	0.483
上海机电	0.261	0.600	0.597	0.321	0.443	0.260	0.311	0.285	0.377	0.498
上工申贝	0.256	0.494	0.449	0.316	0.399	0.258	0.297	0.261	0.443	0.502
ST 自仪	0.261	0.577	0.553	0.315	0.441	0.256	0.280	0.263	0.400	0.500
航天长峰	0.261	0.591	0.640	0.315	0.310	0.251	0.372	0.271	0.494	0.499
仪征化纤	0.260	0.544	0.509	0.369	0.621	0.279	0.307	0.386	0.367	0.497

上市公司	1	2	3	4	5	6	7	8	9	10
中国嘉陵	0.261	0.578	0.549	0.319	0.474	0.281	0.279	0.271	0.379	0.541
火箭股份	0.262	0.641	0.692	0.316	0.339	0.250	0.312	0.264	0.416	0.499
广钢股份	0.259	0.550	0.530	0.325	0.619	0.263	0.281	0.281	0.394	0.496

表4　网络仿真结果

上市公司	期望输出	仿真输出	期望排序	仿真排序	相对误差/%
南玻 A	0.4272	0.4271	31	31	0.0188
深康佳 A	0.4304	0.4301	26	26	0.0684
*ST 中华 A	0.3952	0.4001	72	72	1.2335
深中冠 A	0.3738	0.3741	76	76	0.0812
深深宝 A	0.3935	0.3969	73	73	0.8705
*ST 华发 A	0.3977	0.4006	71	71	0.7174
一致药业	0.4538	0.4521	12	12	0.3854
ST 盛润 A	0.3390	0.3352	80	80	1.1208
华联控股	0.4437	0.4453	17	17	0.3712
中集集团	0.4849	0.4841	3	3	0.1685
深纺织 A	0.4173	0.4171	49	49	0.0416
深赛格	0.3873	0.3901	75	75	0.7131
赛格三星	0.4012	0.4009	69	69	0.0785
特发信息	0.3503	0.3512	78	78	0.2628
丰原药业	0.4073	0.4081	64	64	0.2021
G 许继	0.4182	0.4179	47	47	0.0772
三九生化	0.3440	0.3499	79	79	1.7186
攀渝钛业	0.4123	0.4130	60	60	0.1702
银河动力	0.4138	0.4144	58	58	0.1334
中国凤凰	0.5463	0.5560	1	1	1.7761
云南白药	0.4774	0.4768	4	4	0.1348
长城股份	0.4195	0.4209	42	42	0.3253
新大洲 A	0.4269	0.4269	32	32	0.0062
桐君阁	0.4370	0.4372	21	21	0.0496
燕化高新	0.4334	0.4318	25	25	0.3775
石油济柴	0.4484	0.4461	16	16	0.5043
海螺型材	0.4932	0.4928	2	2	0.0751

续表

上市公司	期望输出	仿真输出	期望排序	仿真排序	相对误差/%
长安汽车	0.4360	0.4361	22	22	0.0254
G 新钢钒	0.4488	0.4479	15	15	0.2047
茂化实华	0.4435	0.4427	18	18	0.1763
天宇电气	0.4167	0.4162	51	51	0.1312
四川美丰	0.4736	0.4731	6	6	0.0992
西飞国际	0.4093	0.4101	62	62	0.2038
一汽轿车	0.4489	0.4491	14	14	0.0493
烟台冰轮	0.4241	0.4238	36	36	0.0749
岳阳兴长	0.4620	0.4623	8	8	0.0745
蓝星石化	0.4266	0.4251	34	34	0.3579
江钻股份	0.4301	0.4297	27	27	0.0770
航天科技	0.4014	0.4021	68	68	0.1801
一汽夏利	0.4228	0.4231	37	37	0.0695
G 丰原	0.4140	0.4145	57	57	0.1307
华东医药	0.4585	0.4591	10	10	0.1312
三九医药	0.4075	0.4089	63	63	0.3483
G 宝钢	0.4774	0.4743	5	5	0.6581
哈飞股份	0.4300	0.4294	28	28	0.1452
夏新电子	0.4188	0.4196	45	45	0.2008
江南重工	0.4104	0.4106	61	61	0.0400
G 梅林	0.4057	0.4061	65	65	0.1064
华源股份	0.3710	0.3721	77	77	0.2907
林海股份	0.4490	0.4492	13	13	0.0415
太极集团	0.4207	0.4228	38	38	0.5039
长春一东	0.4169	0.4170	50	50	0.0207
G 重机	0.4381	0.4394	20	20	0.2932
航天机电	0.4251	0.4248	35	35	0.0792
上海贝岭	0.4153	0.4161	52	52	0.1871
东安动力	0.4291	0.4291	29	29	0.0096
新华光	0.4011	0.4008	70	70	0.0798
伊力特	0.4038	0.4038	66	66	0.0040
北方股份	0.4145	0.4149	55	55	0.1063

上市公司	期望输出	仿真输出	期望排序	仿真排序	相对误差/%
苏福马	0.3877	0.3903	74	74	0.6781
星新材料	0.4410	0.4412	19	19	0.0437
上海家化	0.4341	0.4338	23	23	0.0763
洪都航空	0.4195	0.4206	43	43	0.2645
航天动力	0.4174	0.4178	48	48	0.0874
昌河股份	0.4197	0.4211	41	41	0.3380
成发科技	0.4194	0.4199	44	44	0.1224
青松建化	0.4022	0.4023	67	67	0.0364
北方天鸟	0.4198	0.4216	40	40	0.4350
力元新材	0.4145	0.4156	54	54	0.2652
凌云股份	0.4273	0.4274	30	30	0.0256
海螺水泥	0.4268	0.4259	33	33	0.2130
二纺机	0.4136	0.4134	59	59	0.0437
第一铅笔	0.4592	0.4599	9	9	0.1576
氯碱化工	0.4149	0.4158	53	53	0.2214
G 海立	0.4336	0.4329	24	24	0.1704
轮胎橡胶	0.4201	0.4221	39	39	0.4733
申达股份	0.4643	0.4644	7	7	0.0140
上电股份	0.4547	0.4551	11	11	0.0883
龙头股份	0.4140	0.4147	56	56	0.1670
白猫股份	0.4185	0.4186	46	46	0.0194

附 录 2

国企经营管理者声誉评价问卷调查表

问卷编号：_____   日期：____年____月____日

尊敬的女士/先生：

您好！万分感谢您在百忙之中接受我们的问卷调查。

此次问卷调查是由于课题的需要，旨在了解我国国有企业经营管理者声誉激励和评价的现状，探索影响企业经营管理者声誉的因素，并且有针对性地提出国企经营管理者声誉评价模型。本问卷采用匿名的方式作答，您的答案仅供分析，是纯学术性的研究，请您放心填写。

问卷没有标准答案，请您就目前的状况选择一项您认为最合适的描述，您的参与对我们的研究非常重要，非常感谢您的帮助。

课题组

第一部分 背 景 资 料

下面是有关您个人情况的描述，请根据实际情况在最接近的数字所对应的框里打"√"。

性　　别：□男；□女

年　　龄：□30 岁以下；□31～40 岁；□41～50 岁；□50 岁以上

教育程度：□大专及以下；□本科；□硕士及以上

职　　位：□基层；□中层；□高层

第二部分 问　　卷

以下项目是您对您所在国有企业的经营管理者日常工作表现的判断，请您根据工作中的实际情况对具体问题加以选择，并在对应的数字上打"√"。

经营管理者个人能力层面	非常不符合	比较不符合	基本符合	比较符合	非常符合
1. 经营管理者具备较强的资源调配能力	1	2	3	4	5
2. 经营管理者具备较强的统筹安排能力	1	2	3	4	5
3. 经营管理者具备较强的想象力和分析能力	1	2	3	4	5
4. 经营管理者具备较强的适应能力	1	2	3	4	5
5. 经营管理者具备较强的洞察能力	1	2	3	4	5
6. 经营管理者具备较高的公信力	1	2	3	4	5
7. 经营管理者具备较强的自制力	1	2	3	4	5

经营管理者个人能力层面	非常 不符合	比较 不符合	基本 符合	比较 符合	非常 符合
8. 经营管理者具备较强的学习能力和独立思考能力	1	2	3	4	5
9. 经营管理者能够根据市场发展情况选择合适的战略	1	2	3	4	5
10. 经营管理者能够认真听取下属的反馈意见，并对相关问题做出及时的处理	1	2	3	4	5
11. 经营管理者能从企业战略角度出发，形成符合企业实际的财务控制方法	1	2	3	4	5
12. 经营管理者能够与金融机构建立关系，并为企业寻求有效的融资渠道	1	2	3	4	5
13. 经营管理者能够有效收集组织外部与业务、公司有关的各种信息	1	2	3	4	5
14. 经营管理者语言表达能力强	1	2	3	4	5
15. 经营管理者能够创建和维持一支高素质的管理团队	1	2	3	4	5
16. 经营管理者能够对不合理的情况表示明确的拒绝	1	2	3	4	5
17. 经营管理者具备培养下级的能力	1	2	3	4	5
18. 经营管理者能协调组织与客户、供应商、政府部门关系	1	2	3	4	5
19. 经营管理者能从组织内外部的环境变化中识别出组织发展的机会或者威胁	1	2	3	4	5
20. 经营管理者具备调动积极性的能力	1	2	3	4	5
21. 经营管理者具有较强的解决冲突能力	1	2	3	4	5
22. 经营管理者能够主动开拓市场、并根据市场需要做出相应的战略调整	1	2	3	4	5
经营管理者个人素质层面	非常 不符合	比较 不符合	基本 符合	比较 符合	非常 符合
1. 经营管理者具备较高的政治思想素质	1	2	3	4	5
2. 经营管理者能够信任下属	1	2	3	4	5
3. 经营管理者具备良好的心理素质，能够临危不乱	1	2	3	4	5
4. 经营管理者具备远大的眼光	1	2	3	4	5
5. 经营管理者具备较强的竞争素质	1	2	3	4	5
6. 经营管理者处理问题干练果断	1	2	3	4	5
7. 经营管理者具备较好的身体素质	1	2	3	4	5

续表

经营管理者个人素质层面	非常 不符合	比较 不符合	基本 符合	比较 符合	非常 符合
8. 经营管理者能够包容异议	1	2	3	4	5
9. 经营管理者具备坚韧的品质	1	2	3	4	5
10. 经营管理者自信，以身作则，赢得大家的敬佩与信任	1	2	3	4	5
11. 经营管理者具备很强的敬业精神	1	2	3	4	5
12. 经营管理者具备高度的使命感	1	2	3	4	5
13. 经营管理者严以律己，以他人之长补自己之短	1	2	3	4	5
14. 经营管理者正直无私	1	2	3	4	5
15. 经营管理者乐于在工作中对下属进行言传身教	1	2	3	4	5
16. 经营管理者充满激情、热情、乐趣	1	2	3	4	5
17. 经营管理者有执着的信念和坚持不懈的精神，敢于面对挫折	1	2	3	4	5
经营管理者伦理道德层面	非常 不符合	比较 不符合	基本 符合	比较 符合	非常 符合
1. 经营管理者具有正确的经营理念	1	2	3	4	5
2. 经营管理者坚持可持续发展原则	1	2	3	4	5
3. 经营管理者热心公益慈善事业	1	2	3	4	5
4. 经营管理者关注工作环境	1	2	3	4	5
5. 经营管理者热心解决就业问题	1	2	3	4	5
6. 经营管理者关心员工	1	2	3	4	5
7. 经营管理者具备强烈的责任感	1	2	3	4	5
8. 经营管理者坚持公平的原则	1	2	3	4	5
9. 经营管理者具备合作精神	1	2	3	4	5
10. 经营管理者勇于承担决策风险和责任	1	2	3	4	5
11. 经营管理者努力满足客户需要，让客户满意	1	2	3	4	5
经营管理者社会影响层面	非常 不符合	比较 不符合	基本 符合	比较 符合	非常 符合
1. 经营管理者具有较高知名度	1	2	3	4	5
2. 经营管理者经常获得国家、省市、地区的表彰奖励	1	2	3	4	5
3. 经营管理者重视企业的社会贡献	1	2	3	4	5
4. 经营管理者经常被作为学习榜样	1	2	3	4	5
5. 经营管理者姓名在相关媒体上出现频率较高	1	2	3	4	5

经营管理者社会影响层面	非常 不符合	比较 不符合	基本 符合	比较 符合	非常 符合
6. 媒体对经营管理者的评价较好	1	2	3	4	5
7. 经营管理者注重环境保护	1	2	3	4	5
8. 经营管理者重视企业对国家的利税贡献	1	2	3	4	5
9. 经营管理者为社会解决就业问题	1	2	3	4	5
10. 经营管理者具备较强的个人魅力	1	2	3	4	5

"21世纪科技与社会发展丛书"

第一辑书目

《国家创新能力测度方法及其应用》

《社会知识活动系统中的技术中介》

《软件产业发展模式研究》

《软件服务外包与软件企业成长》

《追赶战略下后发国家制造业的技术能力提升》

《城市科技体制机制创新》

《休闲经济学》

《科技国际化的理论与战略》

《创新型企业及其成长》

《劳动力市场性别歧视与社会性别排斥》

《开放式自主创新系统理论及其应用》

第二辑书目

《证券公司内部控制论》

《入世后中国保险业竞争力评价与对策》

《服务外包系统管理》

《高学历科技人力资源流动研究》

《国防科技资源利用与西部城镇化建设》

《风险投资理论与制度设计研究》

《中国金融自由化进程中的安全预警研究》

《中国西部区域发展路径——层级增长极网络化发展模式》

《中国西部生态环境安全风险防范法律制度研究》

《科技税收优惠与纳税筹划》

第三辑书目

《大学－企业知识联盟的理论与实证研究》

《网格资源的经济配置模型》

《生态城市前沿探索——可持续发展的大连模式》

《财政分权与中国经济增长关系研究》

《科技企业跨国并购规制与实务》

《高新技术产业化理论与实践》

《政府研发投入绩效》

《不同尺度空间发展区划的理论与实证》

《面向全球产业价值链的中国制造业升级》

《地理学视角的人居环境》

《科技型中小企业资本结构决策与融资服务体系》

第四辑书目

《工程项目控制与协调研究》

《国有企业经营者激励与监督机制》

《行风评议：理论、实践与创新》

《陕西关中传统民居建筑与居住民俗文化》

《知识型人力资本胜任力研究》